運命のモントフォード家 II

盗まれたエピローグ

キャンディス・キャンプ

細郷妙子　訳

Promise Me Tomorrow

by Candace Camp

Published by Harlequin K.K., Tokyo, 2005

盗まれたエピローグ

■主要登場人物

マリアンヌ・コターウッド……泥棒。孤児。
ロザリンド……マリアンヌの娘。
ウィニー・トンプソン……マリアンヌの親友。
ハリスン……マリアンヌの父代わり。
デラ……ハリスンの妻。
ローリー・キアナン（ダー）……デラの父。
ベッツィー・キアナン……ローリーの妻。
ピアズ……ハリスンとデラの養子。
ペネロピ・カースルレイ……貴族の令嬢。
アーシュラ・カースルレイ……ペネロピの母。
エクスムア伯爵夫人……ペネロピの祖母。五代伯爵の未亡人。
バックミンスター（バッキー）……男爵。
アデレード……バックミンスターの母。
ニコラ・ファルコート……バックミンスターのいとこ。
リチャード・モントフォード……ニコラの義弟。六代エクスムア伯爵。
ジャスティン・ランベス……侯爵。公爵家の跡継ぎ。

プロローグ

　女の子は眠そうな顔をあげ、馬車の向かいの座席にすわっている男を見た。目をぱちぱちさせて、眉をひそめる。

「あなたは悪い人ね」

　男は女の子をちらっと見て、ため息をついた。「もうすぐだから、黙って」

　ほの暗くて、男の顔はよく見えない。まるで骸骨《がいこつ》みたいにやせている。たえず落ちつきなく身動きしていた。乳母が見たら、〝お行儀が悪いですよ。じっとすわっていなさい〟と叱《しか》りつけるだろうと、マリー・アンは思った。

「うちに帰りたいの」マリー・アンは泣きそうな声で訴えた。何がなんだかさっぱりわからない。もう何週間もこんなふうだった。ジョンも赤ちゃんもいなくなってしまった。二人はどこにいるの？　寂しい。それよりも悲しいのは、ママとパパに会えないこと。

　あの晩、ママにせきたてられて、暗くて怖い通りに出た。いつものようにママは香水のいいにおいがしてたのを憶《おぼ》えてる。

〝マリー・アン、いいこと、気をつけるのよ〟ママは私を抱きしめて泣いていた。街の悪い人たちのせいで、ママは泣いてるんだわ。

〝ママと一緒にいたい！〟マリー・アンは母にしがみついた。赤ちゃんも泣きだし、身をよじってミセス・ウォードの腕から母の胸にもどろうとした。けなげにも、ジョンだけはじっとこらえて立っていた。

〝ああ、あなたたちと一緒にいられたらどんなにいいか！　でもね、ここにいたら危ないの〟世界一きれいなママは涙をふいて、ほほえもうとした。〝あなたたちはイギリスに帰らなくてはいけないのよ。お祖父《じい》さまとミミのところに。そうすれば安心だし、楽しいわよ。ミセス・ウォードがあなたたちをミミのおうちに連れていってくださるわ。ママのお友達のミセス・ウォードは、みんな知ってるでしょう？　ミセス・ウォードなら、あなたたちをお任せしても心配ないのよ。イギリスに着いたら、ロンドンのミミのおうちまで送っていってくださるわ。パパとママはここに残って、お祖父さまとお祖母《ばあ》さまも一緒にイギリスに行くようにお話ししなければならないの。私たちもできるだけ早くミミのおうちに行くからだいじょうぶよ〟

〝約束する？〟

〝約束するわ、マリー・アン。きっとよ〟

マリー・アンは向かいの男をなじった。「ママはどこなの？　ママに会いに行くと言ったじゃない」ベッドから連れだされたとき、マリー・アンは泣いて抵抗した。男は〝お母さんに会いに行こう〟と言って、マリー・アンをおとなしくさせたのだった。

「もうすぐだよ」やせた男は同じことを繰り返し、窓外に目をやった。

マリー・アンも窓から外を見た。馬車は大きな建物に近づいていくところだった。でもあれは、おうちではない。田舎にあるミミの大きなお屋敷でもないし、ロンドンの白い家でもない。低くてだだっ広くてあんなに汚い灰色の建物にママがいるはずはないじゃない。マリー・アンの目に涙があふれた。

「ミミのおうちじゃないわ」マリー・アンは兄のジョンと一緒に、少しのあいだロンドンのミミの家にいた。ママのパリのお友達、ミセス・ウォードが送っていってくれたのだ。初めのうちは大好きなお祖母さまにやっと会えると思って、少し元気が出た。なのにジョンと私は、あの女の人に別の家に連れていかれた。そこには、怖い男の人がいた。前に会ったことがある人だけれど、誰なのかはわからない。子どもの私に口をきこうとはしなかった。

あの女の人が何か食べるものをくれた。ジョンにも食べさせようとした。でもジョンはとっても具合が悪くて食べられなかった。汗びっしょりになって苦しそうに寝返りを打ったり、ぶるぶるふるえたりしていた。大人が誰もいないところで、そんなお兄さまを見てるのが怖かった。でもそれよりもっと怖いのは、お兄さまと離ればなれになって、この知らないおじさんと二人きりで暗い夜道を馬車でどこかに行くこと。どうしてミセス・ウォードは私とお兄さまをあの女の人に預けたのかしら？　赤ちゃんだけを連れていってしまったのはなぜ？　ミミはどこにいるの？

ついにマリー・アンは泣きだした。そわそわと落ちつきのない変な男の前では泣きたくないと、子ども心に思っていたにもかかわらず。「ミミに会いたい」しゃくりあげながらマリー・アンは言った。「乳母はどこ？　ママに会いたい！」

「あとで、あとで」男はじりじりした声を出した。馬車が停《と》まるや、待ちきれないように扉の掛け金を外して飛びおりた。男が手をさしのべたが、マリー・アンは後ずさりした。あの気味が悪い建物には入りたくない。

「いや。いやっ！」男がマリー・アンの背中に腕を回し、無理やり引っぱりおろした。悲鳴をあげてマリー・アンはもがく。「ママ！　パパ！」

男は容赦なくマリー・アンを抱えて石段をのぼり、玄関の頑丈なノッカーを打ち鳴らした。数分後に、しかめっ面の下男が扉をあけた。やがて、厳しい顔つきの大柄な女が奥から出てきた。女はガウン姿で、寝るときにかぶる帽子を頭にのせている。

その形相を見ただけでマリー・アンは泣きやみ、おびえたまなざしで女を見つめた。女は背が高くがっしりしていて、母や祖母たちのような優しさや美しさはどこにもなかった。金属みたいに冷たい目。猛禽《もうきん》類のくちばしに似た鼻。おまえの罪状はすべてお見通しだぞという目つきで、女はマリー・アンをじろりと見た。

「この子を拾ったんです」そわそわ男は切りだした。「捨てられたらしく、道端にいました。ここしか思いつかずに、連れてきたんですが」

それを聞いて、マリー・アンは我に返った。「嘘《うそ》！　私は道端になんかいなかったわ！」

いきなり女が手をたたいた。その音のすさまじさに、マリー・アンも男もびくっとした。

「およしなさい！　目上の人の話につべこべ言えるとでも思ったら大間違いですよ。ここでは、話しかけられたときだけ口をおききなさい。大人に逆らうとはとんでもない」

心臓がどきどきしながらもマリー・アンは肩をいからせ、敢然とあごを突きだした。おとなしく降参するものか。パパが笑いながら私の髪をくしゃくしゃさせて、〝ぼくのじゃじゃ馬〟とよく言っていたのを思いだした。

「でも、私は道端にいたんじゃないもの」

大柄な女はマリー・アンをにらみつけた。「強情だこと。赤毛の子にはいつも手を焼かされるんですよ」

あわてて男が言った。「しばらくここにいれば、落ちつくでしょう」

「どうぞご心配なく」女は皮肉っぽい微笑を浮かべた。男の胸中を見すかしたかのようだった。「この子はうちでお引き受けします。しつけが必要なのを見て見ぬふりはできませんからね。悪い癖を直すのに時間はかからないと思いますよ」

男は見るからにほっとしている。「よろしくお願いします」

男がきびすを返して出ていこうとするのを見て、マリー・アンはおびえた。いくら嫌いなおじさんでも、この恐ろしい顔のおばさんよりはましだ。

「いや！　待って！」マリー・アンは男を追いかけようとした。大女がマリー・アンのサッシュベルトに手をかけ、ぐいと引きもどす。

「よしなさい！　そんな態度は許しませんよ！」女はマリー・アンの脚の後ろを平手でしたたか打った。

生まれてこのかた人にたたかれたことのないマリー・アンは、びっくりして女を見すえる。そのすきに男は玄関から出ていった。

「よろしい。聖アンセルム孤児院の子どもたちはおとなしくて、大人の言うことはよく聞くんです。わかりましたね」孤児院の院長らしい女は満足げにマリー・アンを見おろした。

「あなたはいくつですか？」

「五つです」

「で、名前は？」

「マリー・アン」

「そんな名前はあなたのような子どもにはふさわしくないわ。どうせあなたはさっきの殿方の落とし子でしょう。ただのメアリーで十分です。姓はなんというの？」

マリー・アンはきょとんとしている。「わからない……マリー・アンというだけ」

「お父さんはいるのかしら？」

「もちろんいます！」マリー・アンはむっとして言い返した。「お父さまがちゃんと私を迎えに来るんだから！」

「たぶんね。お父さんが迎えに来るのを待ってる子どもたちはたくさんいますよ。それはともかく、あなたに名前をつけなくてはならないわ。お父さんはみんなになんと呼ばれていたの？」

「チルトン」

「そう。じゃ、あなたの名前はメアリー・チルトンにしましょう。私はミセス・ブラウン。聖アンセルム孤児院の院長よ」

「でも、私はそんな名前じゃないわ」マリー・アンは抗議した。

「今はその名前なんです。口答えはいけないと、前にも言ったでしょう」

「でも、間違っているから！」

ミセス・ブラウンはマリー・アンの耳のあたりを平手打ちした。「私に対してそんな口のきき方をするのは許しません。わかりましたね？」

驚きのあまり、マリー・アンは思わずこっくりしていた。打たれた頬に手が行く。これまで体罰を加えられたためしは一度もない。ミセス・ウォードの子どもたちのふりをしてお兄さまや赤ちゃんと一緒に悪い人たちから逃げて田舎を馬車で走っていたときでさえも、こんな目に遭ったことはなかった。涙がこみあげ、今にもわっと泣きだしそうだった。けれども貴族の娘として生まれ育ったプライドがものを言い、マリー・アンは背筋をぴんと伸ばしてミセス・ブラウンをまっすぐ見返した。ママだったら、〝この女の人は落ちぶれたのよ〟と言うだろう。パパはきっと、〝無礼なことをする〟と言うにちがいない。マリー・アンは心の中の父母の声に耳を澄ましていた。

「私が話しかけているときは、返事をなさい」ミセス・ブラウンが叱りつける。

「はい、ミセス・ブラウン」マリー・アンは礼儀正しく答えた。だが声音は冷たく、はずかしめられた貴婦人のよそよそしさがにじんでいる。

院長は険しい目つきでマリー・アンを見た。五歳の子の口調のどこが癇《かん》にさわったのだろうか？　はっきり指摘はできぬままミセス・ブラウンは目をそらして言った。「ついてきなさい」

院長は階段をのぼり、壁に取りつけた燭台《しょくだい》の二、三の明かりを頼りに廊下を進んだ。ろうそくの光がちらちらと揺れ、気味の悪い形の影が壁に映っている。マリー・アンは怖かったけれど我慢した。ジョンや男の子たちがお化けの話をして私をいじめたことがあった。私は泣きながらお祖母さまのところに走っていった。ミミは私に言ったっけ。〝びくびくしてはだめ。怖がっているのを悟られないようになさい。怖がれば怖がるほど、相手を喜ばせるだけなのよ〟

ミセス・ブラウンは戸棚の前で立ちどまり、中から薄い毛布と折りたたんだ茶色の服を取りだした。その上に、洗いざらしの白いペティコートとあちこちつくろってあるごわごわした木綿のストッキング、ばかに大きい寝間着を重ねて、マリー・アンに手渡した。

「あなたの服と毛布ですよ」

マリー・アンは見るからにみっともない茶色の服に目をあてた。「自分の洋服があるからいいです」

孤児院の院長はばかにしたようにマリー・アンの服装を見やった。「その服はまるっきりふさわしくないんです。身分不相応よ。あなたは聖アンセルム孤児院に来たんですから、この服を着なさい」

マリー・アンは平手打ちの痛さを思いだし、ミセス・ブラウンには逆らわないことに決めた。与えられた新しい持ち物をしっかり胸に抱え、ミセス・ブラウンのあとから戸棚の先の部屋に入った。

そこは細長い部屋で、両側に狭いベッドがずらりと並んでいた。各ベッドのかたわらに、三段の引き出しがついた小さな収納箱がおいてあった。どのベッドにも少女が寝ている。マリー・アンは、一つの部屋でこんなに大勢の人が眠るのを見たことがなかった。私もここでみんなと一緒に寝なくてはならないのかしら？　私の部屋はどこ？　うちの子ども部屋が懐かしい。お兄さまや私、赤ちゃん、乳母にもそれぞれ居心地のよい小さなお部屋があり、学習室もあった。

眠っている子どももいたが、おおかたはミセス・ブラウンが入ってきた音で目を覚ました。院長が持っているろうそくの明かりに照らされて、毛布の陰から目を丸くしてのぞいている顔がいくつも見えた。ミセス・ブラウンはマリー・アンのほうを振り向いた。

「では、服を着替えてベッドで休みなさい。明日、ほかの子どもたちにあなたを紹介してあげます。それと、あなたの当番も決めましょう」

「当番?」

「もちろんですよ。ここでは、みんながおのおの食いぶちを稼がなくてはならないんです」ミセス・ブラウンはさっさと部屋を出ていこうとする。

「でも……明かりは?」暗闇《くらやみ》に取り残されるのかと不安になり、マリー・アンはふるえ声でたずねた。「洋服を着替えるのに何も見えないけど」

「窓からの光で十分です」女院長は、部屋の両側にあるカーテンのかかっていない細長い窓を指して言った。「ろうそくの無駄づかいは許しませんよ」

ミセス・ブラウンが手にした燭台の明かりが遠のいていくのを、マリー・アンは呆然《ぼうぜん》と見送っていた。必死でこらえようとしても、嗚咽《おえつ》がこみあげそうになる。こんなに一人きりで心細くなったのは、初めてだった。ママが私たちをミセス・ウォードに預けて泣きながら帰っていった夜でも、ジョンとアレクサンドラ、それに、優しくて物柔らかなミセス・ウォードも一緒だった。でも今は……本当に独りぼっち。捨てられてしまった。

小さな手がマリー・アンの手にふれた。「ね、泣かないで。明日になったらもっとよくなるから」耳もとでささやかれた。

マリー・アンは振り向いた。自分と同じくらいの背丈の女の子だった。だが、顔はずっとお姉さんっぽい。マリー・アンは手で涙をふき、しげしげと相手を見つめた。「こんばんは。あなたはどなた？」

「私はウィニーよ」少女ははにかみの笑みを返した。「八つなの。名前はなんというの？」

「マリー・アン。でも、あの女の人がメアリーという名前にしちゃったの」

少女はうなずく。「あの人は簡単な名前が好きなのよ。年はいくつ？　お友達にならない？」

「ばかなこと言うんじゃないよ」反対側のベッドからぞんざいな言葉が割りこんできた。ウィニーよりも年上らしい少女が起きあがって、ベッドのへりに腰かけた。ちりちりの黒っぽい髪の毛をだらしなく三つ編みにして、けんかっぱやそうな丸顔はそばかすだらけだった。「あんたみたいなのと誰が友達になりたいもんか」

「私はお友達になりたいわ。ウィニーはとってもいい人みたいですもの」マリー・アンがきっぱり言った。

「ウィニーはとってもいい人みたいですもの」そばかす少女はわざとらしく、マリー・アンの上流ふうのしゃべり方を口真似《くちまね》してみせる。「あんた、何さま？　どっかの王女さまかい？」

「いいえ。でも、私がなりたければ、いつか公爵夫人になるの。ミミが言ってたわ」

「公爵夫人！」そばかす少女はももをたたいて大笑いした。「ちょいと、みんな、聞いたかい？　公爵夫人が私たちの仲間入りしたんだってさ」

マリー・アンは眉をひそめた。「そんな言葉づかいをしちゃいけないのよ。品が悪いと乳母が言ってたわ。それに私はまだ公爵夫人じゃないの。でも、なりたいと思えばなれると、ミミが言ったわ。ミミは伯爵夫人よ」

「聖アンセルム孤児院の公爵夫人か」年かさの少女は、小ばかにしたようにまだ笑っている。

ウィニーが耳打ちした。「気にすることないわ。ベティはみんな嫌いなんだから。あなたはほんとに公爵夫人みたいに見えるわよ。この洋服、すてき。でも、寝間着に着替えたほうがいいわ。もうじきミス・パットマンが見回りに来るの。一時間に一回、回ってくるのよ。ベッドに寝ていないと、罰せられるの」

マリー・アンはため息をついた。粗末な寝間着に着替えるのはいやだった。けれどとても疲れていたし、もしかしたら明日の朝に目が覚めたときにはうちの子ども部屋にもどっているかもしれないと思う。お兄さまも赤ちゃんもいて、乳母が陽気な声で起こしてくれたり、熱いココアを飲ませてくれたりするだろう。

ウィニーに手助けしてもらってマリー・アンは服をぬぎ、寝間着を着ようとする。

「え、何、それ？」ベティが身をのりだし、マリー・アンの首にかかっているロケットに手を伸ばした。

マリー・アンはさっと後ずさりして、ロケットをにぎりしめた。これは去年のクリスマスにミミからもらった大切なもの。金のロケットをひらくと、両側に父と母の小さな肖像画が描《か》かれている。蓋《ふた》には、マリーの頭文字Mの華麗な飾り文字を彫刻してある。お祖母さまは、蓋にアレクサンドラのAが彫刻してあるこれとそっくりのロケットを赤ちゃんにも贈った。

「それ、私によこしな」ベティは立ちあがり、ベッドのまわりを回って近づいてきた。

「いや！　これは私のものよ！　ミミにもらったの」

ベティの目が意地悪く光った。「今は私のものになったのさ」

ベティは手を突きだして、マリー・アンの小さなにぎりこぶしをつかんだ。その手をぐいっと引いたものだから、ロケットの鎖がマリー・アンの首に食いこんだ。この数週間のあいだマリー・アンの小さな胸に積もりに積もっていた怒りと不安が爆発した。マリー・アンはかん高い声をあげ、ベティの手にがぶりと歯を立てた。

悲鳴をもらしてベティが手を引っこめた。もう一方の手で相手をなぐろうとする。けれどもマリー・アンは負けていない。野生の獣のように猛然とベティに飛びかかって馬乗りになり、ぶったり蹴《け》ったりかみついたりする。とうとう最年長の少女が笑いながら弱い者いじめのベティからマリー・アンを引き離し、床に立たせた。ベティは起きあがって背中を丸め、かまれた手をさすった。鼻血が出ているうえに、みぞおちへの一撃で息をはあはあいわせている。

「ベティ、好敵手があらわれたね」十四歳の少女がおかしそうに言った。憤怒《ふんぬ》でまだ体をこわばらせているかたわらのマリー・アンに、ずっと年上の少女はわざと会釈をしてみせる。「公爵夫人、お近づきになれて光栄です。私はサリー・グレイバーズよ」

「ありがとうございます。私もお目にかかれて光栄です」マリー・アンは軽くひざを曲げ、姿勢を低くしておじぎを返した。偉い大人に対してはそうするように、乳母に言われていた。サリー・グレイバーズは大人ではないけれど、ここにいる子どもたちの中でいちばん偉い人のようだから、このおじぎの仕方がふさわしいと思った。

サリーはいっそう面白そうにマリー・アンに笑いかけた。ベティに対しては、苦い顔をしてみせる。「もうこの子に手を出すんじゃないよ。わかった？　ロケットはあんたのものじゃないんだからね」

「わかったよ、サリー」弱い者いじめのベティはふくれっ面で答え、マリー・アンをにらみつけた。

「よし。じゃ、もう寝よう。私は朝五時に起きて床をごしごし洗わなきゃならないのに、睡眠不足じゃたまんないよ」

サリーの話を聞きながら、マリー・アンは耳を疑った。床を洗うなんて、女中にされてしまったのかしら？　でもこのところめちゃくちゃな出来事ばかりだから、何があってもおかしくないのかもしれない。寝間着を着て、注意深くロケットを中にしまった。

そばにいたウィニーがささやく。「ベティはもう取ろうとはしないわよ。サリーをとても怖がっているから。だけど、ミセス・ブラウンに見つかったら、取りあげられてしまうわ。身分不相応だとか言って。私、隠し場所を知ってるの。誰にも見つからない場所。あなたに教えてあげるから、そこに隠したほうがいいわ」

幅の狭いマットレスに二人で毛布を広げながら、マリー・アンはウィニーにうなずいてみせた。ベッドにもぐりこみ、たっぷり羽毛がつまったうちのマットレスや、乳母がたくしこんでくれた温かくて厚い毛布を恋しく思いだした。ママが毎晩おやすみのキスをしに来てくれた。夜の外出の前には、高く結いあげて髪粉をつけた巻き毛は宝石や羽根で飾られ、華やかな紋織りのドレスのスカートが細い腰のまわりに広がっていた。豊かな黒髪を肩に波打たせたままの、ガウン姿のときもあった。ママはかがんで、〝マリー・アン、大好きよ〟と、私にささやいた。香水の甘いにおいと入りまじった髪粉の香りを今でもはっきり憶えている。

目尻から涙がにじみでる。マリー・アンは寝間着の下からロケットを取りだしてにぎりしめた。どうしてママは来てくれなかったの？　できるだけ早くパパと一緒に来ると約束してくれたのに。もしかしてママとパパはもう私がいらなくなったのかもしれない。そう思うと、たまらなく寂しく恐ろしかった。

でも、そんなはずはないわ！　マリー・アンは懸命に自分に言い聞かせた。パパもママも私のことを愛しているんですもの。必ず迎えに来てくれるにちがいない。赤ちゃんとお兄さまもきっと捜しだしてくれる――そうすれば、お兄さまの病気もよくなるだろう。それまでなんとかがんばらなくては。いつの日かパパとママが私を連れに来てくれれば、また幸せになれる……。

1

きらびやかな装いの人々を見回して、マリアンヌは深く息を吸いこんだ。これほど大規模で、たくさんの貴族が出席しているパーティは見たことがない。この私が実は上流階級の未亡人マリアンヌ・コターウッドではなくて、聖アンセルム孤児院育ちのメアリー・チルトンだとわかったら、人々はどんな顔をするだろう。

マリアンヌはひそかにほほえむ。上流婦人の仮面をかぶって何が面白いかといえば、特権階級の連中の目をくらますことだ。高貴な身分の殿方と対等に話をする私の前身が下働きの召使いだったとは、誰一人気がつくまい。

そんなことを考えているうちに、マリアンヌの神経は静まってきた。ロンドンはバースやブライトンなどの保養地より大きい都会だし、ここにいる人たちはもっと世知にたけているかもしれない。とはいえ、彼ら彼女らも基本的には同じ。生まれ育ちのよさを示す話し方や立ち居ふるまい、食事の作法さえ合っていれば、上流社会の人間だと見なされる。注意しなくてはならないのは、控えめでもっともらしい嘘《うそ》に限定すること。そして、上流とはいっても貴族より下の地主階級に属しているふりをしてつつましくすること。この注意事項を守っていれば、まず見破られない。いずれにしろこの人たちは自己陶酔型で、よかれあしかれ他人のことなどはあまり気にかけないのだ。そこが、だますには持ってこいの特性の一つだといえる。

支配階級全体が天敵だと、マリアンヌは思っている。孤児院にいた頃《ころ》、気取った婦人たちが慈善訪問と称してよくやってきた。たらふく美食して暖かい家に住み、孤児の一年分の生活費に相当するような値段の贅沢《ぜいたく》な服を着た有閑マダムたちは、哀れみと軽蔑《けいべつ》の入りまじったまなざしを子どもたちに注ぐのだった。そのあげく、優越感や慈善をほどこしたという自己満足にひたって帰っていく。そんな婦人たちをマリアンヌは怒りを胸に秘めて見送ったものだった。孤児院を出てから身に降りかかった出来事の数々も、偽善的な婦人たちに対する反感を強めこそすれ、決して弱めはしなかった。十四歳になったマリアンヌは、孤児院からレディ・クォーターメイン邸に奉公に出された。暖炉の灰を捨てたり風呂の湯をくんだり掃除をしたりして一日中はたらいても、ほんのわずかなお給金しかもらえなかった。休みは日曜日の午後だけで、少しでも不都合や手違いが生じるとマリアンヌのせいにされた。もちろんそんな経験は、クォーターメイン邸であった別の出来事に比べれば何ほどのことでもないのだが……。

「すてきなパーティね」マリアンヌの連れが言った。物思いから覚めたマリアンヌはかたわらの婦人に目を向けた。

ミセス・ウィロビーはすっかり舞いあがっている。バターズリー夫人主催のこのパーティに招待されたのが得意なあまり、ともかく誰かを同行して自分の晴れ姿を見せつけずにはいられなかったのだ。招待状が来た日にミセス・ウィロビーと会っていたので、マリアンヌが誘われた。来られてよかったと、マリアンヌも思っている。

バターズリー夫人の豪邸でひらかれるパーティに出席する機会など、そうめったにあるものではない。ミセス・ウィロビーの退屈きわまりないおしゃべりを我慢しなくてはならないにもかかわらず、マリアンヌは誘いに飛びついた。

言うまでもなく、ミセス・ウィロビーのそばにずっといるつもりはなかった。不自然に見えないようにしばらくのあいだ一緒にいて、できるだけ多くの人に紹介してもらったほうがいい。近づきになれば、ほかのパーティに招いてくれる人たちも中にはいるだろう。それもまた、この家の財宝のありかを調べることと同じくらい重要な仕事だった。その目的がある程度達せられたら、さりげなくミセス・ウィロビーから離れて下見に行くことにしよう。

ミセス・ウィロビーとマリアンヌは、招待客を主催者が迎える列の先頭近くに来ていた。舞踏室は着飾った客であふれている。普通の人たちの生涯の稼ぎでも買えないような高価な衣装や装身具をまのあたりにして、マリアンヌは憤りをおぼえた。広々とした舞踏室は白と金色で統一され、鏡が壁面を埋めている。いちばん奥の壇上では小編成のオーケストラが演奏中なのに、人々のざわめきにかき消されて音がよく聞こえない。壁ぎわには細長い脚の椅子が並んでいる。内装と同じ白と金色の椅子だが、座面のクッションには赤いベルベットが使われていた。丈の高い枝状の燭台《しょくだい》や天井のシャンデリアには無数の白いろうそくがあかあかと灯《とも》され、その反射で室内は虹《にじ》色にいろどられている。

まさに豪華絢爛《けんらん》たる眺めだった。婦人たちの耳や首、手首を飾るダイアモンド、ルビー、サファイア、エメラルドなどのまばゆいきらめきに真珠のほのかな輝きも加わり、美しい光の波がうねっている。男性はおしなべて黒と白の夜の正装だが、女性は色とりどりのイブニングドレスを身にまとい、目もあやに着飾っていた。生地は絹、サテン、レースが多いが、八月の夜だというのにベルベットも見かけた。列の前のほうにいる女性客の薔薇《ばら》色の絹のドレス。真ん前の婦人の、黒いレースでふちどられた孔雀《くじゃく》の羽根のような青緑色の装い。そして、主催者のバターズリー夫人の、金糸で刺繍《ししゅう》をほどこした純白のドレス。

それらを見ているうちに、マリアンヌは心配になった。自分が着ている、あまり飾りのない緑がかった淡い青のイブニングドレスでは見劣りがするのではないか？　バースではこれで十分役に立ったけれど、ロンドンの社交界ではどうなのか……。

それとなくマリアンヌはあたりを観察した。場違いないでたちではないといいが。ふとマリアンヌの視線が、舞踏室の細い円柱によりかかった一人の男にとまる。ほんの五、六メートルほど先だ。男はマリアンヌを見ていた。マリアンヌが気づいても、目をそらさない。たいていの男は間が悪そうに視線を外すものだが。それどころか、男はぶしつけなほどじっとマリアンヌを見つめつづけている。

背が高くて肩幅が広い、ももの筋肉が引きしまった男だった。乗馬の達人なのではないか。短めに刈った髪は心持ち乱れている。金色がまじった淡い茶色だった。半ばひらいた目も金色で、マリアンヌは鷹《たか》を連想する。頬骨が高く、細い鼻筋の通った、貴族的で端麗な顔だちだ。もはやこの世には興味をつなぎとめるものは何もないとでもいうような、物憂げで誇り高い風貌《ふうぼう》の持ち主だった。

その男に見つめられ、マリアンヌは気持が騒ぐのをおぼえた。なぜか急に暑く感じる。そのうえ、目をそらすこともできなかった。男はマリアンヌにほほえみかけた。じんわりと官能的な微笑で、みぞおちのあたりが奇妙にうずいた。我知らず笑みを返そうとして、はっと気がつく。このたぐいの男について自分がふだんどう思っているのか、いっときにせよ忘れてしまったとは。それに、良家の未亡人は見知らぬ男にむやみに笑いかけたりするものではない。そこでマリアンヌはできるだけ無表情にそっけなく片方の眉をつりあげ、つと顔をそむけた。

バターズリー夫人は手慣れた様子で招待客を次々にさばいた。列の前の二人が挨拶《あいさつ》をすませ、マリアンヌたちの番になった。夫人はミセス・ウィロビーが誰だかまったくわかっていないふうだったが、如才なくにこやかに挨拶した。マリアンヌも同じく適度に温かく迎えられた。大きなパーティなので、主催者ですらよく知らない客がたくさんいるにちがいない。マリアンヌにとっては願ってもない機会だった。さして親しい仲でもないのに誘ってくれたミセス・ウィロビーには感謝しなくてはならない。

人が多すぎて移動するのも困難なほどだった。こんなに混雑していては、踊れるのかしら？　マリアンヌはいぶかしく思った。それでもどうにか人々をかきわけて壁ぎわにたどりつき、空いた椅子を二つ見つけた。ミセス・ウィロビーはどっかと腰をおろし、上気した顔を扇子であおいだ。そして、上流階級入りの野心むきだしの面持ちであたりを眺め回すのだった。

「あら、ブルウェン夫人だわ――よく出てらしたものね。なんでも借金が返せなくて捕まりそうだという話なのに」同情のつもりか、ミセス・ウィロビーはちっちっと舌を鳴らして首を振った。「あそこにいらっしゃるのは、ハロルド・アップスミス。ご存じ？　弟のジェイムズと違って、非の打ちどころのない立派な紳士よ。ジェイムズはどうしようもないろくでなしなの」

「そうなんですか」マリアンヌは小声で答える。聞いているということを示すために、ときおりうなずいたり相づちを打ちさえすればよい。ミセス・ウィロビーが上流志向であると同時に根っからの噂《うわさ》好きなのは、マリアンヌにとってまことに好都合だった。このパーティにしばらくいるだけで、すでに何年も社交界に出入りしているかのような情報通になれるだろう。

　だがマリアンヌは、そのことよりも右側にすわっている婦人の頭ごなしな言い方が気になりだした。「ペネロピ、前かがみになってみっともないですよ。それに、もっと楽しそうな顔をしなさい。お通夜じゃあるまいし」

　それとなくマリアンヌが横を見ると、声の主はおよそ似合っていない紫色のドレスを着た大柄な婦人だった。胸が船の舳先《へさき》のように張りだしていて、あごもそれに劣らず突きでている。この婦人もまた、動物の肉を食べる鳥のような目つきでパーティの客たちを観察していた。そのあいまに若い女性の連れに高圧的な指図をしたり、結婚相手として有利な独身の紳士についてあれこれごたくを並べたりしていた。白いドレスを着た連れの若い女性は婦人とマリアンヌのあいだにいて、器量よしとは言いがたい。未婚の娘は舞踏会に白を着るのがならわしであるのは、マリアンヌも承知していた。けれどもこのお嬢さんの場合、白いドレスのせいで顔色がますます悪く見える。それに、鼻にちょこんととまっている眼鏡がいけない。顔の造作の中でいちばんいいのは温かみのある茶色の目なのに、そのせっかくの美点が眼鏡で隠されている。

「はい、お母さま」両手をひざの上でにぎりしめ、抑揚のない声でペネロピは答えた。眼鏡の位置を直すために手をあげたひょうしに、ひざにおいた扇子が床にすべり落ち、はね返ってマリアンヌの靴のつま先にのっかった。

「なんてぶきっちょなの、ペネロピ。不器用な女なんか誰にも好かれませんよ」

「ごめんなさい、お母さま」ペネロピは赤くなってかがみこみ、扇子を拾おうとする。けれどもすでに、マリアンヌが拾いあげていた。

マリアンヌは扇子を手渡しながら、にこっとほほえみかけた。かわいそうに、このお嬢さんは誰からもダンスを申しこまれずに壁の花になっているうえ、母親からひっきりなしにがみがみとがめだてされるのを我慢していなくてはならないとは。

「ありがとうございます」ペネロピは恥ずかしそうに笑みを返し、小さな声で礼を述べた。

「どういたしまして。ずいぶんこみあっておりますのね」

ペネロピは勢いこんでうなずく。眼鏡がきらっと光った。「私、人ごみは苦手なんです」

「ミセス・コターウッドです。マリアンヌ・コターウッドと申します」自己紹介はあまり品がよくないことだと見なされているのだけれど、このペネロピというお嬢さんはあまり気にしないたちのようだ。母親のほうだったら、厚かましいと拒絶するのではないか。

思ったとおり、ペネロピは気持よく応じた。「はじめまして。私はペネロピ・カースルレイと申します。お近づきになれて嬉《うれ》しいです」

「私のほうこそ嬉しいわ。自分から話しかけるなんてずうずうしいとお思いでしょうね。でも引きあわせてくださる方が近くにいらっしゃらないというだけの理由で、黙って並んですわっているなんておかしいじゃありません？」

「ほんと、そのとおりですわ。私だって、もうちょっと勇気があれば自己紹介していたでしょう。だけど、とっても臆病《おくびょう》なものですから」

そのときようやく、くどくどしゃべりつづけていたペネロピの母親が娘の様子の変化に気がついた。自分の話を聞きもしないで、知らない女と言葉を交わしているとは。眉をひそめ、柄つきオペラグラスでマリアンヌをうさんくさげに見た。

「ペネロピ！　いったいどういうことなの？」

ペネロピはびくっとして、間が悪そうな顔をする。だがすぐに母親のほうに向き直り、明るく言った。「ちょっとミセス・コタ―ウッドとお話ししていただけ。先週ニコラのお宅でお目にかかったの」

根ほり葉ほり訊《き》かれないうちに、ペネロピはマリアンヌに母親のレディ・アーシュラ・カースルレイを紹介した。

反対側からミセス・ウィロビーが身をのりだして、嬉しそうに口をはさんだ。「あら、ミセス・コターウッド、カースルレイ夫人をご存じなの？　レディ・カースルレイ、ミセス・ウィロビーですわ。ミセス・ブラックウッドの園遊会でお目にかかりましたわね。去年の社交期だったと思いますけど」

「へえ、そうでしたか？」アーシュラの応答のそっけなさには、ミセス・ウィロビーほど心臓が強くなければひるんでいただろう。

「ええ、そうですとも。奥さまがお召しになってらしたドレスがすてきですことと、申しあげた覚えがございますもの」どういうドレスだったか細かく説明しながらミセス・ウィロビーは立ちあがってマリアンヌたちの前を通り、アーシュラ・カースルレイの隣の空いた席に腰をおろした。

それをいいことに、マリアンヌは二人の婦人からしばし逃げだすことにした。「ミス・カースルレイ、少しぶらぶらいたしませんこと?」

ペネロピの表情がぱっと明るくなった。「ええ、喜んで」

ミセス・ウィロビーのおしゃべりにうんざりしていたこともあるが、マリアンヌは同時にペネロピにいっときでも息抜きさせてあげたくもあった。貴族の令嬢という身分にもかかわらず、ペネロピにはなんとなく通じあえるものがあるような感じがしている。やかましい母親に抑えつけられている内気なペネロピを見るに忍びなかった。

レディ・アーシュラの目のとどかないところに行くにつれ、ペネロピは見るからに気分が軽くなるようだった。歩きながらマリアンヌはあたりを見回し、半ば機械的に目を配っていた。パーティがひらかれている大広間には、思っていたほど金目のものがない。超満員の部屋に風をとおすために、外へ通じる丈長の窓はどれもひらかれている。マリアンヌはペネロピを窓ぎわに連れていった。

「息がつまりそうだったけれど、このへんに来るとだいぶ楽になるわね」

「ええ、外の空気が気持いいですね」

マリアンヌは何げないふうを装って、二階の大広間の窓から下を見おろした。屋敷の裏手にある小さな庭園には、目隠しになるような木々や垣根がない。それでも念のため窓や錠に職業的な目を走らせた末に、ペネロピをうながして窓辺から離れた。

ふたたび歩きだしてから、マリアンヌはうなじのあたりに視線を感じて振り返った。やはりあの男――挨拶の列に並んでいたときに私をじっと見ていた人だ。目が合うと、男は頭をさげた。経験したことのない熱い感覚が身うちに広がる。当惑したせいだと片づけた。

「ペネロピ……」マリアンヌは連れの腕に手をかけた。「あの男の方はどなた？」

「え、どの男の方？」ペネロピは足を止め、あたりを見回した。

「あそこよ」マリアンヌは身ぶりで示した。

ペネロピは眼鏡に手をやり、マリアンヌの視線の方向を見た。「ああ、あの方。ランベス卿《きょう》のことかしら」

「高慢ちきな笑い方した美男」

マリアンヌの描写に、ペネロピは微笑を返した。「それなら、ジャスティンよ。ランベス侯爵」

「あの方、さっきからずっと私を見てるの。困るわ」

「男の人に見られるのは慣れていらっしゃるんじゃないかと思うけど」ペネロピは顔をほころばせて言った。赤毛に真っ青な瞳、乳色の肌のマリアンヌ・コタ―ウッドはまばゆいばかりの麗人だ。舞踏室に足を踏み入れたとたんに、ペネロピの目に入ったくらいだった。今宵《こよい》の装いとしては地味なほうだが、すっきりしたドレスが曲線の美しい長身をいっそう引きたてている。フリルやリボンで飾る必要がないほど美しかった。

「ほめてくださったのだったら、ありがとう。でもあの方に無礼なくらいじろじろ見られたのは、これで二度目なのよ。私に気づかれても平然としてるの。目をそらしもせずに見つづけているなんて……」

「傲慢《ごうまん》だとおっしゃりたい？　そうお感じになっても当然よ。だって、ランベス卿が傲慢なのは事実なんですもの。よってたかってご機嫌取るから、そうなっても仕方がないとは思うけど。とりわけ結婚したがっている女の子たちにとてももてるの」

「花婿候補として大人気なの？」

ペネロピはくすくす笑った。「そういうこと。ランベス卿の噂をお聞きになったことは一度もないの？」

「ええ。この何年かは、バースでひっそり暮らしていたから――主人が亡くなってから」

「そうでしたの。存じませんで、失礼しました。ランベス卿はバースみたいな静かな町にはあまりいらっしゃらないと思うので、噂がお耳に入らなかったのもわかります」

「遊び人なの？」

「ランベス卿が飛び抜けて遊び人かどうかはわからないわ。でも、退屈がお嫌いみたい。退屈せずにすむためならどんなことでもするると、バッキーが話してました。先月、窓の隅で蜘蛛《くも》がどのくらい速く巣をつくるかで、ランベス卿とサー・チャールズ・ペリンガムが賭《かけ》をしたんですって」

マリアンヌは顔をしかめた。「なんだか並外れてばかな男のように聞こえるけど」

「サー・チャールズはそう。でも、バッキーが言うには、ランベス卿は頭がいいんですって」

「バッキーって、どなたなの？」

ペネロピはほんのり赤くなった。「バックミンスター卿です。私の親友のニコラ・ファルコートのいとこなの。とても人気のある花婿候補よ」

「バックミンスター卿が？　それともランベス卿のこと？」

ペネロピの顔はますます赤みを増した。「それは、どちらも。ランベス卿のお話にもどると、大富豪なんだそうです。お父さまがストーブリッジ公爵で、娘のお婿さんを探しているお母さまたちはみんなランベス卿をねらっているの」

「なるほど」だからあんなぶしつけな目つきで女を見るのだわ。たぶんこのパーティに来ている女性たちのほとんどが、ランベス卿とやらの注意を引くことができたら有頂天になるのだろう。もう一度、マリアンヌは振り返ってみた。だが、ランベス卿の姿は消えていた。マリアンヌとペネロピはまた歩きだした。

「だけど、いくらねらっても無駄だと思うの」ペネロピは続ける。「母の話だと、ランベス卿とセシリア・ウィンボーンのあいだにはいずれ結婚するという暗黙の了解があるんですって。理想的な縁組と言われてるの。両方とも同じくらい家柄がいいし、セシリアの側には家名を汚すような事件は一つもないんです――ひどく気取っていて、しかつめらしい人たちばかりなの」

マリアンヌは笑った。

決まり悪げにペネロピは謝った。「ごめんなさい、こんなこと言って。はしたないとお思いになったでしょう。口をつつしみなさいって、母によく言われるんです」

「とんでもない。あなたとお話しするのは、とっても楽しいわ。口をつつしまないから面白いのよ」

「本当ですか？」ペネロピは嬉しそうだった。「私、いつも変なことを言ってしまうのじゃないかと心配ばかりして。だから、いざ話をする段になると、舌が回らなくなってしまうの」

「私もそうよ」相手を思いやって、マリアンヌは嘘をついた。実際は、引っ込み思案で苦労したことはほとんどない。聖アンセルム孤児院の院長には、数ある欠点の中でも遠慮しないところがとりわけ悪いといつも言われていた。

マリアンヌの言葉に元気づけられたペネロピは率直に話しだした。「バッキーはランベス卿のことをいいやつだと言って、好いているわ。でも、私はあの人が怖いの。とても尊大で冷たい感じがするんですもの。みんなそう言ってるわ。そういうところは、あの方のご家族も同じなの。お母さまなんかランベス卿よりもっと恐ろしいわよ」

「恐怖の的というわけ？」

「そうそう。ここだけの話だけど、ランベス卿のお母さまとセシリア・ウィンボーンは同類なんじゃないかと私は思ってるの。でもランベス卿は愛なんて信じていないようだから、それでもかまわないのでしょう」

「ふーん、似たもの夫婦になるのね？」

ペネロピは笑いだした。

「やあ、ペネロピ！」男の声に、二人は同時に振り向いた。背が高くて薄茶色の髪の男性が人のよさそうな顔に笑みをたたえて、こちらに近づいてくる。「母上のいないところでペネロピを捕まえられるなんて、こりゃ運がいい」

温和なペネロピのまなざしが光り輝いた。「バッキー！　今夜はここにいらっしゃらないんじゃないかと思ってたけど」

「いや、オペラを早く抜けだしてきたんだ。ニコラのお母さんにこの次会ったら、とっちめられるだろう。しかし、あのオペラってやつはまったく！　あんなにぎゃあぎゃあわめかれては、男はたまったもんじゃない！」

　ペネロピはほほえんだ。「ファルコート夫人はわかってくださるわよ」

「さあ、どうかな。だけど、ぼくにエスコート役を断られるといけないと思って、あまり文句は言わないだろうね」バッキーはマリアンヌのほうを向いた。「失礼いたしました。初対面の方の前で……」マリアンヌに目をとめたとたんに言葉がなめらかに出なくなり、バッキーの顔色はめまぐるしく変わった。「あ、その、ぼくは……」

　バッキーは頭をなぐられでもしたような顔をしている。マリアンヌは必死で笑いをこらえた。

「ミセス・コターウッド、こちらはバックミンスター卿です」ペネロピが紹介した。

「はじめまして」マリアンヌは礼儀正しく手をさしだした。

「これはこれは……お目にかかれて光栄です」バッキーはかろうじて挨拶し、前に進みでた。とたんにつまずきそうになったが、すんでのところで踏みとどまる。マリアンヌの手を取り、押しいただくようにしておじぎした。手を離してからも満面に笑みをたたえ、うっとりとマリアンヌに見とれている。

　胸のうちでマリアンヌはやれやれとため息をついた。ペネロピがひとかたならぬ恋心をいだいているのは一目瞭然《りょうぜん》なのに、当のバッキーは気にもとめていないふうだ。おまけに、初めて会ったマリアンヌに一目惚《ぼ》れしたのを隠そうともしないとは。こういう反応を示した男性はほかに何人もいた。自分の容貌が男好きするのはマリアンヌも知らないわけではない。だからといって、うぬぼれてはいなかった。それというのも、飛び抜けて美しい容姿は幸運よりも災いのもとになることのほうがはるかに多かったからだ。

それに、勝手にのぼせあがられても迷惑なだけだった。しだいにマリアンヌはそういう男たちをよせつけないようにしたり、早々にはねつけるすべを会得するようになった。けれども今度ばかりはペネロピの感情を傷つけそうで、まずいことになったと思う。ペネロピは悲しそうだが、あきらめているようにも見えた。バッキーはといえば、あっけらかんと笑っている。

マリアンヌは愛想よく話しかけた。「バックミンスター卿、お目にかかれて嬉しく存じます。でも、私、ゆっくりお話ししていることができませんの。すぐもどらないと、ミセス・ウィルビーが心配なさいますので」

「ぼくもまいります」バッキーはシャツの袖口《そでぐち》を直しながら張りきって言った。するとなぜか金のカフスボタンが外れ、床にころころころがった。「あっ……」あわてて腰をかがめ、拾おうとする。

「いいえ、それはいけません。あなたはペネロピとご一緒にいらして。いっぱいお話があるでしょう」

バッキーが床のカフスボタンに気を取られているあいだに、マリアンヌは急いでその場を離れた。どちらかといえば失礼な去り方だけれど、ペネロピの気分を害することにはならないだろう。

人々の群れのあいだを縫って、マリアンヌは大広間の戸口へ急いだ。室内の人いきれでやむなく外へ出ようとしているかのように、扇子をひらいてあおぎながら歩いた。廊下に立っている二人の従僕の前を通りすぎ、いかにも何げないふうを装って扉や窓、階段の位置を記憶にとどめる。肖像画を鑑賞しているふりをしながら足を止め、それとなく窓の外に目をやって街路から侵入できるかどうか確かめた。それから従僕の視界から外れるまで右のほうにぶらぶら進んだ。

そこでほかの客や召使いが一人もいないのを確認し、廊下ぞいの部屋を一つ一つのぞきはじめた。どの部屋にも、高価な美術品や家具がたくさんある。だがマリアンヌが注目するのは、銀器や装身具など持ち運びに便利で売りやすい品物だった。たいていの家の金庫は書斎にあるので、何よりもまず書斎を探すことにしている。金庫のありかと侵入および脱出の場所の見当をつけるのが、マリアンヌの主な仕事だった。

客間が二つと音楽室はあったが、書斎は見つからない。廊下を取って返すと、パーティがひらかれている舞踏室に通じる別の広い廊下と交差する地点に近づいた。マリアンヌは歩をゆるめ、ふたたびせっせと扇子を使いながら、肖像画の数々に見入っているふりをした。広い廊下を横切りざま、すばやく舞踏室のあたりに視線を走らせた。大広間の外で話をしている二人の男性も従僕たちも、マリアンヌにとりたてて注意を向けているふうではない。

そのまま廊下を横切って人影のないところに来ると、マリアンヌはまた各部屋の扉をあけて中をのぞきこみだした。二番目の扉の内部は、どうやら男性の憩いの場所らしい。書斎というよりは喫煙室のようだ。机も本棚もなくて、大きい安楽椅子がいくつかすえてある。ウイスキーやブランデーの瓶が数本とグラスが並んだ棚のほかに、葉巻ケースが二個とパイプ掛けをのせた狭いテーブルがあった。犬や馬がたくさん描《か》かれている狩猟風景の絵の額が何点も壁にかかっている。

マリアンヌはにんまりして、扉のわきのテーブルからろうそくを取った。廊下の壁に取りつけた燭台の火でろうそくを灯し、さっと部屋に入って扉を閉めた。この仕事の最も危険な側面でありながら、醍醐《だいご》味を味わう場面でもある。パーティの客である自分が主人の喫煙室にいるところにたまたま誰かが入ってこようものなら、申しひらきするのに苦労するだろう。もちろん、鍵《かぎ》をかけることはできる。だがそんなことをすれば、ますます怪しまれるだろう。ともかく、できるだけ早く仕事をすませるしかない。万が一見つかったら、あでやかにほほえんで弁舌さわやかに切り抜けられるよう祈るのみ。

どきどきしながらマリアンヌはろうそくをテーブルにおき、まずは絵の額をずらして後ろの壁を調べはじめた。三番目の絵でねらいは的中する。壁の内部に金庫がつくりつけられていた。顔を近づけて錠前を観察すると、数字の組みあわせではなく鍵であける種類であることがわかった。

「失礼ですが、ご主人の部屋の金庫破りを黙って見過ごすわけにはいきません」いきなり背後から男の声が聞こえた。

マリアンヌは飛びあがらんばかりに驚き、ぱっと振り向いた。戸口にゆったりとよりかかり、片方の眉をつりあげて皮肉っぽくこちらを見ているのは、あのランベス卿だった。

2

しばらくのあいだマリアンヌは身じろぎもせず、ランベス卿《きょう》を見つめるばかりだった。どうしたらいいだろう？　ようやく笑顔をつくり、貴族に対する尊称で呼びかけた。「ミロード、びっくりするじゃありませんか！」

「そう？」ランベス卿が白い歯を見せて笑った。マリアンヌは不意に狼《おおかみ》を思い浮かべる。「あなたはもっと肝がすわっていると思っていたが……あなたの職業からして」

マリアンヌはすっくと背筋を伸ばし、レディ・クォーターメインの尊大な顔つきの真似《まね》をこころみた。「なんとおっしゃいました？　わたくしの職業ですって？　いったいどういう意味か、さっぱりわかりませんわ」

「なかなか芝居がお上手ですな」ランベス卿は室内に入ってきて、扉を閉めた。「現場を目撃していなければ、ぼくもだまされたでしょう」

「何なさるの？」内心の恐れで声がうわずっている。マリアンヌは無理して低い声を出した。「扉をあけておいてください。いけないことですよ」

「盗みの現行犯について話すからには、あなたとしても人に聞こえないように戸を閉めておいたほうがいいかと思っていたんだが。しかしもちろん、扉をあけてもいいですよ。聞こえてもかまわないなら……」

ランベス卿が扉をあけに行きかけると、マリアンヌはあわてて前に出た。「いえいえ、待って！　あなたのおっしゃるとおりですわ。お話は二人だけでいたしましょう」

マリアンヌがひっぱたきたくなるほど小憎らしい笑みを浮かべて、ランベス卿は腕を組んだ。「弁明なさりたいんですね？　どうぞ。ぜひうかがいたいものです」

「あなたに弁明しなければならないことなんか何もありません」マリアンヌはむきになって言い返した。

動転がおさまると、持ちまえのきかん気がもどってきた。とりわけ相手の気取った笑い方が癇《かん》にさわる。マリアンヌが軽蔑《けいべつ》している貴族のいやなところをすべてそなえた男だ。おおかたの人間を自分より下だと決めこんで、見くだす高慢なやから。

「だったら、あなたが喫煙室をくまなく捜し回っていたと、この家のご主人に報告してもご異存はないというわけですか？」

「何をおっしゃるんです！　わたくしはただ眺めていただけですわ。それのどこがいけないのでしょうか？」

「金庫も眺めていただけ？」隠し金庫のある壁の部分にかかっていた絵は、まだななめになっている。

「金庫ですって？」マリアンヌとしては、あくまでしらを切るしかなかった。

ランベス卿は口の端を曲げた。「ええ、金庫です。あの絵の後ろにある金庫をあなたはあけようとした」

「そんなことしていません！」マリアンヌはいきりたってみせる。「絵が曲がっていたので、直そうとしていただけです」

ランベス卿は声をあげて笑った。「いい度胸だ。見あげたもんですよ。しかし、ぼくは現場を見ている。あなたもご承知のとおり。実際のところ、つまらないパーティだったのがあなたのおかげで俄然《がぜん》、面白くなってきた」

「それ、ほめてくださっているおつもり？」ランベス卿がそばによってきたので、マリアンヌは後ろへさがった。近づかれるのは困る。ランベス卿は大嫌いだし、敵でもある。それなのに、ほほえみかけられると、みぞおちのあたりが妙にうずきだすのだった。間近からは、透きとおった金色のシェリー酒のような色合いの瞳がよく見える。濃いまつげにふちどられたそのまなざしから、マリアンヌは視線をそらすことができなかった。

マリアンヌの気持を見抜きでもしたように、ランベス卿の目はおかしそうに笑っている。

「そう、そのとおり。お嬢さん方にはおおむね退屈させられるものだから」

「わたくしはお嬢さんではありません。未亡人です」

「本当に？」

「ええ、もちろん本当です。なんてことおっしゃるんですか！」体温すら伝わってくるような近づき方に、マリアンヌはさらに一歩さがった。けれども酒の棚にはばまれて、それ以上は後ずさりできない。やむなく体の両わきで棚に手をおき、まっすぐランベス卿を見あげた。「あなたって、ずいぶん無礼な方ね！」

「よくそう言われますよ。だけど、ぼくは間抜けじゃない。たぶらかそうとしても無駄です。最初からあなたを見てたんですから」

「わかっています。あのときすでに、あなたがいかに無礼か気がつきました」

「初めは、あなたがとびきりの美人だから見ていたんです」ランベス卿は微笑して手を伸ばし、人差し指でマリアンヌの頬をなでた。

経験したこともない快い戦慄《せんりつ》が身をつらぬいた。マリアンヌはそんな自分の反応が腹立たしく、ぐいと顔をそむけた。

「あなたがミス・カースルレイとバックミンスター卿のそばにいるのが見えたので、さっそく紹介してもらおうと思いました。だけど二人がいるところに行くと、あなたはもう去ったあとだった。廊下に出ていくあなたを見つけ、あとをつけたんです。そのあとのあなたの行動が実に奇妙なのに気づいたんですよ」

「わたくしをこっそり見張ってらしたんですか？　それこそ奇妙ですこと、ミロード」

「さっきもぼくに〝ミロード〟と呼びかけてましたね。あなたは、ぼくが貴族であることをご存じのようだ。だが、ぼくはあなたの名前すら知らない」

「そんなこと、あなたに関係ないでしょう」

「自分で名のったほうがいいんじゃないですか。いずれにしても、バッキーから聞くことはできるんです」

「マリアンヌ・コターウッド。ミセス・コターウッドです」マリアンヌはミセスというところをわざと強調した。

「ああ、そうだった。未亡人でしたね」

「そういう見くだした言い方はやめていただきたいと思います。未亡人でもないのに、未亡人ですと言うわけはないでしょう？」

「さあ、それはわからない。しかしまあ、たぶんそうなんでしょう。あるいは、それもまたぺてんの一部なのかもしれないし」

「ぺてんなんかじゃありません。こんなことを話していても意味ないわ。わたくしはもう行きます」

　マリアンヌがわきをすり抜けようとすると、ランベス卿は酒の棚をつかんで行く手をさえぎった。「いや、この家の部屋という部屋をのぞいたり、あちらこちらこそこそ探ったりしたのはなぜなのか説明するまでは行かせませんよ。それだけじゃない。この部屋に入ってからも室内を調べて回り、絵の後ろの壁に金庫があるのを突きとめたのはなぜか。理由を聞かせてもらいましょう」

恐怖感のせいもあって、マリアンヌののどはからからになった。今にもくっつきそうなところにランベス卿がいて、突き刺すような目で見すえている。呼吸が苦しくなり、体が熱くなったり冷たくなったりするのを感じた。

「あなたは盗人でしょう」ランベス卿は耳もとで言った。「それ以外には説明のしようがない」

「いいえ」かぼそい声でマリアンヌは否定した。唇もかさかさに乾いている。無意識に舌でなめていた。

ランベス卿の瞳の色が濃くなる。手が伸びて、親指がマリアンヌの下唇をなぞった。

「あなたほどの美女に出会ったのは初めてです。しかしだからといって、友達の家が盗難に遭うのを許すわけにはいかない」口もとを微笑がよぎった。「とはいうものの、バターズリー卿は友達ともいえないが。知人というところかな」

ランベス卿が顔を近づけるにつれ、ぬくもりや香りがマリアンヌを圧倒した。めまいのような感覚に襲われて、マリアンヌは目をつぶる。唇が重なった。びくっとはしたものの、よけようとはしなかった。こんなにも甘やかな心地よさは味わったことがない。マリアンヌは快感に身を任せた。ランベス卿の熱い息づかいが頬をかすめる。抱きよせられ、口づけが深まった。

全身――とりわけ下腹が火照り、とろけそうだった。マリアンヌはどんな男性ともこういう体験をしたためしがなかった。実際、ダニエルと別れたあとは男性にふれられたことさえほとんどない。ダニエルの接吻《せっぷん》も最初は甘美だったのだが……。

ダニエル・クォーターメインを思いだしたがために、マリアンヌの体はこわばってしまった。熱烈なキスや甘い言葉で迫る貴族にだまされてはいけない。どうせ利用され捨てられるだけなのだから。突然、ランベス卿の魂胆が読めた。マリアンヌは抱擁を振りほどき、ランベス卿の頬に平手打ちを食らわせた。

「あなたが何してるのかわかってるわ！」

「見てのとおりだと思うが」ランベス卿は動じる色もなく答える。

「口止めのためにあなたと寝るだろうと思ってるんでしょう！」

「そんなことは言ってない――」

「言うまでもないことでしょう。現に、見てのとおりだとおっしゃったじゃありませんか。わたくしを泥棒呼ばわりしたあげくに、キスしはじめたんですもの。ほかに考えようがないわ」

「あなたの美しさに惑わされて、肝心の用件をいっとき忘れただけですよ」

「おやめください。わたくしは、ばかでも娼婦《しょうふ》でもないんです。時間の無駄ですよ。お知りあいの方みんなにわたくしを中傷する話をなさるとしても、あなたとベッドを共にするつもりはありません」マリアンヌの目は怒りで燃えている。そのまなざし。紅潮した頬。先ほどの口づけで濡《ぬ》れている肉感的な唇。それらすべてがいかになまめかしく見えるか、当のマリアンヌは気づいていない。

「つまり、身持ちのよい盗人というわけか」

むっとしてマリアンヌが言い返そうとしたところに扉があき、中年の男性が入ってきた。男は仰天して、足を止める。

「これは驚いた」

「バターズリー卿」ランベス卿が年上の男に呼びかけた。

マリアンヌは肝を冷やした。万事休す、か。私が盗みの目的でこの部屋を捜し回っていたと、主人に言いつけられてしまうだろう。実際に盗んだものはないという事実だけが頼みの綱ではあるけれど。とはいっても貴族仲間が告発すれば、巡査がやってくるだろう。

「やあ、ランベス。これはいったいどういうわけなんですかね？」

ランベス卿は意味ありげな微笑を浮かべてみせる。「お察しのとおりですよ。つまり、そのう……ご婦人に気持を伝えたくて、二人きりになれる場所を探してたもので……」

マリアンヌは顔から火が出そうな気がした。ランベス卿は、二人が密会していたとほのめかしているのだ。ともかく、警察に突きだされなくてよかった。安堵《あんど》と同時に、名誉を汚された屈辱感もおぼえた。

「つまり、あいびきかな？　私の喫煙室で？　いや、驚いた……」

ランベス卿は肩をすくめ、赤くなった頬にわざと手を持っていく。「いえ、あいびきとまでは言えません。なんせごらんのとおり、ミセス・コターウッドにはひじ鉄を食わされましたもので」後半はマリアンヌに向かって言った。「何も暴力をふるわなくてもいいでしょう。一言いやと言ってくれれば事足りるものを」

「あなたのお話なんか、もう聞きたくありません！」気色ばんだマリアンヌの声音は演技ではなかった。渦巻く感情に翻弄《ほんろう》され、今にも泣きだしそうだった。にもかかわらず、逃げだす潮時をとらえる判断力は失っていなかった。「無礼だわ、まったく！」マリアンヌは、バターズリー卿の肥満体のわきを小走りにすり抜けて部屋を飛びだした。こんな状況では、ランベス卿とて追いかけてくることはできない。

階段に向かって廊下を走る。パーティの客の姿が見えるところまで来たとき、初めてマリアンヌは速度をゆるめた。階段を駆けおりたりしたら、たちまち人目を引くだろう。誰かに声をかけられたり肩に手をおかれたりしないかとはらはらしながら、できるだけ早足で歩いた。さいわい何事もなく、玄関にたどりつく。屋敷の前の通りには、客待ちの辻《つじ》馬車が数台停《と》まっていた。そのうちの一台に大急ぎで乗りこんだ。

すぐ馬車が走りだしたので、マリアンヌはほっとした。窓からのぞいてみたが、ランベス卿が追ってくる気配はない。パーティ会場にもどったものと思って、大広間で私を捜しているのだろうか。あるいは、わざわざ捜すほどのこともないと思っているのかもしれない。なにしろ女性に不自由するはずのないランベス卿のことだ。おとなしくしたがおうとしない女を苦労して追いかける必要もないだろう。それにしても、どうしてバターズリー卿に嘘《うそ》をついたのかしら？　おそらく、あとで脅せば言うことを聞かせられるのではないかと、踏んでいるのかもしれない。

マリアンヌは内心ほほえむ。私を捜しだそうとしても無駄よ。パーティで会った人たちはもとより、ミセス・ウィロビーでさえ私がどこに住んでいるのか知らないのだ。ピアズが〝抜け作ども〟と呼んでいる人々の世界と自分の私生活とは完全に切り離すように、細心の注意を払っている。それに、ロンドンの上流社会の中でも最上の部類に属する人たちが集まるパーティに出かけたのは、今夜が初めてだった。これまで何年間か、ロンドンやその他の都市の金回りのいい人々や、さして大きくない土地の持ち主を獲物にしてきた。そういう連中は最高級の社交界に出入りしたりはしない。そしてこの一、二年は試験的にブライトンやバースなどの保養地に住みこみ、これらの町で休暇を過ごす貴族階級相手に腕をみがいた。ロンドンの超上流社会で腕試しをすることに決めたのは、ほんの二カ月ほど前である。

まずはロンドンに居を移し、ミセス・ウィロビーなどの知人たちを訪問することから始めた。この人たちとはバースやブライトンで知りあい、ロンドンに来ることがあったらぜひ訪ねてくるように誘われていたのだった。そうやってだんだん交際の範囲を広げていければと、マリアンヌは願っていた。たまたまミセス・ウィロビー宅を訪問していたときに、バターズリー夫人の招待状が舞いこんできたのは幸運としか言いようがない。有頂天になったミセス・ウィロビーは、自慢したいばかりに衝動的にマリアンヌを同行させることにしたというわけである。思っていたよりも早く、マリアンヌはさらに上の階級に近づけることになったのだ。

ああ、それなのに――何もかも台なしになってしまった。マリアンヌは座席の背によりかかって目をつぶり、思案にふけった。みんなであれほど身を粉にしてはたらき……時間と努力を惜しまず……引退に必要な金をロンドンで稼ぐつもりでがんばってきたというのに。すべてが水の泡だとは。馬車がメイフェア周辺のこぢんまりした家の前に停まったときは、マリアンヌの気分は最悪だった。

馬車をおりて御者に金を払い、のろのろと家に向かって歩いた。手をかけようとしたところで、扉がぱっと内側からひらいた。ウィニーがにこにこして立っている。

「帰ってくるの待ってたんだよ」ウィニーはこの数年間に上品な英語を身につけようと努めてはきたものの、興奮すると少しぼろが出てしまう。

いまだにウィニーは小柄だ。最近はまともな食事をしているおかげで体重が増え、顔色もよくなってきてはいる。けれども成長期の栄養不良は、あとになってからでは取り返しがつかない。聖アンセルム孤児院で出会って以来二人は友達になり、年上のウィニーが院を離れるまでずっと一緒に育った。ウィニーは孤児院の近くのクォーターメイン邸で召使いとしてはたらくようになってからも、たまの休日にはマリアンヌに会いに来たものだった。マリアンヌが十四歳になって孤児院を出る日が来ると、ウィニーは奉公先のクォーターメイン家を取りしきる家政婦に友達を推薦した。そしてその後、マリアンヌがクォーターメイン邸を追いだされたあとの二年間を除いて、二人は離れればなれになったことはない。二年ほどたって生活がようやく落ちついたとき、マリアンヌはウィニーを呼びよせた。こうしてウィニーも、マリアンヌの新しい〝家族〟の一員になったのだった。ウィニーにはほかの家族たちのような特技はないけれど、これまでの経験を生かして家事を引き受けている。

「みんな居間で待ってるわよ」ウィニーが告げた。

マリアンヌはますます気がめいった。今夜の使命はロンドン社交界のお歴々に接近して、一家の初仕事の手引きをすることなのだ。あんなどじを踏んでは、期待に胸をふくらませている家族に合わせる顔がない。それでも、みんな、いたわってくれるだろう。今までもそうだったように。マリアンヌの経験では、親切にしてくれるのはいつも社会からつまはじきにされている人たちだった。けれども優しくされればされるほど、期待を裏切ったのがつらくなる。

　ウィニーの先に立って、マリアンヌは居間へ行った。全員そろっている。家長のローリー・キアナン。いちばん年上なので、みんなに愛情をこめて〝おやじさん《ダー》〟と呼ばれている。ローリーは妻のベッツィーとともにソファにすわっていた。ベッツィーはカードの達人で、かもから金を巻きあげるのが得意だ。ローリーはロンドンの大物すりの一人に数えられていた。夫婦とも、ほぼ足を洗っている。いやに黒っぽい髪の中年女性は二人の娘のデラだ。ソファの横の椅子にすわっていたデラは、マリアンヌの姿を見るなりぱっと立った。

「マリアンヌ！」こぼれんばかりの笑みでデラは腕を広げ、マリアンヌを迎えた。背が低くてふくよかな体つきのデラは、若い頃《ころ》はさだめし美人だっただろう。茶色の目をきらきらさせ、釣りこまれそうな笑い方をする。マリアンヌにとっては、母親のような存在だった。横にすわっている屈強な小男のハリスンは、デラの夫だ。八年以上前に初めてロンドンに来たとき、マリアンヌはこの夫婦に助けられた。

　当時はメアリー・チルトンと称していたマリアンヌは、十九歳になるかならぬかという若さだった。よるべない身で不安におののき、そのうえ妊娠していた。クォーターメイン家で召使いとしてはたらいていたのだが、オクスフォード大学で停学処分にされていた長男のダニエルに目をつけられた。暇に任せてダニエルは、マリアンヌを言葉巧みに誘惑した。うぶだったマリアンヌは愚かにも、愛されていると信じこみ、つかのまの幸せにひたっていた。だが、甘い言葉だけでは思いどおりにできないと知ったダニエルは、力ずくでマリアンヌの体をうばった。傷心のマリアンヌは思いあまって家政婦に相談した。家政婦には、事を荒立てると自分に不利になるだけだから黙っていたほうがいいと言われた。間もなくダニエルはオクスフォードにもどるので、それまで顔を合わさずにすむように厨《ちゅう》房《ぼう》の仕事をさせてくれることになった。

やがてマリアンヌは妊娠していることに気がついた。おなかの子のために自尊心を胸にしまいこみ、ダニエルに助力を請う手紙を書いた。だが、なんの返事もなかった。おなかが目立ちはじめると、マリアンヌを首にするようレディ・クォーターメインは家政婦に命じた。その地域のほかのお屋敷でも勤め口はなかった。身重の召使いを雇おうとする家があるはずはない。人間関係の希薄な大都会に行けば、おなかが大きくてもはたらかせてくれるところはあるかもしれないと思って、マリアンヌはロンドンに出てきた。ウィニーが貯金のありったけをくれた。けれどロンドンでも職は見つからず、いくらもしないうちにウィニーのわずかな貯金も底を突いてしまった。

先の望みがまったくなく、食べるものにも事欠いていたマリアンヌは、空腹のあまり屋台の果物を盗んだ。手際が悪くて見つかり、果物売りに追いかけられた。その現場を見ていたデラとハリスンが、窮地におちいったマリアンヌを助けた。まずハリスンが巧妙に果物売りを蹴《け》つまずかせたあげくに助けおこして大げさに謝り、服の埃《ほこり》を払うと言って聞かず、そのうえ長々となぜそうなったのかを説明しだした。そのあいだにデラがマリアンヌの腕を取って、すばやくその場から離れた。デラは下町にある自分たちのアパートにマリアンヌを連れていき、夕食を食べさせた。親切にされて胸がいっぱいになったマリアンヌはわっと泣きだし、デラに一部始終を打ち明けた。

この世に一人きりで頼る家族とてなく、暮らしの道も断たれたマリアンヌの身の上話を聞いて、デラはかわいそうでならなかった。こんな境遇の娘は貧民を収容する施設に行くしかないのだが、誰にしろそんなむごい目には遭わせたくなかった。それでデラとハリスンは、何も言わずにマリアンヌを引きとることにした。

この恩人夫婦のためならばどんなことでもしようと思っているくらい、マリアンヌは心の底から感謝している。デラとハリスンの稼業が泥棒だとわかった時点で、マリアンヌの道徳観は変わった。善悪の基準について孤児院で教わったことには関《かか》わりなく、デラもハリスンも善人だった。一方、立派な人ぶっているレディ・クォーターメインや聖アンセルム孤児院の女院長の心根は邪悪なのだ。

デラとハリスンは普通の泥棒ではない。ハリスンは頭脳型で、住人に気づかれずに家に侵入し、金庫をあけるのが専門だ。仕事の成功は相棒のデラに負うところが多い。デラは、上流階級の女のように話したりふるまったりする。デラが幼いときから母親のベッツィーは賭博《とばく》場を経営していて、自分のなりわいを継がせるべく上品な言葉づかいや立ち居ふるまいを教えた。ハリスンに出会ってからは、まずデラが金持ちの家に出入りして間取りや貴重品のありかを調べることにした。そうすれば、さらに効率よくハリスンが忍びこみ、その家の多すぎる財産を少し減らしてやったうえで、誰にも気づかれずに立ち去ることができる。

マリアンヌはハリスン夫妻の家で娘のロザリンドを産み、出産後も数カ月厄介になっていた。夫妻の重荷になっているのを心苦しく思いながらも、自分たち母子の生活費を稼ぐすべもなく途方に暮れていた。職業の経験といえば召使いしかない。けれども、子連れの女を雇ってくれる家はまずないだろう。といって、ロザリンドを手放したくはなかった。

解決策を思いついたのは、ハリスンだった。マリアンヌもデラと同じ仕事をすればいいという。マリアンヌは同年配の女性たちよりも話し方が上品だし、物腰に持って生まれた優美さがある。細かい作法や言葉づかいは訓練すればいい。貴婦人の装いをすれば、目の覚めるような美女になるだろう。マリアンヌの若さと美貌《びぼう》によって、さらに上流の世界に入りこむきっかけになるかもしれない。そういったことをハリスンは、いやに回りくどく言葉を選んで説明した。しまいにデラが笑いだし、マリアンヌのほうが自分より美人だということくらいよくわかっているとハリスンに言った。実際、これほど美しい女は見たことがないとつけ加えた。母親になったことや食事のせいで、マリアンヌの肌はつややかな光沢を放ち、ほっそりした体の曲線が丸みをおびてきた。

泥棒の仲間入りをすることに気持のとがめがなかったわけではない。だが、マリアンヌはそれを押し殺した。デラとハリスンのためならば、どんなことでもするつもりだった。それに、子どもを思う母性本能が強くはたらいた。娘には自分のような苦労はさせたくない。子どもがもっと楽に暮らせるためにはお金が必要だった。そこでデラはまず、上流社会の正統的な話し方と作法を教えた。夫妻が驚くほど、マリアンヌはたちまちそれらを身につけてしまった。これは生まれつきだと、ハリスンが断言した。ロザリンドが一歳になる頃には、良家の未亡人マリアンヌ・コターウッドと称してデラとともに社交的な訪問をするようになった。

機転がきいて度胸がすわっているマリアンヌにとっては、社交はさほど難しくはなかった。富裕層の人間と見なされるには、よい身なりをしなければならない。上等な服をたくさん用意し、食事にも気をつけた。娘と過ごす時間をできるだけとり、留守にするときはデラかベッツィーが喜んで赤ちゃんの世話をした。マリアンヌは仕事のうえでも優れていた。目ざとくて、記憶力が抜群だった。怪しまれることなく家を観察し、出入りに最適な戸や窓、最も高価で持ち運びしやすい貴重品などをすばやく特定できる。そしてそれらの情報のすべてをハリスンに伝える。デラはさっそくマリアンヌのほうが腕がいいと認め、仕事から半ば引退してのんびりすることにした。社交的な催しにマリアンヌと一緒に出かけるのも、年長者の付き添いが必要な場合だけに限った。

マリアンヌがハリスンの内偵役を務めるようになってから七年たつ。そのあいだにデラたちの財産は着実に増えた。今では高級住宅地にかなりの広さの家を借り、家政婦兼料理人としてウィニーを雇い、下働きの女中が二人もいる。家族の人数も増えた。年をとって仕事をやめたローリーとベッツィーが同居するようになった。次にハリスンとデラは、すりでその日暮らしをしていた浮浪児を引きとることにした。浮浪児のすり一味を牛耳る親玉の男がいて、寝るところと食事を与える代わりに子どもたちの稼ぎの大半を巻きあげていた。ハリスンは引きとった浮浪児ピアズを一人前の頭脳型泥棒に仕立てあげた。そのピアズも二十二歳になった。

デラはマリアンヌを椅子にすわらせた。「さ、全部聞かせてちょうだい。どう、豪華なパーティだった？」

「ええ、あんな豪華なパーティは生まれて初めて」マリアンヌは、しわのよった顔に白粉《おしろい》をぬったベッツィーから、そばかすだらけでしし鼻のピアズまで、待ちかまえていた面々を見回した。

「そうでしょうとも！」ベッツィーが声をあげて笑った。「あの人のお父さんがよくうちの賭博場に来てたわよ。お金をたくさん持っててね——少なくとも、来たときは。酔っ払いだったけど、本物の貴族だった」

「本物の貴族かどうかはわからないけど、お金はふんだんにあるようだわ。ただ……」マリアンヌは言いよどんでみんなを見回し、ため息をついた。「白状しちゃうと、私、ひどいへまをやっちゃったの」

ピアズが手を振って、こともなげに言った。「そんなことないって。姉さんはいつも何かしらへまだったと思うたちなんだ」

「そうよ、ピアズの言うとおりだわ。うまくやったにちがいないのに」デラも口を添えた。

「いいえ」マリアンヌはかぶりを振った。不意に涙がこみあげてきた。目をしばたたいて続ける。「何かしらへまをやったという程度じゃないの。大失敗よ。見つかってしまったの」

室内はしーんとなった。マリアンヌは一同の顔をまともに見ることができず目を伏せた。ようやくハリスンが口をひらきはしたものの、咳払《せきばら》いしなければ声が出てこなかった。

「見つかったといったって、それはまたどういうことなんだ？　きみはここにいるじゃないか。なのにどうして――」

「警察に突きだされはしなかったの。でも私の行動を目撃されて、非難されたわ。ああ、私としたことが、なんてうかつだったんでしょう。あの人がつけてきたのにまったく気がつかなかったとは！」

「しかし、誰が――わからんな。誰がつけてきたのかい？」

「ランベス卿よ。それより前にあの人が私を見ているのはわかっていたけれど。でも大広間を抜けだしたときには、ランベス卿の姿はどこにもなかった。私は書斎を捜して廊下をいったりきたりしてたの。金庫は書斎だろうと思って……客間の一つに上物の銀器があるのは確認したわ。結局、喫煙室に隠し金庫があるらしいのがわかって壁を調べていたとき、突然あの人があらわれたのよ」

デラが息をのむのが聞こえた。「まあ、たいへん。で、なんと言われたの？」

「金庫をあけようとしていただろうと言われたわ。もちろん否定して、絵の額が曲がっているのを直そうとしていただけだと弁明したけれど、信じてはくれなかった。私は泥棒にちがいない、大広間からずっとつけてきたと言ったの。廊下に面した部屋をすべてのぞいたのも知っていて、最後に喫煙室の壁にかかった絵の後ろの金庫を探っていたのも見られていたわけ。私の言い訳が嘘だとわかっていたのよ」

「なのに、そのことを人に言わなかったのね？　バターズリー卿にも話さなかったの？」

「ええ。それがなぜか、私にも解せないのだけど。ランベス卿は――なんと言ったらいいか、私が泥棒だという事実を面白がっているような感じなの。とっても変わった人。不意にバターズリー卿が部屋に入ってきたときにも、私が何をしてたのか一言もしゃべらなかったわ」

「本当によかった！」

「そうそう」ハリスンも妻に相づちを打つ。「それにしても、なぜ黙っていたんだろう？」

「そりゃあ、決まってるだろうが」ローリーが初めて口をひらく。「わしの娘の亭主としたことが、わからんはずがあるまい。いいかい、この子を見てごらん。よっぽどのうすのろじゃない限り、ちょっとくらいの盗みでこんなべっぴんを人に渡しちまう男はあるめえ。デラの母親がいい例だ」ローリーは手を伸ばして、ベッツィーの手をぽんぽんたたいた。

「かわいい顔に目がくらんで財布が空になるのも気がつかないってわけさ」

ローリーの妻のベッツィーが若い娘のようにはにかんだ。「よしてよ、あんた」

ハリスンは舅《しゅうと》たちの茶々にはかまわず、マリアンヌにたずねた。「きみもそう思うかい？」

マリアンヌは頬が赤くなるのを感じた。「ええ、まあ……つまり、見逃してもらう代わりに私が言うことを聞くとでも思ってるのかも……」

「ちくしょうめ！」少年の面影の残る顔に怒りをにじませ、ピアズは思わず椅子から立ちあがった。ふだんは発音に気をつけているのに、興奮したせいで生まれ育ったロンドンの下町っ子独特のなまりがつい出ていた。「そいつをぶっとばしてやる。姉さんをものにしようたあ、とんでもねえ野郎だ」

「ちょっと待ってよ、ピアズ、すわってちょうだい。そんなにかっかしないで。あの人は何もはっきりと言ったわけじゃないんだから。私がただ……」口づけされたことは言いたくなかった。思い返しただけで、マリアンヌは火照りをおぼえるのだった。「なんとなくそういう気がしたけれど、勘違いかもしれないわ。だって私が断ったにもかかわらず、あの人はバターズリー卿に告げなかったんですもの」

「へん、そんなのわかるもんか。脅しのねたを取っといて、姉さんをベッドに連れこもうって魂胆に決まってるさ」

「私もそう思ったの。でも脅しても無駄だということがわかったら、バターズリー卿に言うでしょう。ハリスン、私、とっても心配なの。私のせいで何もかも台なしになってしまったのよ。バターズリー卿が私たちのことを警察に調べさせたらどうする？　去年あなたが話してたように、二、三カ月はヨーロッパ大陸に場を移したほうがいいんじゃないかしら」

「しかし何も盗《と》っていないんだから、警察だって立証できないだろう。見られたといっても、盗みの現場を押さえられたわけじゃない。あちこちのぞいたり見たりしてただけでは証拠にならないよ」

「証拠は必ずしも必要じゃない。貴族が一言言っただけで命取りさ」ローリーが人差し指でのどをかき切るようなしぐさをしてみせる。

ベッツィーも言った。「たとえ警察沙汰《ざた》にならなくても、ランベス卿がマリアンヌは泥棒だという噂《うわさ》を流せば仕事はできなくなるわ。上流社会にも出入りできなくなるのよ」

「それはそうだ」ハリスンがあごをなでて、考えこんでいる。「だが我々は瀬戸ぎわにいるのは確かにせよ、まだどっちかに決まったわけじゃないよ。しばらく様子を見ることにしよう。二、三週間おとなしくしてれば、無事に切り抜けられるかもしれない」

「本当にそう思う？」マリアンヌの表情が少し明るくなった。自分の不注意で計画をぶち壊してしまったとしたら、みんなに申し訳ない。

ハリスンはうなずく。「そのうち別の若い娘に気を取られるようになるだろう」

マリアンヌも同じ意見だった。貴族の男が下々の女を憶《おぼ》えていて、わざわざ捜し回ったりするはずがない。階級の違う女に気が動いたにしても長続きしないだろうし、喜んで言いなりになる代わりの相手はいくらでもいるにちがいない。あまりいい気持はしなかったけれど、この際考えないことにする。マリアンヌの来し方からして、現実を見つめるしかなかった。

「この家は知られてないだろうね？」

「すぐにパーティから抜けだしてきたから、尾行はされていないと思うわ」

「バターズリー家から何一つなくなっていないとわかれば、疑惑もおさまるだろう——というよりも、それを裏づける証拠がないわけだから」

マリアンヌはため息をついた。「本当にごめんなさい。なぜあんなにうっかりしていたのか、自分でもわからない」

「誰にでもあることさ。きみの身に何事もなくてよかった」ハリスンの言葉は温かかった。

「ありがとう。でも、あそこの家にはすばらしい品物がいろいろあったのに。悔しいわ」

「全部が無駄だったというわけでもないよ。それなりの連中と知りあいになれたんだろう？」

「ええ。二、三人だけど。レディ・アーシュラ・カースルレイと、そのお嬢さん。お嬢さんのほうとはかなり長いことお話ししたわ」

「それならまた、別の屋敷に出入りできるかもしれない。もしもだめだったら……」ハリスンは肩をすくめる。「そのときはそのときで、きみの言うとおりヨーロッパ大陸に行くか、あるいはバースにもどるかすればいい」

ピアズが不満げにつぶやいた。「バースはもううんざりだ！　あそこは、おばあさんばっかだもん」

「おまえの楽しみのために行くんじゃないぞ」

「わかってる、わかってるって」

「だったら、今夜はもう休まない？」デラが一同を見回した。「あとはしばらく様子を見ることにして。マリアンヌは何かちょっと口に入れてから、ぐっすり眠ればいいわ」

マリアンヌはデラに笑みを返した。「ありがとう。今は何も食べる気がしないけど、よく眠れば、明日の朝は少し元気が出るかもしれないわ」

一同は階段をのぼって、それぞれの部屋に引きあげた。マリアンヌも居間を出ようとすると、ウィニーに引きとめられた。「メアリー、ちょっと待って」

「なあに？」

「私……話したいことがあるの」

「えっ？」マリアンヌはぎくっとした。「ロザリンドのこと？　具合が悪いんじゃないでしょうね？」

「ううん、違う。具合なんか悪くない。実はね、今日、ルース・アプルゲートから手紙が来たの。憶えてるでしょ？　お屋敷で皿洗いやってたルース」

お屋敷というのは、二人が召使いとしてはたらいていたクォーターメイン邸のことだ。ウィニーの心配そうな顔が気になった。「ええ、憶えてる。あなたはルースと仲良かったわよね。どうしたの？　ルースに何かあったの？」

「そういうことじゃない。ルースは私があなたと一緒に暮らしてるのを知ってるから、手紙で知らせてくれたの。なんでもお屋敷に男の人が来て、あなたのことをいろいろ訊《き》いたんだって。警吏か何かじゃないかって、ルースは書いてきたんだけど」

3

「え、警吏ですって?」マリアンヌは愕然《がくぜん》とした。「まさかそんなことになろうとは!」

ウィニーはポケットから折りたたんだ紙を取りだした。鉛筆のなぐり書きだ。「ルースは読み書きをきちんと習ってないから、ひどく読みにくいのよ。どうやらこういうことらしい。〝男の人が――ときどき二人来て〟ってところは、別のときに来たという意味だと思う。〝メアリーについて訊《き》いていました。誰も知らなかったけど、私は言いませんでした。注意してあげたほうがいいと思ったの。警吏か何かかもしれない〟」

「私たちのことが誰かに知られちゃったのかしら? まさか……あり得ない。この何年かに出会った人たちの中で、私がメアリー・チルトンという名前だったことや、クォーターメイン家に勤めていたことを知ってる人は一人もいないのよ」

「ええ、わかってる。きっと昔の知りあいよ」

「昔の知りあいっていっても、いったい誰? それに、なんのため?」

「もしかして……あなたの家族?」ウィニーはためらいがちに、すべての孤児の夢を口にした。「聖アンセルムに行って、お屋敷のことを聞いたのかもしれない」

「こんなに時がたってから？」マリアンヌは否定的な言い方をしながらも、かすかな期待を感じずにはいられなかった。とはいえ、長い年月がたってから捜しに来る家族がいると思うほうがおかしい。「私には親兄弟なんていないんだわ。いたら、ずっと前に捜しに来てたでしょう。だって、二十年以上になるのよ」

「さらわれたとかで、家族にはあなたの居場所がまったくわからなかったのかもしれないじゃない」

マリアンヌはほほえんだ。「そういうお話は子どもの空想よ。私も昔よくそう信じようとしたわ。悪い人にさらわれていなくなった私を、両親はいまだに待ちつづけていると。でもそんなの、メロドラマの世界にしかないの。だって、子どもをさらっておいて孤児院においていっちゃうなんて変でしょう？　それに、ルースは〝注意〟という言葉を使ってるわね？　その男の人になんとなく危険な感じを持ったからじゃないかしら？」

「警吏だとしたら、あなたを捕まえに来たんじゃないかと、ルースは思ったのかもしれない」ウィニーは下唇をかんだ。「なんだか心配」

「ほんと、気味が悪いわね。私が孤児のメアリー・チルトンで召使いだったということを知ってる人が貴婦人に扮《ふん》した私の姿を見たら、何か危ないことをたくらんでると疑うかもしれないわ」

「でもそれだけで、わざわざ警吏に調べさせる？」警吏というのは、依頼されて犯罪者の捜査をするものなのだ。

「それもそうね。警吏を雇うお金がある人で、私たちが何かかすめとった相手だとしたら、私の名前はミセス・コターウッドだと思っているでしょう。その場合は、クォーターメイン邸でメアリー・チルトンのことを調べさせるはずがないわ」

「だとすると、やっぱり召使い時代のあなたを知ってる人かもしれない」何やらひらめいたのか、ウィニーは目を大きく見ひらいた。「ひょっとして、あの頃《ころ》お屋敷に訪ねてきた人があなたを見かけたんじゃないかしら。召使いだったときのあなたを知ってる誰かが」

「お客さまが召使いの一人なんかをそんなによく憶《おぼ》えている？」

「そりゃ、あなたみたいな美人ならね。で、バースのパーティかなんかでまたあなたを偶然見かけたというのはどう？」

「しかもあとで物がなくなってたので、私が疑われたのではないかということ？」マリアンヌは考えこむ。「つじつまが合わないでもないわね。でも私はミセス・コターウッドとして紹介されているはずだから、その名前で捜すと思うの。十年前の名前を憶えているはずがないでしょう」

「だけど、もしミセス・コターウッドを捜しても見つからなかったとしたら？　それに、私たちがロンドンにもどってきてからのことだとしたらどうなる？」

「それで、クォーターメイン家までさかのぼって調べることになったというのね。ただでさえたいへんなことになってるのに、そうだとしたらどうしましょう！　ウィニー、私、どうしたらいいかしら？　もしも私のせいでみんなが警吏に捕まったら、ものすごく迷惑をかけることになって……」マリアンヌは涙ぐんで、言葉が続かない。

ウィニーはきっぱり言った。「いいえ、そんなことないわ。あなたのおかげで、みんなものすごくもうかったじゃない。ついてないときもたまにはあるわよ。人に見かけられたからといって、あなたのせいじゃない。さあ、元気を出して。まだ警吏と決まったわけじゃないんだから。もしかしたら長いあいだ会えなかった家族かもしれないじゃないの。小さいときにジプシーにさらわれたあなたを、ご両親がずっと捜しつづけ、ようやっと突きとめたってこともあり得るじゃない」

「そうね。まあ、いずれにしても、私にはどうにもしようがないことですもの。それに、お屋敷で訊いても何もわからなかったとしたら、私の居場所は突きとめられないでしょうね」マリアンヌは手を伸ばして、ウィニーを抱擁した。「ありがとう、ウィニー。あなたがいなかったら、私、どうしたらいいかわからなかったと思う」

「何言ってるの。私こそ、あなたなしではどうしようもなかったわ。ね、あなたはもう寝なくちゃだめよ」

マリアンヌはうなずき、二階へ行った。まず、寝室の隣の小さな部屋に忍び足で入った。

ロザリンドの好みで窓のカーテンを閉めていないので、室内に青白い月の光がさしこんでいる。マリアンヌはベッドのかたわらに立って、娘の寝顔を見おろした。三つ編みにしたロザリンドの黒い巻き毛がほどけて枕《まくら》いっぱいに広がっているのは、いつものことだった。長いまつげが透きとおった白い頬に影をつくっている。小さな薔薇《ばら》のつぼみのような唇は心持ちひらいていた。頭の回転が速く、やんちゃで、大人を質問攻めにしては困らせる。そんな昼間の顔と違って、こうして眠っているロザリンドは天使のように見える。マリアンヌは毛布を肩までかけてやり、ひたいに軽くキスした。未婚の母にさせられた相手の男を蔑《さげす》みこそすれ、この子にはまじりけなしの深い愛情しか感じない。ロザリンドは私の命。娘を守り、慈しみ育てることは何にも増して重要だった。私を捜しているらしい男の目的が何かはわからないけれど、ロザリンドにだけは危害がおよばないようにしなければならない。

マリアンヌは娘の寝室を出て、自分の部屋にそっと入った。手早くドレスをぬいで衣装だんすにかけ、舞踏用のきゃしゃな靴をドレスの下の床にきちんとそろえておく。高価なイブニングドレスとは不釣りあいな木綿の質素な寝間着に着替え、髪をおろしてブラシをかけはじめた。ベッドにもぐりこむ前に、鏡台においた漆塗りの小箱をあけた。中には数少ないマリアンヌの装身具が入っている。仕切りを持ちあげ、鎖のついた金のロケットを取りだした。最初からついていた鎖は短くなって、だいぶ前に長いものに取り替えた。けれどもロケットそのものは、物心ついたときからずっと大切に持っている。餓死寸前の苦しい生活をしていたときでさえ、ロケットだけは売らなかった。孤児院で暮らす前の生活のあかしといえば、これしか残っていない。

　ロケットの表面にはMの飾り文字が彫ってあり、へりの溝に親指の爪を立てると蓋《ふた》があく。マリアンヌは鏡台の前に腰をおろして、二点の小さな肖像画をじっと見つめた。この男女は両親にちがいない。本当に父と母の記憶があるのか、それとも数えきれないほど何回も見たせいで憶えているような気持になっただけかどうかは、自分でもはっきりしなかった。あごと口のあたりが肖像画の女性と似ているという気がするときもあるが、ただそう思いたいだけなのかもしれない。二人のどちらの髪も、自分のようにあざやかな赤毛ではなかった。にもかかわらず、絶対に両親だとマリアンヌは思っている。だが、ロケット用の微細な肖像画を画家に描《か》かせるほどの裕福な親ならば、子どものためになんの蓄えも残さないのはおかしいではないかと、指摘する人も世間にはいるだろう。

　孤児院での暗く侘《わ》びしい年月をとおして、このロケットはマリアンヌのお守だった。昼も夜も肌身離さずつけていた。時の経過とともに、孤児院に来る前の細かい記憶を失っていった。肖像画の女の人が笑っていたり、心臓が破れそうなほど怖い思いをして逃げたことを思いだすときもある。孤児院に連れてこられたときの情景かとも考えた。けれども、聖アンセルムに来た日のことや、誰が自分を連れてきたかについては、もはや思いだせなかった。もとより、聖アンセルムの院長にたずねても答えてはくれなかった。メアリー・チルトンが自分の本名なのか、あるいは孤児院でつけられた名前かもわからない。

いつもの癖でロケットの繊細な彫刻を親指でなぞりながら、両親についての話をこしらえて心の支えにしたのを思いだした。お金持ちの貴族だった両親にとても愛されていたのに、悪い人が自分をさらって聖アンセルム孤児院においていった。お父さまもお母さまもいまだにあきらめずに、まだ自分を捜しつづけている。

マリアンヌは悲しげにほほえみ、ロケットを漆の箱にもどした。子どもの夢みたいなお話なのだ。家に連れ帰るために親が捜しに来るはずはない。私の家族といえば、ここにいる人たちだけ。娘のロザリンド、ウィニーやデラたち。それなのにベッドに横たわってからも、マリアンヌは記憶も定かでない本当の家族を恋しく思う気持を消し去ることはできなかった。


ジャスティン・ランベス卿《きょう》はブランデーグラスをゆっくり回しつつ、渦を巻く液体を見つめていた。マリアンヌ・コタ一ウッド。いったい何者なんだ?

マリアンヌと名のった女性に逃げられてしまったことが悔しくてならない。ジャスティンは、物事が思いどおりに運ばないことに慣れてはいなかった。しかも、女については。彼女はほとんど例外なく色目を使い、妻の座をねらって接近してくる。自分の容貌《ようぼう》のよさも多少はものを言っているのかもしれない。だが、女を惹《ひ》きつける魅力は、なんといっても財産であることくらい承知している。十年前に成年に達して以来、ジャスティンは年頃の女性たちに追いかけられつづけてきた。誰も彼もが恐ろしく退屈で、そんな女の一人に結婚というくびきで一生しばられると思っただけでぞっとする。とはいえ、これ以上は引き延ばせないというときが来たら、セシリア・ウィンボーンと結婚するしかないだろう。セシリアとその両親の期待どおりに。家柄の点で両家はほぼ同等か、それに近い。よい縁組と言われているし、ゆくゆくは公爵になる身としては、跡継ぎを二、三人はつくらなくてはならない。その役目さえ果たしたあとは、夫婦とは名のみの生活になるだろう。セシリアは冷たい女だ。対抗上、ジャスティンとしては愛人を持たざるを得ないだろう。

どちらかといえば身持ちのよくない女のほうが、堅苦しい礼儀作法にとらわれている上品ぶったお嬢さんたちよりも慰みになるのは確かだ。とはいっても彼女たちの関心といえば、おしゃれと金ばかり。頭は空っぽだ。友人のバックミンスターには、ときどきからかわれる。そんなに知性だの聡明《そうめい》だのと言うんなら、いっそ当世はやりのインテリ女性にあたってみたらどうかと。しかし、そのインテリ女性というのがまた別の意味で退屈のきわみ。おまけにたいていの場合、興味のわきようもないほど見目うるわしくない。

つまるところ、たちまち飽きてしまわない女には、いまだお目にかかったことがないというわけだ。ジャスティンが最も忌み嫌うのは、退屈。実際、今夜もバターズリー夫人のパーティのあまりのつまらなさに引きあげようとしていたところだった。ちょうどそのとき、あの赤毛の女性が目にとまったのだった。

どこの誰なのか、まったく見当がつかなかった。以前に会ったこともない。一度でも見かけていたら、忘れるはずがなかった。というのも、あれほど美しい女に出会うのは生まれて初めてだからだ。大広間の離れたところから見ただけで、純然たる性的欲望が突きあげてきた。あの燃えるような赤毛が自分のベッドの枕に広がるさまを見てみたい。まず念頭に浮かんだのがそれだった。すると彼女は高慢な目つきで見返したかと思うとすぐ顔をそむけ、それきりこちらは無視されてしまった。女からそういう態度をされた経験がないので、いやおうなく興味をそそられた。そのあとバターズリー卿の喫煙室で彼女の正体が泥棒らしいとわかり、自制しきれずにキスしたのだった。そして今、あの女のことばかり考えている。

彼女との口づけを思いだし、ジャスティンはかすかにほほえむ。ブランデーグラスの表面を親指でなでながら、これがあの人の肌だといいのにと思った。こんなにいつまでも頭から離れない女はかつていただろうか。もちろん、腹立たしくもある。無意識にジャスティンは平手打ちされた頬に手を持っていった。それに先立つキスを思えば、ひっぱたかれただけの値打ちはあったわけだが。柔らかくて甘い唇だった。どことなくうぶなキスが新鮮で、惹きつけられずにはいられなかった。つかのまの接吻《せっぷん》だけではなく、もっともっと欲しい。そんな気持にさせられた。そして、その望みを実現させるつもりだ。

問題は、彼女がどこに住んでいるかわからないこと。名前しか知らない。それも本名ではない可能性も大ありだ。盗人が嘘《うそ》をつくのは珍しいことではないだろう。ただし、彼女は普通の泥棒ではない。話し方も物腰も貴婦人のようだ。もしかしたら没落して、ああいう稼業に手を染めるしかなかったのだろうか？　いや、それよりも、もともと美貌に恵まれていて、上流ふうの言葉づかいやふるまいを習った女かもしれない。たとえば、貴婦人つきの侍女とか？　そういう経歴の女性がどうにか社交界に入りこんだとも考えられる。素性はなんであれ、女の行動としては並外れて大胆だ。少なくともその勇気には文句のつけようがないと、ジャスティンは思った。

それにしてもバターズリーのやつ、あそこでいきなり入ってくるとは！　もうしばらくのあいだ邪魔されずにすんでいたら、彼女についてもっと聞きだしていられただろうに。それればかりか、あの不法行為につけこんで彼女の体をねらうつもりなど毛頭ないのを納得させることができたかもしれない。なのにバターズリーが飛びこんできたせいで、彼女はなんの手がかりも残さずに逃げてしまった。しかも、品性下劣な男だと誤解したまま。

とはいえ、まるっきり手段がないわけでもない。ペネロピ・カースルレイ嬢とバックミンスターが彼女と話しているのを見た。あの二人に訊けば、マリアンヌ・コターウッドなる女性の身元がわかるかもしれない。明日バッキーに会って、聞きだしてやろう。どんなに時間がかかっても、必ずあの人を見つけだすつもりだ。

六代エクスムア伯爵、リチャード・モントフォードは椅子の背によりかかって、前に立っている男を見あげた。「やあやあ……しばらくぶりじゃないか。まあ、すわってくれたまえ。そんなところにつったってないで」

男は眉間《みけん》にしわをよせて、かぶりを振った。エクスムア伯爵よりも若く、髪がほんのわずかに白くなりかかっている。上等な仕立てだが、いたって地味な服装だ。目鼻だちは整ってはいるものの、一度見たら忘れられないという顔ではない。道ですれ違っても、気がつかないようなたぐいの男だった。にもかかわらず、一目で紳士階級の出だと見なされるだろう。

「どういうことなんですか？」男が訊いた。いらだたしげな声音には、心なしか不安がまじっている。「我々はもう友人という間柄じゃないのに」

「まあね。それにしても、若き日のきみの華やかな面影はどこへいってしまったんだろうね」

「何が華やかなものか。阿片《あへん》と酒びたりでもうろうとしていたというのに。あなたも知ってのとおり、それはもう過去のこと。なのに今頃になってぼくと話をしたいとは、いったいなんなんです？」

「必要に迫られてのことなんだよ。きみも噂《うわさ》を聞いただろう？　ソープ卿と結婚したアメリカから来た女相続人、アレクサンドラ・ウォードについて」

「もちろん。死んだと思われていた伯爵夫人の孫娘でしょう？　そんな旧聞に属する話を蒸し返すために、ぼくを呼びだしたんですか？」

エクスムアはそれには答えず、おかしくもないのに薄ら笑いを浮かべてみせる。男は無関心を装いつつも、指でものあたりを落ちつきなくたたいている。

沈黙にたまりかねて、男はつっかかった。「それがぼくになんの関係があるというんです？　その女はあなたの親戚《しんせき》であって、ぼくにとっては赤の他人だ」

「そうかな？　まんざら関《かか》わりがないともいえないだろう、きみの過去に……」

「関わりなんかあるもんか！　その子には会ったこともないのに。死んだと、あなたは言ってたでしょう」

「と、信じていたんだが」エクスムアのはしばみ色の目が冷たく光った。「あの女が嘘をつきやがった！」

「だからって、なぜ気にするんですか？　その孫娘がいなくなったことに、あなたは関ってはいないのに。ぼくの聞いたところによれば、母親と思われていた女が末っ子は死んだと言ったそうだが」

「ああ。しかし、アレクサンドラがあらわれたことによって、上の二人の子もパリで死んだのではないという事実を知られてしまった。ウォードという女が二人をエクスムアの屋敷に連れてきたことも、今や伯爵夫人の耳に入っている」

「だけど、あなたはそれにも関係してないことになってるんでしょう？　ほかの子どもたちについては、伯爵夫人の付き添いの女が白状したと聞いているが。で、彼女は死んでしまったわけだし」

「伯爵夫人はぼくを疑っているんだ。チルトンの息子が死んだことで得する人間はぼくだけだと、夫人はわかっている。ミス・エバーハート――あのばか女がぼくも関わっているとしゃべったらしい」

「しかし証拠がなければ、伯爵夫人としてもどうにもしようがない」

「今後も証明のしようがなくて、世間に暴露されなければいいんだが。伯爵夫人は、根拠もなしに家名に泥をぬるようなことはしないと思う。だがもしもぼくが関与したという証拠が見つかれば、たとえスキャンダルになろうとも夫人は黙ってはいないだろう」

「夫人はどうやって証拠を見つけるというんです？　あのエバーハートという女は死んでるし、ぼくは絶対に口外しません。そんなことをばらそうものなら、あなたと同様にぼくもおしまいだ」

ふたたび冷酷な薄笑いで、伯爵の口もとがゆがんだ。「わかっている。だからこそ、きみに来てもらったんだ。伯爵夫人は長女のマリー・アンを捜している」

男は凍りつき、たえまなく動かしていた指先をはたと止める。しばらくして、神経質な咳払《せきばら》いをした。「捜しても、見つからないでしょう」

「警察裁判所の警吏を雇って調べさせたようだ。孤児院にいたことを突きとめたらしい」

「聖アンセルム孤児院のことまで？」男の鼻の下に冷や汗がにじんでいる。

「よく憶えていたな」

男は苦々しげに言い返した。「忘れられるものですか。みんながみんな、あなたみたいに良心のかけらもないわけじゃない」

エクスムアは片方の眉をつりあげる。「きみの陳腐な道徳観についてどうこう言ったんじゃないんだ。あの頃のことを何にしろ、きみが憶えているのに驚いただけだよ」

「考えずにはいられない経験だった」男は口をきっと引き結んだ。

「なるほど、それできみは過去の人生に訣別《けつべつ》しようとしたのか？」茶化すようなエクスムアの口調だった。

「ええ。気がつくと、部屋で自分の頭にピストルをあてていた」

「なんと大げさな」

「あなたには、ちゃんちゃらおかしく見えるだけかもしれない。しかしぼくはあのとき、死ぬか自分が変わるか、どちらかしかないと真剣に思った。このまま堕《お》ちていってはいけない。ここで自分の罪悪を断ち切ろうと決心した。それでもそのあとの何週間か、あのとき引き金を引けばよかったと思うことがしばしばあった」

「ぼくとしては、きみがそうしなくてよかったと思う。それというのも、きみにやってほしい仕事があるから」

「え、仕事？　このぼくがあなたのために何かすると、本気で思ってるんですか？　あの二人の子どもたちを引き受けたことで、あなたに借金は返している。もう二度と、あなたの仕事なんかするつもりはない」

「だったら、きみはどうする？」

「それはどういう意味ですか？」

「昔のことがすべて明るみに出たら、困るのはぼくだけじゃないだろう」

「明るみに出るなんて、そんなことはあり得ないと思うが。上の男の子は生きてもいないのに。別れたとき、あの子は瀕死《ひんし》の状態だった」

「男の子は死んだ。そっちは案ずることはない。問題は女の子のほうだ」

「あの頃五つか、六つだったはずだ。憶えてなんかいませんよ」

「忘れてるかもしれない。しかしもし顔を見たら――兄から無理に引き離して、地獄みたいな孤児院にぶちこんだ男の顔を見れば、思いださないと言えるかね？」

「まさか……あの子が今どこにいるかわかったわけじゃないんでしょう？」

エクスムアは肩をすくめる。「それはまだだろうね。伯爵夫人が捜しているという話を聞いて、こっちも人を使って聖アンセルムにあたらせた。それで孤児院を出たあとの行く先がわかった」

「どこなんです、行く先って？」知りたくはないけれど訊かずにはいられないという、男の口調だった。

「近くの地主の屋敷に女中奉公に出されたらしい。クォーターメインという家だそうだ」

「へえ！」男は顔色を変えた。「何代も続いた伯爵家の令嬢が女中なんかに」

「うむ、皮肉なもんだな」

「痛ましいですよ」

「ところが、そのクォーターメイン家を追いだされた——妊娠して」

男は目を閉じた。「なぜぼくは神にそむくようなことをしてしまったのか」

「神は許すかもしれないが、貴族社会はどうかな？」エクスムアはなぶるような言い方をする。

追いつめられて、男はいきりたった。「ぼくはやりたくなかったんだ！　思いとどまらせようと強く言ったのは、あなたも忘れちゃいないでしょう。ああ、かわいそうなことをした……年端もいかない子を孤児院のやり手ばばあみたいな院長に渡してきたとは。あの子は泣き叫んで、ぼくを追いかけてこようとした」

「それなのに、きみはおいてきた」

「あんたのせいだ！　借金を清算するには、それしか方法がなかったからだ。あんたはぼくに金をくれつづけた。ぜひ受けとってくれと言って。阿片を吸わずにいられなかったぼくは、ついもらってしまったんだ」

「ぼくは別に無理やり押しつけたわけじゃない。脂汗を流し死人みたいな顔色でぶるぶるふるえながら、きみがぼくに金をせびったんだ。友人として、ほかにどうすべきだというんだね。あの頃は、きみに大いに感謝されたものだったよ」

「当時は、なぜあんなに気前よく金をくれるのか、わかっていなかった。あんたのたくらみは、あらかじめ借金でがんじがらめにしたあげくに悪事を実行させるということだったんだ。しまいには自分とは思えないような人でなしにさせられてしまうのが、あんたの手口だった」

「へえ、そうかな。それにしても、きみにはその人でなしの要素がもともとあったから、あんなことをやったんじゃないのかい？　どうしてもいやなら、断ることだってできただろうに」

「ああ、わかってます。ぼくが弱かったからさ」男は自嘲《じちょう》的に言った。

　エクスムアは黙っていた。その弱さは今でも変わっていない。さもなければ、呼びだされたからといって、のこのこやってきはしないだろう。だが、それはわざと口に出さなかった。この男を怒らせて、急に捨て身の抵抗をされても困る。

「しかしなあ、ぼくの頼みを断るのはきみの身のためにならないんじゃないか？　阿片を買う金が欲しいからって、チルトンの娘を親族からうばって孤児院に入れたことが世間に知られでもしたらどうなると思う？　阿片だけじゃない。賭博《とばく》や酒、女に使う金だよ。おそらくきみに同情する人間はおるまい」男の険しい目つきをものともせず、エクスムアは続ける。「な、そうだろう？　もしもきみのしたことがばれたら、せっかく築きあげたはずのご立派な今の生活がめちゃめちゃになるのは、ぼくだけじゃなくきみ自身もようくわかってるわけだ。物覚えのいい連中もいて、若い頃のきみのご乱行を忘れてはいないかもしれない。いや、まあ、そういう男は多いけれど、年をとるにつれ落ちついてまじめな市民になるというのが普通さ。だがその連中の中にも、このことを知っている者は一人もいない」

「何をすると言って脅してるんです？　ぼくのしたことをみんなにしゃべると言いたいのか？　あんたのしたことも同時にばれるだけだ！」

「いやいや、ぼくはしゃべらない……そうせざるを得ない場合を除いて。しかしもし伯爵夫人がマリー・アンを捜しあてて、その娘があの当時のことをみんなに話したとする。それが原因でぼくの身が危なくなったときは、きみも道連れにするつもりだ」

「あんたには吐き気を催すよ！」

「そんなことよりも、事態はさし迫っているんだぞ。考えてもみろ。孤児院に連れていったのはきみだ。最後に見たのが、きみの顔なんだぜ。いちばんよく憶えているのは、きみにちがいない」

「憶えているはずはないって！　子どもの頃にあったことなんか、たいてい忘れているものだ」

「それまでの生活ががらっと変わるような事柄でもか？　それは疑問だな。忘れられないんじゃないかと、ぼくは思う。たとえ忘れていても、たまたまきみに会ったとする。で、顔を見たとたんに、ずっと眠っていた記憶がよみがえるってこともあるだろう。しかし、きみがそれでもかまわないというなら……」エクスムアはわざと口をつぐみ、思わせぶりに肩をすくめた。

「ちくしょう！　何をしろというんだ？」

「伯爵夫人が雇った警吏がマリー・アンを捜しあてられないようにしてくれ」

「どうやって彼女を見つければいいのか？」

「それはそんなに難しくはないだろう。屋敷の召使いはみんな彼女の居場所を知らないと言ったが、馬丁の一人が耳打ちしてくれたそうだ――もちろん、ただではない。世の中なんでも金しだいさ。メアリー・チルトンには――うん、そういう名前だったらしい――召使い仲間で特に仲のいい娘がいたそうだ。ウィニー・トンプソンという名だ。メアリーが追いだされてから二、三年後に、そのウィニーに何やらいい話でもあったらしいとか。手紙を受けとってすぐ、召使いをやめてロンドン行きの乗合馬車に乗っていったそうだ。噂によると、暮らし向きがよくなったのかメアリーは、一緒に暮らそうと親友を呼びよせたらしい。その馬丁には内密にするように言い渡して金をやり、次にウィニー・トンプソンがロンドンのどこにいるのかを調べたところ、召使い仲間の一人が受けとった手紙の住所を家政婦が見て知っていた」

「で、見つけた……メアリーの居場所を？」

「そのようだ。ウィニー・トンプソンについて調べたら、ある家の家政婦をやっているのがわかった。なんでもその一家には、八歳の娘がいる未亡人とやらがいるという。メアリー・チルトンが妊娠していたときから数えると、ちょうどその年齢にあたる。その未亡人という女の名前は、マリアンヌ・コターウッドだ。二十代半ばで、あざやかな赤毛だそうだ」

聞いていた男は、のどの奥でうめいた。

「ああ。我々の捜していた女の子にぴったりあてはまるだろう」

「あんたの雇った探偵か何かがそんなによく調べあげているなら、なぜその男に頼まないのか。腕のいい男のようだが」

「ああ、腕はいいよ、確かに。だが、問題が二つある。一つは、そのミセス・コターウッドとやらが本当に我々の捜している女なのかを確認しなくてはならないこと。二つ目は、こういう細心の注意を要する仕事には、むやみに人を雇いたくないということ。そのたぐいのやからはたちまち寝返ったり、口止め料を要求したりする。そこへいくと、きみは口外しないからといって金をゆする恐れはない。だから、この仕事にはきみが最適の人物だという結論に達したのさ」

「具体的にどうすればいいのか――伯爵夫人の雇った男に見つけだされる前にロンドンを離れるように、彼女に金をやれとでも？」

「それができれば楽だが。しかし、その解決法は信用ならない。人間はめったに約束を守らないからね」

「だったら、ぼくにどうしろと？」男はじりじりした声を出した。

「簡単さ。そのマリアンヌと称する女は、どこから見ても貴婦人だという。とても元召使いには見えないそうだ。きみの交際範囲に出入りしているようだから、会う機会はいくらでもある。彼女が本当に伯爵夫人の孫かどうかを、きみに突きとめてもらいたい。それで確認できたら……」エクスムアは言葉を切り、冷血そのものという目で男を見すえた。

「確認できたら、殺すんだ」

4

マリアンヌは娘にほほえみかけた。利発なロザリンドに教えることはマリアンヌの楽しみの一つだった。八歳ともなれば、そろそろ個人教授を受けさせなければならないと思っている。クォーターメイン家の三人姉妹の家庭教師は、髪が茶色で、みそさざいのように小さくて丸々と太った婦人だった。横暴な三人の娘たちはこの家庭教師をいつも悩ませていたものだ。これまで教えてきたように、ロザリンドの基礎的な勉強はマリアンヌが見てやることができる。読書から得た知識で、文学と歴史の学習についてもなんとかなるだろう。けれどもロザリンドに貴婦人としての教養を身につけさせるには、やはり教師が必要だ。音楽や絵画、数学、フランス語、できればラテン語も学ばせなくてはならない。マリアンヌは子どもの頃《ころ》から知識に飢えていた。孤児院で教わったのは読み書きや算数どまりで、さらに高度の教育を受けたくても機会を与えられなかった。マリアンヌの知識の大半は本から得たものだ。とにかく本を繰り返し繰り返し読んだ。

マリアンヌとロザリンドは台所のテーブルに本と書字版を広げ、読み方や書き方の勉強に熱中していた。テーブルの向かい側では、ベッツィーが遅い朝のお茶を飲んでいる。ウィニーはデラに手伝ってもらいながら、昼食の支度を始めた。歯で舌をはさんで真剣な顔つきのロザリンドは、短い鉛筆で苦心して文字を書いている。

「とっても上手よ」銅版刷りのように美しい書体がゆっくりとできあがっていくのを見て、マリアンヌはほめた。「その言葉はなあに？」

「S・P・E・C・U・L・A・T・E。スペキュレイト」

「よくできました。どういう意味か、知ってる？」

ロザリンドは母を見あげた。大きな青い目がマリアンヌそっくりだ。「うん。スペキュレイションと似てる？」

「ええ。スペキュレイションは名詞で、スペキュレイトは動詞よ。スペキュレイションの意味は知ってるのね？」

ロザリンドは得意そうにこっくりする。「ゆうべ、ママがお出かけしてるあいだに、お祖母《ばあ》ちゃんが教えてくれたの」

「お祖母ちゃんが？」マリアンヌはベッツィーに目を向けた。ロザリンドにとっての祖母といえば、ベッツィーしかいない。そのベッツィーは初歩的な教育しか受けていないのに、本当に単語の意味を教えたりしたのだろうか？

紅茶のカップを口に持っていこうとしていたベッツィーは手を止め、悪びれる色もなくマリアンヌを見返した。

「それじゃ、スペキュレイションとは、なんのこと？」

「いくらかの賭《か》け金を出すことでしょ。お祖母ちゃんと私が半ペニー賭けると、親だけは二倍のお金を出すの。で、親がみんなに三枚の札を配って――」

「トランプ？」マリアンヌはぱっと振り向いて、ベッツィーの顔を見た。「この子にトランプ遊びを教えたの？」

　ベッツィーは肩をすくめる。「簡単なのだけ。暇つぶしに」

「ママ、面白かったわよ。私が勝ったんだもん！」ロザリンドが勢いこんで言った。「お祖母ちゃんがルーも教えてくれるって。ルーは五人いなきゃだめでしょ。でも、ママがパーティに行ってるときは、みんないつもそわそわしてるからだめなの」

「ベッツィー、ロザリンドに賭事《かけごと》は教えないでと言ったでしょう！」

「でも、生まれつきの才能があるんだよ。それを眠らせておくなんて、もったいないじゃないか。こんなにのみこみの早いのは初めてだもの」

「ロザリンドにいかさまトランプをやらせるつもりはありません」

「そりゃ、もちろんだけど。でも、ちょいと小遣いがいるときにそれくらい稼げても別にかまわないだろうに」

　やれやれというようにマリアンヌはため息をつき、目をつぶった。くぐもった音が聞こえたので見ると、ウィニーとデラが笑いをかみ殺している。

「笑いたければ笑えばいいじゃない」マリアンヌはむくれて言った。「ごめん、メアリー」ウィニーの笑みは消えない。「だってあんまりかわいかったものだから。そこにちょこんと腰かけて、まるで玄人みたいな手つきで札を配ったりしてさあ」

そのありさまが目に浮かび、マリアンヌもつい口もとをほころばせてしまう。あわてて表情を引きしめ、さらに言った。「ねえ、ベッツィー、この子はまだ八つなのよ」

「わかってますよ。だから、びっくりしてるんじゃないか。とうていその年には見えない札さばきだったよ」

マリアンヌは苦笑した。「とにかくこれからは、教えるんだったら賭事以外のことにしてくださらない？　それと、小細工は絶対に教えないで」

「小細工だって？　そんなもの教えるわけないだろう」ベッツィーはとぼける。

ロザリンドが口をはさんだ。「先週、教えてくれたじゃない。針でエースに穴をあけておけば、さわったときにわかるって。でも人からは見えないから――」

「ベッツィー！　やっぱりそうだったじゃない」

ベッツィーはまた肩をすくめた。「ああ、それか。そんな程度じゃどうってことないよ」

マリアンヌは呆《あき》れて首を振り、単語の授業にもどった。娘にはまともな人生を送らせたいと願う自分の気持を、ベッツィーに理解してもらおうとしても無理だろう。ただ、その望みをどうやってかなえたらよいかはわからない。だがロザリンドは貧乏や愛のない生活の悲哀を知らずに育ってほしいし、人生の裏街道は歩ませたくなかった。

　授業の残りはとどこおりなく終わった。午後にはピアズに凧揚《たこあ》げに連れていってもらう約束をしていたので、ロザリンドが勉強を早くすませたがったからだ。昼食後、二人はすぐ出かけた。暇ができたマリアンヌは図書館に本を借りに行くことにした。

　マリアンヌの本好きは、家のみんなにふしぎがられている。そういう反応にはマリアンヌは慣れていた。孤児院にいたときも、ほかの子どもたちから変に思われていた。クォーターメイン家では人に隠れてひそかに書庫の本を持ちだし、小川のほとりのお気に入りの場所で午後いっぱい読みふけったものだった。ロンドンのハリスンとデラ夫妻の家に暮らすようになってからは、図書館に通う喜びを初めて知った。

　そういうわけでマリアンヌは帽子の紐《ひも》をあごの下で結び、足どりも軽く家を出た。図書館のすぐ近くまで来たところで、前方から歩いてくる若い女性に目をとめた。侍女をしたがえているその令嬢の顔には見覚えがある。昨夜のパーティで知りあった人だ。

「ミス・カースルレイ！」思いがけなく、マリアンヌは胸がはずむのを感じた。

　うつむきかげんに歩いていたペネロピは顔をあげ、にこっとした。「あら、ミセス・コターウッド！　こんなところでお目にかかるなんて嬉《うれ》しいですこと」

「本当に。私は図書館に行くところですの」ペネロピが本を抱えているのに気がついた。

「もしかして、あなたも行ってらしたばかり？」

「ええ、そうなんです」ペネロピは満面に笑みを浮かべた。「あなたも本がお好きなの？」

「とっても。いちばんの楽しみなの」

「ほんと？　私もよ」趣味が同じであるのがわかって、ペネロピは嬉しそうだった。「母は私のことを本の虫と言うの。でも本のほうが現実の世界よりもずっと……わくわくさせられませんこと？」眼鏡の奥のまなざしがきらきらしている。「私ね、気が狂った修道士とか幽霊の出るお城や悪霊が登場する怪奇小説の中毒なの。そういうのって、実生活ではあり得ないでしょう」

「ええ。でも現実にそんなことが起きたら、喜んではいられないと思うけど」

「それはそうね」それぞれの愛読書について、二人はしばらくのあいだ立ち話をした。やがてペネロピは無意識にマリアンヌの腕に手をふれて言った。「ぜひうちにいらしてくださらない？　もっと本のことやら何やらお話ししたいわ。それと、私の友達のニコラにも会っていただきたいの。きっと好きになってくださると思うわ。あの……私、厚かましすぎるかしら？」

「とんでもない。私も喜んでお訪ねしたいわ」向こうからやってきたせっかくの機会を逃したりするものか。とはいえ、たとえ自分の利益にはならなくても、ペネロピの誘いを断りはしないだろう。マリアンヌはこのはにかみ屋のお嬢さんに好意を持っていたし、本について語りあえるのがとりわけ楽しみだった。

「よかったわ」ペネロピが自宅の住所を告げた。パーティでペネロピの母から受けた第一印象どおり、住まいは貴族や富豪の家が多いメイフェアであることがわかった。

ペネロピの背後で、侍女がもじもじしている。「お嬢さま……」

「ミリー、わかってるわよ」ペネロピはすまなそうにマリアンヌにほほえみかけた。「もっとお話をしていたいんですけど、祖母の家で母と落ちあうことになってるの。遅れるとまずいんですの」

「それなら、早くいらしたほうがよろしいわ。お引きとめはしません」あのたけだけしい母親がペネロピをどやしつけるさまが、ありありとマリアンヌの目に浮かぶ。

「でも、私の家にいらしてくださるわね？」

「ええ、必ず」マリアンヌはペネロピと別れ、図書館に向かった。


ペネロピは祖母の屋敷へ急いだ。あまりよく知らない人と友達になるのを母は気に入らないに決まっている。そのうえ、遅刻したらますます母の機嫌をそこねるだろう。ほとんど息せき切って祖母の家の客間に入っていくと、意外にも母は上機嫌だった。

「ああ、ペネロピ、やっと来たのね。どうしたの、そんなに赤い顔して？　まったく近頃の若い娘ときたら……」ペネロピが部屋に入ってきたときに立ちあがった二人の男性のほうに、アーシュラはおもねるような笑みを向ける。「ふらふらと寄り道ばかりして」

ペネロピは男性たちを目にして、母のにこやかな態度に納得がいった。ランベス卿《きょう》とバックミンスター卿が、ペネロピの祖母であるエクスムア伯爵夫人邸に来ていたのだ。バッキーのことは〝小物〟として軽んじているのに、アーシュラも社交界のおおかたの婦人連と同じくランベス卿に夢中だった。ロンドンの上流社会で最も人気の高い花婿候補であるランベス卿に、母は虫のいい期待をいだいているのだ。ペネロピはひそかにため息をついた。正直なところ、ランベス卿が苦手だった。それに母の望みにもかかわらず、ランベス卿は私を丁重に扱ってはくれるものの、異性としての関心がないのははっきりしている。バッキーと親しいから一緒に来ているだけなのだ。

「図書館から本を借りてきたところなの」

レディ・アーシュラは眉をひそめる。「おやおや、図書館なんて。ぎすぎすしたインテリ女だと殿方に思われてもいいんですか?」

「私は別にかまわないと思うけど」伯爵夫人が初めて口をひらいた。「まっとうな殿方ならば、知的な女性に敬意を持つのは当然じゃないかしら。そうではありませんこと、ランベス卿?」

ジャスティンはよどみなく答える。「もちろんですとも。奥さまがたいへん尊敬されていらっしゃるのが、そのいい例です」

伯爵夫人は笑った。若い頃はさぞかし美しかったにちがいない夫人は背が高く、女王のような気品をそなえている。「ランベス卿はあまりにお上手なので、お世辞とわかっていてもいい気持になってしまうわ。ペネロピ、こっちに来て、私にキスをしてね。それからどんなご本を借りてきたのか、見せてちょうだい」

言われたとおりペネロピは祖母の頬に挨拶《あいさつ》のキスをして、かたわらの低い腰かけにすわった。伯爵夫人が図書館の本を見ているあいだ、ペネロピは話を今のうちに切りだしたほうがいいだろうと判断した。ランベス卿の前では、母もそれほど高圧的に反対しないと思う。

「ここに来る道でミセス・コターウッドにお会いしたのよ」

バッキーもジャスティンも聞き耳を立てた。

「え、本当?」バッキーは感心した面持ちで言った。「驚いたな、あなたがあの人を見つけるとは思いもよらなかった。そういえば、あなたは以前から鋭いものね」

ジャスティンは友人の顔をしげしげと眺めた。「ということは、ミセス・コターウッドをきみは捜してたってわけか?」

「うん、まあ……」バッキーは言葉につまる。頬が赤くなっていた。「ニコラが金曜日にちょっとした夜会をひらくんだが、あの人のことも呼びたいんじゃないかと思って。招待状を送らなくちゃならないからね」

「ほう、なるほど」友人の苦しい言い訳を聞いているうちに、ジャスティンはのみこめた。バッキーがそこまで女に関心を示すのは珍しい。これは少々ややこしくなってきたぞ。ペネロピに目をやると、やるせなげにバッキーを見つめている。ミセス・コタ—ウッドへの恋心を見抜いたのだろうか？

アーシュラがとがめるような訊《き》き方をした。「そのミセス・コタ—ウッドって、いったい誰？」

「ゆうべのパーティでお会いした方よ、お母さま。ミセス・ウィロビーが紹介してくださったでしょう」

「ああ、あのでしゃばりがミセス・ウィロビーなの！　私の知りあいでもないのに。あんな人の友達なら、あんまりお近づきになりたいとも思わないけど」

「あの方も、お母さまと同じように、ミセス・ウィロビーのお友達ではないんじゃないかしら」

アーシュラの目つきが険しくなった。この子はつつましやかながらも、私をばかにしているのではないか？

ペネロピにまじめに応じたのが、バッキーだった。「そうそう、そのでしゃばりミセス・ウィロビーが勝手に友達ぶってるだけかもしれない。ミセス・コタ—ウッドは立派なご婦人だと、ぼくは思う」

ふん、その女が立派かどうかは、バックミンスターなどにわかるもんですか。アーシュラはバッキーを無視して、ジャスティンに問いかけた。「ランベス卿、そのミセス・コタ ーウッドとやら、お宅の皆さまもご存じなんですの？」

「ええ、もちろん」ジャスティンは落ちつき払って答える。「ミセス・コターウッドとは昨日今日の知りあいじゃありません」

「でしたら、そこそこの方なんですわね」母がしぶしぶ認めるのを聞いて、ペネロピは感謝のまなざしをジャスティンに向けた。

「私、ミセス・コターウッドにうちにいらしてくださるようにお誘いしたの」

「まず私に訊きもしないで？」

「でも、お母さまはその場にいらっしゃらなかったから。私はあの方がとても好きなの」

「ペン、ミセス・コターウッドのお宅を訪問するんだったら、ぼくは喜んでお供するよ」

バッキーがなれなれしく娘の愛称を口にしたことに、アーシュラは露骨にいやな顔をしている。無邪気にも、バッキーは気がつかない。

「訪問はできないわ。あの方のお住まいがどこか知らないんですもの。おっしゃらなかったし、私もおたずねしなかったので」

滑稽《こっけい》なほどバッキーが落胆をあらわにしたので、ジャスティンは笑いをかみ殺すしかなかった。

「どなたなの、その方？　私はお会いしたことがあるのかしら？」伯爵夫人がたずねた。

「お祖母さまはご存じないと思うわ。とってもいい方なの――おきれいだし」

「そう、美人で、しかもいい方というのはめったにないことね」エクスムア伯爵夫人は孫娘にほほえみかけた。

「それだけじゃなくて、読書家なの。本について、楽しいおしゃべりをしたのよ。私が借りてきた本もお読みになったんですって。すごく面白かったそう。実は私が図書館から出てきたところで、ちょうどそこに行く途中のミセス・コターウッドにお会いしたの」

「私もそのうちお目にかかってみたいわ」伯爵夫人は二人の男性に目を向けた。バッキーはふさぎこんだ様子で黙っている。ジャスティンはといえば、ズボンからつまみあげた小さな糸くずを見つめていた。「あら、お客さまをほったらかしにして、私たちばかりおしゃべりしていたようだわ。バックミンスター卿は、セバスティアンとアレクサンドラから何か便りがあったか訊きにいらしたのよ」

「あ、それで、何かありました？」

「ええ。今朝、アレクサンドラから手紙が来たの。二人は新婚旅行でまだイタリアにいるんだけど……今はベニスらしいわ。ベニスはすてきなところだって、夢中になってるようよ。それでも、もうじきイギリスに帰るつもりだと書いてあったわ」

「嬉しいこと。またアレクサンドラに会えると思うと」

「うん、帰りが待ち遠しいよ」バッキーが気分を変えて言った。「ソープはいい男だ。ソープ夫人も――いや、もちろん男じゃないが――ただ、あの人のこと、あんまりよくは知らないけど」

嬉々《きき》としてアーシュラが口をはさんだ。「そうね、バッキー、あなたの言わんとするところはよくわかるわ」

「ええ、まあ――」

「カースルレイ夫人も、ソープ夫人がもどっていらっしゃることをさぞお喜びなんでしょう」ジャスティンはアーシュラの表情をじっと観察している。

伯爵夫人はかすかにほほえみ、娘の顔を見ないように努めた。アーシュラは赤くなる。二、三カ月前にアメリカからやってきたアレクサンドラ・ウォードが実はずっと昔に死んだはずの姪《めい》らしいとわかっても、アーシュラは猜疑心《さいぎ》をつのらせ、伯爵夫人が孫娘と認めることに頑強に反対しつづけた。それが事実だと証明されてからやっと、いやいやながら折れたのだった。そのあたりのいきさつは、ロンドンの上流社会に知れ渡っている。

「もちろんですわ、ランベス卿」アーシュラは悔しそうに答える。「アレクサンドラが本当に兄の子どもだとわかったんですから、家族みんなと同様に大切に思っておりますわ」

「それはそうでしょうね」レディ・アーシュラからは、実の娘や息子に対する真の愛情を感じとれたためしがない。となると、アレクサンドラを大切に思っているというのもその程度なのだろう。

ジャスティンはエクスムア伯爵家一族やソープ卿とはそれほど親しくないので、詳しいてんまつは知らない。だが、初夏の頃の社交界はその噂《うわさ》で持ちきりだった。あらましは耳に入っている。フランス革命の嵐《あらし》が吹き荒れた二十二年前のパリで、伯爵夫人の子息チルトン卿とフランス人の妻、三人の子らが暴徒に殺されたという。ところが、ロンドンの社交期が始まるこの春にアメリカから来たアレクサンドラ・ウォードなる女性が、実はチルトン卿の末っ子だったと判明した。そして紆余曲折《うよきよくせつ》があったあげくに、その女子相続人はソープ卿と結婚し、夫妻でイタリアに蜜月《みつげつ》の旅に出かけている。この出来事は何から何までペネロピが愛読している怪奇小説ばりの話だというのが、ジャスティンの感想だった。

ともあれ、バックミンスターをそそのかしてペネロピの親族に会いに来た目的は果たした。謎《なぞ》のミセス・コターウッドの住所までは突きとめられなかったものの、ペネロピから必要な情報は手に入れることができた。これで十分だろう。あの赤毛美人が本好きというのは思いもよらなかった。だが、また図書館に来たところを従僕に見張らせよう。住まいがどこかも、やがてわかるにちがいない。

用事がすんだのに、これ以上アーシュラ・カースルレイとの同席を我慢するいわれはない。ジャスティンはバッキーをうながして、エクスムア伯爵夫人邸を辞去した。二人が玄関を出たとたんに、アーシュラは娘にいらだちをぶつけた。

「まったく、ペネロピったら！　そんなくだらない本の話なんかして何になるのよ。少しはランベス卿に気に入られるようにできないの？」

「でも、お母さま、ランベス卿は私には関心がないのよ。だから、そんなことおっしゃらないで」ペネロピは困惑している。

アーシュラは大げさにため息をついた。「ペネロピ、あなたには本当に失望させられるわ。普通は少なくとも魅力的になろうとがんばるでしょうに」

「アーシュラ、およしなさいな。ランベス卿とペネロピでは合いっこありません。なんでそんなふうにやっきになるのか、私にはわけがわからないわ」伯爵夫人が口添えした。

「合わないですって？　お金がどっさりあって、ノルマン人のイングランド征服にまでさかのぼれる古い家柄の侯爵が、相手としてふさわしくないというんですか？」

「私のほうがランベス卿にふさわしくないと言ってるのよ。あの方がいずれセシリア・ウインボーンと結婚なさるのは、誰でも知ってるわ。仮にそうならないとしても、私はランベス卿のお好みではないことがよくわかってるの」

「男が遊ぶ相手と結婚する相手とは、まるっきり違うんです」アーシュラは説教を始めた。

「うちの家柄もランベス卿の一族に優《まさ》るとも劣らないくらい古くて、格が高いんです。ウインボーン家なんか物の数じゃありません」

ペネロピは反論をあきらめた。母に道理を説いても無駄であることはとっくの昔に悟っている。すかさず祖母が相づちを打ち、身がまえていたアーシュラの機先を制した。

「そうですとも、あなたの言うとおりよ。そもそも我がモントフォード家の女が、ストーブリッジ公爵の息子などという成りあがり者と結婚すべきだと思うほうがおかしいわ」

アーシュラはあっけに取られて母の顔を見た。伯爵夫人の目がいたずらっぽく笑っているのに気づき、眉間《みけん》にしわをよせる。「いやですよ、お母さま。冗談を言ってる場合じゃないでしょう」

「あら、これこそ冗談で笑い飛ばすべき事柄なのよ。ペネロピがランベス卿と結婚したがっているわけじゃなし。もうそんなばかげたことを話すのはやめましょう」伯爵夫人はペネロピのほうに向き直った。「それよりも、マリー・アンの行方を突きとめるために頼んだ警吏の人から報告があったのよ」

「何か手がかりが見つかったんですか？」ペネロピは身をのりだした。

「それがねえ、少しだけなの。ロンドン郊外の孤児院にメアリー・チルトンという女の子がいたという話は前にしたわね。時期的にもちょうど一致してるの。その孤児院に行ってみると、当時の院長は引退していたんですって。でもその子のことを憶《おぼ》えている職員がいて、〝赤毛のじゃじゃ馬〟というあだ名だったらしいの」伯爵夫人の目に涙が光っていた。

「いかにもマリーらしいあだ名だと思ったわ。孤児院を出てからあとの行く先もなんとか聞きだせたようよ」ペネロピの祖母は言葉を切り、深く息を吸ってから話を続けた。「地元のお屋敷で奉公してたそうなの」

「そんな！」ペネロピは思わず声をあげ、祖母の手をにぎった。エクスムア伯爵夫人は孫の手をにぎり返し、口をきっと引き結んだ。「ひどいわ！　私のいとこがお洗濯をしたり床をみがいたりしなくてはならないなんて！」

「それも、クォーターメインとかいう、どこの馬の骨だかわかりもしない家でですよ」家柄を誇るアーシュラは憤然として、珍しく娘に同調した。

「そのあたりの地主よ」伯爵夫人が説明した。「だけど、家柄などはどうでもいいの。それよりも、そのメアリーが数年後にお屋敷を出てからは、どこへ行ったのか誰も知らないんですって。手がかりがそこで途切れてしまったのよ」

「その先は調べようがないのかしら？」ペネロピはがっかりした。

「家政婦の話では、メアリーと仲がよかった同僚の召使いがいたけれど、その娘さんもお屋敷を出ていったきりだそうよ。その家の人たちも召使いたちも異常なほど口をつぐんでいるところからすると、なんらかの不祥事があってメアリーはやめたのではないかというの」

ペネロピは目を大きく見ひらいた。「なんだかとてもかわいそう」

「ええ。ただ少なくとも、別の人のほうもそれ以上の成果はなかったみたいだから、せめてもの救いだわ」

「別の人って？」

「私が依頼した警吏のほかに、メアリー・チルトンについてクォーターメイン家に聞きこみに行った男の人がいるらしいの。なぜ急にメアリーのことを何人も調べに来るのかふしぎだと、家政婦が言っていたそうよ」

「で、その別の男の人というのは——当主の伯爵の差し金だとお思いなのね？」

ペネロピの祖母の表情が厳しくなる。「ええ、それ以外には考えられないわ。マリー・アンとジョンが行方不明になったことについて私が疑っているのを、リチャードは知ってますからね。あの悪い女さえ生きていたら！」

誰のことを祖母が〝悪い女〟と言っているのかは、ペネロピにもわかっている。伯爵夫人の遠縁の婦人で、同居していたウィラ・エバーハートのことだ。二、三カ月ほど前、ミス・エバーハートが息を引きとるまぎわに、二十二年前に共謀して孫たちを伯爵夫人に会わせなかったのは自分だと告白した。一七八九年のバスティーユ牢獄《ろうごく》襲撃で始まったパリの暗黒時代に、ペネロピの伯父チルトン卿とその夫人が群衆に殺された。夫妻ともフランスの貴族に間違われたのだという。チルトン卿の三人の子どもたちも一緒に死んだと、ロンドンには伝えられた。けれども実際は三人とも生きていて、チルトン卿夫人の友達だったアメリカ人のリーア・ウォードに連れられてひそかにフランスを脱出した。子どものできない孤独なミセス・ウォードは、末っ子のアレクサンドラを自分の娘としてアメリカに連れて帰り、育てあげた。だがその前に、長男のジョンと長女のマリー・アンの二人は、祖母である伯爵夫人の屋敷に送りとどけていた。

その当時、息子一家が皆殺しにされたと知った伯爵夫人は悲嘆のあまり床に伏してしまい、来客にも会おうとしなかった。ミセス・ウォードがジョンとマリー・アンを連れてきたとき、応対したのはミス・エバーハートだった。兄妹《きょうだい》を祖母の家に渡して安心したミセス・ウォードはアメリカに帰っていった。けれどもミス・エバーハートは、子どもたちが無事に生き延びた事実も、ミセス・ウォードから預かったことも伯爵夫人に告げずに、その頃愛人関係にあったリチャード・モントフォードに二人を引き渡した。

チルトン卿はパリで亡くなり、長男のジョンも死亡したとされていたので、エクスムア伯爵の位と家屋敷は遠縁のリチャードが相続した。しかし正統な跡継ぎであるジョンが生存していたことがわかれば、リチャードは爵位も財産も失うことになる。リチャードの利益を守るためには、子どもたちの存在を隠さなくてはならない。それに協力すれば、リチャードは恩に着て自分と結婚してくれるだろう。ウィラ・エバーハートの胸中でそういう打算がはたらいたのだった。ジョンは熱病で死に、マリー・アンは孤児院に入れられたと、いまわのきわのウィラは言い残した。

伯爵夫人はただちにロンドン警察裁判所の警吏を雇い、マリー・アンの捜索にあたらせた。だがリチャードの裏切り行為については、今のところ手の打ちようがないと悟らざるを得なかった。告白後にすぐウィラが死亡してしまったので、リチャードの犯行を裏づける証拠も目撃者も出ていない。言うまでもなく、現エクスムア伯爵リチャード・モントフォードはウィラの話を否定した。その話が事実とすれば、頭の狂ったウィラが一人でやったにちがいないと主張した。思っていた時期でも場所でもなかったとはいえジョンが死んだからには、リチャードは依然として法定相続人なのだ。リチャードが子どもたちを拉致《らち》し、ジョンを殺したのではないかと、伯爵夫人は疑っている。その疑いを公にすれば、立派な家柄といえども一族の名誉は地に落ちるだろう。

アーシュラが疑問を口にした。「それにしても、どうしてリチャードはマリー・アンを捜しているの？　安否を気にする人じゃないし、むしろ行方不明のままのほうがいいと思ってるんじゃないかしら？」

「そのとおりよ。だから捜しているのでしょう――マリー・アンが出てきたら困るから、永遠に行方不明のままでいてほしいわけ」

祖母の言葉に、ペネロピは息をのんだ。「つまり……殺そうとしてるということ？」

「あの男ならやりかねないわ。この二十二年間つきとおしてきた嘘《うそ》をばらされないようにするためなら、どんなことでもやるでしょう。少なくともマリーを船に乗せてアメリカやインドなど、私たちが見つけられないような遠隔地に追いやるくらいはするわ。その頃マリー・アンは五つにはなっていたから、誰が孤児院に引き渡したとか、自分の身の上に起きたことを憶えているかもしれない。それを私たちが知ったら困るわけよ。兄のジョンについても、なんらかの記憶があるかもしれないでしょう」

「たいへんだわ。リチャードの手先に見つからなければいいけど。何か私たちにできることはないんでしょうか？」

「私が依頼しているミスター・ガーナーは、メアリー・チルトンの仲良しだったウィニーなんとかという娘さんの行方を追うつもりですって。そのウィニーの今の住所もわかっていないけど、ともかくロンドンに行ったことだけは家政婦が教えてくれたそうよ。ウィニーと親しくしていた別の娘にお金をやって聞きだそうとしたら、その子もやはり知らないと答えたらしいの。でもたとえウィニーを捜しだせたとしても、メアリー・チルトンの居場所がわかるとは限らないのよ。なにしろメアリーがクォーターメイン家を出てから八年もたっているんですからね」

祖母の話には楽観的な材料はほとんどない。それでもペネロピは、明るくふるまわなくてはと思った。「お祖母さま、あまり心配なさらないで。アレクサンドラみたいに、そのうちちゃんと出てきてくれるわよ、きっと。私たちモントフォードの人間は、そうたやすく消されたりするものですか。そうでしょう、お祖母さま？」

伯爵夫人は孫娘に笑みでこたえた。「ありがとう、ペネロピ。あなたの言うとおりになると信じてるわ。必ずマリー・アンを見つけだしましょう」

「リチャードよりも前に見つけられるといいですがね」いつものとおり、アーシュラがもったいぶって話を締めくくった。


マリアンヌはため息とともに自分の札をおいた。「ベッツィーの勝ち――あいかわらずだけど」

「ふむ」ベッツィーは案じ顔でマリアンヌの表情を探っている。「こんなに弱い手なのに。マリアンヌ、どうかしたのかい？　いつもよりもっと下手じゃないか」

マリアンヌは苦笑する。「別に。ただ、ちょっと不安なだけで……ランベス卿が私のことを忘れてくれればいいんだけど、警察に知らせるかもしれないし。こうして何もできないでいるのがいやなの」

ベッツィーに話したくはないけれど、実はそれだけではなかった。ウィニーの友達から来た手紙が思ったよりも気にかかっている。この二、三日、ともすれば手紙の中身について考えていた。私のことを訊きに来たという人物の目的はなんなのだろう？　いやでも孤児院やクォーターメイン家での日々を思いおこさずにはいられない。部屋の掃除をしていたときにダニエル・クォーターメインにキスや抱擁を強要され、いやと言っても放してくれなかった。怖くなって逆らったら、いきなり平手打ちされてベッドの横の床に押し倒された。目がぎらぎらと光っていた。あんな目つきは、それまでに見たこともなかった。肌をあちらこちらさわられ、口に舌をさしこまれ、恐怖と嫌悪感でいっぱいだった。

それなのにパーティの夜、ランベス卿に口づけされたときの感覚は、そのおぞましい体験とは似ても似つかぬものだった。体の奥が甘やかにとろけそうになり、熱い血潮が全身を駆けめぐっていた。あのまま邪魔が入らなかったら、ランベス卿も私を言いなりにしていたかもしれない。クォーターメイン家の長男よりも高慢な男のことだ。女は誰しも、口説かれたのを光栄だと感じるべきだと思っているにちがいない。私が腕を振りほどいて頬をひっぱたいても力ずくで迫ろうとしなかったのは、反省したからではないだろう。女が自分に逆らうことに驚いたあまり、棒立ちになっただけではないか。

ランベス卿の金色がかったまなざしや肉感的で形のよい唇を思いだし、またしても下腹の奥がうずくのを感じた。快くもあり、満たされない切なさでもあった。こんなふうにランベス卿のことばかり考えている自分に腹が立ってもいる。

胸に引っかかっているのは、その物思いばかりではなかった。二日前に借りた本を返すために、昨日、図書館に行った。その帰り道、家のほうへ歩きながら、うなじのあたりになんとも奇妙なざわめきをおぼえた。足を止めて振り返ったが、通行人が一人二人歩いている以外には特に変わった様子はなかった。にもかかわらず、家に着くまでずっと誰かに見られているという感じをぬぐい去ることはできなかった。ばかげていると思いながらも、もう一度あたりを見回してみた。今度は、自分のほかには誰もいなかった。それでも背中がひりつくような感じを思いだすと、ぶるっとふるえるのだった。

「ミセス・コターウッド」部屋の戸口から、二人いる召使いの一人が遠慮がちに告げた。「あのう、お客さまが見えてます。玄関でお待ちになってますが」

マリアンヌはびっくりした。客が訪ねてきたためしなどないのに。社交界の人々と親しくなるのだけは避けてきた。来客に慣れていない召使いは、どう応対したらよいのかとまどっているふうだった。

「ありがとう、ネッティ」ベッツィーの顔を見ながら、マリアンヌは立ちあがった。ベッツィーもけげんそうに見返す。クォーターメイン家に聞きこみに来たという男がここを突きとめたのだろうか？　昨日の帰り道でなんとなく変な感じがしたとき、どこかで私を見ていたのはその男？

マリアンヌは努めて不安を抑え、平静を装って廊下に出た。玄関には、帽子を手に娘のロザリンドに笑いかけている男がいた。それを目にしたとたんに、マリアンヌの足ははたと止まった。

ついにランベス卿に見つかってしまったか。

5

「ミロード」マリアンヌの声はかすれていた。

ランベス卿《きょう》が顔をあげ、にっとほほえむ。唇の両端がかすかにまくれて、単なる挨拶《あいさつ》にとどまらない、危険を予感させる笑い方だった。「ミセス・コターウッド」

「ロザリンド、あなた、こんなところで何してるの？　お台所でウィニーと一緒に勉強してたはずじゃなかった？」

「お客さまを見に来ただけよ、ママ。ネッティがお台所に来て言ったの。〝わあ、びっくりした。すっごい色男が来たのよ〟って。私、色男ってどんな色の人か、見てみたかったの」

ランベス卿はおかしそうに笑っている。気を悪くしているふうには見えなかった。美男だと言われるのが当然だと思っているのだろうか。

「でも、ちっとも変な色じゃないわ」ロザリンドはまじめくさって言った。

「それはありがとう、お嬢さん。そう言ってもらったから、今度うちの屋根なし二輪馬車で一緒に出かけようね」

「ほんと？」ロザリンドは目を輝かせている。「みんなに見えるの？」

「見えるとも。じゃなかったら、つまらないだろう？」

「とっても楽しそう」こぼれるようなロザリンドの笑みだった。

「ロザリンド、奥に行って、お勉強の続きをやりなさい」

「はい、ママ」ロザリンドは歩きかけて振り返り、真剣なまなざしでランベス卿にたずねた。「約束、忘れない？」

「絶対に忘れないよ」大げさな身ぶりでランベス卿は手を胸にあてた。

ロザリンドはにっこりして、スキップしながら台所にもどっていった。娘の後ろ姿を見送ってから、マリアンヌはランベス卿のほうに向き直った。たちまちロザリンドを手なずけてしまったとは。腹立たしかった。

「どうやって私の居所を突きとめたんですか？」ぶっきらぼうに訊《き》いた。

ランベス卿の目が笑っている。「ぼくには知られたくなかった？」

「そんなことはないですけれど、私のほうからお招きもしておりませんわ」

「ええ、厚かましいことは承知しております。前にも言われました。しかし先日あんなふうに邪魔が入らなければ、お住まいを教えてくださったのではないかと思いますよ」

「ずいぶん自信がおありですこと」まずいことになった。みんなが望んでいるようにロンドン暮らしを続けるとしたら、この人の疑惑をそらさなければならない。むやみに追い返してしまったら、ますます疑いをつのらせるだけだろう。といって、この家の誰かと顔を合わせても、同じ結果になりそうだ。みんな話し方はわりに上品なほうだが、それでも観察が鋭い人には見破られてしまうだろう。この人は、とりわけ明敏そうだし。

「あなたはいい方だと確信してましたから」ランベス卿の淡い金色の瞳がまたいたずらっぽく光った。今すぐにでも玄関から追いだしてやれたらと、マリアンヌは歯がみする。それに、意味深長な視線を向けられると、体の奥が奇妙にざわめくのも悔しかった。

「でしたら、どうぞこちらに」やむなくマリアンヌは、できるだけ愛想よく客間にランベス卿をいざなった。出てきたばかりの居間にちらと目を走らせると、ドアごしに色めきたったベッツィーの顔が見えた。

マリアンヌは客間の扉をきっちりと閉めた。そんなはしたないことをしたら、ランベス卿になんと思われるかわかりはしない。それでもあえてそうしたのは、入ってこないでという合図を家の者に伝えたかったからだ。

「では、どんなご用件でいらしたのか、お話しくださいませんか？」

「それはもちろん、あなたにお目にかかりにまいったんです。ほかにどんな用件があるでしょうか？」

「わかりません。ですから、うかがっているのです。またこのあいだのとんでもない言いがかりを蒸し返しにいらしたのかと思いましたけど」

「いえいえ、そうではなくて、お気にさわるようなことを言ったのをお詫《わ》びしたいと思ったんです」ランベス卿はマリアンヌの手を取って、口もとに持っていった。

ベルベットのような唇の感触が、電流のように手の甲から足のつま先へ走った。息づかいが乱れないようにこらえるだけで精いっぱいだった。「お手紙でも十分でしたのに」

「ですが、それではお許しを請うと同時に拝顔の栄に浴する喜びにひたれません」

「何をおっしゃいます。あなたは、ちっとも悪いとは思っていらっしゃらないくせに」

「いいえ、悪いと思っています。お話の途中であなたが去っていかれたのが、たいへん残念でした」

「あれ以上お話しすることなんかなかったでしょう。あなたはなぜか私について誤解されてしまい、お考えを変えていただこうとしても無理だと思いましたもの」

「ぼくが考えを変えるように努めてくださるのはいっこうにかまいませんよ」

「ランベス卿、あなたって、ずいぶん押しの強い方ですのね」マリアンヌはにぎられたままの手をやっと引き抜いて椅子に腰をおろし、向かい側のソファをランベス卿に勧めた。

「かもしれません。そのほうがうまくいくことが多いので」ランベス卿はソファではなく、マリアンヌの隣の椅子にすわった。

「昨日、私を尾行したのはあなたですか?」

「いえ、違います。ぼくに気づいたら、あなたは逃げるに決まってますからね。うちの従僕にやらせたんです。でも見つかったとは、なんというへまなんでしょう」

「姿を見たわけではありません。人につけられているという感じがしただけです」

「いやな思いをさせて申し訳ありませんでした」ランベス卿の言い方は誠実みがあるように聞こえた。不本意にもマリアンヌは温かい気持にさせられた。「とにかくもう一度、あなたにぜひお会いしたかったんです。それしか理由はありません。バターズリー卿の集まりで、あなたはぼくに誤解されたとおっしゃった。だけど、ぼくも間違った印象を持たれてしまったようです」

ランベス卿はマリアンヌのほうに体を近づけ、髪よりも色濃いまつげにかこまれた目でじっと顔をのぞきこんだ。思わずマリアンヌは息をこらし、無意識にランベス卿の唇に視線をあてていた。シェリー酒のような色合いの目が熱をおびる。ランベス卿は手を伸ばして、マリアンヌのあごにふれた。

「あなたは本当に魅力的な人だ。正直に言うけれど、あなたを抱きたいと思っている。といって、あなたを脅して無理やり思いどおりにするつもりはありません」

ランベス卿の顔が近づいてきた。口づけされるとわかっていながら、身動きすることもできない。マリアンヌは目をつぶった。

そのとき、いきなり扉があいた。二人はびくっとして互いから離れ、戸口に顔を向けた。

しかめっ面のピアズが立っている。面倒なことになったと、マリアンヌは懸念する。ベッツィーが入ってくるのではないかと心配していたが、ピアズではもっとまずい。パーティでの話をしたときに、ピアズはランベス卿に対する敵意をあらわにしていた。ランベス卿にばかなことを言ったり、変な行動に出たりしなければいいが。

「あら、ピアズ。ちょうどよかったわ」マリアンヌは作り笑いを浮かべた。

「マリアンヌ」ピアズはランベス卿をじろりと見た。

「ランベス卿、失礼しました。ピアズ・ロバートソンですの」

ランベス卿は礼儀正しく立ちあがり、ピアズと握手した。「ミセス・コターウッドの弟さんですか?」

「いいえ」マリアンヌが答える。

「ええ」同時にピアズは言った。

ランベス卿は黙って、眉をつりあげた。

マリアンヌはピアズを怖い目つきで制し、ぎこちない笑みをランベス卿に向ける。「ピアズは実は私のいとこなのですが、姉弟《きょうだい》のように育ちましたの。私はごく小さいときに親を亡くしたものですから、ピアズの両親に育てられたんです」

「それはお気の毒に」

「ずっと昔のことです。父も母も憶《おぼ》えておりません」少なくとも、その部分は事実だ。

ランベス卿はマリアンヌとピアズを見比べている。「お住まいはロンドンですか、ミスター・ロバートソン？」

「住まいはここです」ピアズは足を広げて、あごを突きだしている。今にもなぐりあいを始めそうな姿勢だ。

「なるほど」

マリアンヌは急いでつけ加えた。「一家全員ここに暮らしております。ピアズ、おかけなさいな」

ピアズはソファに腰をおろした。そのあいだも険しい視線をランベス卿からそらさない。

「バターズリー邸のパーティではお目にかからなかったと思いますが、ご一緒でしたか……いとこさんと？」

「いいえ。ピアズは舞踏会のような集まりには出たことがないのです」マリアンヌはすかさず答えた。ピアズに返事をする間を与えると危ない。無礼な態度はランベス卿の不信感をいやますだけだ。「退屈でうんざりなんですって。そうでしょう、ピアズ？」

「そう。だけど、一緒に行くべきかもしれない。マリアンヌが男に言いよられないように」あてつけがましくピアズはランベス卿をにらみつけた。

「ピアズったら！」

ランベス卿は口もとをかすかにほころばせる。だが、目は金属のように冷ややかに光っていた。「ああ、そのほうがいいかもしれません。ご婦人を無防備にしておくのはよくない」

「私は自分の身は自分で守れます。護衛なんかいらないわ」マリアンヌはまたピアズを目で黙らせ、ぴしゃりと言った。

「おっしゃるとおりです。護衛が必要なのは、あなたよりもむしろ紳士連のほうかもしれませんね」ランベス卿の目には、ふたたびいたずらっぽい笑みがもどってきた。

ピアズが気色ばんで、腰を浮かす。「それはどういう意味ですか?」

ランベス卿はおだやかに返した。「なにしろミセス・コターウッドは並外れて美しい方でいらっしゃる。心をうばわれる危険があるのは我々男どもだということです」

「うばわれるような心をお持ちなのでしょうか? だとしたら、ありがたいお言葉ですけれど」

マリアンヌの辛辣《しんらつ》な応酬に、ランベス卿は大笑いでこたえた。「こりゃ、まいった!」

マリアンヌはピアズの顔色を見て、何を言いだすつもりかとひやひやする。ちょうどそこに、ベッツィーが夫をしたがえて堂々と入ってきた。どうやらベッツィーは顔に白粉《おしろい》をはたき、唇と頬に紅をさしていたらしい。近頃《ちかごろ》は服装や髪型こそ今ふうに合わせているものの、化粧だけは二、三十年前にはやったやり方を変えようとはしない。結果は驚くべきものだ。

「あーら、マリアンヌ！　お客さまとは気がつかなかったわ」ベッツィーは若やいだ声をあげた。

「ええ、お祖母《ばあ》さま。ランベス卿がお越しくださったのよ」老夫婦をランベス卿に紹介しないわけにはいかない。マリアンヌは祖父母と説明することにした。

ベッツィーは如才なくほほえんでみせる。「あいにくハリスンとデラが留守で、お目にかかれないのが残念ですわ」

「両親のことですの。つまり、私を育ててくれたピアズの父と母です」

「ああ、なるほど」

まさかこれ以上ひどい成りゆきにはならないだろうと思っていたのに、マリアンヌの見通しは甘かった。悪いことは重なるもので、召使いがこう告げに来た。「奥さま、バックミンスター卿がお見えになりました」

思わずマリアンヌは椅子から立っていた。ランベス卿でさえ、驚きをあらわにしている。やはり立ちあがって、戸口に視線を走らせた。召使いの後ろから、バッキーの愛敬《あいきょう》たっぷりの顔があらわれた。

「バッキー！」

「やあ、ランベス。ここで会えるとは思わなかったなあ」バッキーはにこにこしている。

「ぼくもだよ」ランベス卿は友人をしげしげと見た。「きみがミセス・コターウッドの住所を知ってるとは思わなかった」

「うん、知らなかった。だから、うちのウィギンズに調べさせたんだ。気のきく男でね。なかなか役に立つんだ。ミセス・コターウッドに道でお会いしたというペネロピの話を聞かせたら、外に出ていってすぐこちらの住所を報告しに来た」

「ふーん、なるほど」

バッキーはマリアンヌのほうに歩きかけたと思うと、じゅうたんのへりにつまずいて前へつんのめった。ランベス卿の椅子の背にぶつかる寸前に、どうにか踏みとどまる。けれども椅子につかまったひょうしに、帽子を落とした。帽子はころころと床を伝って、ソファの下にころがっていきそうになる。バッキーはあわてて追いかけ、なんとか帽子をつかんだものの、向こうずねをいやというほどスツールにぶつけた。一同はなすすべもなく、そのありさまを呆然《ぼうぜん》と眺めていた。バッキーは上体を起こし、にっと笑った。頬に血がのぼって赤い。

「おやおや、ふだんはこんなにそそっかしくないんですがね。ミセス・コターウッド、あなたの前に出ると、足がもつれてしまうらしい」

「わかりますとも。うちの孫娘のせいでそんなふうになる青年は、けっこういますから」

ローリーが進みでて、バッキーに手をさしだした。「私はローリー・キアナンと申します。こちらは家内のベッツィーです」

「はじめまして、ミスター・キアナン。アイルランドのご出身でしょう？　アイルランドにはうちの土地があるんです」

「ほう？　今でもお持ちなんですか？」ローリーは目を輝かせてバッキーを自分の隣にすわらせ、アイルランドの土地についてあれこれたずねはじめた。

「ねえ、ローリー」ベッツィーがさえぎった。「アイルランドのお話はいいかげんになさったら。そんなにすてきなところなら、なぜあなたは出てらしたんでしょうね。あなたの故郷の話を聞きに、バックミンスター卿はいらしたのではないと思いますよ」バッキーに笑いかけたベッツィーには、色香で客を惑わせていたかつてのあでやかな面影を彷彿《ほうふつ》させるものがあった。

バッキーは微笑を返した。「実は、ミセス・コターウッドにぼくのいとこの舞踏会の招待状を持ってきたんです」上着の内ポケットをまさぐりながらけげんそうに眉をひそめ、もう一方のポケットに手をさし入れてつぶやく。「おかしいな。確かに招待状をここに入れてきたんだが」

「捜しておられるのは、これですか？」ローリーがバッキーの背後に手を伸ばし、白い封筒を取りだした。

「あ、それそれ」バッキーは嬉《うれ》しそうに封筒を受けとる。

ローリーが言った。「すわったときにポケットから落ちたんでしょう」

「見つかってよかったですこと」マリアンヌはそれとなくローリーをにらみつけた。

「本当によかったですな」ローリーは澄ましている。

バッキーは立ちあがって、マリアンヌに招待状を渡した。「ぜひいらしていただきたいと、ニコラが申しておりました」

「ニコラ？」

「ぼくのいとこのニコラ・ファルコートです。伯母が主催するパーティですが、実際は娘のニコラがすべて準備しているんですよ。あなたのことを話しましたら、ぜひお目にかかりたいと言っております。今度の金曜日です。急なご案内で申し訳ありません。別のお約束でふさがっていなければいいんですが」

「いえ、何も約束はしておりません」

マリアンヌは封筒から招待状を取りだした。下のほうに、美しい筆跡で添え書きがしてある。〈バッキーからあなたについていろいろうかがいました。お目にかかれるのをとても楽しみにしております。ニコラ・ファルコート〉

「でも、私、いとこさんを存じあげないので、ちょっと気おくれがいたしますけれど」

「そんなご心配は無用です。ニコラはぜんぜん堅苦しくありませんから」

「お母さまは？　見ず知らずの私がうかがってもお気になさらないかしら？」

「いえ、そんなことを考える人じゃないんです。病身なので、薬のことしか頭にないんですよ」

ランベス卿も口を添えた。「ファルコート夫人に捕まらないほうがいいですよ。さもないと、パーティのあいだ中、病気の話ばかり聞かされますから」

「そうそう。ある晩なんか心悸亢進《しんきこうしん》について一時間も講義されて、しまいにはこっちの気分まで悪くなってしまった」

バッキーの大げさな顔つきがおかしくて、マリアンヌは笑いをこらえるのに苦労する。

「わかりました。奥さまにはなるべく近づかないようにいたしますわ。お招きいただいてありがとうございます。喜んでうかがいたいと存じます。今日の午後、いとこさんに承諾のお返事をお送りいたします」

「ああ、よかった。嬉しいです。このあいだのバターズリー卿の集まりよりもずっと楽しんでいただけると思いますよ」

「楽しみにしております」マリアンヌは思わずランベス卿に目を向ける。ランベス卿は謎《なぞ》めいたまなざしでマリアンヌを見ていた。

「バックミンスター卿、近いうちに私どもにもおつきあいくださいませんか？」ベッツィーが誘いの言葉を口にした。「私どもは今はこうしてひっそり暮らしておりますが、ときたまささやかなポーカー遊びの夕べくらいはいたしますのよ」

なんてことを言いだしてくれるのだろう。マリアンヌは内心はらはらした。「あら、バックミンスター卿は、私たちのやっている子どもだましみたいな遊びなどにはご興味ないでしょう」

「いやいや、大いに興味あります。ポーカー遊びの夕べなんて、しゃれてるなあ」

「まあ、すてきですこと。でしたら、来週の火曜日などいかがでございますか？」

マリアンヌはあわてて言った。「お祖母さま、あいにく私はその晩は用事があるの。日にちはまたあとで決めましょうよ」

マリアンヌから厳しい視線を投げつけられ、ベッツィーは肩をすくめて黙った。

このやりとりをわきからじっと見ていたランベス卿が口をひらきかけたとき、バッキーが話しだした。「ミセス・コタ－ウッド、厚かましいとは思いますが、考えていただきたいことがほかにもあって……実は、二週間後にうちの田舎の屋敷で何人かのお客をご招待することになっているんです。そちらのほうにもご参加いただけたら、ぼくはたいへん嬉しいんですが」

ランベス卿がきっとなって、バッキーに目を向けた。マリアンヌはびっくりして口ごもる。「あ、それは……私……」

「すみません。ずうずうしすぎると、お気を悪くされなければいいんですが。ぼくはただ……たまたまそういう予定があるので、ひょっとしたら、あなたもご興味がおありかもしれないと思っただけなんです。もちろん、ごく簡単なもので特別なことはしません。田園暮らしの一週間といったところでしょうか。まあ一晩くらいは母が地元の人たちを招いて舞踏会をしたいと言うでしょうが、それ以外は何もありません。田舎での遊びですから、気楽なものです。ニコラとペネロピも来ます。ニコラのことはきっとあなたも気に入ってくださるでしょう」

「ええ、それはもう……私もそう思います」

「今すぐお返事をくださらなくてもけっこうです。考えてみるとだけ、おっしゃってくだされば」

「もちろん、考えてみますわ」

「よかったあ！」バッキーの裏表のない人のよさそうな顔がいっそう明るくなった。「いけない、もうおいとましなくては」初めての訪問は、十五分がせいぜいということになっている。バッキーはベストの小さなポケットから時計を取りだそうとしてその手を止め、驚いた顔で時計がついていない鎖を持ちあげた。「これはまたどうしたことか、時計も落としたらしい」

「変だね」ランベス卿が言った。

「本当に変だわ。とにかく捜しましょう。ダー……」マリアンヌは、ローリーをきつい目つきでうながした。

「え？　あっ、ああ、時計でしたね。このへんを見てみましょう」ローリーはソファのまわりを見回し、それから立って椅子の後ろを一回りした。「あった！」いったんかがんで、それから金時計を手に得意そうに上半身を起こした。「これでしょう？　この椅子の後ろに落ちてた」

　バッキーの表情は晴れた。「それです。見つけてくださってありがとう」

「なんでまたそこに落ちてたんだろう？」ランベス卿がつぶやいた。

「おかしいですよね？」ローリー・キアナンが悠然と相づちを打つ。

　何がなんだかわけがわからないまま、素直なバッキーはこだわらない。「捜してくださったんで助かりました」

「たぶん落っこちて、そっちへころがっていったんでしょう。なくしやすいものだから、時計ってのは」珍しくピアズも口を添えた。

「ああ、たぶん」ランベス卿は自分のポケットを探って、時計があるのを確かめた。「バッキー、きみの言うとおりだ。こんな時刻になっている。ぼくも一緒においとましよう」

　二人の客は立って、丁重に挨拶した。玄関まで送ったマリアンヌは、閉めた扉にぐったりとよりかかった。ローリー、ベッツィー、ピアズの三人も客間から出てきて、マリアンヌに笑いかけた。

　ローリーが口火を切った。「すげえな、うちの娘は。引く手あまただ。紳士殿が二人もやってきて、あっちこっちに呼ばれるとは」

「バックミンスターの屋敷に一週間もいられるんだったら、ばっちり実入りがあるんじゃないかな」新しい仕事の見通しがついたせいか、ランベス卿に対するピアズの敵意も弱まったようだ。

「さよう、いいかもだ」ローリーは上機嫌で両手をすりあわせている。

「だめよ！」バックミンスター卿のものを盗むなんて。マリアンヌは肝をつぶした。あんなにあけっぴろげで人なつっこく、善良かつ親切な人をだますと考えただけで胸が悪くなる。恩を仇《あだ》で返すとはこのことだ。

ほかの三人から不審の目を向けられて、マリアンヌは弁解した。

「だって……危険すぎるわ。そのお屋敷に泊まっているあいだに巡査がやってきて、私たちに尋問したら――」

「何ばかなこと言ってるんだよ」ピアズが笑った。「姉さんが泊まってるあいだにやるわけないじゃないか。ハリスンとおれが侵入するのは、何週間か何カ月か先の話だよ。関係があると疑われるはずはない。おれの言ってるのは、一週間あれば家の間取りも詳しくわかるし、金庫や貴重品の場所も突きとめられるだろうということ」

ベッツィーも加わった。「そうそう、そのとおり。あの人は金持ちだよ。ネクタイに飾ったダイアモンドのピンを見ただろう？」

「でも私は、まるまる一週間もあの人たちと同じ屋根の下で一緒に行動しなくてはならないのよ！　そんなに長く猫をかぶっている自信はないわ」

ローリーがなだめる。「そんなことはない。マリアンヌなら絶対できるさ。きみがいいとこの娘じゃないと見破るやつなんかおらん。それに、あの貴族のあんちゃんはマリアンヌにぞっこんだから、ちょいと言葉が汚くなるくらい気がつきもしないだろうよ」

「それはそうかもしれないけれど、バックミンスター卿のほかに何人もいるのよ。その人たちと長々とおしゃべりをしなければならないのよ。私が知らないことや、会ったこともない人たちの話をするでしょう。きっと何かしくじっちゃうわ。ランベス卿も呼ばれてるのよ。あの人はずるがしこいし、バターズリー邸での一件で私を完全に疑っているんですもの。それに、ダー、バックミンスター卿の時計についてもあの人は見抜いているわよ。時計も招待状もダーがすったと思っているのは、顔を見ればわかるわ。なんであんなことやったの？」

「わしの腕が落ちてないか試してみたかっただけさ。ただの招待状とは知らなかったもんだから。わかってたらやらんよ」ローリーはけろっとしている。

ベッツィーが言った。「マリアンヌが泥棒だと思っているのに、ランベス卿は今まで誰にも言ってないんでしょう？　だとすると、これからも黙っているんじゃないかな。だってあとになってから言いだしたら、みんなに変に思われるから」

「そうだよ」ピアズも同調した。「姉さんの正体をあばこうとはしないんじゃないか。それよりも、何か盗みはしないかと見張るつもりだと思う。だけど姉さんは何も盗《と》らないいんだから、心配するこたあないよ」

　ローリーがつけ加えた。「あのランベスって男もマリアンヌにほの字だしな」

　マリアンヌは赤くなった。「そうとはいえないと思うけど」

「それじゃあなんだというの？」ベッツィーが訊く。「わざわざ手間をかけて調べたあげくに、ここに訪ねてきたんだよ。バックミンスター卿ほど顔に出さなかっただけで」

「まあ私に関心がないわけではないかもしれないわ。でも、バックミンスター卿とは違う意味でよ」

「それはそうにしても、マリアンヌを説得してものにできると思っている限りは、警察に突きだしはしないだろうよ」

「ベッツィー！　そんなことを私がすべきだと思ってるの？　口を封じるために私が……体を売るとあの男に思わせればいいと？」

　ピアズが形相を変えた。「そんなこと絶対にだめだ。おれが許さない。ハリスンも許すもんか」

「いや、私は何もマリアンヌがそうすればいいと言ってるんじゃないんだよ。ただ、手ひどくひじ鉄を食わせないほうがいいというだけで。気があるように見せかけさえすりゃあいいんだから」

「あの人がそれだけですむと思うんだったら大間違いよ」

ベッツィーは肩をすくめた。やくざな渡世を送ってきたベッツィーにしてみれば、ランベス卿とちょいと遊ぶくらいなんでもないじゃないかと思っているだろう。マリアンヌはランベス卿の熱い口づけを思いおこす。誘惑に逆らえない自分だからこそ、バックミンスター卿の招待を受けるのをこんなにもためらっているのだ。

そこへデラとハリスンが帰ってきた。二人の紳士の訪問の一部始終を聞いたハリスン夫妻も加わって、マリアンヌがパーティに行くべきか否かについてふたたび話しあった。さんざん議論したあげくに、デラとハリスンもほかの三人の意見に賛成した。

あごをなでなでハリスンが言った。「ミス・ファルコートのパーティと田舎の屋敷の両方に行って、家の間取りを調べてくればいい。バターズリーのときもそうしたように、きみから話を聞いて必要な情報や図をすべて書いておく。だけど、当面は何もしない。しばらくしてランベス卿の疑いが消えた頃を見はからい、二軒とも続けざまに片づけてしまおう。それで当分はやっていけるくらいの稼ぎになるだろう。すぐ大陸へ高飛びすれば、捕まらないよ」

やむなくマリアンヌは譲った。みんなの計画をつぶすわけにはいかない。それに自分が感じている気のとがめや懸念はばかげたことだと思われるにちがいない。みんなは、いわば私の家族なのだ。恩義があるのはこの人たちしかいない。バックミンスター卿はいい人ではあるけれど、やはり憎むべき貴族階級の一員だ。もしも私が孤児院育ちだと知ったら、バックミンスター卿とて愕然《がくぜん》とするだろう。大富豪らしいから、何か盗まれても気がつきもしないかもしれない。片思いだとわかって少しばかり傷ついたとしても、私としてはどうしようもないわけだ。ランベス卿のほうは、あの非情さゆえに傷心の恐れはない。それよりも自分自身の心が危険にさらされないように注意すべきだ。

歩きながらジャスティン・ランベスは友人を横目で見た。バッキーは笑顔で調子っぱずれの鼻歌を歌っている。ためらったのちに、ジャスティンは言った。「ミセス・コターウッドが気に入ったようだね」

バッキーの微笑は満面に広がった。「うん、ランベス、ぼくはどうやら恋に落ちてしまったらしい。こんなことは初めてなんだ。正直言って、嬉しくてたまらない」

「こんなこと言ってはなんだが、ちょっと早まりすぎてやしないか？　だって、あの人のことをきみはほとんど知らないだろう」

友達としてジャスティンは心配だった。今までバッキーが女性にこれほどべた惚《ぼ》れになったためしはないからだ。あのいわくありげな女の食い物にされたら、人のいいバッキーはひとたまりもないだろう。ミセス・コターウッドの〝ご家族〟とやらが泥棒一味だということに、バッキーはまったく感づいていない。金時計も招待状も、彼女の〝祖父〟にまんまとかすめとられてしまったというのに。あの一味のいい餌食《えじき》にされてしまうのではないか。

バッキーはにやっとする。「おいおい、読めたぞ。ライバルを蹴落《けお》とそうという魂胆だろう。そう簡単にはいかないよ」

「バッキー、よく考えてくれたまえ。実際きみは、あの人が何者か、どこの出身か、ロンドンで何をしてるのか、ぜんぜん知らないだろう」

「ロンドンで何をしてる?」バッキーはけげんな顔をする。「何をしてるといったって、我々と同じく、社交のシーズンだからここにいるに決まってるじゃないか」

ジャスティンはずばりとぶつけた。「とんだ食わせものじゃないと、どうして言える?」

バッキーは笑いだした。「変なこと言うなよ。だいいち、きみが家同士の知りあいだと保証したじゃないか」

「あれはレディ・アーシュラ向けの文句だよ。彼女の横暴さに我慢できなかったというだけのことだ。ぼくも、きみと同様にミセス・コタ—ウッドの身元については何も知らない。なぜあの人は、突然ロンドン社交界にあらわれたんだ? シーズンは終わりかけているし、これまでミセス・コターウッドという名前は聞いたこともなかったのに」

「そうはいっても、一人残らず知っているというわけにもいかないだろう。ペネロピの話だと、バースにずっと住んでいたらしい。だんなさんが亡くなったので、人づきあいをしなかったんじゃないか」

「そのことも気になる。いったいミスター・コターウッドとは何者なのか？　いつ、どういうふうに亡くなったのか？」

「ジャスティン、それは度が過ぎるよ。未亡人にそんなことを訊けるはずがないだろう」

「そこが彼女のねらいなんだ」

バッキーは探るようにジャスティンを見た。「きみは何を言いたいのか？」

「見かけとは違う人物かもしれないということ」

「そんなばかな。ちょっと話しただけで、身分も教養もある女性だということがわかるじゃないか。外見はもちろん、心も美しい人だよ」

ジャスティンは顔をしかめた。友達がミセス・コターウッドにみすみすだまされるのを放《ほう》っておくわけにはいかない。疑っている理由をはっきり告げたほうがいいのはわかっている。だがなぜか、すんなり口には出せなかった。いずれにしても、のぼせあがっているバッキーは信じようとはしないだろう。「ところで、きみの田舎のパーティというのはいつ思いついたんだい？」

バッキーは屈託なく笑った。「あれを言いだす十分くらい前。お客を呼ぶから準備してと、大急ぎでおふくろに連絡しなくては。ねえ、ランベス。きみは、ぼくもミセス・コターウッドが好きになったから気を悪くしてるんじゃないのか？　でも我々が同じ女性を追いかけるのは、今度が初めてじゃないだろう。フランセス・ウォレスフォードがそうだった」

「ああ、あの女か。しかしあのときは、二人ともファーディに出し抜かれたおかげで助かったんだよ」

「まったく。危ないところだった。それから、極楽鳥みたいな彼女、名前はなんといったっけ？　髪の黒い――」

「わかった、リズィーだろう？　しかし今度の場合は、そういうのとは違うんじゃないかな」

　バッキーは意外そうな面持ちでたずねた。「きみ、ひょっとしてミセス・コタ－ウッドを本気で好きになったんじゃないか？」

「ぼくが？　いや、そんなことはない。まさか、それはない。本気で女を好きになったことはないよ。まして、ミセス・コターウッドなんか」

「ならよかった。何も悩まなくていいんだ。じゃ、きみもうちの田舎のパーティに来てくれるね？」

「うん、必ず行くよ」ジャスティンは心に決めた。なんとかして、バッキーがミセス・コターウッドの美しい罠《わな》にかからないようにしなければならない。

6

　金曜日の午後、マリアンヌの家にコサージュ用の小さな花束を入れた箱がとどけられた。贈り主はバックミンスター卿《きょう》だった。一時間後に別の花束がとどき、ランベス卿の手紙が添えられていた。その夜のニコラ・ファルコート嬢の舞踏会にエスコート役を務めさせてくださいと請う文面だった。薔薇《ばら》のつぼみの香りを吸いこみながら、マリアンヌの口もとがほころぶ。でも、特別な意味があると思ってはだめよ。マリアンヌは自分に言い聞かせ、さっそく腰をおろして承諾の返事をしたためた。デラが入ってきて、二つの花束に感嘆した。

　贈り物の花を箱にもどしているところに玄関の扉があいて、ロザリンドが飛びこんできた。続いてネッティが入ってくる。「ママ！」母親たちを見るなり声をあげた。「公園で誰かに会ったの」

「どういうこと？　公園で会ったって？　誰に会ったの？」

「わかんない。でも、その男の人、ママのことを訊《き》いたの」ロザリンドは息せき切ってマリアンヌの前に来た。

「えっ！」背筋がひやっとして、マリアンヌは召使いに目を転じた。「そうなの、ネッティ？」

「はい、奥さま。私たちはこの家に住んでいるのかと、訊いてきたんです」

「それで、なんと答えたの？」

「何も答えなかったです。失礼だって言ってやりました。そうしたらその男、メアリー・チルトンを知ってるかと訊くんです。そんな名前の人は知らないから知らないと言うと、ここの召使いだとか言ってました。それと、赤毛だとか」

ネッティは意味ありげに黙っている。代わりにロザリンドが爆弾発言をした。「だから私が教えてあげたの。ママは赤毛だって！」

「まあ」マリアンヌは絶句する。

「すみません、奥さま」ネッティはすまなそうに説明した。「でも奥さまはメアリー・チルトンじゃないって言ったんです。人違いじゃないかと」

「その男はなんと言ったの？」

「何も言わずに、奥さまのお名前を訊きました。そんなことあんたに関係ないって言ってやりました」ネッティはいったん口をつぐみ、それからつけ加えた。「でもこの近所の人たちに訊いて、すぐわかっちゃうかもしれません」

「そうね、きっと」マリアンヌは召使いからデラに視線を移した。

デラがまごついて、二人をせわしなく見ている。「なんなの、いったい？　その男って、何者なの？　どうしてそんなことを訊いたのかしら？」

「わからないわ」心配そうに自分を見あげている娘に、マリアンヌは目を向けた。

「ママ、私、いけないことしちゃったの？」

「あのね、公園で知らないおじさんとお話ししてはいけないの。ネッティと一緒でもだめよ。でも、あなたが今日言ったことは別にいけなくないわ」マリアンヌは優しく娘に笑いかけた。「それじゃ、二階へ行って手を洗ったり、髪をとかしたりしていらっしゃい。それがすんだら下におりてきて、今夜ママがつけていくお花を選ぶお手伝いをしてちょうだいね」

ロザリンドはにっこりとして、階段を駆けのぼっていった。ネッティがゆっくりあとに続く。マリアンヌはデラのほうに向き直った。表情が何かを物語っている。

「あなた、思いあたることがあるの？」デラが訊いた。

マリアンヌはデラに、ウィニーの友達から来た手紙の内容や、自分のことを聞きこみに来た男たちについて手短に説明した。デラもマリアンヌと同じく気味悪がった。

「でもネッティはあなたたちのことを話さなかったと言ってたわよね」

「ええ。だけど、村の誰かから聞いたのかもしれない。ウィニーと私が仲がいいことはみんな知ってるから、ウィニーの行方を捜してみたらと言われたことも考えられるわ。でもウィニーの住所は、お屋敷のルース以外には誰も知らないはずなんだけど」

「それでもなんらかの方法で突きとめたにちがいないわ。きっと同じ男よ。だって、二組の人たちがマリアンヌを捜しているなんて考えられないじゃない」

「それもそうね。とにかく何が目的なのか知らないけど、薄気味悪いわ！」

「私も」デラが言った。長年にわたって法の網をかいくぐって生きてきたこの家の者たちは、もともと外部の人間に対して根深い不信感を持っている。まして自分たちについて探りを入れられたりしたら、不信の念はいっそう強くならざるを得ない。「田舎のお屋敷に行くのがいやだというあんたの気持はわかってるの」

マリアンヌがびっくりしているのを見て、デラは笑った。

「いやだ、私がそんなに鈍感だと思ってる？　その話題が出たときのあんたの顔にちゃんと書いてあるじゃない。でもね、あんたはしばらくこの家から離れているほうがいいんじゃないかと、私は思うの」

「それもそうかもしれないわ」バックミンスター卿の田舎の屋敷に一週間も泊まると考えただけで、気持がひるんでしまう。けれども、デラの言うことにも一理ある。マリアンヌが貴族の田舎の邸宅にいるとは誰も想像できないだろう。

「またその男がやってきたら、すぐさま追い払ってやるわ。でも念のため、出かけるときは帽子で髪を隠すのを忘れずにね」

「わかったわ」

とはいえ、今夜のパーティに帽子をかぶっていくわけにはいかない。せっかくきれいに結いあげて、ドレスの色と合わせたリボンを巻きこんである髪が台なしになってしまう。もしもその怪しい男が物陰で見張っているとしても、夜の闇《やみ》と玄関に横づけしたランベス卿の馬車にさえぎられて、ちらとも見ることはできないだろう。

サテン地のドレスの色は、孔雀《くじゃく》の羽根のような光沢のある緑がかった青だ。マリアンヌの真っ青な目は紫をおびた瑠璃《るり》色に見える。肩をあらわにした襟ぐりは深く、胸のふくらみすれすれだった。ランベス卿の薔薇のつぼみの束のほうが気に入ってはいたけれど、あえてバッキーのコサージュを手首につけた。何事も自分の思いどおりになるのが当然かのように、ランベス卿に慢心させてはならない。同じ理由で、出かける用意はすでにできていたにもかかわらず、ランベス卿を五分も待たせてやった。

銀色の薄いショールと小さな手提げ袋を手に、マリアンヌは階下へおりていった。ランベス卿はまず目をみはり、続いて耳に快いほめ言葉を口にした。マリアンヌの手首の飾りに視線を落とし、自分が贈った花束ではないのを見てとると口もとをきゅっと引きしめた。

「バッキーの贈り物ですか？」

「ええ。こちらのほうがドレスに合うと思いまして」

「なるほど」バッキーの白い椿《つばき》と自分の白薔薇のつぼみとを胸のうちで比較してみる。はしばみ色のランベス卿の目に笑みが浮かんだ。マリアンヌの真意を見抜いたようだ。

「でしたらせめて、今宵《こよい》最初のワルツのお相手を務めさせてくださいませんか」

マリアンヌは礼儀正しく承諾し、ランベス卿のひじに手を預けて玄関を出た。嬉《うれ》しさや緊張、興奮の入りまじった気分だった。家のみんなの言うとおり、案じるまでもなくすべてうまくいくのかもしれない。八月の暖かい夜、ランベス卿の力強い腕に支えられて椿のふくいくとした香りをかいでいるうちに、いつしか楽観的な考え方になっている。見あげると、ランベス卿の目と目が合った。たちまち胸がときめきだす。もしかしたら、ランベス卿も私に気があるのかもしれない。

優美な黒い馬車の扉には、金色の公爵家の紋章が麗々しく記されている。特権階級の人々とはこういうものかと、マリアンヌはあらためて思う。かしずかれ甘やかされ、最上の服をまとって豪華な座席にすわり、夜の歓楽しか念頭にない。貴族が高慢になるのもふしぎではないのだ。

向かいの席にランベス卿が腰をおろして、馬車は走りだした。狭い車内に二人きりでいることに、マリアンヌは気恥ずかしさを感じていた。先ほどランベス卿に見つめられたときの熱っぽいまなざしが目に浮かんでくる。さらには抱擁されたときの唇の感触、たくましい腕に抱きすくめられたときの全身が燃えるような感覚までよみがえってきた。あんなに官能的な口づけはこれまでに一度も経験したことがない。胸の奥にひそんでいたかすかな希望がしだいにふくらんでいく。強制はしないと言っていたランベス卿の言葉は本心かもしれない。つまるところ、私を警察に引き渡しはしなかった。現にこうして、私が貴婦人であるかのように礼儀正しくエスコート役を務めてくれている。マリアンヌは姿勢を変え、ランベス卿は何を考えているのだろうと思った。顔が陰になっていて、表情がよく見えない。

「バックミンスターのことは、放《ほう》っておいてほしいんです」薄暗い車内に、ランベス卿の声がきつくひびいた。マリアンヌの物思いはいっきょに破られる。

驚きのあまり、マリアンヌは口がきけなかった。

「彼は根っからの善人で、あなたのような人を疑うことも知らない。バッキーが傷つくのを、ぼくは見たくないんです」

マリアンヌの胸に芽ばえかけていた甘やかな感情が無残に打ちくだかれた。屈辱感がこみあげる。私が夢見心地で口づけを思っていたとき、この人は友達から私を遠ざけようと考えをめぐらせていただけなのだ。マリアンヌはぐっと涙をこらえた。「それはあなたとは関係のないことだとしか思えませんわ」自分の耳にも辛辣《しんらつ》に聞こえたのが満足だった。

「バッキーは長年の友達で、本当にいいやつなんです。その彼が卑劣な色仕掛けで心をぼろぼろにされるのを黙って見過ごすわけにはいかない」

ランベス卿の言葉は、鋭いやいばのようにマリアンヌの胸を刺しつらぬいた。この人は私への気持などまったくなかったのだ。声音からも、軽蔑《けいべつ》しか感じとれない。

「私がバックミンスター卿を故意に傷つけようとしていると、お考えなんですか？」声がふるえるのをどうしようもなかった。けれども、ランベス卿がそれに気づいているようには見えない。

「ほかに考えようがないでしょう。バッキーは大金持ちで、あなたにぞっこん惚《ほ》れている。そのあなたは盗人とくれば」

「どうして泥棒呼ばわりなさるんですか？　私は何も盗《と》っていません！」

「ぼくはこの目で盗むところを見たわけじゃない。だが、あなたが何かよからぬことをしようとしていたのは一目瞭然《りょうぜん》です。証拠を出せと言われれば、あなたの〝ご家族〟がたっぷり提供してくださるのではないかと思ってます」

「よくもそんな失礼なことを！」

「どんな失礼ですか？　本当のことを口に出したから？　あなたのご親類のように立派な犯罪集団にお目にかかったのは初めてです。あなたのお祖父《じい》さんの〝ダー〟は実に見事にバッキーのポケットから封筒や時計をすった。お祖母《ばあ》さんはいやに熱心にバッキーをカード遊びに誘った。あなたが実際に他人の家からものを盗むのか。あるいは、あなたの家族が金持ちからとことん巻きあげるための手引きをするだけなのか。どっちなのかは、ぼくにはわかりません。しかしいずれにしても、あなたがいかさま師であることは間違いない。そんなあなたがバックミンスターのような絶好の機会を逃すはずはないでしょう。バッキーが身ぐるみはがれて捨てられるのは目に見えている」

「でしたらうかがいますけれど、なぜあなたはそんな汚れた女とつきあっておられるのですか？　悪女の私の家にわざわざ訪ねていらしたり、花束を贈ってくださったり。私とはいっさい関《かか》わりを持ちたくないというのが普通でしょう」

「バッキーとぼくとでは人間がまるっきり違うから。バッキーは純情で人をまっすぐ信じてしまう。悪いやつに簡単にだまされる。だけどぼくは人のうわっつらにごまかされない。心を傷つけられずに、あなたみたいな人ともつきあえる」

「傷つけられるような心もないくせに！」

「まさにそのとおり」薄闇でランベス卿の歯が白く光る。「我を忘れることなく、あなたの魅力を楽しめる。バックミンスターにはそれができない」

　吐き気をおぼえるほど、マリアンヌは怒りに駆られた。私はなんというばかだったのだろう？　一瞬にせよ、好意を持たれているのではないかと思ったなんて。ランベス卿もやはり、ダニエル・クォーターメインと変わりはなかった。自分の欲望を満足させることにしか興味がない。この人にとって、私は人間ではないのだ。蔑《さげす》みの対象でしかなく、利用されて捨てられるだけだ。そのくせ自分の大切な友達が私に汚染されるのではないかと心配している。

　憤りで体がふるえだしそうだった。マリアンヌは身をのりだし、しゃがれ声で言い返した。「バックミンスター卿については、私は自分のしたいようにいたします。あなたに何を言われても同じことですわ」

　ランベス卿の目がぎらっと光った。「なんという人だ。それならバッキーに本当のことを話そう」

「どうぞ、お好きなように。私は悪い女だとおっしゃればいいわ。あの方は信じないでしょう。嫉妬《しっと》している、私を我がものにしたいからそういうことを言うと思われるだけよ。こうなったら、バックミンスター卿が二度と立ち直れないほど熱烈に私を恋するように仕向けてあげます。私について卑劣な言いがかりをあの方の耳に入れても、逆にあなたが嫌われるだけですよ。仮に最悪な話を信じさせるのに成功したとしても、感謝するどころか、夢を壊されてあなたを憎むだけだわ。だからバックミンスター卿だけではなく、あなたも私の手のうちにあるというわけ。近づくなと命令なさっても無駄です」

　馬車はファルコート邸に到着し、玄関まで続く行列の最後尾についた。マリアンヌはぐいと扉をあけ、しゃにむに馬車から出ようとした。ランベス卿の制止もきかず、つかまれた手を振りほどいて、地面に飛びおりた。低く抑えた怒りの声が背後で聞こえたが、振り向きもせずにさっさと正面玄関に向かった。行列の先頭の馬車からおりてきた人々をよけて歩き、石段をのぼる客の群れに加わった。

　玄関広間に入ると、両側に分かれる階段の踊り場にバッキーが立っているのが見えた。大勢の客に視線をさまよわせていたバッキーはマリアンヌの姿をとらえるなり、見るからに嬉しそうにほほえんだ。

「ミセス・コタ－ウッド！」バッキーは階段を小走りでおり、何度も人にぶつかりそうになりながらマリアンヌの前にたどりついた。「またお会いできて、なんとも嬉しいです」

　後ろのほうにいるにちがいないランベス卿を意識しつつ、マリアンヌは挨拶《あいさつ》と輝くばかりの笑みをバッキーに返した。「あなたがいらしてくださって、私もとても嬉しいですわ」あなたが頼りですと言わんばかりに、バッキーの曲げた腕に手を預ける。「どなたも存じあげていないものですから、なんだか心細くて」

　バッキーはマリアンヌの手の甲を軽くたたいて言った。「ぼくがみんなに紹介してさしあげますから、安心してらしてください」

　主催者に挨拶する招待客の列はかなりの速さで前に進んだ。そばについていてくれるバッキーに、マリアンヌは恥ずかしげもなくなまめかしいそぶりをしてみせる。ランベス卿へのあてつけだった。とはいえ、バッキーには良心のとがめをおぼえないではない。こんなに気だてのよいバッキーに、いたずらな希望をいだかせるのは酷なことだ。それに、気が合って仲良くなったペネロピに対しても思いやりがなさすぎる。バッキーを思うペネロピの気持はほのかな恋心という程度ではない。この二人にはあとで埋めあわせをしなくては。バッキーの関心をなんとか自分からそらして、できればペネロピに向くように仕向ける方法を考えなくてはならない。

行列の先頭に立っているニコラとその母親に、バッキーがマリアンヌを紹介した。容色のおとろえた中年のファルコート夫人は消え入りそうな声で話す。ニコラは典型的なイギリス美女だった。淡い金髪、目が矢車菊の青、白い肌はほんのりと薔薇色をおびている。きゃしゃでかよわく見えるけれど、握手はうらはらに力強い。ほほえみかけるニコラのまなざしには好奇心がかいま見え、マリアンヌを品定めしているようでもあった。

ニコラは人なつっこい話し方で挨拶した。「やっとじかにお目にかかれて、とっても嬉しいわ。あなたのことをバッキーからいろいろ聞かされていたので、なんだか初めてお会いする方だとは思えないくらい」

マリアンヌは微笑でこたえる。飾らないニコラの言葉に、またしても良心が痛んだ。

「ありがとうございます。私もお目にかかれて嬉しく存じます」

後ろに招待客が続いているので、二人はそれだけで初対面の挨拶を終えた。知りあいの若い紳士たちがわっと近づいてきたのには、バッキーも呆《あき》れてしまった。彼らは連れの美人に紹介してもらいたくてうずうずしている。

「まったくうるさい連中だ。あなたと二人きりでゆっくり話もできやしない」バッキーはぶつぶつこぼしている。そして別の若い男性がやってくるのを避けるために、いきなり右へ曲がった。

マリアンヌはなだめた。「といっても、あなたとだけお話しするわけにはいかないでしょう。礼儀に反すると思われるわ」

「ええ、わかってます。だけど、せっかくあなたと一緒にいるところを、何も邪魔しに来なくてもいいのに。あ、ペネロピがいる。そばに行きましょうか？　どうやらおふくろさんが大演説をぶってるようだ」

バッキーの観察どおり、レディ・アーシュラは議会が犯したなんらかの失策について長広舌をふるっている最中だった。聞き役のがっしりした体格の男の目つきはこわばっているように見える。

「こんばんは、ペン」バッキーが愛称でペネロピに呼びかけた。ペネロピは人々に見とがめられない程度に母親から顔をそむけていた。

「バッキー！」たちまちペネロピの表情が明るくなる。「ミセス・コターウッド、またお会いできてすてき」

「ありがとう。でも、マリアンヌと呼んでくださいな」

「はい、そうさせていただきます。私のこともペネロピとおっしゃってね」

急にアーシュラが演説を途中でやめ、娘のほうに厳しい目を向けた。バッキーと赤毛の女性の二人連れがペネロピに話しかけている。気に入らないのはやまやまだが、紹介しないわけにもいかない。演説の聞き役にされていた男性の名前はアラン・サーズトンといって、議員に立候補しているようだ。かたわらの血色が悪い婦人はアランの妻エリザベスだった。アーシュラの注意をそらしてくれる人があらわれて、アランは見るからにほっとしている。紹介がすむと、バッキーの田舎の屋敷でのパーティに話題が移った。アーシュラ母子はもとより、サーズトン夫妻もそのパーティに招かれている。

ペネロピは顔をくもらせた。アーシュラの第一声でその理由が判明する。「バックミンスター卿、申し訳ありませんがうかがえないんです。なんせずいぶん急なご招待でしたしね。嫁の出産のあいだ息子の家に行く約束をしておりましたんですよ。どうしても私に来てほしいということで、月曜日の朝早く発《た》つんですの」

「それは残念です」バッキーはいささかも残念そうには見えない。「だけど、ペネロピのことはご心配なく。みんなで大事にいたしますから」

「まさか、ペネロピを一人で行かせるわけにはいきませんわ！　付き添いもなしに！」

ちょうどそのとき、ニコラ・ファルコートがランベス卿とともにやってきた。マリアンヌとランベス卿の目が合い、二人はしばらくのあいだ視線を外さなかった。ランベス卿のまなざしは金の板のように冷たく無表情だった。やっとマリアンヌが目をそらす。

聞きとがめたニコラは、アーシュラに抗議した。「バッキーのパーティにペネロピが行くのを許してくださらないんですって？　それじゃせっかくのパーティが台なしになってしまいます」

「大げさすぎますよ、ニコラ。ペネロピが行かないからといって、パーティが台なしになるはずがないでしょう。そりゃあ、ペネロピはがっかりするだろうと思うけど――」

ニコラがさえぎった。「でも、どうしてペネロピは行ってはいけないんですか？」

何を生意気なというふうにアーシュラはむっとはしたものの、さっきと同じ言葉を繰り返した。

ニコラは引きさがらない。「だけど、私も行きますのよ。同じお部屋に泊まって、十分に気をつけるとお約束します」

「ペネロピと同じ年頃《としごろ》の未婚のお嬢さんでは、付き添い役としてふさわしくないんです。ニコラだってそれはよくわかってるでしょう。あなたのお母さまはあなたが一人で行くのを許してくださるんですかね」

「でも、私の叔母、バッキーのお母さまがおりますのよ。付き添い役として十分勤まると思いますけど」

「バックミンスター夫人がですか？」アーシュラはせせら笑うような言い方をした。「バックミンスター卿のお母さまをけなすつもりはこれっぽっちもありませんよ。でも、アデレードがお客さまよりも馬に関心があるのは皆さんご存じだわ。それにパーティの主催者である婦人は、未婚の娘まで目がとどくほどの余裕はないのが普通です。ずっとそばについていられる別の人が必要なんです」

ニコラは憤然として、年長のアーシュラにもひるまず言い返した。「四六時中ペネロピを監視する必要なんかないでしょう。ペネロピみたいにお行儀のいい人には会ったことがないくらいなのに」

「もちろん、ペネロピはお行儀がいい娘ですよ。だけど、問題は世間でどう見られるかなんです。未婚の娘が付き添いもなしに田舎のお屋敷のパーティに行くなんて、とんでもない」

「しかし、奥さま、それはあまりに厳しすぎます」悲しそうなペネロピの面持ちを気づかわしげに見やって、バッキーが言った。「ペネロピがいるのといないのとでは大違いなんです」

ペネロピの表情からは、痛々しいほど感謝しているさまが読みとれた。やはりペネロピはバッキーを真剣に恋しているにちがいない。かわいそうでたまらなかった。我ながら何が自分を駆りたてたのかはわからないが、気がつくとマリアンヌは口をはさんでいた。

「奥さま、よろしかったら私が喜んでミス・カースルレイの付き添い役を務めさせていただきます」

バッキーはにっこりした。「そうそう、ミセス・コターウッドにペンの付き添い役をお願いすればいい」

「そうね！」ペネロピも元気な声を出した。「ありがとうございます、ミセス・コターウッド。ご親切にお引き受けくださって」

「本当に」意味ありげな視線をマリアンヌに向けてランベス卿も同調する。

マリアンヌは眉をつりあげ、冷たくランベス卿を見返した。ペネロピを助けるという名目で、私が何やらたくらんでいるとでも思っているにちがいない。なんとでも勝手に邪推すればいいわ。

アーシュラはじろりとマリアンヌを見た。あなたに付き添い役の資格なんかないでしょうという目つきだ。「でもあなたはまだお若いし、娘さんみたいなものじゃないの」

「そうおっしゃってくださって、ありがとうございます。ですけど、私は未亡人で子どももおりますから違いますわ」

「ほらね、お母さま？　これで問題解決でしょう」ペネロピは勢いこんで母親の同意を求めた。厳格すぎるアーシュラも、さすがに娘の喜びようにほだされたらしい。

「ありがたいお申し出であるのは確かだけれど、ミセス・コターウッドをよく存じあげていないものですから」

ここぞとばかりに、バッキーは一押しした。「その点はこのあいだ解消したんじゃありませんか？　憶《おぼ》えていらっしゃるでしょう。ミセス・コターウッドのご家族とは旧知の仲だと、ランベスが言っていましたよね。ぼくもお目にかかりました。感じのよい方々ですよ」

アーシュラはバッキーが請けあっているのを無視し、ランベス卿に視線を向けてそれとなくうながす。

ランベス卿はさしさわりのない返事をした。「ええ、ミセス・コターウッドのご家族は存じあげてます。ペネロピのことはご心配無用ですよ」

「だったら……だいじょうぶなようね。ペネロピ、あなたも行ってらっしゃい」

ペネロピは喜びの声をあげる。幸せそうなその面ざしは美しくすら見えた。「ありがとう、お母さま。許してくださって、ありがとう」

「だけど、いいですか。わきまえて行動するんですよ」水をさすようにアーシュラは念を押した。

オーケストラの演奏が始まった。ランベス卿はマリアンヌのほうを向いて、おじぎをしてみせる。「ミセス・コターウッド、今夜の最初のワルツはぼくと踊ってくださると約束なさいましたね」

きっぱりと断りたかったけれど、そうもいかない。とりわけついさっき、みんなの前でマリアンヌの家族を保証してくれたばかりでもあるし。マリアンヌはぎこちなく微笑した。

「そう、約束いたしました」

ランベス卿の腕に軽く手をかけ、マリアンヌはみちびかれるままダンスフロアへ進んだ。流れるように巧みではあるが、距離をおいたみちびき方だった。

踊りながらマリアンヌは言った。「ワルツの約束をまだご所望とは意外でしたわ。もっと驚きましたのは、私の家族についてカースルレイ夫人に口添えしてくださったことです。私や家族のことをどう思っていらっしゃるか、あんなにはっきりおっしゃったあとですから」

「別に口添えしたわけではない。知りあいだと言っただけです。事実そうだから。あなたのご家族に関する疑惑は人にしゃべるつもりはありません。レディ・アーシュラがあなたに付き添い役をお願いするように仕向けようと思ったのは、純粋にペネロピのためです。たまには母親から離れられたら、引っ込み思案のあのお嬢さんがどんなにのびのびするだろうと思ってね。それにペネロピは聡明《そうめい》で人柄もたいへんいいですから、実際は付き添いなんかいらないんですよ。愚かな行いや間違いをするはずがありません。だからあなたを勧めたことになんの懸念も持ってないんです」

「なるほど。あなたがおっしゃりたいのは、ペネロピは優れた人物なので、どんなあばずれでも付き添いが勤まるということですのね」マリアンヌは怒りを隠しきれなかった。

ランベス卿は黙ってマリアンヌを見ただけだった。

今夜はそもそも出だしがまずかったと思う。バッキーについてあんな話し方をするつもりはなかったのだ。むしろマリアンヌの気持をほぐして、ねんごろになりたいと考えていた。初めて目にしたときから、マリアンヌが欲しかった。彼女と親密な仲になれば、自分の望みもかなうし、バッキーがだまされるのを未然に防ぐことにもなるだろう。いっときはバッキーの心を傷つけるとしても、マリアンヌにどんどん深入りしてから裏切られるよりは傷が浅いのではないか。

そういう関係をマリアンヌが拒むかもしれないとは、ランベス卿は思いもしなかった。平手打ちされはしたものの、あの口づけだけからもマリアンヌが情熱的な女性であることは明らかだ。子どもがいるからには経験はあるわけだ。特に道徳観念が強いとも思えない。悪事に手を染めている女である疑いが濃厚だ。純潔無垢《むく》な乙女とはわけが違う。家族とやらに会って、バターズリー邸での彼女の行動がますます怪しく思えてきた。楽しい連中ではあったが、かたぎでないのは確かだ。マリアンヌが未亡人であるのは事実かもしれないが、夫がいないのを説明するための単なる口実にすぎないということもあり得る。そういう女は双方とも満足する関係を結ぶことをいやがらないだろうと、ランベス卿は思っていた。盗みや詐欺のように危なくはないのだから。

けれども家に迎えに行ってマリアンヌがバッキーのコサージュをつけているのを目にしたとたんに、猛烈な怒りがこみあげてきた。そのせいで当初の目的を見失い、念頭に浮かんだことを口に出してしまったのだ。もちろん、しまった、とただちに気がついた。マリアンヌを怒らせただけの結果になってしまった。だが、時すでに遅し。腹が立つあまり、口をつぐむこともできなかった。

言うまでもなく、今は冷静になっていて、軌道修正をしなくてはならないと思っている。「さっきぼくが言ったことについて、謝らなくてはいけません」なぜこんなにこわばった声しか出せないのか。ランベス卿はじりじりした。「紳士としてあるまじきふるまいでした」

マリアンヌはきれいな曲線を描く眉をつりあげた。「そのとおりですわね」

これも予想外の反応だった。内心で舌打ちしながら、ランベス卿はマリアンヌを裏庭に面した窓ぎわへ連れていった。床まである丈長の窓からは、敷居をまたいで外に出ることができる。ランベス卿はマリアンヌをテラスに連れだした。

「何なさるんですか?」マリアンヌはなじった。「いけないことじゃありませんか」

「誰も見ていないでしょう」ランベス卿はさっさとテラスを横切り、暗い庭園に通じる階段をおりはじめた。「あなたと二人きりで話したいんです」

「お話などしたくないと、私が言ったらどうなさいますの?　ランベス卿、あなたの傲慢《ごうまん》さときたら我慢の限界を超えていますよ」

「でしょうね。しかしやはり、あなたと二人だけでお話ししたいんです」

「もしもさっきのお話の繰り返しでしたら、私はもう――」

「いえ、違います」ランベス卿はせわしなくさえぎり、先に立って細い砂利道を通り抜け、小さな噴水の前に出た。そして、マリアンヌのほうに向き直る。「あなたにあんな言い方をして、後悔してるんです。さっきも言いましたが。友達を案ずるあまり、早まりすぎました。でも、話したかったのはああいうことではありません」

マリアンヌは、けげんそうにランベス卿に目をあてる。青白い月光に照らされたランベス卿の顔はいかめしいようにも見えた。目が陰になっていて、表情はうかがえない。期待のようなものを感じて、マリアンヌはどきっとした。後悔していると言ったのは、どういう意味？　怒った勢いで、つい意地悪を口にしただけかもしれない。

「あなたに話そうと思っていたことは――実は、提案があるんです。ぼくにあなたのお世話をさせていただけませんか？」

「お世話って？」マリアンヌはつぶやく。聞き違いではないかと思った。「あなたがおっしゃってる意味は……」

「ええ。ぼくの愛人になっていただけないかと、おたずねしてるんです」

7

マリアンヌの顔から血の気が引いた。「な、なんですって？」

「そのほうが、はるかにあなたのためになるんです」ジャスティンはすぐ気がついた。あまりに言葉が足りず、ぶっきらぼうな言い方だった。あわてて説明を始める。「もちろんあなたの住まいを手配して、十分なお手当をさしあげるつもりです。決して不自由な思いはさせません。あなたの今のお仕事につきものの危険なことは何もない。バッキーとは違って、ぼくに対しては愛しているふりなどなさる必要はまったくないから気楽でしょう。そうすれば、あなたもぼくも楽しめるのではないかと思うんです」楽しむという言葉から連想がはたらいて無意識に声がかすれ、マリアンヌの腕にそっと手をふれていた。

マリアンヌはぐっと身を引いた。みぞおちを強打されたような衝撃だった。この人にとって、私は娼婦《しょうふ》以外の何物でもなかったのだ！　馬車の中で言われた一言もこたえたが、これほどの苦痛ではなかった。愚かにも、謝罪の言葉を信じそうになったとは！

「さわらないで！　私に近づかないでください！　そんなことを許すとでも思っていらっ

しゃるんですか？　バッキーだったら愛せると思うけれど、あなたの愛撫《あいぶ》に耐えなくてはならないとしたら、きっと気分が悪くなるわ！」

ジャスティンの顔がこわばった。マリアンヌはまくしたてる。

「だいたい私が誰かの——あなたにしろ、バックミンスター卿《きょう》にしろ——愛人なんかに甘んじると、どうして思われたのか理解できません。バックミンスター卿は私のことを良家の女だと思っていらっしゃるし、あれほど好意を持ってくださっているので、バックミンスター卿夫人というのもまんざら悪くありませんよね」

ジャスティンの目に怒りの色が浮かび、顔色も変わっていた。さっと前に踏みだしたので、マリアンヌはなぐられるかと思い、急いで後ろへさがった。かがんでスカートのすそをひざまで持ちあげ、ふくらはぎにつけた鞘《さや》から小型ナイフを抜きとった。ナイフをかまえ、ジャスティンに敢然と立ち向かった。

ジャスティンは目を丸くして、ナイフからマリアンヌの顔に視線を移した。続いて、形のよい口の端に冷笑を浮かべる。「ぼくは、あなたがいつも相手にしているような男とは違うよ」

いきなりマリアンヌは手首をがっしりとつかまれた。いともやすやすと出端《でばな》をくじかれ、悔しさのあまり手を振りほどこうとする。けれども、ジャスティンは逆にもう一方の手でナイフを取りあげてしまった。

「放して！」マリアンヌは手を引き抜こうとしたり身をよじったりしてあえいだ。頰は上気し、まなざしは燃えている。ジャスティンの視線は揺れる胸もとに吸いよせられた。ドレスの布ごしに乳首が突きでて見える。ジャスティンの目が光った。しばしマリアンヌを見つめたまま、荒い息をしている。

不意にジャスティンはマリアンヌをぐいっと引きよせた。二人の体がぴたりと合わさる。相手の熱い欲望のしるしを感じないではいられずに、マリアンヌは目を大きく見ひらいて息を吐きだした。半ば唇をひらき、ジャスティンの燃える瞳を見あげる。何を言おうとしていたのか、思いだせなかった。体が接触している部分はすべて生き物のようにうずきだし、そこから全身に広がっていった。

ジャスティンの顔が近づき、唇が重なった。むさぼるような口づけだった。刺激的なおののきが身をつらぬく。マリアンヌはジャスティンにぐったりよりかかり、腕を腰に回した。ジャスティンはうめき、マリアンヌの体を胸にかきいだいた。ジャスティンの手から小型ナイフが地面に落ちた。

おののきつつ、マリアンヌはジャスティンにしがみついた。かつてこれほど我を忘れたためしはない。ダニエル・クォーターメインを愛していると思いこんでいたときですら、今のような激しい感覚に酔ったことはなかった。マリアンヌの甘美な唇を味わいつくすかのように、ジャスティンは飽くことなく接吻《せっぷん》を繰り返した。舌をからませ、なぶったり、まさぐったり、求めたりする。そのあいだも両手はマリアンヌの背中をいったりきたりして臀部《でんぶ》にかぶさり、盛りあがった肉に指を食いこませていた。そのまま骨盤を自分の腹部に押しつける。硬くて火照った棒状のもので下腹がとろけるように熱くなってもなお、マリアンヌはさらに密着させようと身をよせるのだった。

ジャスティンが何かつぶやいたが、マリアンヌには意味がわからなかった。口づけは柔らかいのどに移る。ジャスティンの片方の手が胸のふくらみに伸びた。ドレスの上から乳首を親指でさする。ほんのわずかにふれられただけで、ふくらみの先端がぴんと突きだした。ジャスティンはマリアンヌの体を持ちあげるように抱き、顔をドレスの襟もとにうずめて胸にキスをした。マリアンヌは泣き声のような低い音をもらして、指をジャスティンの髪にさし入れる。

ジャスティンは無理に体を離した。「ここでは……できない」胸を大きく上下させながら、きれぎれにささやいた。目があやしく光り、顔が紅潮している。「ぼくは……二人で……ぼくの家はすぐ近くなんだ」

ランベス卿の手と唇が離れてしまったのが切なくてたまらない。それを声に出さずにこらえるだけで精いっぱいだった。でも、ランベス卿が今言ったことはどういう意味かしら？　マリアンヌは目を大きく見ひらいて考えた。のみこめるまでいっときかかった。二人で自分の家に行こうと誘っているのだ。燃えあがった官能を自然の成りゆきに任せるために。もとより体は望んでいる。それしか望みはないといってもいいくらいだった。けれどもようやく理性がもどってきて、自分が何をしていたのかを悟った。まるで商談でもするように、愛人という地位につかないかとランベス卿が持ちかけてきた。断ると、強引にキスをした。貴族の例にもれず、思いどおりにして何が悪いという高慢なやり方だ。

しかも、そんなランベス卿に熱烈にこたえていたとは！　これではランベス卿の思惑どおりの売春婦そのものではないか。怒りと屈辱感が全身をつらぬいた。相手のみならず、自分に対しても激しい憤りと嫌悪に駆られる。マリアンヌは背筋をぴんと伸ばし、腕を組んでランベス卿をまっすぐ見すえた。

「いやです！　私は誰の持ち物でもありません。あなたが私を買おうとしても、はっきりお断りいたします」

ジャスティンは低くののしった。「何を考えてるんだ。ぼくは何もきみを買いたいと言ってるんじゃない。愛しあいたいというだけだ」

彼女が欲しい。実際、それしかなかった。力ずくで抱きよせて唇を重ね、おとなしくさせたくてうずうずしていた。またしても、しくじってしまったらしい。どうしてこんなことになったのか？　いつもと違って、なぜこんなにも不器用なやり方しかできないのだろう？　この女性の前に出ると、どういうわけか気持が乱されてしまう。

「愛ですって？」マリアンヌは蔑《さげす》みをこめて問い返した。「あなたにその言葉の意味がおわかりかしら。バックミンスター卿を助けるという口実で、実は出し抜こうとしてるだけじゃないんですか？　あなたの本当の目的はなんなのか、わかったものじゃないわ」

「目的は一つ。あなたのような思わせぶりで薄情なじらし屋の毒手から、友達を守ることだ」冷めやらぬ欲求や怒り、挫折《ざせつ》感がジャスティンの胸中で荒れ狂っていた。

「じらし屋？　力ずくでキスを強要したのは、あなたじゃありませんか。それを棚にあげておいて、私をじらし屋だなんてよく言えますね」

ジャスティンは皮肉っぽく口もとをゆがめた。「力なんか使ってないじゃないか。ぼく同様に、あなたも燃えていた」

マリアンヌの目から涙がこぼれそうだった。泣きださないように必死でこらえる。自《じ》嘲《ちょう》の涙だった。マリアンヌはぱっと身をひるがえし、足早に去っていった。

ジャスティンは手を伸ばして、追いかけようとする。マリアンヌが顔をそむけたときに涙が光ったような気がする。悔いがこみあげてきた。テラスからマリアンヌを呼ぶバッキーの声が聞こえたので、ジャスティンは追うのをあきらめた。こぶしをにぎりしめ、向きを変えて歩きだす。

「私は……バックミンスター卿、私はここです」マリアンヌは平静を装って明るく答えた。急いで髪や服の乱れを直す。唇がキスされたばかりのように見えなければいいが。

バッキーが階段を駆けおりて、マリアンヌに近づいた。心配そうに眉をひそめている。

「ミセス・コターウッド、一人きりで外にいてはいけませんよ」

マリアンヌはほほえんだ。「でも、別に危ないこともないと思いますわ。私……ちょっと気分が悪かったものですから。息苦しく感じて、外の空気を吸えばよくなると思いましたの。バックミンスター卿、ご迷惑でなかったら、うちまで送っていただけませんでしょうか？」

バッキーはマリアンヌの具合を気づかいながら、喜んで自宅まで送ってくれた。そういえば、仕事を完全に忘れていた。ファルコート邸の間取りや貴重品などの下調べのほんの一部すらしようとしなかった。馬車に乗ってからやっとそのことに気づく始末だった。マリアンヌは目を閉じ、バッキーがとりとめもないおしゃべりをしつづけるに任せていた。

それもこれもみんなランベス卿のせいだ。頭がまともにはたらかないほど動転させられていたのだ。まして金庫のありかや侵入口、持ち運びに便利で高価な品物の目星をつけることなど脳裏に浮かびもしなかった。猛烈に腹が立った。ランベス卿に仕返しをしなければ気持がおさまらない。なぜかつい油断して、ずっと前から感じなくなっていた官能を呼び覚まされてしまった。私はばかな女。またしても貴族の男に誘惑されるなんて。彼らは自分のことしか考えない。自分たちがしたいようにするだけなのだ。下の階級の人間は動物扱いされる。ランベス卿も例外ではなかった。私の体を求める一方で軽蔑《けいべつ》している。店で売っている商品みたいに私をお金で買えると思っているのだ。そして品物と同じく、使い終わったら捨てるだけだ。

憎しみが身を焦がした。ランベス卿を傷つけてやりたい。今夜の私がされたように、ランベス卿に恥をかかせてやりたい。あの高慢ちきな男が私に恋をするようになれば言うことなしなのだが。マリアンヌは、〝あなたなしには生きられない〟と愛の告白をするランベス卿の顔を思い描いてみる。私はすぐさま冷笑して、ランベス卿の心を踏みにじってやるのだ。そうすれば、少しはせいせいするだろう。

ただし、そんな夢みたいな話があるはずがない。ランベス卿は非情な男だ。私に限らず、誰かと恋に落ちることはあり得ない。

だとすると、バッキーをとおして恨みを晴らしてやろうか。いかにも人のよさそうなバッキーの顔をマリアンヌはそっと見た。さっき言い放ったとおりバッキーに気があるようなふりをしてますます夢中にさせたら、ランベス卿は激怒するにちがいない。とはいえ、それだけはできないと思った。貴族の一人ではあるけれど、バッキーはあまりにもいい人で、故意に傷つけるには忍びない。友達を思うランベス卿をからかったり気をもませたりするのはいいとしても、実際にバッキーを平気でだますなどというむごいことはできなかった。それに、バッキーを恋しているペネロピを悲しませることにもなる。ペネロピに対して、そんなことはできない。

結局、考えついた方法は一つしかなかった。ランベス卿にとって大切なものをうばうこと。何をいちばん大切にしているかは、パーティで探りだせばよい。そのあとで、ハリスンとピアズに盗ませる。問題は、真っ先に私が疑われることだ。おそらくランベス卿はなんの気のとがめもなく、マリアンヌの仲間も含めて警察に突きだすだろう。これまでそうしなかった理由といえば、私とベッドを共にしたいという下心があるからだ。

家の明かりがこうこうと輝いているのが見える。マリアンヌは気がめいった。ファルコート邸についての私の報告を聞きたくて、みんな待っているにちがいない。どう弁明したらいいだろう？

バッキーに儀礼的な挨拶《あいさつ》をしてから家に入ると、ちょっとした騒ぎが起きていて、誰もパーティについて訊《き》こうとはしなかった。マリアンヌはほっとする。

だいいち、玄関に出迎えた者もいない。マリアンヌは、がやがや話し声のするほうへ行ってみた。全員が台所に集まっている。ブランデーグラスを前に若い女性がテーブルにすわっていて、そのまわりをみんなでかこんでいた。色白で赤みがかった金髪のきれいな娘だった。小間使いの制服らしい灰色の地味な服に白いエプロンをつけている。頬に涙の筋が残っていて目が赤く、まつげが濡《ぬ》れていた。泣いていたようだ。かたわらに立ったピアズの顔つきが険しい。みんなが人の話を聞かずに、口々にしゃべっている。

「いったいなんなの？」誰も振り向かない。マリアンヌは声を張りあげて、同じ質問を繰り返した。

やっと、デラが振り返った。「マリアンヌ！　ひどいのよ！」

「何が？　何があったの？　この方は誰？」

若い女は顔をあげた。貴婦人を絵に描《か》いたような正装のマリアンヌを見るなり、かしこまった口のきき方をした。「お嬢さま、申し訳ございません」

椅子から立とうとした娘を制して、マリアンヌはたずねる。「どうしたの？」

ウィニーが説明した。「アイリスといって、この先のカニンガム家の小間使いなの。道で何者かに襲われたんですって！」

「えっ？　この近所で？」マリアンヌは仰天した。このあたりは閑静な住宅街で、通行人が襲われるような物騒な地域ではない。

「襲われたというのは――」

「絞め殺されかけたんです、お嬢さま。すぐ外で」

「うちの外で？」

「はい」娘は大きくうなずいた。「お隣のお宅の真ん前で。ここを出たところ植え込みからいきなり男が飛びだしてきて、私の首を絞めつけたんです。とっても怖くて怖くて！」

「そうでしょうとも。それでどうなったの？」

アイリスはピアズを見あげた。目がきらきらしている。「ピアズが助けてくれたんです」

「お屋敷まで送っていくべきだったんだ」ピアズは悔しそうに言った。

アイリスはピアズの手を取って、自分の頬にあてた。「ううん、あなたのせいじゃないわ。私が送ってもらいたくなかったの——だんなさまや奥さまに叱《しか》られるかもしれないから」

「じゃ、ここに来てたのね」

ピアズが頬を赤らめて、代わりに答えた。「うちの裏口の前でアイリスと……話をしてたんだ」

話というよりも、いちゃついていたんじゃないの？　マリアンヌは口には出さなかった。冷やかしている場合ではない。

「別れてからすぐ悲鳴が聞こえたんで、駆けつけた。そいつをぶんなぐってやったら、アイリスを放《ほう》りだして逃げていった。とっつかまえればよかったんだけど、倒れているアイリスをそのままにもしておけなくて」

「そりゃそうだわよ」デラが相づちを打った。

「なんて恐ろしい！」マリアンヌはぶるっとふるえた。家の前でそんなことが起きたとは。ことによると、自分が襲われていたかもしれないのだ。昼間の公園で召使いとロザリンドが会った怪しい男。そして、夜はこの事件……。我が家はもはや安全な場所ではないのか。

翌朝、台所でお茶を飲みながらマリアンヌは幼なじみの親友に訊いた。「同じ男だと思う？」

「同じ男って、どの男？」ウィニーは不審そうに訊き返した。

「公園でネッティとロザリンドに私のことを訊いた男よ」

「え？」ウィニーは眉間《みけん》にしわをよせる。

「知らなかった？　昨日の午後、二人が帰ってきたときに、その話をしてたのよ」マリアンヌは、ロザリンドたちと見知らぬ男とのやりとりを話して聞かせた。

ウィニーは顔をしかめた。「あの娘、ごまかしたんだ！　そんなことがあったのを私に知らせずに、ネッティったら忘れたふりをしたのよ。知らない人と話したり、ロザリンドに話しかけるのを許したりしたらいけないと、前に言い聞かせておいたのに。あとで注意してやらなくちゃ」

「ゆうべアイリスを襲った男と同一人物かしら？」

「でも、どうしてアイリスを襲ったの？　捜してる相手はあなたでしょうに」

「それはそうなんだけど。公園の男は、メアリー・チルトンが召使いだったことを知っているようでしょう。それでネッティたちに確かめようとした。同じ日の夜に、ここのうちから出ていった召使い姿のアイリスが襲われた。偶然の一致にしてはできすぎてると思わない？」

「どっちも怪しいわね。同一人物じゃないとしても、関係があると思うの。ただ、なぜアイリスを襲ったのか――」

「アイリスからも聞きだそうとしただけかもしれないわ。ところがアイリスがすっかりおびえて悲鳴をあげたものだから、黙らせようとしてということは考えられない？　それとも……」マリアンヌは口ごもったあげくに続けた。「ちょっとこじつけかもしれないけれど……あなた、アイリスの髪の色に気がついた？　赤っぽい金髪だったでしょう？」

ウィニーがうなずく。

「暗いところでは、金色よりも赤のほうが勝って見えるとしたら？　赤毛の女を追っていて、住居はわかっているけれど、どんな顔かは知らない。そういう場合――」

「アイリスをあなたと間違えたという意味？」

「あり得るでしょう？」

ウィニーの眉間のしわが深くなる。「だけど、なぜなの？　あなたの顔も知らない男が、どうしてあなたを追いかけなくてはならないの？　しかも首を絞めようとするなんて」

「わからない。変だとは思うけど、といって……」

「そうよね。気味が悪い話」ウィニーはため息をついた。

「ママ！　ママ！」ロザリンドが真っ赤な顔をして走りこんできた。

「どうしたの？」ぎょっとしてマリアンヌは椅子から立ちあがる。

「あの人がいたの！」

「あの人って？」

「昨日、ママのことを訊いた男の人！　こっちに来て」ロザリンドはせわしく手招きして、台所の戸口に向かう。「早く、早く」

マリアンヌは娘のあとから階段をのぼった。ウィニーもついてくる。ロザリンドは、通りに面したデラとハリスンの部屋に二人を連れていった。デラが窓ごしに外をうかがっている。足音で振り返った。

「まだいるわよ。あの男、何者かしら？」デラが言った。

「私、デラおばさんと一緒にここにいたのよ。そしたらね、窓からあの人が見えたんだ！あそこに立ってたの」

ロザリンドは母の手をにぎって、窓ぎわに連れていった。デラが後ろへさがって、マリアンヌのために場所を空けた。背の低い太りぎみの男がいるほかは、家の前の道に変わった様子は見られない。男は向かいの家の塀によりかかっている。

「道を一度いったりきたりしただけで、あとはあそこに立ってこっちを見てるのよ！　ママ、あの人、なんの用なの？　悪い人？」

「悪い人かもしれないわ。どうしてあそこにいるのかはっきりわかるまでは、あの人に近づいてはいけませんよ。いいこと？　わかったわね？　それと、ピアズかハリスンと一緒でなければ、おうちから出てはだめよ。ネッティと二人きりもだめ」

「わかった。ママの言うとおりにするわ」ロザリンドは真顔で答えた。

マリアンヌは男を観察した。会ったことのない男だ。見るからに恐ろしい風貌《ふうぼう》というわけではない。寸法の合わない服を着た普通の男だった。にもかかわらず、家を見張られていると思うとぞっとした。

「出ていって、どなりつけてやろうかしら？」ウィニーが言った。

「いえ、やめたほうがいいと思うわ。なまじそんなことをすると、かえって刺激するだけ。気がつかないふりをしてるのがいちばんよ。私はあの男に見られないように気をつけるし、みんなも一人で外出するのはよしましょう」

そのとき、向かいの家の扉があいた。威厳のある面持ちの執事が出てきて、男に何か厳しく言ったようだ。短いやりとりのあとで、男はしぶしぶ立ち去っていった。

マリアンヌはくすくす笑った。「ご近所が黙っていないようね」

ウィニーがマリアンヌのそばに行った。「あなたが例の田舎のお屋敷でのパーティに行くことにしてよかったわ。何者かわからないけれど、行く先までは突きとめられないでしょう」

「こんなときに田舎に行くわけにはいかないわ！　危険なここにロザリンドを残して、自分だけ出かけるなんて――あなたやみんなのこともそうよ。そんなことを私ができると思う？」

「ここが危険だということではないでしょう。あなたの推理が正しければ、アイリスが襲われた理由は髪の色のせいだということになる。だとしたら、私たちのうちの誰もあなたに間違われるはずはないわ。実のところ、あなたがここにいないほうが、もっと安全かもしれない。怪しいやつがあなたを捕まえようとして、私たちに危害を加える恐れもあるもの」

「なるほど」ウィニーの言うことにも一理あると、マリアンヌは認めざるを得ない。自分がいるために一家が危険にさらされているというふうにも考えられる。

デラも言葉を添えた。「この家から赤毛が出てくるまでうろうろしているつもりなら、いつまでも待っていればいいわ。それから、ピアズかハリスンが護衛役で付き添わない限り、ロザリンドは絶対に外に出しません」

「ロザリンドだけではなく、みんなもね。少なくとも二人で、できたらピアズかハリスンと一緒に出かけることにして」

「だいじょうぶ、マリアンヌ。もしもあの男がずうずうしく玄関の扉をたたいて訊きに来たら、私は言ってやるわ。あなたはもうここには住んでいないと」ウィニーはにっと笑った。「その前にまず、なんであなたを捜してるのか問いただしてやる」

マリアンヌは微笑を返した。「そう。みんながそう言ってくれるなら、安心してバックミンスター卿のお屋敷に出かけられそう」

とはいえ、すっかり気が楽になったわけではない。なにしろランベス卿も行くわけだから。だが、つまらない感情は胸の奥にしまい、今度こそ仕事に専念しようと、マリアンヌは心に決めた。田舎の屋敷の見取り図を描き、貴重品のありかを詳細に調べあげて、ゆうべのファルコート邸での怠慢の埋めあわせをしよう。バッキーやペネロピの気持を思いやったり、良心のとがめを感じたりするのは愚の骨頂だ。もしも私の正体がばれたら、あの人たちといえどもがらっと態度を変えるのではないか。ランベス卿については……とにかく、考えたくないというのが本音だ。できる限り顔を合わさないことにしよう。大きなお屋敷だから、避けようと思えば避けられるだろう。このパーティさえ切り抜ければ、あのいまいましい人に二度と会わずにすむのではないか。


エクスムア伯爵の馬車が停《と》まった。街角に立っていた男が馬車に乗りこんだ。帽子を取って雨滴を振り払い、伯爵の向かいの席に腰をおろす。

「へまをやったな」いきなり伯爵が言った。無表情だった。ただし伯爵を知る者ならば、口もとや鼻孔のこわばりから不機嫌のしるしを見てとるだろう。「けりをつけることもできず、人違いまでした」

「だから、プロを使ってくれと言ったでしょう。ぼくは人殺しじゃない」男はぷいと顔をそむけ、不満をあらわにした。

「金目当てのプロをなぜ使わないのか、理由は説明したはずだ。ぼくは誰にも急所をにぎらせない」

「こっちの急所はにぎっていながら、ということか？」

「そのとおり」伯爵の口の端を薄笑いがよぎった。「もう一度、やってみるんだね」

たまりかねて男は声を荒らげた。「赤毛の女が出てくるまで、いつまでもうろついているわけにはいかないんだ！」

「運よく、いいことを聞いた。我らが友ミセス・コターウッドは、来週、バックミンスター卿の田舎でのパーティに参加するそうだ。とんまのバッキーが今朝、家内の具合はどうかと訊きに来たんだ。で、ご親切にも我々夫婦のこともパーティ期間中の大きな催しに招いてくれたってわけさ。うちの田舎の屋敷とは近いし、家内はバッキーのいとこだからな。そういうわけで、ぼくも田舎に行くことになる」

「だったら、自分でこの仕事をやればいい」

「とんでもない。ぼくは徹底的に無関係を装うつもりだ。崩しようのないアリバイをつくらなくてはならないからね。きみがやるべきことは、バックミンスターのパーティに招待されるようにすることだ。難しくはあるまい。バッキーとは知らない仲じゃないだろう。救いようのないほど人なつっこいやつだから、パーティに招かれるように仕向けるくらい簡単なもんさ」

「いくらなんでもばかげている。その女に間違いないことすらわかっていないのに」

「いや、間違いないって――名前が似てるし、年齢もだいたい一致していて、髪は赤毛だ。しかし、まずぼくが本人に会って確認する。一族に共通するなんらかの類似点があれば、見分けられると思う」

男はなおも抗議した。「ぼくは人殺しじゃない。こんなことはできるはずがない。ゆうべだって、何時間もふるえが止まらなかった。あの娘の息の根を止めることもできなかったのに。どう考えても不可能だ」

「泣き言を言うな。きみ自身の利害がかかっているんだ。それを考えれば、もちろんやれるさ。我が身に危険が迫れば、きみはどんなに卑劣な行為でもやりとげるだろう。そしてまさに今、危険が迫っているんだと思うが」

「彼女を見つけだし、ぼくがしたことを覚えているかどうか、人を使って調べたほうがいいんじゃないのか？」

「それを言うなら、きみが過去にしたことが人に知られてもかまわないというんだね？」

「あんたはそんなことしないだろうな。あんたも関係していたことがばれずにすむとは思えない」

「ぼくが言ってるのは、子どもたちを排除した話ではない。かつてきみが阿片《あへん》を吸っていたことだ。そのほかにも、賭事《かけごと》に酒、女とくりゃあ。若い頃《ころ》のきみがちょっとばかりご乱行に走ったのは社交界でも知られているよ。だが、堕《お》ちるところまで堕ちた真相までは知らないだろう」エクスムアの口の端がまた嘲笑でゆがんだ。

「あんたは楽しんでるんだね？　人を破滅させるのが嬉《うれ》しいんだ。相手が苦しめば苦しむほど、喜びを感じられるんだね」

「まあ、退屈しのぎにはなるさ。さあ、どうなんだ？　今度こそ仕事をきちんとやりとげるのか？　それとも、きみの過去の行状についての情報を何人かに受けとってもらってもいいんだろうか？」

「わかった！　くそっ、やってやるよ！」

「すばらしい。きっと納得してくれるとわかっていた」エクスムアはステッキで馬車の天井をこつこつたたいた。馬車が停まった。

低いうなり声とともに、男は飛びおりた。馬車はふたたび走りだした。

8

翌週、マリアンヌはペネロピやニコラと一緒に馬車で田舎のバックミンスター邸に向かった。馬車と並んで、バックミンスター卿《きょう》とランベス卿は馬に乗っていった。

ニコラのパーティのあとの数日間に、バッキーとジャスティンはそれぞれマリアンヌ宅を訪れた。外出していると二人に伝えるように、マリアンヌは厳重に召使いに指示していた。長い旅行にそなえてマリアンヌは、デラや召使いの一人とともに、よそゆきの衣服の手入れや洗濯、荷造りなどで忙しく過ごした。用途に応じたドレスが何着も必要だった。招待客や地元の社交界の人々のための舞踏会には、華やかなイブニングドレスを着なければならない。晩餐《ばんさん》会の場合は、それほど着飾らなくてもよさそうだ。ほかにも、乗馬や洋弓、ハイキングなどの催しがある。数日間の宿泊となれば、寝間着や部屋着のたぐいも上等なものを用意しなくてはならない。レディ・アーシュラの厳しい要求を果たすために付き添い役としてペネロピと同じ部屋に泊まるかもしれないので、そのあたりの配慮もしなければならなかった。

ほつれたひだ飾りをつくろったり、色あせたリボンをあざやかな色合いのものに変えたり、襟もとに花を飾ったり、部屋着の紐《ひも》を新しくしたり、さらには、綿のシュミーズをしゃれた感じにするために刺繍《ししゅう》をほどこしたりもした。針仕事がわりに得意なデラも、マリアンヌの縫い物を手伝った。ウィニーが猛烈な勢いで新しい外出着を二着も縫いあげた。マリアンヌがいつも頼んでいる腕のいいお針子は、空色の乗馬服とベルベットのイブニングドレスを大至急で仕立ててくれた。イブニングドレスの色は目もあやな濃いエメラルドグリーンだ。上流人の視線にたえずさらされることになるので、帽子や手袋、ストッキング、その他の小物類もあれこれと買い整えた。

旅行の準備をしながらも、マリアンヌは忙しく考えをめぐらせていた。まずは、バッキーの熱を冷ますにはどうしたらいいか？　かわいそうなペネロピを助けることだけが目的ではない。それよりも、バッキーに始終つきまとわれていたら、屋敷の内部を調べる暇もなくて仕事の妨げになるだろう。

ランベス卿については……小気味よい仕返しの方法を次から次へと思いついては破棄した。そのどれもが、なんとなく物足りなく思われたからだった。ランベス卿がひざまずいて許しを請う。それしか本当の意味での満足は得られないだろう。空想しているあいだは楽しいけれど、具体的な計画はなかなか進まなかった。

バックミンスター邸に出発する日の朝、ペネロピがニコラと一緒に馬車でマリアンヌを迎えに来た。玄関を出ると、ジャスティンとバッキーも外で待っていたのでマリアンヌは驚いた。二人とも馬からおりていて、手綱をにぎったまま、マリアンヌにおじぎをした。マリアンヌは、ジャスティンには儀礼的に軽く頭をさげただけだった。一方、バッキーには親しげにほほえみかけ、握手をした。横目でジャスティンの顔色をうかがったが、表情に変化は認められない。

バッキーが礼儀正しく手をさしのべ、マリアンヌを馬車に乗せた。ニコラは座席にすわって待っていた。ペネロピに手を貸したのはジャスティンだった。ニコラの挨拶《あいさつ》がどことなくよそよそしい。先夜のパーティではあんなに気さくだったのに。マリアンヌはいぶかしく思った。あれからのちに、心境の変化の原因になるような何かがあったのかしら？　ひょっとして、ランベス卿が私について告げ口でもしたのだろうか？　内心じくじたる思いだった。

バッキーが相好を崩してマリアンヌに笑いかけ、ニコラとペネロピにはぞんざいに手を振って、外から馬車の扉を閉めた。二人の紳士は馬にまたがり、馬車が走りだした。

「バッキーはあなたに夢中なの」ペネロピが言った。マリアンヌはちらっとペネロピに視線を走らせる。

私のことを怒っているのかしら？　ペネロピの顔を一目見て、その疑いは消えた。けれども、けなげに明るくふるまってはいるものの、ペネロピの笑顔は悲しげだった。

「男の人って、いつも新顔の女を追いかけたがるものなのよ。でも、長続きはしないわ。私のほうはバックミンスター卿になんの気持もないの」「あなたも好意を持っているように見えたけれど」

「本当に？」ニコラがマリアンヌの目をのぞいた。

これだったのか。ニコラがよそよそしい理由は。マリアンヌは感心した。ペネロピは内気すぎて、怒ることもできない。ところがニコラは、友達に代わって憤慨している。

「ああ、あれ……」マリアンヌはこともなげに手をひらひらさせてみせる。「さしあたって、そうしているの。これも計画の一部よ」

「計画って、なんなの？」ペネロピが訊《き》いた。

「あら、もちろんバックミンスター卿のお熱を冷ますための計画よ」

ニコラは眉をつりあげ、ペネロピもびっくりした顔で訊いた。

「それ……どういうこと？」

マリアンヌは話しだした。「私も初めはどうしようかと迷っていたの。だって、バックミンスター卿は私を本気で好きになったわけじゃないんですもの。私のことをほとんどご存じないし。あの方の心理というのは、男の人たちにありがちないっときの淡い恋情なの。で、さっきも言ったとおり、私はバックミンスター卿にそういう気持はないでしょう？そこへいくと、ペネロピとバッキーの相性は抜群だと思うの。ただし、あの方がそれに気づいていないだけで」

ペネロピは頬を染めて言った。「いいえ、バッキーは私のことなどなんとも思ってないわ。あ、それはもちろん私を嫌ってるというわけじゃないけれど。ニコラを好きなのと同じで……妹に対するように私にとても優しくしてくださるだけよ」

「優しいだけというのではないと、私は思うわ。このあいだだって、あなたがここにいらっしゃるのを許さなかったお母さまにあれほど抵抗してらしたじゃない。ただの優しさだったら、いちおう異議はとなえてもすぐあきらめてしまうでしょう。もともとあなたのお母さまが苦手であるにもかかわらず」

ニコラはぷっと噴きだした。「苦手というよりも、おびえといったほうがあたってるんじゃないかしら」

思わずペネロピも苦笑する。「そう、どっちかといえばそんな感じ。うちの母は脅威かもしれない」

「よけいな口出ししてとお母さまにどやされるのを覚悟で、あの方はがんばったじゃない。つまり、それほどあなたに来てほしかったのよ」

「本当にそうお思いになる？」ペネロピは嬉《うれ》しさを隠しきれない様子だった。ニコラは考えこんでいるように黙ってマリアンヌを見つめている。

「ええ、本当よ。バックミンスター卿はあなたがとっても好きなのよ。ただ、さっきも言ったけど、まだそのことをはっきり自覚していらっしゃらないだけなの」話しているうちに、マリアンヌは胸が熱くなるのを感じる。ペネロピのいちずなまなざしや心の温かさに打たれていた。好きにならずにいられない人柄なのだ。「だから、あの方が早くそれに気づくようにお手伝いをしてあげなくてはいけないの」

「でも、どうやってお手伝いするの？」ニコラがたずねた。かすかに皮肉っぽかった口調がいつのまにか消えていた。

「もし私がつれなくしたら、あの方はきっと未練を感じて、かえって思いをつのらせるのではないかしら」

ニコラがうなずく。「うん、そうでしょうね。バッキーはそんなに激情家ではないけれど、いったん思いこむと方向転換がきかないところがあるから」

「となると、私への気持が冷めるように仕向けるしかないと思うの。つきものが落ちれば、ペネロピを愛する心の準備が整うでしょう。そうしているうちに、お二人を結びつけられれば言うことなしだわ」

ペネロピは目を大きくみはって訊いた。「でもバッキーがあんなに夢中になったのは初めてなのに、そう簡単に熱が冷めるかしら？」

「私が考えてるのは、ものすごく自分勝手で横暴にふるまうことなの。機嫌がくるくる変わって思いやりのまったくない、気まぐれな女になるつもり。めそめそ泣き言を言ったり、かと思えば不平ばかり並べたり。いつもそばにかしずいていてくれないと文句を言うのよ――とりわけ、バックミンスター卿が何か別のことをしたいと思っているときに」

ニコラが応じた。「それだったら、狐《きつね》狩りだわ。こういう集まりのときは、男の人たちはたいてい狐狩りに行くから」

共謀でもしているように、マリアンヌは秘密めかした笑みを返す。「じゃ、狐狩りにしましょう。そんなことが続くと、バックミンスター卿もさすがに私にいやけがさすでしょう。うんざりして、誰かほかの男の人に代わってほしいと思うようになるわ」

「すばらしい！」ニコラが手をたたいた。「私にできることはなんでもお手伝いするわ」

「お願い。だったら、たとえばバックミンスター卿の前で、私がいかに薄っぺらな人間かが浮き彫りになるような会話をあなたとするとか。どんな話題に持っていくかは、あとで考えましょう」

「いいわ。できたらそのとき、ペネロピがあなたとは正反対で、いかに思慮深くて心の優しい人かをわかってくれるといいわね」

「それそれ、ねらいは」

ニコラとマリアンヌは意気投合して、ほほえみあった。青い目をいたずらっぽく輝かせているニコラは、すっかり打ち解けたようだった。「名案だと思うわよ」

「ありがとう」

「いい考えだとは思うけれど」ペネロピが遠慮がちに言った。「それはバッキーにとっては楽でしょうね。失恋して苦しむより、あなたがいい方ではないと信じこまされて気持が冷めるほうが。でもね、だからといって私を好きになるとは限らないんじゃないかしら」

「そこなのよ、肝心な点は。つまり、バックミンスター卿があなたを必要としているときに、あなたはその場にいればいいの。あの方が話をしたいときに、あなたは聞き役になって耳をかたむけ、心から同情したり温かく支えてあげるということ」

「だけど、それだけでは私を愛するようにならないでしょう。もしも私があなたのような人ならば、そうなるかもしれないわ。でも、私はこんなふうでしょう。きれいでも魅力的でもないんですもの。自分を変えようと努めもしたわ。ニコラがドレスを貸してくれたり、男の人の扱い方も教えてくれたりしたけれど、私は不器用でうまくできなかったの」

マリアンヌはきっぱり言った。「そんなふうに自分を変えようとしてはだめ。それは間違っているわ。バッキーはね、今のままのあなたが好きなの。ただ、あなたのそういうところこそが好きだということに、はっきり気がついていないだけなのよ。意地悪で思いやりのない私とはまるっきり反対で、心優しく細やかで温かいのがあなた。自分のことばかりしゃべりまくる私とは逆に、あなたはバッキーの話を親身になって聞くの。そんなあなたに惹《ひ》きつけられずにはいられないでしょう。バッキーがあなたと私の違いに気づくように、比較できる機会をなるべくたくさんつくろうと思うの。ニコラにも協力してもらって」

　ペネロピはにっこりした。「あなたがそうおっしゃるなら……」

「もちろんよ。それと、よかったら髪型を変えてごらんになったらどうかしら」

「髪なら私がやってあげる」ニコラが胸を張って言った。「自分ではわからないかもしれないけれど、あなたって、お母さまから離れているときは見違えるように生き生きしてすてきなのよ。髪型を変えて、ほっぺをちょっとつねれば……」

　マリアンヌも口を添える。「私のドレスを貸してあげるわ。白は青ざめて見えるのよ」

「わかってるの。母が白を着なさいと言い張るものだから――若い娘は白がいちばんふさわしいと。私はもう若くないと、母にいつも言ってるんだけど」

「それと、ニコラみたいな金髪の人にはよく似合う淡い色合いも沈んで見えるのね。でも、私が持ってる濃い青や緑のドレスはあなたに合うと思うの――薔薇《ば》薇《ら》色も。そう、薔薇色ならきっと似合うわ」

「そうね」ニコラも賛成した。「私のピンクや水色のドレスはちょっと冷たい感じがすると思ってたの。それから、ペン、ありのままのあなたのほうがいいというのも、マリアンヌの言うとおりだと思う。無理して本来の自分とは違うように見せかけたあなたをバッキーが好きになったとしても、なんにもならないでしょう。これからの人生をずっと幸せに過ごすためには、素顔のあなたを愛することが必要なのよ」

残りの道中、三人は楽しくしゃべりつづけた。バッキーについての計画を練るあいまに、衣服や髪型、男性などに話がそれていった。ジャスティンも話題にのぼった。

「いい男ですものね」ニコラの一言だ。

「とっても」ペネロピはいたずらっぽくマリアンヌに笑いかけた。「ジャスティンも、あなたをねらってると思うわ」

「絶対にそう」ニコラは解説をつけ加える。「でもゆくゆくは、セシリアと結婚するという噂《うわさ》よ。たぶん本当だと思う。あの一族は恋愛結婚はしない人たちですもの。好きになってしまったら、自分が傷つくだけ。ランベス卿って、そんな感じ」

「わかるわ。でも、私はあの方の罠《わな》にはまったりしないからだいじょうぶ」

「だけど、あのまなざし！」ペネロピが大げさにため息をつく。ほかの二人は笑いだした。

「そうね。まったくいまいましい目」
二、三時間後、馬を取り替えるために馬車が旅籠《はたご》に停《と》まったときには、三人はすっかり仲良しになっていた。馬車の中で打ち明けた計画どおり、マリアンヌは急にバッキーを無視して露骨にジャスティンにしなをつくってみせた。馬車をおりるときからジャスティンに手を預け、上目づかいに物思わしげな視線をからみつかせる。ジャスティンは最初はあっけに取られたふうだったが、すぐさまマリアンヌに調子を合わせた。旅籠に入って軽い昼食の席につくまでマリアンヌをほめそやす一方で、魂胆を探りでもするようにさめた目つきで観察していた。

「わざとらしくやりすぎてやしませんか？」馬車にもどるときにふたたび手を預けたマリアンヌに、ジャスティンは耳打ちした。

マリアンヌはかすかな侮蔑《ぶべつ》のまなざしを返した。「なんのお話をなさってるのか、さっぱりわかりませんわ」

「ぼくに色目を使ってバッキーにやきもちを焼かせようという、あなたのお芝居」

「そんなこと、夢にも思ってません」

「ふーん、なるほど。しかしどうやら効果てきめんのようだ。バッキーがやきもきしてるのは顔を見ればわかる」

「私、そういう未熟な殿方は好みではありませんの」

「ミセス・コターウッド！　びっくりしたなあ！　それ、言外の意味ありですか？」

「え？　いいえ。どういうことかしら？」一瞬けげんそうに訊き返してから、気がついた。未熟という言葉に性的な含みがあると取られたらしい。マリアンヌは赤くなった。「いいえ、まさか！　そんなつもりで言ったんじゃないわ」

ジャスティンの目が笑っている。顔を真っ赤にして、マリアンヌはにらんだ。

「ずいぶん下品で失礼な方。あなたなんかとお話ししたりして、なんて時間の無駄だったんでしょう」

マリアンヌはジャスティンの腕から手を離し、さっさと馬車に近づいた。それを見たバッキーが急いでマリアンヌに手をさしのべ、馬車に乗るのを助けた。マリアンヌはほほえみを返す。

「ありがとうございます、バックミンスター卿。立派な紳士もいらっしゃるんですわね」

マリアンヌはあてつけがましくジャスティンをちらっと見た。一、二メートル離れたところに立っていたジャスティンは、マリアンヌの視線を受けてにやにや笑っている。


一行は田舎の旅籠で一泊した。ニコラとペネロピ、マリアンヌは同じ部屋を一緒に使うしかなかった。居酒屋の部分は飲みに来た地元の客でいっぱいだし、一階には個室がないので、三人は夕食も二階の寝室でとった。ジャスティンとバッキーは一階で地元の人々と交流していた。そのどちらともつきあわずにすんで、マリアンヌはほっとした。翌朝、ふたたび馬車に乗って、イングランド南西部のダートムアに向かった。

バックミンスター邸に着いたのは、午後も遅くなってからだった。黄色っぽい石造りの広大な館《やかた》が夕映えに照らされて紅色に輝いている。馬丁が走りよってきて、バッキーとジャスティンの馬の手綱を取った。正面玄関の扉を従僕がひらき、いかめしい面持ちの執事がバッキーを出迎えた。執事のあとから出てきた丸々と太った年配の婦人はいきなりバッキーに抱きついて、何やらしゃべったり涙ぐんだりしながら両方の頬にキスの雨を降らせている。その様子からして、母親かと思う向きもあるかもしれない。けれどもマリアンヌは、その婦人の地味な服装や、まくりあげた袖《そで》からのぞいている労働者のように節くれだった手からして、この人はバックミンスター夫人ではないと思った。

その情景を見て、ニコラがほほえんだ。「あら、乳母がまだいたんだわ。バッキーが田舎に帰るたびに、ほんの二、三カ月ロンドンの家に暮らしていたのじゃなくて、戦争にでも行ってたみたいに泣くのよ」

ジャスティンが馬車からおりる女性たちに手を貸すために近づいてきた。バッキーは召使いたちの挨拶を受けるのに忙しくて、その余裕がない。執事や乳母に続いて、家政婦と領地の猟場管理人も出てきた。管理人のまわりには、種類の違う犬が何匹も飛びはねている。犬の鳴き声も加わって、いちだんと騒がしくなった。

そこへさらに高い女性の声がひびき渡った。「バッキー！　早くお客さまに中に入っていただきなさい。なんですか、そんな暑いところに立たせっぱなしにするなんて」

マリアンヌは玄関を見あげた。中年の婦人が立っている。小型スパニエル犬の群れが飛びだしてきて、婦人のスカートにまとわりついている。お客さまは中に入ってと言ったばかりなのに、婦人は階段をおりて近づいてきた。日焼けした化粧っけのない顔をくしゃくしゃにほころばせている。バッキーの母親にちがいない。バックミンスター夫人は息子と同じくらいの背丈の大柄な女性だった。流行に一喜一憂するたちの人ではないのは一目でわかる。少なく見積もっても十年前にはやったと思われる、赤さびがかった茶色の乗馬服にブーツというでたちだ。鉄灰色の髪を編んで、頭のまわりに巻きつけている。おおかたの貴婦人たちの白い柔肌と違って、風にさらされた皮膚は渋皮色に日焼けし、目と口のまわりに深いしわが刻まれていた。

バックミンスター夫人は息子の頬にぶちゅっとキスをしてからつかつかと馬車に近寄り、陽気かつ率直なしぐさでジャスティンと握手した。「またお会いできて、なんと嬉しいこと。いい狩りができるようにカーターが手配してくれているわ。もちろん時期が早すぎるけど、まあなんとか楽しめるようがんばりましょう」

夫人は三人の若い女性たちのほうに向きを変えた。「ニコラ、よく来てくれたわね。あなたにここで会ったのは、もう大昔だもの。なんだかやせたみたい。もっと太らせなくちゃ。ねえ、ミセス・ウォーターハウス？」後ろに控えた家政婦に呼びかける。「それから、ペン、来てくれてほんとに嬉しいわ」

「私も嬉しいです。母が来られず申し訳ございません。でも外せない用事があって――」

バックミンスター夫人は手をひらひらさせて途中でさえぎり、ずばりと言いきった。「お母さんがいないほうがずうっと楽しめるじゃない。アーシュラにはいつも言ってるんですけどね。ペンに厳しすぎるって。でもまあ、ああいう性格なんだから仕方がないわね――人間でも馬でも支配したがるというか」

最後に夫人はマリアンヌに話しかけた。

「あなたがミセス・コタートウッドね。バッキーの手紙にはあなたのことばっかり書いてあったけど、半分くらいはなんの意味か判読できなかったわ。なんせあの子は悪筆ですからねえ。それにしても、あなたはべっぴんだこと。うちのせがれがぽっとなっちゃったのも無理ないわ。ともかく、バックミンスター家にようこそ。ところで、乗馬はなさる？」

「はい。機会があればですけれど」マリアンヌは言葉をにごした。数年前に乗馬を習って、どうにか乗れるとは思っている。だがいかんせん、練習する機会がなかった。「馬を持っていないものですから」

バックミンスター夫人は慰めるような言い方をした。「ロンドンでは無理でしょう。あの町はひどいところよね。私はめったに行かないの。でも、安心なさって。あなたに向いたいい馬を選んであげるから。じきペネロピみたいに乗りこなせるようにしてさしあげますよ」マリアンヌのかたわらに立っているほっそりしたペネロピに、夫人はにっと笑いかけた。「想像もできないでしょうが、ペンは半人半馬のケンタウロスみたいに乗馬が上手なのよ。もちろん、狩りには絶対に近づこうとしないけどね」バッキーの母親はくるっと向きを変え、大またで家のほうに歩きだした。「さあ、入って、入って。そんなとこにでくのぼうみたいにつったってないで。お茶でもいかが？」

一行はぞろぞろと夫人のあとに続く。ペネロピがマリアンヌの腕に手をからめ、小声で話しかけた。「心配なさらないで。馬に乗りたくなかったら、無理強いはなさらないから。バックミンスター夫人は馬が大好きなの。わかるでしょう？　でも、とても親切な方よ。乗馬が好きじゃない人は気の毒だと思っておられるようだけど、怒ったりなさらないわ」

「乗馬が嫌いというわけじゃないの。あまり経験がないだけ。もちろん、ずっと以前には乗ってたんだけど、この十年ほどはバースやロンドンに暮らしていたでしょう。厩舎《きゅうしゃ》をそなえることはできなかったの」

「わかるわ。うちだって、母の馬車のための馬しかいないわよ」ニコラの口ぶりにも親愛の情がこもっていた。「アデレード叔母さまは私にもとっても優しくしてくださったの。父が亡くなったとき、母と私はここに来てお世話になったのよ。男の兄弟がいなかったので、うちの家屋敷はいとこが相続したの。いとこの奥さんと母がうまくいかなかったものだから、叔母さまのお屋敷に移ってきたわけ。その後、母はロンドンに家をかまえたんだけど、私はアデレード叔母さまやバッキーと一緒にしばらく暮らしていたの。ここにいたときは、とても幸せだった」昔を懐かしむように、ニコラはほほえむ。ただまなざしが心なしか悲しげなのに、マリアンヌは気づいていた。

家に入ると、すでに先客が二人いた。サー・ジョージ・メリデイルと妻のソフローニアだと、バックミンスター夫人が紹介した。サー・ジョージは四十代前半の地味で物静かな男性で、金髪が薄くなりかけていた。かぎ鼻や骨ばった顔は、古代ノルマン人の血を引いていることを示している。ソフローニアも顔だちはぱっとしない婦人だが、それ以外はすべて夫と正反対だった。やせた長身のサー・ジョージとは対照的に、夫人は背が低くて太っている。髪も黒っぽくて、ひっきりなしにしゃべっていた。会ってから十分するかしないかで、マリアンヌはメリデイル夫妻の家庭についていろいろ知ってしまった。子どもが三人いて、名前はアリス、フレデリック、ジョージ・ジュニアという。ジョージ・ジュニアは、なぜかウィフィーという愛称で呼ばれている。学校に行っているのはジョージ・ジュニアだけで、ほかの二人には家庭教師がついている。使用人の問題でたいへん悩んでおり、フランス人を雇うことも考えている、などなど。

意見を訊かれて、マリアンヌは言葉につまった。「そうですね……私はフランス人を雇ったことがないものですから」

ニコラが助け船を出してくれた。「奥さま、フランス人の召使いもイギリス人とさして違いがないのではないかと、私は思いますけれど」

「そうお思いになります？」ソフローニア・メリデイルは、指輪をはめた手をひたいに持っていって髪をかきあげた。

一方的なおしゃべりを聞かされて手持ちぶさただったマリアンヌは、ソフローニアが宝石類をいっぱいつけているのに目をとめていた。片方の手に指輪を三個、もう一方の手に四個はめていて、それぞれに宝石がはまっている。いちばん大きい石はきらめくダイアモンドだった。手首にはエメラルドのブレスレットのほかに何本かセットになった飾り輪をじゃらじゃらつけていて、耳からは小粒のダイアモンドにかこまれた揃《そろ》いのエメラルドのイアリングがさがっている。渋い好みが当世ふうなので、これほど派手に富を見せびらかすのはめったにお目にかかったことがない。

かたわらに気配を感じた。マリアンヌの耳もとで、男の声がささやく。「メリデイル夫人の宝石、少し減らすことを考えてる？」

顔をあげると、ジャスティンの金色の目と目が合った。マリアンヌも微笑せずにはいられなかった。「そのほうがいいのではないかと思うけど、いかが？」

「賛成。一緒に方法を考えてもいいな」

あら、私はこの人が嫌いだったんじゃないの？　マリアンヌは自分の胸に確かめなくてはならなかった。並外れてすてきに見えたかと思うと、次の瞬間には別人のように見さげはてた人になるのはどうして？

「ここの庭園はなかなか魅力的なんですよ。よかったら、ぼくがご案内してさしあげたいんですが」どきっとするような微笑とともに、ジャスティンが誘った。

「ええ、ぜひ」マリアンヌは素直に応じた。ソフローニア・メリデイルのたえまないおしゃべりから逃れられるなら、悪魔の誘いにものっただろう。「お庭のお散歩なんて、さぞ気持いいでしょうね」

わきからソフローニアが声をあげた。「あーら、すてき！　みんなでお散歩にまいりません？　ねえ、ジョージ……」

マリアンヌは横目でジャスティンをうかがった。ジャスティンは唖然《あぜん》としている。マリアンヌは笑いをかみ殺すのに苦労した。

「私はご一緒しないで、アデレード叔母さまと久しぶりにお話しすることにします」ニコラの目がいかにもおかしそうに笑っている。

ほかの人々は庭に出た。バッキーは、マリアンヌが行くところにはどこにでもついていこうと決意しているふうだった。ペネロピも、バッキーのあとに続かずにはいられない。バッキーとペネロピが一組になるように、マリアンヌはジャスティンの腕に手をかけた。

「どちらかというと、私は早足で歩くのに慣れてますの。そのほうが体にいいようですわ」家の横にある通用口から出たところで、マリアンヌはみんなに聞こえるような高い声で言った。

「あなたの速度に合わせるように努力します」ジャスティンはまじめくさって答えた。

宣言したとおり、マリアンヌはできるだけ速く歩いた。生け垣を曲がったときには、ソフローニアを始めとする一団を数メートル引き離していた。

不意にジャスティンがマリアンヌの手を引っぱって道からそれた。「こっちこっち」芝生を走らんばかりに横切り、ほかの人たちが姿を見せる前に生け垣の端で曲がった。息をはずませ、二人は草むらの陰に隠れる。

ソフローニアの声が聞こえたが、一行は反対の方角へ歩いていった。マリアンヌは笑いまじりのため息をもらした。

「よかった！ 見つかったんじゃないかと心配で」マリアンヌは扇子をひらいて、ぱたぱたあおぎだした。「ペネロピには申し訳ないとは思うけれど、我慢の限界だったの」

マリアンヌの頬がほんのり赤らみ、目はきらきらしている。急に動いたためにほつれた髪が顔のまわりに渦を巻いていた。

ジャスティンのまなざしが熱をおびた。口から出かかったからかいの言葉をのみこむ。ジャスティンは手を伸ばし、マリアンヌの頬をこぶしでそっとなでた。「あなたは美しい」

マリアンヌは急いで後ろへさがった。「ランベス卿！ 勘違いなさらないで。あなたと二人きりになるために、お庭に出てきたんじゃありません。このあいだの夜に申しあげたことは本気です。そんなふうに私を――」

「いや、よく承知しています。誤解したわけではない。ぼくと一緒にみんなから離れたのは、メリデイル夫人をまきたい一心からだということはよくわかってます。こんなこと言うつもりではなかったのだが、ひとりでに口から出てきてしまっただけなんです。申しひらきのしようもありません」

悪意ではないことを身をもって示すかのように、ジャスティンは礼儀正しく腕をさしだした。一瞬ためらったのちに、マリアンヌはその腕に手を預ける。二人は近くの小さな薔薇園に向かって歩きだした。

もとよりジャスティンは愚か者ではないし、女の心の動きに鈍感でもない。ニコラのパーティでは大失敗してしまった。それも、一度ならず二度までも。あまりにもぶっきらぼうで、気のきかないやり方だった。いきなりバッキーから手を引けと言って、マリアンヌの反発を招いてしまった。そのうえ愛人などと品のない言い方をしたものだから、ますます悪い。これまでこんなにまずい交渉の仕方をしたことがあっただろうか。どうもマリアンヌの前では、自分のいちばんだめなところが出てしまうような気がする。まるで青二才みたいなふるまいをしてしまうのだ。

バッキーを守るには、マリアンヌが自分を好きになるようにするのが最善の方法だと、ジャスティンはいまだに確信している。それによって、同時にジャスティン自身の望みもかなうわけだ。今度はしくじらないように気をつければ、不可能ではないと思う。だがまず第一に、マリアンヌに償いをしなくてはならない。といっても、マリアンヌの目の中に浮かんだ警戒の色を見るに、それがそう簡単ではないのがわかる。

「ミセス・コターウッド、先日の夜にぼくが言ったことやしたことであなたに謝らなければなりません。明らかにぼくは、あなたの人となりについて考え違いをしておりました」

「そう、明らかに」ジャスティンの誠実さを疑っているようなマリアンヌの目つきだった。

「言うべきでないことを言ってしまいました。ぼくのことをばかか悪党だと思っていらっしゃるにちがいない」

「どっちかじゃなく、両方だったりして」マリアンヌは愉快そうに言った。

ジャスティンのあっけに取られた面持ちが、みるみる笑顔に変わった。「なるほど、そう容易には許してくださらないおつもりらしい」

「なんでそう簡単に許してさしあげなければならないの？」

ジャスティンはため息をついた。「ミセス・コターウッド、心からお詫《わ》びいたしますから、どうぞお許しください。うかつな言い方でした。深く反省しております」

「本当に？　それにしても、なぜそんなにがらっと考えをお変えになりましたの？」

こういう質問は予期していなかった。一瞬、ジャスティンは口ごもる。「それはその……あなたが怒って拒絶なさったからです。あなたを誤解していたのに気がつきました。ぼくが考えていたよりも、あなたはずっと高潔な方のようだと」

「ま、当然ですわね。私のことを泥棒、詐欺師、娼婦《しょうふ》だと思っていらしたんですもの」

「そういう言い方はしていないが」

「じゃ、どういう言い方ですの？」マリアンヌが立ちどまったので、ジャスティンも足を止めるしかなかった。マリアンヌは向きを変えて、ジャスティンをまっすぐ見た。「ランベス卿、あなたはいまだに私のことを売春婦のたぐいだと思っていらっしゃるでしょう。

二、三日の反省くらいで私についての考えが本当に変わったと信じられるでしょうか。あなたは、私を盗人だと非難なさった。私があなたのお友達のバッキーをたぶらかそうとしていると責めてらした。そして、あなたの囲い者になるようにともおっしゃったわ。私のことを身持ちのよくない女だと思っていたに決まってるじゃありませんか。それが今になって急に、高潔な女に変わってしまったのはなぜかしら？」
「あなたが盗みをしようとしていたのは確かだ」ジャスティンは自己弁護せずにはいられなかった。「金庫を調べているところを、ぼくは目撃したんだ！」

「何か盗みました？」

「いや、もちろん盗んではいない。その前にぼくが入っていったから」

「でしたら、ランベス卿、私が何をしようとしてたとおっしゃるんですか？　バターズリー家の家宝をスカートの下に隠して持ちだすとでもお思い？　それとも、枕《まくら》カバーにつめこんで背中にかついで帰るというのかしら？　まったくばかばかしいお話ですこと」

「宝石類を二、三点持ちだすくらいわけないでしょう。あるいは、あなたには別の役割があった——たとえば、仲間のために家の下調べをするとか。ピアズやほかの連中に会って気がついた。たぶんあなたは盗賊一味の片棒をかついでいるのだろうと。どういう仕事かといえば——美貌《びぼう》と優雅な物腰を活用して金持ちの家に入りこむ。金庫や貴重品がどこにあるかあらかじめ調べておき、後日あなたほど上品じゃないお仲間が侵入してごっそりかっさらっていく。どうです、なかなか頭のいいやり口でしょう？　前もって調べてあるから、侵入も脱出もすばやくできるし、見つかる危険も少ない。ぼくがわからないのは、貴婦人らしい話し方や立ち居ふるまいをあなたはその仕事のために身につけたのか、それともそういう生いたちなのに身を持ち崩したのかということなんです」

「あなたにどう思われようとかまいません。ですけど、私のことをさも高く評価しているようなふりをして、でたらめを押しつけるのだけはおやめください。内心では、お金のために体を売るのをなんとも思わない最低の女だと思っておられるのですから。まるで道徳観念があるのは貴族の人たちだけだとでもいうように！」

「貴族や金持ちでなくとも善良で正直な人間がいっぱいいることくらいはわかっている。しかし、泥棒やすり、いかさま賭博《とばく》師のたぐいがそれに入るとはいえないでしょう！」

「少なくとも、さっきよりは正直でいらっしゃるわ。私のことをあなたがどう思っていらっしゃるのか、よくわかりました。ですからさっきみたいに、見えすいた嘘《うそ》で私をごまかそうとだけはなさらないでください。バックミンスター卿から私を遠ざけることがあなたのただ一つの目的であって、そのためには私におべんちゃらを言うのもいとわないのでしょう。でも、その手にはのりませんことよ。では、ランベス卿、私はこれで失礼します。中にもどって、お部屋に案内していただこうと思いますので」

マリアンヌはきびすを返して、さっさと歩き去った。

9

夕食のために階段をおりながら、マリアンヌはついジャスティン・ランベスを目で捜していた。ジャスティンは客間の入り口近くで別の男性と話をしている。視線を感じでもしたようにジャスティンは振り向き、階段を見あげた。マリアンヌは急いで顔をそむけた。のどのあたりから赤らんでいくのがわかる。遠くてランベス卿《きょう》の位置からは見えないといいが。気にかけられているのは自分だと、ランベス卿は思うのではないか。そして、実際そうなのだからなおさら悔しい。

客たちの中にペネロピかニコラがいないかしら？　マリアンヌは玄関広間を見渡した。緊張でみぞおちが引きつるような感じがする。こういう状況で役割を演じるのは初めてだった。なにしろ、周囲の人々をあざむきとおさなければならないのだ。一瞬も油断はできない。発音や身のこなしは今や第二の天性のようになっているので、その点での間違いはしないと思う。けれども、良家の育ちではないことが明らかになってしまうような話をしてしまうのではないか？　あるいは、貴族の女性だったら言いそうもない意見が口をついて出てきたり、上流婦人の知識や経験の範囲外の事柄にふれたりはしないだろうか？　そんなことが一度でもあれば、怪しまれる恐れが大いにある。

中でも心配なのは、共通の知人がほとんどいないことだった。ここに招かれている人たちを知らなくても、特にふしぎではない。けれども顔を合わせる機会がひんぱんにあるため、滞在中に大勢の知りあいの名前が話題にのぼることはしばしばあるだろう。そんなときにマリアンヌが誰一人知らないことがわかると奇異に思われるにちがいない。もちろん知っているふりをすることもできるが、もし嘘《うそ》だとばれた場合にはいっそうまずい事態になる。あれこれ案じていると、気分が悪くなりそうだった。そういうわけで、マリアンヌは友達の姿を捜した。ペネロピを無意識に友達と見なしていることには気がつかなかった。

玄関広間をゆっくり横切っていくと、客間の内側でニコラとペネロピがバッキーらと話しているのが目に入った。今夜のペネロピはいつもよりずっとすてきだ。マリアンヌはいちおう満足する。その日の午後、ニコラと二人でペネロピの支度を手伝った。自分の衣装の中から、ペネロピの髪や顔色に合いそうな黄色みをおびた濃い緑のドレスを選んだ。レディ・アーシュラが娘にあてがっているひらひらした飾りだらけの服と違って、デザインがすっきりしている。ニコラはお付きの侍女に手伝わせて、ペネロピの髪を結った。頭のてっぺんで髪をまとめ、そこから巻き毛の束が二、三こぼれ落ちるという、柔らかな感じの髪型だった。ドレスも髪の結い方もペネロピに似合っている。だが何よりも面ざしを引きたてているのは、顔の色つやと活気だった。なんといっても、口やかましい母親の監視の目から逃れているのが原因だと思う。

ジャスティンの存在を意識しつつ、マリアンヌは客間の入り口に近づいた。途中でジャスティンに呼びとめられはしないかと思うと、心臓がどきどきした。そうされたくないのか、我ながら決めかねていた。ちょうどそこに、バッキーが満面に笑みを浮かべて客間から出てきた。ジャスティンの視線を感じながら、マリアンヌは笑顔でバッキーに手をさしだした。

「バックミンスター卿」まるで久しぶりに出会ったかのように、マリアンヌははしゃいだ声をあげた。バッキーはマリアンヌの手を押しいただいて頭をさげる。その手をバッキーに預け、マリアンヌは親しげによりかかった。「少し歩きましょうか？」

言うまでもなくバッキーは一も二もなく賛成し、広間をゆっくりそぞろ歩きだした。さっそくバッキー向けに、劇中劇の人物の演技を始めたほうがよさそうだと、マリアンヌは思いつく。本当はこんなことをやりたくないけれど、バッキーの熱を冷ますにはこうするしかないだろう。

マリアンヌは茶目っぽく笑って、バッキーを見あげた。「きっとミス・カースルレイがかっかしてらっしゃるわ」

バッキーはびっくりして訊《き》き返した。「ペネロピが？　それはまたなぜ？」

「なぜって、私があなたを横合いからうばっちゃったからよ」

「いや、そんなことありませんよ。ペネロピは長年の友達で、気だてのいいお嬢さんですから」

「まあ、バックミンスター卿ったら」マリアンヌはころころ笑い、バッキーをからかった。「ミス・カースルレイはあなたを恋い慕ってるのに」

少し揺さぶりをかけて、バッキーの目を覚まさせてあげなくては。ペネロピを幼なじみの仲良し扱いばかりしていては、いつまでたっても愛情の対象になり得る異性として見ることができないだろう。それに、誰かが自分に気持があるとわかると、自分もその相手を憎からず思っていたことに気づかされる。そういう例がよくあるようだ。

バッキーは信じられないといった表情だ。「それは違うでしょう」客間のほうを振り返り、別の女性でも見るような目つきでペネロピを眺めた。やがて強くかぶりを振る。「いや、やっぱりあなたの思い違いです」

マリアンヌは肩をすくめた。「もちろん、うわべに出さないように努めていらっしゃるのよ。望みがないと思って。かわいそうに……不器量ってつらいでしょうね」

「ペネロピは不器量じゃありません！」バッキーはむきになって言い返した。耳を疑ったというふうに、眉をひそめてマリアンヌに目をあてた。「ペネロピとあなたはお友達同士だと思ってましたが」

マリアンヌは含み笑いをしてみせる。「あら、バックミンスター卿、ご存じありませんでした？　女にとって最上の友達とは不器量な同性なんですよ。いちだんと引きたててくれるし……恋人をうばわれる心配もないでしょう」

バッキーは愕然《がくぜん》としている。マリアンヌは胸のうちでため息をついた。こんないい人に嫌われるようなことをわざわざしなくてはならないとは。二人はしばらくのあいだ黙々と歩いた。

やがて、バッキーは思いきったように言った。「ミセス・コターウッド、まさか本気であんなことをおっしゃったんじゃないでしょう」

「いやですわ、ほんの冗談ですよ」マリアンヌは答えた。バッキーの気持が一変するとは思わない。であっても、思いやりの皆無な言葉が毒のある虫のようにバッキーの胸に巣くい、マリアンヌに対する好意をじわじわと食いつくしていくだろう。ふたたびマリアンヌは、バッキーにしなだれかかるように甘えてみせた。二人はジャスティンのそばに来た。

ジャスティンともう一人の男性が、マリアンヌたちに会釈した。バッキーは足を止め、その男性をマリアンヌに紹介した。バッキーとジャスティンの友人で、サー・ウィリアム・ヴァーストという名前だった。サー・ウィリアムも馬好きらしく、自分が持っている馬や買おうと思っている馬のことばかり話していた。他人の馬については、二言三言ですませてしまった。

ほかにも数人の客が到着していた。食堂に移動する頃《ころ》には、マリアンヌはほとんどの客に引きあわされた。アラン・サーズトンと夫人のエリザベスには、先週のニコラのパーティで会っている。サーズトンは議員に立候補しているという話だった。今回は、レジナルド・フュークェイという男性秘書を連れてきていた。政治家として多忙なので、わずか一週間の休暇中も秘書まで連れてきてはたらかなければならないのだろうか。それとも単に、仕事に忙殺されている重要人物のようにふるまいたいだけなのか。背が低くてはげかけているサーズトンよりも、長身で黒っぽい髪のフュークェイ秘書のほうがはるかに著名な政治家らしく見える。座談の面白さでも、フュークェイが優《まさ》っていた。

サー・ウィリアムのほかにも、バッキーの友人である独身男性が二人いた。二人はいつもくっついていて、でこぼこコンビという感じだった。レズリー・ウェスタートンはややずんぐりして背が低く、長すぎる金髪は薄くなりかけている。話しだすと長ったらしくなり、しばしば辛辣《しんらつ》な冗談を飛ばす。もう一方のチェスフィールド卿はやせて背が高く、髪は黒くて、困惑するほど無口だった。バッキーに言わせれば、どっちもひとかどのやつだが、残念ながらウェスタートンは乗馬が得意じゃないという話だった。バッキーにとっては、それが重大な欠点になるらしい。

最後に紹介された客は、エドワード・ミントンとその夫人だった。この年配の夫婦はバッキーの母親に招待されたようだ。ここに来たときに引きあわされたサー・ジョージとソフローニア夫妻もそばにいたが、バッキーはマリアンヌをそれとなくうながして早々に離れた。

「今日の午後、あの奥さんにたっぷり一時間も捕まっちゃいましてね。こっちの耳が痛くなるほどしゃべりつづけてた。ペネロピがいてくれたから助かったけど」バッキーは小声でこぼした。

マリアンヌは、バッキーと一緒にペネロピのそばへ行った。ペネロピが話しているのは、チェスフィールド卿とレズリー・ウェスタートンの二人組だった。マリアンヌはさっそく、二人組の両方にあだっぽいそぶりを見せはじめた。といっても、軽妙に調子を合わせるのは主にウェスタートンだった。かたわらでバッキーがだんだん度を失っていくのを感じていながら、マリアンヌは心を鬼にして役目を果たすことにした。まず、さりげなくバッキーから二人の男性のほうへ向きを変える。次に、部屋の反対側にかかっている絵画を見に行きたいと言ってみる。ウェスタートンが丁重なしぐさでマリアンヌに腕をさしのべた。当然、チェスフィールドもついてきた。あとはペネロピの配慮に任せることにして、マリアンヌはバッキーと目を合わさないように努めた。

どうやらウェスタートンは、マリアンヌ自身よりも当意即妙なやりとりに興味があるようだった。そのほうがマリアンヌにも都合がよい。のぼせあがった男がもう一人増えたりしたら、なおややこしくなる。それに、ウェスタートンは大の噂《うわさ》好きであることがわかった。たとえば、サー・ジョージ・メリデイルがおしゃべりソフローニアと結婚したのは財産のためだったという。

「本当に？」マリアンヌはメリデイル夫妻に視線を走らせた。胸を痛めずに略奪できる獲物がいるとは。いいことを聞いた。

「本当ですとも」ウェスタートンは上機嫌で続ける。「夫人のお祖父《じい》さんは平民だったんですよ。だけど金を使って娘を、上流といってもかなり下のほうの家に嫁がせた――准男爵か何かの娘の四番目の息子とかなんとか。孫娘はもっと高く値をつけて、メリデイルと縁組させた。なんでも、サー・ジョージは一文なしだったたって話です」

「ミスター・サーズトンご夫妻は？」マリアンヌがうながした。

ウェスタートンは肩をすくめる。「ぼくの知ってる限りでは、おおむね平均的なようです。まあまあの家柄で、金もそこそこある。若い頃は道楽したらしいが、よくあることだし。しかし今は、まあ、ぱっとしない男です。彼の秘書は旧家の出なんだが、金はない。頭のいい男です――ぼくは話をしたからわかる。で、ヴァーストは……いいですか、馬の話をさせちゃいけませんよ。もっとも、馬以外の話なんかできないのかもしれない」

マリアンヌは笑った。「皆さんに手厳しいのですね？」

「いや、ランベスについては何も言ってませんよ」ウェスタートンはいたずらっぽく目くばせした。「下手すると危ない。腕っぷしが強いですからね」

「あの方、ずいぶんうぬぼれ屋さんみたいですけど」無意識にマリアンヌは話題の主のほうに目をやっていた。ジャスティンはくつろいだ様子で暖炉にひじをつき、バックミンスター夫人と話をしている。夫人が何か言うと、見るからに愉快そうに笑い声をあげた。マリアンヌの胸がかすかに痛んだ。あんなふうにジャスティンに見つめられたら、どんな気持がするだろう？

ウェスタートンは眉をつりあげた。「おやおや、どういうことなんだろう？　未来のストーブリッジ公爵ともあろう人が、あなたの逆鱗《げきりん》にふれたとは。ふだんは、ご婦人方に大人気なんですがね」

「このご婦人は例外ですのよ。だって、傲慢《ごうまん》というか、無礼な方ですもの」マリアンヌは冗談めかして言った。

「ほう、いったい何があったんですか？　ぜひ聞かせていただきたいものです」

答えるつもりはないというふうに、マリアンヌは黙って手を振った。よけいなことを言いすぎた。ゴシップ好きのウェスタートンのことだから、ジャスティンや自分について根ほり葉ほり聞きだそうとするだろう。それだけは避けなければならない。

「彼は尊大なほうじゃないかな」チェスフィールド卿が不意に発言したので、ウェスタートンもマリアンヌもびっくりした。「あの一家はみんなそう。公爵特有のものかもしれない」

ウェスタートンは口の端を曲げ、真顔で答える。「うむ。きみの言うとおりだよ、チェス」

そのとき、ジャスティンが振り向いて三人をじっと見た。マリアンヌからチェスフィールド、そしてウェスタートンへと視線を移す。厳しいまなざしだった。

「やれやれ、今夜は二人の貴族殿を敵に回してしまったようだ」ウェスタートンはおどけた目つきをマリアンヌに向けた。「バックミンスターはともかく、いかに美しいあなたのまなざしのためとはいえ、ランベスの怒りを買うのはあまり気が進まない」

「どうぞご心配なく。怒りはあなたに向けられたものではないと思いますよ。ランベス卿と私とは……ちょっとした意見の違いがございましたの」

「さあ、それはどうでしょう」ウェスタートンはジャスティンに軽く手をあげて挨拶《あいさつ》した。

マリアンヌは冷ややかな視線をジャスティンに注いだ。「そういえば、所有欲が旺盛《おうせい》のようですわね。お気の毒に、人間にまでそれを広げるわけにはいかないことに気づいていらっしゃらないんでしょう」

「彼の目つきを見てごらんなさい。所有権を主張しているとしか考えられない」

好奇心むきだしにして、ウェスタートンは迫った。「お願いです、ミセス・コターウッド、教えてください。いったいランベス卿がいかなる悪事をなして、あなたにそのような敵意をいだかせるにいたったのか。白状しますが、興味しんしんなんです。いっそあなたのために、決闘を申しこむべきでしょうか？」

芝居がかったウェスタートンが滑稽《こっけい》で、マリアンヌは笑いだしてしまう。「いいえ、その必要はございません」

チェスフィールドがぼそっとつぶやいた。「よかった、きみの介添人にならずにすんで」

ジャスティンがバックミンスター夫人との話を切りあげて、暖炉のそばからこちらに歩きだした。ちょうどそのとき執事があらわれ、晩餐《ばんさん》の用意ができましたと告げた。ジャスティンはかすかに顔をしかめはしたものの、一同の中で最高の爵位保持者の務めとしてバックミンスター夫人に伴い、晩餐の席へ向かった。マリアンヌはほっとしてウェスターンの腕を取り、ジャスティンのずっとあとから広間を出た。

翌朝、ほかの客と同じくマリアンヌも早く起きた。前の晩にバックミンスター夫人から、ホワイト・レディ滝への遠乗りの予定を知らされていたからだ。早い時刻に出発して、滝でお弁当を食べることになっている。マリアンヌはこの遠乗りを利用して、バッキーの熱を冷ます計画を進めるつもりだった。ペネロピは乗馬の達人だという。バッキーも馬好きだ。乗馬の下手なマリアンヌと比べて、ペネロピが引きたって見えるにちがいない。

出発前にマリアンヌは、おとなしくて足の遅い馬をもらえるようバックミンスター夫人に頼んでおいた。夫人には哀れむような目つきをされた。けれども、ペネロピにすばらしい雌の鹿毛《かげ》、自分にはずんぐりして従順そうな小形の馬をあてがわれたので満足した。バッキーに手助けされて小馬にまたがるときも、できるだけ不格好な乗り方をした。バッキーは男らしく、元気のよい自分の馬の速度を無理にマリアンヌの小馬ののろい足どりに合わせて、一行のしんがりに甘んじていた。とはいえ、ニコラとペネロピや、サー・ウィリアム・ヴァースト、ジャスティンなど若い男性らがいる前方にときどき羨《うらや》ましげな視線を投げているのを、マリアンヌは見逃さなかった。乗馬が得意でないというウェスタートンだけはマリアンヌの横にいて、何かと口を出してはバッキーをいっそういらだたせた。

バックミンスター夫人が言ったとおり、ペネロピは乗馬がうまい。まさに人馬一体となっていた。ほっそりした姿に乗馬服がよく似合っている。さすがにレディ・アーシュラも乗馬服には生気のない淡色を押しつけなかったようだ。ペネロピの髪や目の色に暖かい茶色は映りがいい。目をきらきらさせ、いかにも楽しそうだ。ウィリアム・ヴァーストがペネロピに並々ならぬ関心をよせているのが、マリアンヌにも見てとれた。

「馬に乗っていくには遠すぎるんじゃありません？　どうして馬車にしなかったのかしら？」マリアンヌは泣き言を言った。

「そう、屋根なしの二頭立てなら外気も楽しめるのに」馬好きばかりの中でやっと味方を見つけたというふうに、レズリー・ウェスタートンも同調する。

「山道だからなんです」バッキーはマリアンヌにほほえみかけ、友達にはむっとした顔を向けた。「召使いと食事を乗せた荷馬車も滝までは行けないから、手前でおりて運ばなくちゃならないんですよ」

それを聞いて、マリアンヌは苦々しく思った。自分たちの娯楽のために、昼食のバスケットや毛布をかついだ召使いに険しい道を歩かせるのを、この人たちはなんとも思っていないのだ。

「なんだかひどいわ。そんなことしてまで行く価値のあるところなの？」マリアンヌは不機嫌な声音をあえて隠そうとはしなかった。

「ええ、滝の景色がすばらしいんです。三十メートルの高さから滝が落ちていて、ライドフォード峡谷の景観は苦労して見るだけの価値がありますよ」

「本当にそうだといいけど」マリアンヌは不服そうに口をとがらせる。「それにしても、暑いのね。日に焼けてしまうのじゃないかしら」そしてわざとらしく、青白い頬に手を持っていった。

バッキーの目を不審の色がよぎった。けれどもすぐ思い直したように、きっぱりと言った。「そんなことはない。とてもおきれいです」

マリアンヌは微笑を返した。作戦は成功しつつあるようだ。

数キロ走ったところで、やはり馬に乗った三人の男女が近づいてきた。男性が二人、女性が一人で、三人ともとびきりいい馬にまたがっている。バックミンスター夫人が三人に声をかけ、手を振った。

「あの方たちは？」マリアンヌが訊いた。

「あれはエクスムア伯爵といって、お客さんと一緒に今日の遠乗りに参加することになったんです。あの二人がミス・セシリア・ウィンボーンとファンショー兄妹《きょうだい》です」

バッキーのいくぶん冷淡な口調が気になって、マリアンヌは顔色をうかがった。この三人の誰かが嫌いなのではないか？「ミス・ウィンボーンって……ランベス卿と結婚することになってる方じゃありませんか？」さりげないふうを装ってたずねてみた。

「婚約してるわけじゃないんです。世間でそう言われてるだけで、ランベスは結婚を申しこんでやしません」バッキーにしては珍しくとげとげした言い方だった。

「あなたはミス・ウィンボーンがお嫌いみたいね」

バッキーの表情が和らぎ、ほほえみがもどってきた。「ミセス・コターウッド、あなたにはすぐ見破られてしまうようだ。ウィンボーン家の連中は薄情なんです。家柄はいいんだけど……まあ、ぼくだったらセシリアとは結婚したくないな」

「ランベス卿はそんなこと気になさらないでしょう」マリアンヌは冷たく言い放った。

反対側にいるウェスタートンがくつくつ笑っている。「さあ、それはどうかな。だって周囲がもう何年も結びつけようとしているのに、ジャスティン自身はあんまり乗り気じゃないようですから」

二組は合流した。マリアンヌはエクスムア伯爵という男性をそれとなく観察する。年は五十になろうとしているところか。茶色の髪の生えぎわに白髪がまじっている。顔だちは角ばっていて、醜くはない。薄い唇がどことなく冷笑的だ。年齢のわりには引きしまっていて上背があり、馬上の姿はさまになっていた。エクスムアの両側に、セシリア・ウィンボーンと兄がいる。セシリアの髪は漆黒で、目は灰色だ。顔から受ける印象があれほど尊大でなければ、もっと美しく見えるだろうに。兄のファンショーは年上なのに、まるで双子のように似ている。

エクスムアは帽子を取り、バックミンスター夫人に頭をさげた。「奥さま、遠乗りにご一緒できて光栄です」

「絶好の日和ですわね」バックミンスター夫人は快活に答えた。「こんにちは、セシリア、ファンショー。よくいらしてくださったわ」

セシリアはバックミンスター夫人に挨拶を返しながら、視線をジャスティンにさまよわせている。ジャスティンはセシリアに軽くうなずいてみせはしたものの、表情からは愛情のかけらもうかがえない。ニコラが馬の向きを変えて、エクスムアの前に出た。

「妹はどうしたんですか?」ニコラが顔面蒼白《そうはく》で目は怒りをおびているのに、マリアンヌは驚いた。それに、妹さんが近くに住んでいるということも、ニコラから一言も聞いていない。どういうわけだろう?

「デボラは気分が悪くて来られないんだ。なにしろ病弱だからね」

「あなたと結婚する前はそうじゃなかったわ」ニコラは吐き捨てるように返した。空気がぴりぴりしている。一同はかたずをのんで、二人を見つめていた。

「まずいな」バッキーはすまなそうにマリアンヌを見た。「ミセス・コターウッド、ちょっと失礼します」

バッキーは馬を前に出し、三人を線でつなぐと三角形になるような中間の位置に立った。

「おはよう、エクスムア卿。デボラが来られなくて残念です。ニコラは妹さんに会うのを楽しみにしてたんですよ。そうだよね、ニッキー？」

バッキーは手を伸ばしてニコラの手首をにぎり、目をのぞきこんだ。ニコラが手を振りほどいてなおもしゃべりつづけるのではないかと、マリアンヌは思った。けれどもニコラは表情をゆるめ、いとこのバッキーにかすかなほほえみを返した。

「ええ、そうよ」ニコラはもはや、エクスムアを見ようとはしなかった。

「デボラによろしく伝えてください」バッキーは伯爵に言った。

「さあ、行きましょう」バックミンスター夫人が号令をかけた。「時間を無駄にしてしまったわ」

バッキーはニコラとエクスムアのあいだに入って馬を進め、いとこに静かに話しかけていた。そこにペネロピが加わると、伯爵は先頭から少しさがってアラン・サーズトンと並んだ。セシリアと兄、ジャスティン、ヴァーストらは一つの群れをつくっている。セシリアは後ろを振り返り、マリアンヌに目をとめた。無表情に見つめたあげく、前方に視線をもどした。

ウェスタートンのおしゃべりを上の空で聞きながら、マリアンヌは前方の一団に目をあてていた。セシリアはジャスティンと並んで馬を走らせている。やがてジャスティンがさがって、バックミンスター夫人の知人ミントン夫妻と話しだした。セシリアは、ヴァーストやチェスフィールド卿らと馬を進めるしかなかった。しばらくしてジャスティンはミントン夫妻から離れて道のわきにより、マリアンヌとウェスタートンが近づいてくるのをいかにも辛抱強くといった様子で待っていた。

「ミセス・コタ−ウッド、ミスター・ウェスタートン」ジャスティンは帽子を取ってマリアンヌに会釈し、二人に挨拶した。そしてウェスタートンを意味ありげに見すえて言った。「今日はどうしてお友達のチェスフィールドと一緒ではないのか驚いてますよ」

「あなただって、ご存じでしょう。ぼくは乗馬が得意じゃないのは。バックミンスター夫人にぜひにと誘われなければ、来なかったかもしれません」

「それは気の毒に。ミス・ウィンボーンがあなたのことを訊いておられましたよ」

まさかというふうに、ウェスタートンは眉をつりあげた。「セシリア・ウィンボーンがですか？　ぼくのことを生意気なやつとしか思っていないのに、そのセシリアがぼくのことを訊くとは」

「であっても、いちおう挨拶するのが礼儀じゃないかな。あっちに合流したほうが楽しいですよ」おだやかながらジャスティンは、てこでも動かないという顔つきでウェスタートンを見すえた。

「はいはい、わかりました。あなたに譲りますよ。ではミセス・コターウッド、失礼いたします」ウェスタートンはマリアンヌに頭をさげ、小馬を駆りたてて離れていった。

飛びはね飛びはね遠ざかっていくウェスタートンを見送り、マリアンヌはジャスティンに目をやってなじった。「あなたって、結局は人を自分の思いどおりにしてしまう方なのね」

「うん、そう。ぼくの数ある魅力の一つなんです」ジャスティンはけろっとしている。

二人はしばらく黙って馬を進めた。バッキーがニコラやペネロピと一緒にいるのを見て、ジャスティンは言った。「あなたの取り巻きが一人減ったようですね」

「二人とも、ですけどね。あなたのおかげで」マリアンヌは皮肉で応酬した。

「ウェスタートンについては、確かにぼくが手助けしてやった。だが、バックミンスターはぼくの責任じゃない」

マリアンヌはジャスティンをやりこめてやりたいと思いながらも、好奇心には勝てなかった。「さっきの一幕ですけれど、あれはどういうことなんですの？」

ジャスティンは肩をすくめる。「わかりません。バッキーもわけがわかっているのかどうか。ただ、ニコラがエクスムア伯爵を嫌っているのはみんな知っています」

エクスムアの名を口にしたときの顔色のかすかな変化を、マリアンヌは見てとった。

「あなたもあの方があまり好きではないようね」

「友達にはしたくないが、かといって、敵というわけでもない。あの男には何かあるような気がするので……」ジャスティンは語尾をにごした。

「でも、ニコラの妹さんと結婚してるんでしょう？」

「ええ。夫婦になってもう数年になりますかね。ニコラがあれほどリチャードに敵意を持っている原因は、結婚に関係あることなんじゃないかと思う。しかし、それが何かはわからない。エクスムアが理想的な夫ではないからかもしれない。デボラの姿をまったく見かけなくなったし、いつもこの田舎にこもりきりでロンドンにも出てこないんです。体が弱いらしく、跡継ぎに関して何度か落胆したと聞いている」

何度か流産したことを社交界ではこういう遠回しな言い方をするのだろうか。「そうなんですか。お気の毒に」

セシリア・ウィンボーンがまた振り返ってマリアンヌを見た。ジャスティンと並んでいるのを目にしながら、やはり無表情だった。だがマリアンヌは、セシリアとはとうてい友達になれそうもないと思った。

ジャスティンに図星を指される。「ミス・ウィンボーンは自分の投資物件を守りに来たんですよ」

「投資物件？」

「ぼくとセシリアがゆくゆくは結婚するという噂を聞いていないとは言わせませんよ」

「聞いておりますわ。根拠のない噂なんですか？」

ジャスティンはふたたび肩をすくめた。「両方の親族が望んでいるんです。それと、セシリアも」

「で、あなたは？」

「ほかのお嬢さんたちと同様に、セシリアにも結婚相手としての資格がないわけではない。それに少なくとも、ぼくにちやほやされたいとか愛の言葉をささやいてほしいとは思ってないところが有利な点かな。ぼくと彼女の結婚観は一致しているんですよ」

「商取引みたいなものだということ？　愛などいらなくて」

「結婚とは、普通はそういうものです。家と家との結びつきに愛は必要ない」

「未来の公爵にとってはそうかもしれません。でも、みんながそうとは限らないわ」

「あなたとご主人の場合は恋愛結婚だったんでしょうね」

マリアンヌはどきっとした。未亡人という自分の役割を度忘れしていたのだ。「主人と私の結婚がどういうものだったかは、あなたには関係のないことです」

「もちろんそうですが、だからといって、ぼくの知りたいと思う気持は抑えようがない」

「でしたら、知らないまま我慢していただくしかありませんわ。亡くなった夫の話はしたくないんです」

「なるほど。本当に亡くなったのかどうかすら言えないというわけですか？」

「えっ？　なんて失礼なことをおっしゃるんです！」マリアンヌは赤くなった。怒りゆえか、狼狽《ろうばい》のあまりかは自分でもわからなかった。

「まあまあ、そういきりたたないで。ぼくに対してはごまかす必要もないじゃありませんか。あなたが偽者だという事実を知っているのは、ぼくしかいない。正直言って、ぼくにはどうでもいいことです。ただし、あなたのお仲間がバッキーの家から金めのものをごっそりさらっていくのだけは、ぜひやめてもらいたいと思ってますがね。バックミンスター夫人が悲しむことでしょうから」

「馬でない限りは、あの奥さまはあまり気になさらないのではないかしら」マリアンヌは逆襲した。

ジャスティンは微笑する。「あたっているかもしれない。ところで、話がそれてしまった」

「話とは？」

「あなたについて知りたいんです――本当のあなたはどういう人なのか。ロザリンドのお母さんであり、並外れて美しく情熱的な女性でもある。しかし、ほかには何も知らない。コタ－ウッドというのがあなたの本名かどうかさえわからない。本名じゃないのではないかという気がする」

「こんな会話をしても無意味よ。だってもし私があなたの主張するような人間ならば、本当のことを言うはずがないでしょう」

「でも、嘘いつわりのない関係を結ぶのも悪くないと思うが」

「あなたが私とどういう関係を結びたいのか、よくわかっています。それのどこが嘘いつわりないといえるのかしらね」マリアンヌの口調は痛烈だった。

「そうかな？　おおかたの結婚よりもはるかに正直で本物の関係だと、折りにふれ思うのだが。少なくとも、純粋な情欲から生まれたものだから」

マリアンヌは蔑《さげす》みの視線をジャスティンに投げた。「男性の側からはそうかもしれないわ。言ってみれば、買い手ですからね。ものを売る人がみんなそうするように、売り手である女は男の耳に快い売りこみの口上を言うだけ」

「いてっ！　やられた」ジャスティンは笑った。「あなたは男をいっさい容赦しないんですね」

「容赦するもしないも、どうせあなたにとってすべての人間関係は取引なんでしょう。妻であれ、愛人であれ、そのときどきであなたが寵愛《ちょうあい》する夜のお相手であれ、みんな同じ。

お金で買うものなのよ。そうでしょう？　だったらなぜ温かい感情が返ってこないといって、たじろがなければならないんですか？」

ジャスティンはマリアンヌのほうへ上半身をかたむけてささやく。「あなたは温かい感情を秘めている。熱い情欲もじかに感じた。あなたがいくら否定しようとしても無駄です。ぼくは愛の言葉が欲しいとは言わない。あなたの内なる炎だけでいいんだ。それがぼくの求めている嘘いつわりのない真実なんです」

強い光を放つ金色の瞳がマリアンヌをとらえた。無意識にマリアンヌは、ジャスティンに身をよせていた。近づくと必ずそうなるように、血がたぎるのを感じた。こんなにも切なく焦がれるのは、この人が生まれて初めて。私の感覚をこれほどまでに目覚めさせ、揺さぶった男は一人もいない。熱烈に求めるとはどういうことか。単なる肉体の渇きにとどまらないこの激情とは何か。今、身をもって知らされる。ジャスティンと一緒にいると、まず憤りがあらわれ、続いてさらに熱く根源的な炎が燃えあがるのだった。

女性のかん高い笑い声が前の集団から聞こえてきた。マリアンヌは現実に引きもどされる。はっとしてジャスティンから離れ、表情が冷ややかに変わった。自らの愚かさに傷ついていた。

「嘘いつわりのない真実ですって？　その言葉の本当の意味をご存じなのかしら。あなたが求めているのは、バックミンスター卿から私を引き離すことじゃありませんか。私を愛人にしたい理由はそれだと、あなたはご自分ではっきりおっしゃったのよ」

「バックミンスター！」この数分間、バッキーのことなどまったく念頭になかったとは。ジャスティンは少々やましく感じた。なぜかマリアンヌの前では、理性がはたらかなくなってしまうきらいがある。「バックミンスターのことは話したくない。我々について語りたいんだ」

「語ることなんか何もないわ。〝我々〟って、なんのことやらさっぱりわかりません」

「そんなことはない。あなたさえ……」ジャスティンは急に口をつぐんだ。また言い争いを始めようとしている。それでは女性の心はつかめない。「悪かった。許してください。無理強いはしないと、あなたに約束していたのに」

二人はしばらく無言で馬を進めた。そのうちマリアンヌは、左手前方の低い丘に奇妙な木の建造物があるのに目を引かれた。「あれは何？」暗い入り口を指さしてたずねた。

「ああ、あれはホイール・セアラ。廃坑です――鉄だったか錫《すず》だったか、憶《おぼ》えていないが。このダートムアには鉱山が多いんですよ。もちろん、コーンウォールほどじゃないけど。このあたりでは中世の昔から採掘が行われていた。大半は今でも操業中だが、あの鉱山は数年前に掘るのをやめたんです」

「どうしてそういう名前なの？」

「ホイールというのは、古いコーンウォール語で鉱山という意味。どの鉱山にも女性の名前がつけられてるんです」

「なぜ?」

ジャスティンは肩をすくめ、マリアンヌに目くばせした。「たぶん、女性のように魅力的で危険だからでしょう」

「ああ、やっぱり。男の人が言いそうなことね」

ジャスティンは笑った。「このへん一帯がそうなんです。ぼくはケントの生まれだけど、荒野の魅力というのはよくわかるなあ。小川や、起伏する丘陵、目をみはるような峡谷や滝の美景。一方で、気味の悪い土地でもある。とりわけ霧にすっぽりつつまれたときなどは。顔の前に手をかざしても見えない。巨大な岩や高い台地がいきなりぬっと目の前にあらわれたりする。それから、いつなんどきずぶりと沼に足を取られないとも限らない」

「沼?」マリアンヌは目を丸くしている。

「ええ。草に隠れていっぱい沼があるんです。この土地には古代の神々の存在を感じさせるものがある。その頃の巨石の列や輪がいろいろ残っているでしょう? 古代人がここに暮らしていたんです。荒野にまつわる伝説がいっぱいあるのもふしぎではない」

「どんな伝説があるの?」

「たとえば、地獄の犬。ある貴族がいて――サー・リチャード・キャベルという悪人だった。その男が死んだとき、地獄から黒い犬が何匹も荒野を越えてやってきて墓に飛びかかり、歯をむいてうなったりかみついたりしたとか。これから行くライドフォード峡谷には、〝さらし首の丘〟と呼ばれている高い地点があって、見せしめのために絞首刑にした泥棒や異端者をそこに吊《つ》るしたそうです。その連中の幽霊が丘をさまよっていると言われている。中でも最も有名なのが、言わずと知れたハワード夫人」

「ハワード夫人って、どういう人？」

「邪悪な美人というところかな。四人の男を迷わせて結婚したあげくに、一人残らず殺してしまった。彼女は魔女だと言われて、縛り首にされた。不吉な夜には、ハワード夫人が骨でできた馬車を首のない馬に引かせて荒野を渡っていく。馬車のかたわらを地獄の黒犬が走るのが見えるんだって」

「怖がらせようとしてそんなお話をなさるんでしょう。悔しいけれど、作戦成功よ」マリアンヌはぶるっとふるえた。

ジャスティンは笑った。「だいじょうぶだって――夜の荒野に放《ほう》りだされでもしない限りは」

「気をつけるわ」

ライドフォード峡谷に着くまで、ジャスティンはマリアンヌにさまざまな景観を指し示し、二人の会話がはずんだ。深い谷は緑の草木や羊歯《しだ》類、西洋夏雪草の白い花で覆われていた。中央に、岩が点在する幅の狭いライド川が流れている。苔《こけ》むした平たい石を急流が洗う。両側に絶壁がそそりたち、あばたのように洞窟《どうくつ》が黒い口をあけている。ようやく一行は目的地のホワイト・レディ滝に到着した。三十メートルの高さから川の水が轟音《ごうおん》をたてて流れ落ち、白い水しぶきがきらめき散っている。

滝の近くに召使いたちが毛布を広げ、蓋《ふた》をした容器を並べて食事の支度をした。一行は楕円《だえん》の形のようにすわった。年配者の多くは平たい石に腰をおろし、若い人たちは川べりに陣どった。

サー・ジョージ・メリデイルが口を切ったので、マリアンヌはびっくりした。妻がひっきりなしにしゃべっているためか、このサー・ジョージの声はほとんど聞いたことがない。たまたまソフローニアの口が食べ物でふさがっているので、そのすきに発言したのかもしれない。

峡谷の絶壁を指して、サー・ジョージは話しだした。「以前ここに無法者の一家が住んでいたんです。このあたりではかなり恐れられていました。ガビンズという名前で、みんな立派な赤ひげを生やしていたんです。近くの村の農家から略奪したものをここに隠していた。いくつもある洞窟に住んでいたんです。潜伏するにも守備にも都合がいいですからね。捕まえるのに何年もかかった」

「この奥まで馬を乗り入れて、洞窟から彼らを追いだすのは容易じゃなかったでしょう」ジャスティンは、険しい崖《がけ》と川にはさまれた岩だらけの細い道に目をやる。

「ずっと昔の話です」バッキーが言った。

「でも、無法者たちがまたこのへんにいるという話よ」一同はびっくりして、バックミンスター夫人の顔を見る。夫人は笑って首を振った。「このライドフォード峡谷のことじゃないの。地元にという意味よ。隠れ家がどこにあるかは誰も知らないし、その追いはぎ団が何者かもわからないのよ。首領が上品な話し方をするので、〝紳士〟と呼ばれているんですって」

「まさか！」サーズトンが声をあげた。「泥棒風情が紳士と称するとはずうずうしい」

「自称してるかどうかはわからないのよ、アラン。物腰が優雅なので、そう呼んでいるだけなの。女性にたいへん礼儀正しいそうよ。ある婦人に、そんなに美しいのどから外すに忍びないから首飾りはちょうだいしませんと言ったんですって」

ヴァーストが鼻を鳴らした。「そりゃ、まゆつばものですね。どんな理由にせよ、泥棒がせっかくの略奪品をあきらめるとは考えられない」

「あなたはどうお思いになりますか？」ジャスティンがマリアンヌにたずねた。金色の目が笑っている。

「何についてですか、ランベス卿？」マリアンヌは動じることなく訊き返した。

「紳士と呼ばれる泥棒のことですよ。そんなことがありますかね？」

「私が存じあげている多くの殿方とまったく同じように紳士的なふるまいをする泥棒はい

ると思いますわ」何よ、そのあてつけがましい目つきは。マリアンヌは皮肉を返した。

男性連からどっと喚声がわいた。いつのまにかジャスティンの隣に陣どっていたセシリア・ウィンボーンが、いかにも親密そうに腕に手をかけて言った。「ジャスティン、ミセス・コターウッドをからかってはだめよ。あなたをご存じないんですから、どう解釈してよいのかおわかりにならないでしょうに」

黒い髪の女はマリアンヌを横目で見やった。私はジャスティンをよく知っているが、あなたなんか他人じゃない。これ見よがしにそう主張しているのだ。そんなことどうでもかまわない。別にジャスティンと親しくならなくてもいいのだ。いくらそう思っても、マリアンヌは応酬せずにはいられなかった。

「あら」マリアンヌはゆっくりほほえみ、ジャスティンの目をまっすぐ見た。「ランベス卿がおっしゃることをどう解釈すればよいか、私はよく存じておりますわ」

ジャスティンは白い歯を見せて微笑し、マリアンヌの目と目をからませる。ほかの人々はいないも同然の、二人だけが分かちあった濃密な瞬間だった。

セシリアは立ちあがった。「もう追いはぎのお話はやめましょう。恐ろしくなってくるわ。お散歩にでもまいりましょう。ジャスティン……」ざらついた声音だった。

男性たちも反射的に立った。ジャスティンはセシリアのほうを向く。「何？」

セシリアの灰色の目がいっそう険しくなった。「一緒に来てくださるかと思ってたけど」

「あ、そう。もちろん」

よそよそしく熱のない返事だったので、マリアンヌは唇をかんで笑いをこらえた。親しげにふるまっているにもかかわらず、セシリアはジャスティンの性格がよくわかっていないようだ。でなければ、ジャスティンの癇《かん》にさわるようなこういう態度はしないはずだ。女に指図されたり我がもの顔にふるまわれたりするのが好きな男は、まずいないだろう。とりわけジャスティンは、それを人並以上に嫌うのではないか。

儀礼的にジャスティンはセシリアに腕をさしのべはしたものの、その場の全員に呼びかけた。「食後の散策はいいものですよ。みんなで歩きませんか？　どうです？」

青年たちのほとんどがすぐさま賛成した。年配の人たちを残して年の若い男女が一塊になり、勢いよく流れる川に沿って歩きだした。地面は平らではなく、道とはいえないような道だった。花崗《かこう》岩や苔むした石がころがり、草木も生い茂っているので、足もとに注意を払いながら進まなくてはならなかった。

マリアンヌも足もとに目を落とし、若木をよけるために川のすぐそばのでこぼこした岩棚を渡っていた。片方の足を前に踏みだそうとしたちょうどそのとき、不意に後ろから腰のあたりを強く押された。あっと思う間もなく、流れの速い岩だらけの川に落ちていった。

10

川に落ちる！　恐怖で息が止まりそうだった。マリアンヌは両腕を広げた。片方の手が木の枝にふれる。必死で枝をつかんだ。片手で枝をしっかりにぎりしめたまま、川の上に上体をななめに突きだしたような格好になった。女の悲鳴が聞こえる。何人かが叫んだ。枝をつかんだ手がずるずると抜けそうになる。傾斜した角度が大きすぎて、体を起こすことができない。するとたくましい腕が腰に巻きつき、ぐっと引っぱりあげられた。すべてが瞬時の出来事だった。

目の前に、ジャスティンの青ざめた顔があった。怒気をはらんだ声が降ってきた。「なんと不注意な、いったい何をしてたんです？　気をつけて歩かないと、川に落ちて死んでたかもしれないじゃないか！」

ぶざまに気絶してしまうのではないかと、マリアンヌは恐れていた。けれども、ジャスティンにどなられて急にしゃきっとなった。「ちゃんと気をつけてました」

〝押された〟と口まで出かかったが、思いとどまった。ジャスティンの後ろから、いくつもの顔がのぞきこんでいた。驚きやら物見高さやらが入りまじった表情だった。誰かに押されたと言ったら、人のせいにしてと思われるだけかもしれない。それにしても、私を川に落とそうとしたのは誰？　なぜなのか？　もしあのまま落ちたとしても、たいへんなことになったかどうかはわからない。泳ぎは得意だし、川岸にいっぱいある草木や岩をつかめばなんとかはいだせたのではないか。だとすると、被害はせいぜいずぶ濡《ぬ》れになってみっともないことくらいだろう。

敵意のこもった灰色の目と目が合い、押したのはこの人ではないかとマリアンヌは思った。セシリア・ウィンボーンは私を嫌っているし、何事も自分の思いどおりにするたちの人のようだから。マリアンヌに恥をかかせて、ジャスティンには近づけないようにしてやろうという腹だったのかもしれない。ジャスティンは私を結婚相手として考えてはいないので、セシリアが張りあう必要もないのに。もっともセシリアは事実を知りようがないのだから仕方がない。

「私……足がすべったんです」マリアンヌは疑念を胸にしまっておくことにした。口に出しても信じてもらえないだろうし、物笑いの種にされるのがおちだ。セシリア・ウィンボーンに仕返しするなら、もっといい方法がある。

マリアンヌは小さなため息をついて、ジャスティンにぐったりよりかかった。ジャスティンはマリアンヌを抱きあげ、年配の人たちがいる場所まで運んだ。マリアンヌは頭をジャスティンの胸にもたせかけ、体温やにおいを心ゆくまで味わう。しばしのあいだだけでも、恋人同士のようなふりをしたかった。

一行が近づくと、バックミンスター夫人が驚きの声をあげた。ジャスティンはマリアンヌを毛布に寝かせる。マリアンヌは目をあけて、ジャスティンの顔を見あげた。眉間《みけん》にしわをよせ、にこりともしない。

「だいじょうぶ？」

マリアンヌはこっくりする。「ええ。ちょっと怖かっただけ」

厳しく張りつめたジャスティンの表情が少しゆるんだ。気つけ薬を持ってバックミンスター夫人やニコラ、ペネロピらがマリアンヌを取りかこみ、男たちを追い払った。

マリアンヌは起きあがり、ソフローニア・メリデイルが鼻先に突きつけたにおいのきつい瓶を軽く手で押しのけた。「本当にだいじょうぶです」

「いったいどうなさったの？」バックミンスター夫人が訊《き》いた。

ペネロピも心配そうに声をうわずらせた。「致命傷を負ってたかもしれないわ！」

「いえ、そんなこと。私は泳げるし――」

「でも、あの川の流れは勢いが強くて速いのよ。たちまち流されてたかもしれないわ――岩だらけだし！　軽かったとしても、骨折か何かする危険があったと思うわ」

マリアンヌは笑いかけた。「ペネロピ、そんなに心配しないで。ほら、どこも怪我《けが》してないでしょう」

それまで黙っていたニコラが口をひらいた。「ペネロピの言うとおりよ。危険な場所なの」青ざめた顔で、腕をしっかり組んでいる。

「私たち、帰ったほうがよさそうだわ。もう遠足気分にはなれないでしょう」バックミンスター夫人が言った。

「いえ、まさか、帰るなんて。それはおやめください。皆さんのせっかくのお楽しみを台なしにしては申し訳ないですもの」

女性たちの後ろにさがっていたジャスティンも同調した。「あなたは家に帰るべきだ」

声のほうに振り向くと、ジャスティンが怖い顔で立っている。マリアンヌはにらみ返した。「帰らなくてもだいじょうぶです。なんてことなかったんですもの。濡れたわけでもありませんし。ちょっと足をすべらせただけで、ランベス卿《きょう》のおかげで川に落ちずにすみました。事故というほどの事故でもなかったんですから」

実のところ、まだ神経が高ぶっている。川に落ちかかったときの恐怖感が消えないまま、人々と社交的な会話を交わさなくてはならないのは正直言って気が進まない。とはいえ自分のせいで、全員がこの涼しい峡谷でのすばらしいひとときを中断して帰るのはもっと意に反することだった。それに、ジャスティンの命令になどしたがいたくない。

ジャスティンが口をひらこうとしたとき、ニコラが静かに言った。「こうしたらいかがかしら？　私が喜んでミセス・コターウッドとご一緒に帰ります。そうすれば、皆さんも予定どおり夕方までここにいらっしゃれるでしょう」

「あ、それはいけませんわ」ソフローニア・メリデイルが異議をとなえる。「若いお嬢さんが二人きりで馬に乗って帰るわけにはいきません」

バックミンスター夫人は一瞬まごつき、それからあわててソフローニアに賛成した。

「そうね、おっしゃるとおりだわ」

「だったら、ぼくが同行します」ジャスティンの口調は断固としている。

負けずにバッキーも口を出した。「いや、それはぼくがすべきことです」

ニコラがため息をついた。「私たちは別に付き添っていただかなくてもだいじょうぶなんですけれど、どうしてもということならば、召使いの荷馬車と一緒に帰ることにいたします。それなら皆さんも安心してくださるでしょう」

この解決法には全員が満足した。ただしバッキーが、荷馬車を停《と》めた峡谷の端までは送っていくと言って聞かなかった。召使いたちが荷物を積みこんでいるところまで一緒に馬を並べてきたバッキーは、なごり惜しげに二人に手を振りながら引き返していった。

ニコラがマリアンヌにこぼした。「まったくもう、ときどきわっと叫びだしたくなりません？　みんなでよってたかって大げさに甘やかすんだから」

マリアンヌは黙ってうなずくしかなかった。自分にはほとんどそういう経験がないので、ぴんとこない。だが、上流階級の娘として育つ煩わしさというものがだんだんわかってきたような気がする。「未婚の女性に比べれば、未亡人のほうがずっと楽だとは思います」

「あのう、召使いたちと一緒に帰るのがご迷惑でなければいいけど」ニコラが気を遣って言った。「でも、この方法しか思いつかなかったの。さもないと、誰が私たちに付き添っていくかで、男の人たちが際限なくもめるでしょう」

「ちっとも迷惑なんかじゃありません。賢明な方法だと思ったわ。私の馬は荷馬車と速度が変わらないからいいけど、あなたこそわざとのろのろ走らなくてはならなくてやりにくいでしょう。ごめんなさいね、私のためにせっかくの午後が台なしになってしまって。一緒に来てくださって、本当にありがとうございます」

ニコラはかぶりを振った。「心配なさらないで。打ち明けて言うと、ほっとしたの。そもそも峡谷に行くべきじゃなかったんですもの」

マリアンヌは驚いてニコラの顔を見た。表情がこわばり、美しい目には苦悩の色があらわになっている。毛布に寝かされたときの、蒼白《そうはく》なニコラの顔色を思いだした。「あなた、だいじょうぶ？　気持が悪いのでは？」

ニコラは首を横に振った。「いいえ、精神的なものなの。私……ライドフォード峡谷には強烈な思い出があるんです。ずっと昔のことなので、もう克服できたと思っていたけれど、やっぱり難しかった。頭ではなくて心の声にしたがって、アデレード叔母さまに私は行けないと言えばよかったと後悔してるの」

ニコラの過去に何があったのだろう？　なぜライドフォード峡谷に行きたくなかったのか。理由を訊きたかったけれど、マリアンヌはやっと我慢した。もっと話してくれるのではないかと期待したが、ニコラはそれ以上は語ろうとしなかった。代わりに、荷馬車のまわりで立ちはたらいている召使いたちに力なくほほえみかけた。

従僕の一人が満面の笑みとともにニコラに話しかけた。「ミス・ニコラ、ようこそお帰りになりました。お久しぶりです」

「ありがとう、ジム」ニコラは微笑を返した。ほかの従僕や召使いも口々に歓迎の挨拶《あいさつ》をする。「本当にしばらくぶりね。私、この土地がとっても懐かしいわ。妹さんはどうしていらっしゃる？　アデレード叔母さまの話だと、元気な坊やが生まれたんですってね」

「そうなんですよ。妹たち夫婦の自慢の赤ん坊でしてね。お嬢さまがここにいらっしゃるあいだに赤ん坊の顔を見てやってくだされば、妹が喜びます」

「必ず行くわ。実は明日、叔母さまと一緒に馬で何軒かの農家にうかがうつもりでいるの。そのときアニーにも会いたいと思ってますよ」

ニコラと従僕のやりとりを、マリアンヌは驚いて眺めていた。クォーターメイン家では、主人と使用人とのあいだに友好的な交流はまったくなかった。主従の関係はあくまでよそよそしく、親愛の情が入りこむ余地もなかった——マリアンヌが長男に誘惑されたことは別として。実際、レディ・クォーターメインが召使いの名前を全部憶《おぼ》えていたかどうかも疑わしい。まして、従僕の妹の出産を知っていたり、彼女の家に訪ねていったりするなどは考えられない。マリアンヌたち召使いのほうでも、旅行から帰ってきたレディ・クォーターメインを温かく迎えたり、家族の様子について報告したりしようとも思わなかった。

ニコラは振り返って、マリアンヌの視線をとらえる。馬の向きを変えて荷馬車の前に回りながら、あとに続くマリアンヌにたずねた。「うちではたらいている人たちに私が親しくしすぎていると思ってらっしゃるんじゃない？」

「え？」意表を突かれて、マリアンヌはびっくりした。

「私は召使いたちにもっと距離をおくべきだとお思いになる？　母はそういう考え方だったの。私みたいな態度では、主人に対する敬意をなくしてしまうだろうと言ってたわ」

「そんなことはないと思います」マリアンヌは即座に本心をひれきした。「私もうちの家政婦ととても親しくしてますもの」

「ほんと？」我が意を得たりというふうに、ニコラはにっこりした。「私はね、使用人部屋にいるほうがくつろげたの。小さいときによく家庭教師の目を盗んで、厨房《ちゅうぼう》におりていったものよ。そこのほうがずっと居心地いいと思ったの。料理係が私に薬草の使い方を教えてくれたわ――お料理の味つけにするだけじゃなくて、病気の治療にも使えるのよ。具合が悪いときは、家中のみんなが料理係のおばさんのところに行くの。おばさんが薬を調合するのが面白くて、私はしつこくせがんでつくり方を教えてもらったの」

ニコラは苦笑いしながら話しつづける。

「これも母は気に入らなくて、身分が低い人のようなことをしてはいけないと言われたわ。でもローズおばあさんが亡くなってからは、うちの使用人や近所の人たちも私のところに薬を調合してもらいに来るようになったの」

「ローズおばあさん？」

「ええ」悲しそうにニコラはうなずく。「ここから遠くない荒野に住んでいたおばあさんよ。このあたり一帯で治療師として有名だったの。母と私がバッキーのお屋敷に移ってきた頃《ころ》、そのおばあさんの噂《うわさ》を聞いて会いに行ったの。うちの料理係のおばさんよりもずっと腕が上で、私はいろんなことを教わった。お医者さまよりもうまく病気を治せるの。私もよ」ニコラはちょっぴり得意そうだった。

「すばらしいことね」マリアンヌは感心した。ニコラのように身分が高くて美しい令嬢が、これほど温かく、堅実な女性になれるものだろうか。「あなたのような方にお目にかかるのは初めてよ」

ニコラはくすくす笑った。「ほめてくださったと思うことにしようっと」

「もちろんほめてるのよ。私、いいところの女の人はその種のことに関心がないのだと思ってたの。まして、そういう人たちのことを心配するとは――」

「あなたのおっしゃってるのは、使用人や小作人のこと？　そう、そのとおりよ」ニコラは口もとをきっと引きしめた。「家柄のいい女の人たちはだいたいは鈍感で、自分のことばかりに気を取られてるの。あ、またこんな話を始めちゃった。アデレード叔母さまでさえ、私の考え方には肝をつぶすのよ。私は度が過ぎた平等主義者だって。貧しい人々や虐げられた人たちに私が同情すると、心優しいペネロピは共感してくれるわ。貧民窟《くつ》の暮しのみじめさを見たら、泣かずにいられないわよ！　でもね、そのペネロピでも私の過激な思想には賛成してくれるかどうか」

「たとえば、どんな考え方？」

ニコラはマリアンヌの顔をのぞきこんだ。「あなた、本当に聞きたい？　衝撃のあまり気絶してしまうのじゃないかしら？」

マリアンヌは微笑する。「だいじょうぶ。私はそう簡単に気絶したりしないから」

「本当かな？　たとえば、貴族だというだけで爵位のない人よりも偉いなんて、根拠がないと私は思ってるの。むしろ劣っている場合だってよくあるわ。先祖が十一世紀のノルマン人の征服までさかのぼれる家系だといっても、それがなんなのと言いたいの。誰だって祖先はもっとずっと古いに決まってるじゃありませんか。先祖の名前がすべて記録されてるのがどうしてそんなに重要なの？　人が高潔だとか勇気があるとか頭がいいとかは、その人自身の属性であり、どんなふうに育てられたかによるものでしょう。血統がいいなんて関係ないのよ。アメリカ人がいい例だと思うわ。フランス人もそう。ただし、やり方がひどかったけど」

ニコラはいったん口をつぐみ、マリアンヌをちらと見た。

「ほうら、やっぱり衝撃を受けたのでしょう」

「ううん、違うわ。あ、びっくりしたのは確かよ。でも、悪い意味でじゃないの。私もあなたの考えに大賛成だから」

「それ、本気？」

「ええ、本気よ。ただ、そういう意見を貴族のあなたの口から聞いたことにびっくりしただけ」

ニコラはけげんそうに言った。「あなたは貴族ではないようなおっしゃり方をなさるのね」

しまったとマリアンヌは思う。内心あわてて、ほほえんでみせた。「だって、うちはあなたやペネロピのような立派な家柄ではないですもの。先祖に爵位のある人もいなくて、田舎の地主というだけよ」

ニコラはこともなげに手を振った。「あなたのお父さまが男爵ではなく地主であろうが牧師であろうが、あなたと私は同じ階級に属するの。ご家族が商人だとか、そんなことあり得ないにしても奉公人だったりするのとは大違いよ。召使いにかしずかれて育つのではなくて、幼いときから掃除や洗濯をしなければならないとしたらどうなるとお思い？　教育はもとより衣食住に困る暮らしは生まれながらに決まっていて、それというのも上流の人間より劣っているからだと――」ニコラは首をすくめた。「また脱線しちゃった。ごめんなさい。自分が興味のある話題になると、お説教みたいになって」

「いいえ、もっと聞かせて。あなたのお話に感動してるの」

馬に揺られながら、二人はほかにもいろいろ話をした。ニコラはロンドンで慈善活動もしているという。バックミンスター邸に着く頃には、マリアンヌの気持も落ちつき、二人はいっそう親しい仲になれた。

けれども自分の部屋に行くために階段をのぼりながら、マリアンヌは胸が痛むのをおぼえた。せっかく仲良しになっても、ニコラとの友情が続くことはないだろう。友達になれば、互いの家を訪ねあうものだ。バッキーとは違って、ニコラはジャスティンと同じように、マリアンヌの〝家族〟が変であることにたちまち気づくだろう。とにかく他人に怪しまれるのだけは避けなければならない。盗人という自分の仕事が仕事だから、被害者になる人たちと友達づきあいするわけにはいかないのだ。〝被害者〟という言葉を初めて思い浮かべ、マリアンヌの心は沈んだ。

疲れと憂鬱《ゆううつ》に襲われ、マリアンヌは晩餐《ばんさん》の時刻になっても階下へおりずに、食事を部屋に運んでもらった。夕方、ペネロピが扉をノックしたが、寝たふりをして返事しなかった。

こんな心理状態では気だてのいいペネロピと顔を合わせられないと思った。何かほかに選択の道があるだろうかと、床に伏せて考えあぐねた。だが何一つ思いつかぬまま、いつしか眠りに落ちていった。

翌朝起きたときは、前の晩よりは元気になっていた。マリアンヌがおりていくと、食堂には婦人が二人しかいなかった。ソフローニア・メリデイルがさっそくマリアンヌに説明する。バックミンスター夫人はニコラとペネロピを伴って、小作人に会いに行った。バッキーとソフローニアの夫も含めた男性のほとんどは、フィングル橋の近くのテイン川に釣りに出かけたと。

ソフローニア・メリデイルとサーズトン夫人につきあって、退屈な一日を過ごすことになったらたいへんだ。たぶんこの二人は家から外に出ないのではないか。マリアンヌはさっさと朝食をすませ、庭園に歩きに出た。サーズトン夫人は野外が好きではないらしく、前日の遠乗りにも参加しなかった。ソフローニアもおそらく、屋内でサーズトン夫人を相手にえんえんとおしゃべりするほうを選ぶだろう。

いくらも歩かないうちに、マリアンヌはアラン・サーズトンの秘書にばったり会った。フュークェイはベンチに腰をおろし、ゆるやかに傾斜した芝生と、その先に広がる湖や陸の景色に見入っていた。マリアンヌが近づくと、ベンチからぱっと立ちあがった。

「ミセス・コターウッド！　お目にかかれて嬉《うれ》しいです。どうぞ、おかけください」

失礼にならずに断る口実を思いつかぬまま、マリアンヌはやむなく隣に腰をおろした。

「ミスター・フュークェイは皆さんと一緒に釣りにいらっしゃらなかったんですか？」

「私は釣りの愛好者ではないんですよ」サーズトンの秘書は微笑した。どちらかというと陰気な長い顔が明るくなった。「狐《きつね》狩りについても、同じなんです。それと、いくつか用事を片づけなくてはならないので――手紙やら何やら」

「こういう社交的な集まりにも秘書の方を同伴されるとなると、ミスター・サーズトンはさぞお忙しい方なのでしょうね」

フュークェイは、否定なのか肯定なのか定かでないそぶりで手を振った。「二、三の懸案事項がありましてね。なにしろ、ミスター・サーズトンは直前になってからここに来ることを決めたものですから。バックミンスター卿と特に親しいわけではないんです。まあ、仕事は少しあるにしても、私を遊ばせてやろうという親切心から、ここに連れてきてくれたのだと思います」

この秘書についてウェスターストンから聞いた話を、マリアンヌは思いだした。家柄はサーズトンに劣らずいいのに、財力のないフュークェイは社会的な地位はどっちつかずなのだという。貴族として暮らすほどの余裕はなく、生計のためにはたらかなくてはならない。かといって、教師や執事などの仕事につくには身分が高すぎる。それゆえに、上流階級とも下々の者ともつきあうことができない。したがって貴族の田舎の屋敷に一週間も滞在すれば、世が世ならばフュークェイが享受していたであろう貴族社会の特典をいっときでも楽しめることになる。

「ミスター・サーズトンはいい方なんですね」

「ええ、とても。奥さまもいい方なんです。ミスター・サーズトンは偉大な政治家になれる器だと、私は思っています」

「でしたら、当選なさるといいですね」

「ええ、そう願っております。ところで、ミセス・コターウッド、庭を一回りしてみませんか？　歩くのに気持のいい朝ですから」

マリアンヌは承諾した。フュークェイと散歩するほうが、ソフローニア・メリデイルのおしゃべりにつきあわされるよりはずっと気分がいいだろう。だが歩きだして間もなく、砂利を踏む足音が後ろから聞こえた。二人が振り返ると、足音の主はジャスティンだった。

「こんにちは。お二人が散歩しているのが見えたので、ぼくもご一緒しようかと思いました」ジャスティンはにこにこして話しかけた。フュークェイとしては、断りようもない。

マリアンヌは渋い顔をした。「ランベス卿も男の方たちと一緒に釣りにいらしたと思ってましたわ」

ジャスティンは肩をすくめる。「ほかにすることがあるので行きませんでした」

「そう？」

「ええ」ジャスティンは謎《なぞ》めいた微笑をマリアンヌに返しただけで説明しようとはせずに、フュークェイに話しかけた。「昨日のライドフォード峡谷への遠乗りはお気に召しましたか？」

「はい。ダートムアにはめったに来ないものですから、あの峡谷も初めてでした」

三人はぶらぶら歩きだし、ジャスティンが滝や荒野などについてとりとめのない話を続けた。やがてフュークェイは、仕事があるからと言って家にもどっていった。

「もしかして、ぼくが追い払ってしまったようなものかな？」さも悪気はなさそうに、ジャスティンが言った。

「あなたのおしゃべりがつまらなかったからでしょう」

「ふーん。それよりも、あなたと二人きりになりたかったんじゃないか」ジャスティンはにやっとする。「ぼくがいつまでもあなたのそばから離れようとしないので、いったん退いて次の機会をねらうつもりだと思う」

マリアンヌは切り返した。「ミスター・フュークェイが私に関心があるとおっしゃりたいなら、それはあなたの思い違いですよ」

「これはこれは、ミセス・コターウッド、この集まりに来ている男どもは残らずあなたに関心があるのをご存じでしょうに。無関心なのがいるとしたら男じゃない」

「まあ、ランベス卿、お世辞がお上手ですこと。でも――」

　ジャスティンがさえぎった。「いいかげんにランベス卿だのミロードだのはやめて、ジャスティンと呼んでくださるわけにはいきませんか？」

「それでは、あまりにはしたないでしょう」

「ミセス・コターウッド……マリアンヌ……」

「それも同じことですわ。私とあなたは、名前で呼びあうほど親しい仲ではありませんもの」

「だったら、ほかの人がいるところではよしましょう。だけど、二人きりのときはそうしても悪くないと思うが」

「そもそも二人きりになるのも、はしたないことなのよ」

「社交界のしきたりだの礼儀だのはどうだっていいじゃないか」

「あなたは簡単におっしゃるけれど、女はそうもいかないわ」

「あなたは必ずぼくに逆らうんだから」

「自分のために用心しているだけです。私のような立場の女はそうせざるを得ないのよ」

　ジャスティンは、マリアンヌの手を取って引きとめた。「言いあいはやめませんか？　ぼくは、あなたと話がしたいんです」

「どんなお話？」

「特にどんなということじゃなくて、なんでも。難しいことをお願いしてるんじゃありません。あなたと一緒にしばしの時間を過ごしたいだけなんです」ジャスティンはマリアンヌのもう一方の手もにぎり、上から顔をのぞきこんだ。「料理係に頼んで、お弁当をつくらせました。湖をボートで渡って、あずまやに行こうと思うんです。あずまやはごらんになりましたか？」

マリアンヌはかぶりを振った。

「なかなかいいあずまやですよ。今日はほとんど誰もいないし、抜けだすのに絶好の機会じゃありませんか」

「私を誘惑するのに絶好の機会という意味でしょう？」

ジャスティンは微笑した。「ずいぶん疑い深い人だなあ。あなたがいやがることは決してしないと約束したら、来てくれますか？」心臓に手をあてるしぐさがあまりに芝居がかっているので、マリアンヌはつい顔をほころばせる。「何に誓ってと言えばいいですか？イギリスの男の名誉にかけてがいい？　それとも、紳士として？」

「何に誓えばあなたが約束を守るかどうか、私には知りようがないわ」

「今までぼくが、あなたをだますようなことをしましたか？　ぼくは自分の考えや気持をあなたに率直に話してきたつもりだけど、そうじゃなかったのだろうか？」

マリアンヌはしばし考えた。「そうね、あなたがたいへん率直だったことは認めます」

「あなたに嘘《うそ》をつかなくてはならないことなんかあるだろうか？　ぼくがあなたを求めていることは隠さずに話している」ジャスティンのまなざしが熱くなる。それに反応して早くも、マリアンヌは体のうずきをおぼえた。「バックミンスターと親しくなってほしくないことも、あなたはすでに知っている。欲しいと思っている。だが、あなたには無理強いしないと約束した。あなたもその気になってから、あなたにふれたり口説いたりはしないとまでは言えない。だけど少なくとも、あなたがぼくにしてほしくないことはやらないつもりだ」

マリアンヌはためらっている。ジャスティンはほほえんだ。

「あなたが恐れているのは、ぼくが何をするかではなくて、あなた自身がすることじゃないのか？　もしかしてあなたは、ぼくを誘惑しないとは約束できないので迷っているのかもしれない」

「まあ、失礼な！」ジャスティンの自信たっぷりな態度が癇《かん》にさわった。「そんなこと、絶対にあり得ないわ」

「それならなぜ、ぼくと一緒にあずまやに行くことを怖がってるの？」

「怖がってなんかいないわ。いついらっしゃるの？」

「厨房にお弁当を取りに行ってからすぐ。庭園の端にある桟橋から、ボートで行きましょう」

「わかりました。では、桟橋で」

マリアンヌはボートのへりの向こうの静かな湖面に目を落とし、手を伸ばしてゆっくり水をすくう。ジャスティンがお弁当のバスケットを手に小さな桟橋までやってくるのに時間はかからなかった。帽子とパラソルを取りに行ったマリアンヌが桟橋に着いたときは、ジャスティンはそこで待っていた。小型ボートにバスケットを積んでからマリアンヌに手を貸して乗り移らせ、綱をほどいてすべるように漕《こ》ぎだした。

向かいあわせにすわっているジャスティンに、マリアンヌは視線をもどす。ジャスティンは上着と首に巻くクラヴァットをたたんで足もとにおき、シャツのいちばん上のボタンを外して袖《そで》をまくりあげている。襟もとからのぞいたV字形の肌や、引きしまった首筋にひとりでに目がいくのをマリアンヌは抑えることができなかった。オールを手前に引くたびに小麦色に日焼けした腕の筋肉がさざ波のように動くのが、薄手のシャツごしに見える。マリアンヌは腹部が熱くなるのを感じた。ジャスティンが何もしなくても、こうして見ているだけでたまらない刺激をおぼえるのだった。

マリアンヌは目をそらして、湖の青い水面や、かなたの白いあずまやを眺めた。凝った彫刻をほどこした装飾の多い建物は、まるでウェディング・ケーキみたい。視線をそちらにあててはいるものの、目に浮かぶのはジャスティンの襟からのぞいた弾力性のある素肌だった。規則正しい脈拍や、流れ落ちる汗のしずくがのどのくぼみにたまって光っているさまを思い描かずにはいられない。やはり来るべきではなかったのではないか。無理強いしないというジャスティンの言葉を信じるにしても、自分自身があてにならなかったらどうしよう？

マリアンヌはジャスティンをちらと見る。私がこんなことを考えているのを悟られなければいいが。ジャスティンは意味ありげなほほえみを浮かべる。もしかしたら、もう見抜かれているのかもしれない。マリアンヌは落ちつきなく目をさまよわせ、話の糸口を探した。

「あずまやがあんなところにあるのは、不便じゃないかしら。わざわざボートを漕いでいかなくてはならないなんて」

「庭から行く道もあるにはあるけれど、ボートのほうが時間がかからないんです。離れた場所にあるのも魅力の一つだと思う。あのあずまやを建てた当時のバックミンスター卿の目的は、夫人から逃げることだったんでしょう」

「それって、愛人との密会に使ったという意味？　そのために建てたの？」

「いや、そういう身持ちの悪い人物ではなかったと思う。なんでもバッキーの話だと、夫人はガラスが割れるほどの声を出すじゃじゃ馬だったらしい。屋敷中の人間が夫人におびえていたそうです。四代バックミンスター卿とその子息は、静かなあずまやに来て本を読んでいたとか。ところがバッキーのお祖父《じい》さんである六代目は道楽者で、あずまやをどう使っていたかはわかったもんじゃないという話ですよ。一族の歴史からその六代目を抹殺したいくらいなんじゃないかな」

マリアンヌは笑った。

「そのほうがいい」

「え？」

「あなたの笑顔です。疑っているしかめっ面よりも」

「しかめっ面なんかしてません」

ジャスティンは眉をつりあげただけで、手を休めずにボートを漕ぎつづけている。またしてもマリアンヌの視線は、オールをにぎる大きな力強い手に惹《ひ》きつけられてしまう。そういえば、昨日の遠乗りでも手袋をはめていなかった。素手ではたこができるのではないかしら？　そういうざらざらした手でふれられたら、どんな感じがするのだろう？

ももの内側が火照りだし、マリアンヌは顔を赤らめた。どういうわけで、急に私はこんなにもみだらな女になってしまったのだろうか？

やがて、ボートはあずまやの前の岸に着いた。ジャスティンは浅瀬におりて、ボートを浜に引きあげた。それからいきなり、マリアンヌを腕に抱える。

マリアンヌはきゃっと叫んだ。「何なさるの？　おろして」

ジャスティンの体のぬくもりにつつまれ、心臓の鼓動が胸に伝わってくる。顔が目の前にあった。

「心配しないで。あなたを襲ったりしないから。地面が泥んこなのでこうしただけ」

小高いところまで行って、ジャスティンはマリアンヌをおろした。マリアンヌはスカートの乱れを直しながら、息をはずませていた。ジャスティンは料理係が用意した大きなバスケットをボートに取りに行って、白いあずまやに運んだ。マリアンヌもあとに続く。

あずまやは円筒形の建物で、細長い板をつないだよろい窓でかこまれている。ジャスティンがすべての窓をあけると、内部が明るくなって風通しがよくなった。湖や向こう岸の庭園や館《やかた》、まわりの青々とした草地や林が一望のもとに見渡せる。格子状の垣根に咲いた薔薇《ばら》の甘い香りがあたりに漂っていた。

「すてき！」マリアンヌはあずまやの中を一周して、窓から見える景色に歓声をあげた。満開の薔薇のなんとかぐわしいこと。芳香をいっぱい吸いこんだ。

「居心地がよくもある」ジャスティンは、窓の下の腰掛けを指さした。クッションを敷いた腰掛けは内部の壁に沿ってぐるりとつくりつけられている。

「ええ」マリアンヌは腰掛けの端にすわって、両手をひざにのせた。

マリアンヌにとっては、居心地がいいどころではなかった。ここには誘惑にうってつけの道具立てがそろっている。湖から吹いてくるさわやかなそよ風。濃厚な花の香り。お尻な気がする。約束したにもかかわらず、ジャスティンはキスをしだしそうな気がする。力ずくで唇をうばうようなことはしないだろうし、やめてと言えばやめるのではないか。口づけをされたくないというわけでもない。それよりもむしろ、そんなことになればいいと胸の奥で大いに期待しているのだ。といって、それを許すことはできない。板ばさみになるのが怖かった。

「帽子を取ってあげる」あごの下で結んだ帽子のリボンに、ジャスティンが手を伸ばした。

マリアンヌはびくっとする。

「かぶったままでいなくてもいいでしょう。帽子のほかもぬいでと言ったりはしないから安心して」

マリアンヌは苦笑して、リボンをほどいた。ジャスティンが帽子をテーブルのバスケットのわきにおいた。

「そんなに警戒しなくてもいいよ。ここにすわって景色を眺めながら、あなたと話をしたいだけだから」

言葉どおりに、ジャスティンはマリアンヌの隣に腰をおろした。マリアンヌの顔と窓外の湖が同時に視界に入るようなすわり方をした。

「どんなお話をなさりたいとお思いになったんですか？」マリアンヌは取り澄ました口調で訊いた。

「思いつくままなんでも。あらかじめ決めてなんかいません」

「でしたら、あなたについて聞きたいわ。あなたは私についてあまりご存じないとおっしゃるけれど、私はもっとあなたのことを知らないのよ」

「わかった。予告しておくけど、ぼくの来し方はどっちかといえば平凡ですよ。ケントに生まれ育ち、これといって目立ったところのない子どもだった。イートンとオクスフォードを出た。この数年はロンドンでのんびりやってます。責任をほったらかしにしてと、母に言われている。母が言いたいのは、結婚して跡継ぎをつくれという意味だと思う。しかし、別に急ぐこともないというのがぼくの気持です」

「あなたという方はそれだけじゃないと思うわ。今おっしゃったことは、ロンドン中の紳士の半数にあてはまるんじゃないかしら」

「たぶんね」

「でも、あなたはその人たちと同じではないじゃありませんか。バッキーやミスター・ウエスタートン、チェスフィールド卿とは違いますもの」

「そう？　どこが違うんだろう？」

マリアンヌはためらう。その人たちに身心を乱されたりしないからとは、まさか言えやしない。言葉を探しながら、ゆっくり答えた。「あなたには、ほかの人たちにはないある種の力があると思うの。なんと言ったらいいか……危険な雰囲気みたいなもの」

してる」

「危険だって？」ジャスティンは笑った。「ミセス・コターウッド、あなたはぼくを誤解してる」

「いえ、そうは思わないわ。裏切ったらおしまいという感じ」

「なんだかいかにも恐ろしげに聞こえる」

マリアンヌは肩をすくめた。「あなたには……用心しなくてはいけないの。あのパーティで私の行動に気づいたのは、あなただけだったでしょう。私のあとをつけてきたのは、あなた以外には誰もいなかったわ」

ジャスティンは、しばらくのあいだマリアンヌを見つめていた。「たぶんそれは、ぼくほどあなたに魅了された人間はいなかったからじゃないかな」どきっとするようなジャスティンの目の光だった。

「そういうことじゃないと思うの」

「だとすれば、退屈を嫌うぼくの癖のせいだろうか。好奇心というものが、ぼくのおちいりやすい罪悪の一つなんです。美しい女性があなたのような行動をしているのに気がつくと、突きとめずにはいられなくなる」

「私のことを泥棒だと思ったとき、あなたはなぜ大声で人を呼んだりなさらなかったんですか？」

ジャスティンは、マリアンヌのほうに身をかたむけた。「ありていにいえば、バターズリー卿の貴重品の心配をするよりも、あなたに興味をそそられた度合いのほうがずっと大きかったということですよ」

「どうして？」

「なぜかというと、あなたがたいへん変わっているように見えたから。人でも物でも、ぼくは普通じゃないのが好みなんです。あなたは、ぼくがどういう人物か知らなかったらしいし、気にしてないように見えた。ぼくをものともしない女性に……想像を刺激されたんです」

「なるほど。ただしその場合、いったん好奇心が満たされるか抑えられてしまえば、もはや面白くもなんともなくなるものでしょう」マリアンヌは向きを変え、立とうとした。

ジャスティンは立ってマリアンヌの肩に手をおき、自分のほうに向かせた。「あなたのような人に対する好奇心を抑えられるかどうか。ぼくにはわからない」

マリアンヌはジャスティンの顔を見あげた。心臓がただならぬ音をたてはじめる。手のあたっている肩が熱くなった。マリアンヌから視線を離さず、ジャスティンは親指をゆっくり動かした。うるんだまなざしと口もとの様子から、ジャスティンが唇を重ねたがっているのがわかった。困ったことには、マリアンヌも接吻《せっぷん》を心待ちにしていた。

「だめ。約束なさったじゃない」マリアンヌはかぼそい声で制した。

「無理強いはしないと約束した。それと、あなたがしてほしくないことはしないとも言った」言外の意味は明らかだった。「初めてあなたを見かけたときから、ずっと欲しかった。パーティであなたが何をしているか、あなたとあなたの〝家族〟がこれまでどのくらいの財宝をうばったのか、ぼくにとってはどうでもいいことなんです。白状すれば、たった今はあなたがバッキーを巧妙な罠《わな》にかけようとしてもかまわないとさえ思っている」ジャスティンの目が熱っぽく輝き、声はかすれていた。「あなたにキスをしたい。その燃えるような髪をおろして、ぼくの両手にあふれさせたい。あなたの肌にふれたい。望みはそれだけです」

言い終わらないうちにジャスティンは人さし指をマリアンヌの頬にあて、軽くすべらせてあごの輪郭をなぞった。マリアンヌはふれられているところが熱く、ジャスティンの指がおののくのを感じた。息をのむほどの刺激だった。これこそ私が恐れていたこと。ほんの少しジャスティンにふれられただけで、たちまち反応してしまう自分が怖い。

「ランベス卿……」マリアンヌの声がふるえていた。こぶしをしっかりにぎりしめる。ジャスティンに逆らうためではない。そうしていないと、自分の手がひとりでに動いてジャスティンの胸にすがりついてしまいそうだからだ。

「ジャスティン」ジャスティンは顔を近づけた。「ジャスティンと呼んでください。あなたがぼくの名前を口にするのを聞きたい」

「ジャスティン」ジャスティンと目を合わせようとして、マリアンヌは顔をあおむけにする。それが間違いのもとだった。欲情があらわになった金色の瞳に見つめられただけで、マリアンヌはたちまち抵抗できなくなってしまう。

ため息ともうなり声ともつかぬ音がジャスティンののどからもれた。ジャスティンは両手でマリアンヌの頬をはさみ、かがんで口をふさいだ。強烈なふるえが体を走り、マリアンヌは見さかいもなくジャスティンにしがみついた。小さくうめいて口づけにこたえ、指はジャスティンのシャツをにぎりしめる。そうでもしていなければ、倒れてしまいそうだった。

11

ジャスティンは腕を巻きつけ、引っぱりあげるようにマリアンヌを抱えた。二人はひしと抱きあう。互いに相手の情熱にかきたてられ、ますます燃えあがっていく。ジャスティンは手をマリアンヌの背中から腰へさまよわせ、てのひらを丸い臀部《でんぶ》にかぶせて骨盤を自分の腹に押しつけた。下腹の火照りがマリアンヌの理性をうばった。どこもかしこもジャスティンにさわってほしい。それも衣服ごしにではなく、じかにふれられたかった。ジャスティンは唇をむさぼると同時に、跡がつくほど指をマリアンヌの肌に食いこませる。

口づけは首筋に移った。のどの奥でうめきつつ、ジャスティンはマリアンヌを抱えあげ、クッションを敷いた腰掛けに寝かせる。自分はかたわらにひざをつき、マリアンヌの胸に唇をつけた。片方の手を柔らかいふくらみにあてがい、親指で乳首をなでるとたちまち硬くなる。マリアンヌは両脚をしっかり閉じあわせ、体の奥深くのうずきをこらえた。

服の襟もとからジャスティンが手をさしこんでしっとり盛りあがった胸をたどり、つんと上を向いた先端を探しあてた。じれったそうに服の布地を押しさげ、白い乳房の片方をあらわにする。しばしのあいだじっと見つめ、指で濃い桃色の乳首のまわりに円を描いた。それからかがんで舌の先をあて、ゆっくりなめはじめた。巧みに舌でなぶると、マリアンヌは泣き声のような音をもらして体を弓なりに持ちあげる。こらえきれないほど、もものあいだが熱い。ジャスティンは乳首を口に含んで吸った。快感がマリアンヌの下半身を走った。

もはやマリアンヌはじっとしていられなかった。けだるくて、しかも物狂おしかった。もどかしさのあまり、叫びだしそうだった。そのくせ、ゆったりしたジャスティンの口と舌の動きがいつまでも続けばいいと願っていた。両手をジャスティンの背中から肩へすべらせ、さらに指を髪にさし入れる。新たな感覚に打ちふるえるたびに、指をぎゅっとにぎりしめた。

マリアンヌの服のボタンをジャスティンが外して、薄地のシュミーズと一緒にぐっと引きさげた。胸のふくらみが両方ともむきだしになる。ジャスティンは唇で乳房を味わう一方で、片手をスカートの下にすべりこませた。へだてるものといえば、薄い綿の下着しかない。マリアンヌはあえぎ、ジャスティンの背中に爪を立てる。

ジャスティンの手は優しくマリアンヌの脚を割り、少しずつ上に移動する。口と手指を同時に使われて、マリアンヌはおののいた。声音はすすり泣きに近い。指の先が熱く湿った中心を探りあてる。マリアンヌはうめき、身もだえした。下ばきの上からさすられると、しとどに濡《ぬ》れていくのがわかる。満たされたくて、ひとりでに腰を回していた。ジャスティンのシャツのボタンを二つ外し、そこから手を入れて弾力性のある胸の筋肉をまさぐる。火照った素肌の感触にいっそうそそられ、胸毛を指にからめたり硬い乳首をつまんだりして休みなく手を動かした。

言葉にならない音がジャスティンの口からもれる。ふたたび唇が重なった。ジャスティンはマリアンヌの下ばきの紐《ひも》をほどいて布地の下に指をすべらせ、もものつけねに分け入った。さらに柔らかいひだをかきわけ、快楽のみなもとである肉の塊にたどりつく。羽毛でくすぐるようにそっとふれたり軽くなぶったり、指の動きはあくまでも優しい。

ジャスティンはマリアンヌの耳たぶを歯ではさみ、舌でもてあそびだした。そのあいだも、手は愛撫《あいぶ》を続けている。そしていちだんと指先に力が加わったとき、マリアンヌは声をあげてジャスティンの肩にしがみついた。激しい歓《よろこ》びがマリアンヌの全身をつらぬいた。

ジャスティンはマリアンヌの首筋に頬をよせ、満ちたりた声でささやいた。「バッキーではこんなふうにはならないよ、絶対に」

陶酔の余韻で物憂げに横たわっていたマリアンヌは、一瞬、何を言われたのかのみこめなかった。やがてしだいに、ジャスティンの言葉が頭に入ってくる。「なんですって？」

冷水を浴びせられたような心地だった。また、バックミンスター！　どうしていつもバッキーの話になるのか！

「それであなたはこんなことをなさったんですか？　バッキーから遠ざけるために、私を口説いたというわけ？」怒りで声がうわずっていた。マリアンヌは起きあがり、身をねじるようにしてジャスティンから離れた。

ぎらぎらしたマリアンヌの目を見て、ジャスティンはしまったと思った。なんというばかなことを言ってしまったんだろう。「いや、違う！　そんな意味で言ったわけじゃないんだ！」

「違う？　じゃ、どんな意味なんですか？」

極度に高まった官能が冷めやらずに頭がぼうっとしていて、複雑な気持をうまく表現できない。マリアンヌが歓びの声をあげたことに、男として純粋な満足感にひたれた。誇り、独占欲、性的欲求、嫉妬《しっと》などもろもろの感情が入りまじっていて、なぜあんなことを口にしたのか自分でもわからなかった。「どんな意味といっても……あなたはぼくのものだと言いたかっただけなんだ。バックミンスターにしろほかの誰にしろ、あなたを渡さないということ」

「それじゃ、私はあなたの持ち物というわけね？　けっこうですこと」マリアンヌは吐き捨てるように言って立ちあがった。こみあげる悔し涙を抑え、服の乱れを直した。

なんという愚かな私。バッキーから引き離すために私を誘惑しようとしていたのは、わかっていたはずだ。それなのに、まるで摘まれるのを待ちかまえている熟れた果実みたいに、いともたやすく相手の思うつぼにはまってしまったとは。

「今日はあなたの勝ちだわ」マリアンヌは背中に手を回して、ジャスティンが外したボタンをはめる。「バックミンスター卿《きょう》も私も負けました」

ジャスティンも立った。「別に負かそうとしていたんじゃない。あなたを満足させて自分も喜ぶのがそんなにいけないことなのか？」

「それはまた、ずいぶんご親切ですのね。バッキーから手を引かせて、私を思いどおりにすることなど簡単だと見せつけるためかと思っていましたけど」みじめでたまらず、マリアンヌの頬には血がのぼっていた。

ジャスティンも色をなして言い返した。「あなたを思いどおりにしようとなどしていない！　どうしてそういう卑しい下心があるかのように、ぼくを非難しなくてはならないのか？　自分の満足は後回しにしてでも、あなたを喜ばせたというのに」

「お気の毒に！　でもこの次からは、事を始める前にもっと慎重になさるんじゃありませんか！」

マリアンヌは身をひるがえして、あずまやを出ていった。ジャスティンは追いかけようとしたが、舌打ちして思いとどまる。昼食の入ったバスケットを――なんなら、テーブルや椅子も――湖に投げこんでやろうかと思った。だが、それもやめた。そんなことをしたところで、いっそう自己嫌悪におちいるだけだろう。

いまいましい！　どうして彼女は、思考力がはたらかなくなるほどの激しい欲情に無関心でいられるのだろう？　正直言って最初は、バッキーから引き離す手段としてマリアンヌに接近しようとした面もあるにはあった。けれども、燃えあがるにつれ、そういうことはいっさい忘れていった。思いはただ一つ。マリアンヌを愛撫したい。それしかなかった。バッキーについて口にしたのは、友達を助けるというよりもやきもちから出たことだと思う。

しかしどうやらマリアンヌにとっては、バッキーから得られそうな利益のほうがずっと重要なのだろう。ジャスティンは苦々しく思い返す。マリアンヌが犯罪者であることは初めから知っていたではないか。情念よりも金を優先したとしても驚くにはあたらない。

腹立たしいのは、自分があれほど欲望に翻弄《ほんろう》されてしまったことだ。マリアンヌに気持がないなら、自分もこれ以上かかずらうべきではない。これまでの女性関係でもずっとそうしてきた。今度も、追いかけるなどというばかばかしいことはただちにやめよう。マリアンヌ・コターウッドを――本名かどうかは怪しいものだが――忘れて、もっと扱いやすい女を見つけたほうがいい。バッキーだって一人前の男なんだから、自分のことは自分でできるだろう。

そこまで考えてジャスティンはバスケットをひっつかみ、浜につないだボートにもどった。綱をほどいてボートに乗り、全速力で漕ぎつづけて湖を横切り、庭園の奥の桟橋にもどった。途中で三回、マリアンヌが歩いている湖ぞいの道に視線を投げた。

やっと庭園に着いた頃《ころ》には、マリアンヌの涙も涸《か》れていた。ほかの客とでくわすのがいやなので、マリアンヌは裏階段を使って自分の部屋にもどった。見るも無残な顔をしているにちがいない。今はとても貴婦人を装う気にはなれなかった。

お茶を一杯飲みながら一時間ほど男の不実について考えているうちに、ジャスティンに対する怒りが薄れたわけではないにしても、気分がだいぶ落ちついてきた。いちばん似合っているドレスに着替え、髪を結い直して、釣りに行った男性たちがもどってきたところにおりていった。ジャスティンがいる前で、バッキーにあからさまに色目を使ったりしてしなをつくった。

ジャスティンが出ていったあと、マリアンヌはお姫さま気取りのわがままな女の役を演じはじめた。ペネロピを召使い扱いして、まずは部屋まで扇子を取りに行かせた。ほんの数分後にふたたび、薄手のショールを持ってきてとペネロピに言った。たまりかねてバッキーがいさめようとすると、マリアンヌは平然と言い返す。「でも、ペネロピが喜んでるんだからいいじゃない。人の役に立っていると思って嬉《うれ》しいのよ」

マリアンヌは考えつく限りの不平を並べたてた。半日も私を一人でほったらかしにして釣りに行ってしまうとは、バッキーはなんて冷たい人なんでしょう。そして、敏感な肌にはやれ暑すぎるだの寒すぎるだのと続き、のどがからからなのに冷たい飲み物もないと文句をつける。こぼすだけではなく、寒いからメリデイル夫人に窓ぎわの日のあたる席を譲ってもらえるように頼んでほしいとまで言いだす始末。さすがのバッキーも呆《あき》れた様子で、それは無理だと口ごもる。するとマリアンヌは、私のためには何もしてくださらないのねとむくれるのだった。さらに、足をのせる台が欲しいから探してきてと、バッキーに命令する。

　ニコラとペネロピも一緒にすわっていた。足のせ台を要求されたときのいとこの顔を盗み見たニコラは思わず笑いだしそうになり、あわてて口を手で覆った。別の部屋に足のせ台を取りに行っているあいだ、ニコラは身をよせてマリアンヌの腕をぎゅっとにぎった。

「あなたのお芝居、すごく上手！　ペネロピにショールを取りに行かせたときの、バッキーの顔つきったら！　あんなにむっとしたのは見たことないわ」

「うまくいってるといいんだけど。でも、文句の種がつきてしまいそう」マリアンヌはペネロピに言った。「あなたが気を悪くなさったんじゃないかと心配だわ」

「いいえ、そんなことはないの。私のためにやってくださってるのはわかってるんですもの。ただ……」ペネロピは心持ち悲しそうに続けた。「バッキーがあんなに失望してるのを見るのがつらくて」

ニコラが激励した。「しっかりして、ペン。この作戦は必ず成功するから」

「あ、もどってらしたわ」入り口のほうを向いているマリアンヌが言った。打ち解けた表情を引っこめ、取ってつけたような微笑を浮かべる。「ニコラ、馬のお話をなさったらどうかしら？」

ニコラは笑顔で答えた。「きっと面白くなるわよ」

意を決したような笑みとともに、バッキーが足のせ台をマリアンヌの前においた。マリアンヌは足をのせはしたものの、位置が近すぎると言いだした。ああでもないこうでもないとバッキーが台を動かし、ぴったりの場所におくまで数分もかかった。

疑わしげにマリアンヌを横目で見ながら腰をおろしたバッキーに、ニコラが何げない顔で話しかける。「バッキー、あなたが見ていた葦毛《あしげ》だけど、買ったの？」

バッキーの顔色が明るくなった。「ペンバートン卿のつがいの葦毛か？　いや、買ってない。結局、ペンバートンが売らないことにしたんだ。ちょっぴりむかっとしたけどね。だって、すっかりその気になってたから」マリアンヌのほうを向いて説明する。「とてもすばらしい馬なんですよ。あなたにも見てもらいたかった」

「そう？」マリアンヌはいたってそっけない。

バッキーは話題の馬の美点を数えあげだした。

途中でマリアンヌがさえぎる。「ともかく、バックミンスター卿、そんなに大騒ぎするほどのことなんでしょうかしら！　どの馬でも似たりよったりに思えますけど。それよりも、今週お母さまが催される舞踏会のお話をしましょうよ。どなたが見えますの？」

会話は、あっちへいったりこっちへいったりした。ニコラが馬に話題をもどしたと思うと、マリアンヌは強引にパーティや自分のことをしゃべりだす。ニコラは、ペネロピも話の仲間に引き入れようとした。けれどもたちまち、マリアンヌが仲間外れにする。あまりに露骨なので、いくらバッキーでも気がつくのではないかしら？　その懸念は見当外れだった。バッキーがマリアンヌに幻滅しだしたのは明らかで、同時に、ペネロピをかばう気持がどんどん強くなっているようだ。

夕食後に客の大半は音楽室に集まり、ソフローニア・メリデイルのピアノ演奏に儀礼的に耳をかたむけた。二、三人の男性だけはトランプ遊びのための部屋にこもった。その中には、ソフローニアの夫もいた。おそらく妻のピアノは聴き飽きているのだろう。アラン・サーズトンと秘書のフュークエイ、バッキー、ジャスティンは音楽室にいた。バックミンスター夫人がペネロピに歌を歌うようにせがんだ。

マリアンヌが貸した空色のドレスは、優美な細身のペネロピによく似合っている。マリアンヌは横目でバックミンスター卿をそっとうかがった。ペネロピを見ているバッキーの顔には、かすかな笑みが浮かんでいる。マリアンヌは満足して、視線をニコラに移した。ニコラもバッキーの表情を見てとり、マリアンヌに微笑を送った。

やがてマリアンヌは扇子をひらいて顔の前にかざし、バッキーの耳もとに口をよせてささやいた。「私、これ以上退屈な音楽を聴かされたら、叫びだしてしまいそう」

バッキーは唖然《あぜん》としてマリアンヌを見返した。マリアンヌは悠然と扇子を使っている。

「ね、二人で逃げだしませんこと？」

あまりの傍若無人ぶりに、バッキーは目をむいた。くだけた集まりであるとはいえ、若い女が年配者の付き添いもなしに部屋を出ることなど通常は考えられない。既婚女性は未婚の娘よりはいくらか自由が許されてはいるものの、女のほうから部屋を出ようと男に持ちかけるとは大胆すぎるふるまいだ。

バッキーはあわてて周囲に視線を走らせる。扇子でバッキーの手首を軽くたたきながら、マリアンヌはからかった。「あらあら、バックミンスター卿ったら臆病《おくびょう》でいらっしゃること」

「いや、しかし……」バッキーは、ピアノのわきに立っているペネロピに目を向けた。

「ちょっと失礼なのではないかと思いませんか？」

こともなげにマリアンヌは肩をすくめる。「ペネロピは気になさらないと思うわよ。たかが歌じゃありませんか。大したことないわ」

マリアンヌに艶然《えんぜん》とほほえみかけられ、バッキーは仕方なく立ちあがる。ふたたびペネロピに視線を投げてから、マリアンヌに続いて音楽室を抜けだした。ほとんどの人はピアノのほうを向いていて、二人が出ていくのを見ていなかった。だがジャスティンだけは目で二人を追っていた。マリアンヌは振り向き、険しい目つきのジャスティンに眉をつりあげてみせ、さっと部屋を出た。

「うまくやったわね？」マリアンヌはバッキーと腕を組んで、こぼれんばかりの笑みを向ける。

「ええ」バッキーの表情はたわいなくゆるんだ。マリアンヌの笑顔の魅力に負けて、このところの不信感もどこかに飛んでいってしまった。

「バックミンスター卿、明日はどんな楽しいことを計画してくださってるの？」明日の予定が狐《きつね》狩りであることをニコラから聞いて知っているのに、マリアンヌは何くわぬ顔ではしゃいだ声を出す。

バッキーの笑みは満面に広がった。「狐狩りです。季節外れですから、大がかりなものじゃないが。せっかくの機会を逃すのはもったいないと思いましてね」

「狐狩りですって！」マリアンヌは口をとがらせる。「そんなの困るわ。明日もまた私を独りぼっちにして、狩りにお出かけになるんじゃないでしょうね？」

「あなたもぜひいらしてください」

「まさか！　また馬に乗るなんて。昨日でこりごりだわ！　あんなつまらない滝を見に行くのに、遠路はるばる馬に揺られていかなければならなかったとは。で、今度は田舎を駆けずり回って生け垣を飛び越えたりなんだりするんでしょう？　ほんとにもうたくさん。何か別のことをするわけにはいきませんの？　面白いことない？」

当惑の面持ちでバックミンスターはマリアンヌを見おろした。「だけど……ミセス・コターウッド、今になってやめるわけにはいきませんよ。みんなが楽しみにしてるので」

「でも、あなたはいらっしゃらなくてもいいでしょう。私と一緒にここに残ってくだされば、もっと楽しいと思うけど」マリアンヌはまぶしいほどの笑みを浴びせる。

「ここに残るんですか？」力なくバッキーはつぶやいた。マリアンヌは唇の内側をかみしめて笑いをこらえる。

「ええ、もちろん。ほかの方々は思う存分狩りをなされればいいわ。私たちは二人っきりで楽しみましょうよ」

「ええ、まあ、ほかの人たちも残るでしょうから。メリデイル夫人とか」

「それなら噂《うわさ》の種にもならずにすむじゃありませんか」

「しかし正直言って……ぼくも狩りに参加しないわけにはいかないんです」バックミンスターは言いにくそうに顔をゆがめる。「とにかく、それはまずい」

「お母さまがいらっしゃるから問題ないじゃありません？」

「それにしても……狐狩りは今回の集まりの目玉行事だから」バッキーは苦しげだった。

「あなたは私と一緒にいるよりも狩りにお出かけになりたいのね！」マリアンヌは怒った

ふりをしてみせる。「敬愛とかなんとか口ではいろいろおっしゃるけれど、本当は私のことなんかどうでもいいんでしょう。そんなに薄情な方だとは思わなかったわ！」

「いや、それは違う！　本心からあなたを敬愛しているんです」

「ふん！」マリアンヌは鼻を鳴らして顔をそむけ、さっさと音楽室に引き返そうとした。

バッキーは追いすがるようにして訴えた。「ミセス・コターウッド、お願いです。ぼくの話を聞いてください。誓って言いますが――」

マリアンヌはぱっと振り返った。「あなたがなんべん誓ってくださってもなんにもならないわ。あなたにとって私はいかに取るに足らない女なのか、ようくわかりました」

「いや、決してそんなふうにお思いにならないでください！」

「だったら、どんなふうに思えばよろしいの？　あなたは、私よりも馬や猟犬と一緒にいるほうがお好きなのははっきりしてるじゃありませんか」

「絶対にそんなことはありません！」

クォーターメイン家の娘が我をとおそうとしたときに使っていたありとあらゆる手を思いだしながら、マリアンヌは怒ったりすねたり冷ややかに黙りこくったりしてみせた。そのあげくついに、バッキーに翌日の狐狩りをあきらめさせてしまった。バッキーは悄然《しょうぜん》として家に残ることに同意した。

良心のとがめをおぼえはしたものの、この荒療治でバッキーも目を覚ますだろうとマリアンヌは思った。音楽室にはもどらず、頭痛を口実に自分の部屋に直行した。狩りに行かないというバッキーに、友人たちが驚いたり考え直すように勧めたりするところに居合わせたくなかった。

あとで寝室にニコラとペネロピがやってきた。ペネロピは憂わしげにしていたが、ニコラは笑顔ではしゃいだ声をあげた。「すごいじゃない！　バッキーが狐狩りに行くのをやめるなんて考えられない。いったいどうやって言うことを聞かせちゃったの？」

「思いつく限りの手を試してみたの。要するに、私は鬼ばばになったのよ。それでもやっぱり無理かなと思いかけたとき、バッキーは降参してくれたの」

「とてもがっかりしていてかわいそうだったわ」ペネロピが言った。

マリアンヌはほほえみ、ペネロピの肩を抱いた。「心配なさらないで。もうちょっとの辛抱だから。明日あなたが帰ってらっしゃる頃には、バックミンスター卿は二度と私の顔を見たくないという心境になってるにちがいないわ」

ニコラがくすくす笑った。ペネロピはまだ心配そうだった。「本当にそうお思いになる？」

マリアンヌは大きくうなずく。「もちろん。バックミンスター卿が退屈しきって、狩りを楽しんでいるあなた方のことばかり考えるように仕向けるつもり。で、みんながもどってきたとき、どんなふうだったか聞きたがるでしょう。そしてきっと、私についての愚痴を聞いてくれる思いやりのある聞き役が必要になるのよ」

「それが、あなた」ニコラがペネロピを指さした。

「私、へましてしまうんじゃないかしら？」

ニコラが励ます。「へまなんかしないって。優しく聞いてあげるのは、あなたにとっては簡単よ。自然にしていればいいだけのことじゃない。いつものあなたのように、思いやりと愛情いっぱいのまなざしでバッキーを見て、じっと彼の話を聞き、相づちを打ったり、慰めたりするの。そうすればじきにミセス・コターウッドのことを忘れて、あなたはなんてすばらしい人だと見直すようになるわ。最高じゃない！」

「あさってまた狩りに行きましょうと誘ってみるのもいいかもしれないわね」マリアンヌも口を添えた。「あなたと一緒に行けば、こんなに気が合うとはと、あらためてびっくりするんじゃないかしら」

ニコラは満面に笑みをたたえ、とっさにマリアンヌを抱擁した。「完璧《かんぺき》にうまくいきそうね。あなたとお友達になれて、本当に嬉しいわ」

「私も」心のうちをすべて話せるような親友同士になれたらどんなにいいか。マリアンヌの胸は痛んだ。けれども、この人たちと自分とでは住む世界が違う。もしも私が何者であるかわかったら、ニコラもペネロピも離れていくにちがいない。ロンドンにもどってから、私はどうしたらいいだろう？

二人がそれぞれの部屋に引きあげたあと、マリアンヌは悲しみに胸ふさがれて床についた。もはや自分の居場所がなくなってしまったような気がする。この二、三日のあいだに、貴族についてのこれまでの考え方が根底から揺さぶられた。ニコラ、ペネロピ、そしてバッキー。この人たちが本当に好きだ。けれども自分は仲間ではない。ここでの私は仮の姿なのだ。その一方で、デラ一家とのあいだにもへだたりを感じている。爵位とお金があってぶらぶらしている連中から盗んで何が悪いと思っているデラたちには、マリアンヌがためらう気持は理解できないだろう。実のところ、人をだまして罪を犯すこれまでの生活を続けることがいやになってきている。といってそれをやめたら、娘を抱えてどうやって生きていったらいいだろう？　それに泥棒稼業を続けなければ、新しくできた友人たちとのおつきあいもあきらめなければならない。

それから、ジャスティンのことがある。ジャスティン・ランベスについて考えただけで目頭が熱くなるのだった。ジャスティンは、私を求めてはいても愛していない。私を追いかけているのも、バッキーがだまされないようにするためなのだ。うわっつらの関心でしかない。それなのに、私はジャスティンに深い思いをいだきはじめている。

ややこしいことになってしまった。マリアンヌはベッドにもぐりこんで上掛けをあごまで引きあげ、涙のたまった目をつぶった。そもそもバターズリー夫人のパーティに行きさえしなければ……ジャスティンに出会いさえしなかったら……。

「遅いじゃないか」エクスムア伯爵は水面から視線を離し、あずまやに入ってきた男を見た。

「庭を通り抜けてきたから。遠回りだが、そのほうが人に見られる恐れが少ないと思った。夜の湖をボートで来たら目立つでしょう」

「単に来るのがいやだっただけなんじゃないのか？　いやいやながらやってるから、ミセス・コターウッドにしてもあんな間抜けなへまをやらかすんだ」

「なんのことかわからない」

「彼女を消そうとして、みっともないていたらくになったことさ。ライド川に突き落とそうとした？　まったくもう！　落ちたとしても——しかもだな、ご存じのとおり落ちなかったんだ——せいぜいずぶ濡れになって、いくつかあざができるくらいだろうよ。だいいち、ぼくがいるところでやるとは！　そんなことをしたら、何もかも台なしじゃないか」

「そりゃ、あなたの身の安泰にとってでしょう？　ほかの人間なんかどうなってもいいんだ」

「もちろん」エクスムアは薄笑いを浮かべる。「ぼくの安泰とは、すなわちきみを守ることでもある。先刻承知だろうが。しかし近頃のきみはすっかり聖人ぶってるようだから、あの女を殺すと考えただけで怖《お》じ気《け》づいてるってとこか」

男は声を荒らげた。「ぼくは人殺しなんかやったことはない！　いちばんすさんだ生活をしていた頃でさえ」

「かつては、ぼくにもそういうためらいはないでもなかった。さいわい、それも克服できた」

「だったら、自分でやればいいじゃないか。人を殺すことがそんなに簡単だというなら」

「そのことは前にも話しただろう。これはきみの責任なのさ」

「これまで何度もまともに顔を合わせたけれど、彼女はまったくわからないようだった」

伯爵より年下らしい男は言った。「ぼくについての記憶がなければ、ましてあなたのことなど憶《おぼ》えているはずがない。だから我々を彼女が訴える恐れはないと思う」

「しかし、何かのきっかけで記憶がもどらないとも限らないじゃないか。とりわけ、彼女が伯爵夫人の手に渡ってしまえば。伯爵夫人も人を雇ってミセス・コターウッドを捜させているんだ。我々だけじゃないんだよ。もしも彼女がお祖母《ばあ》さんに再会して少しでも記憶を取りもどしたとしたら……ぼくはそんな危険を冒したくない。だから伯爵夫人が彼女の居場所を突きとめる前に、きみに始末をつけてもらいたい。きみの過去が洗いざらいばれてしまうのは、やっぱり困るんじゃないかね？」

「やりますよ。やればいいんでしょう？　計画があるんです。昨日は、その場の思いつきだったが。ひょっとしたらうまくいくかなと思ってしたことだった。失敗してもべつにどうってことはなかったじゃないですか。とにかく、今考えている方法で彼女を片づけるつもりです。だが念のために言っておきますが、このことの責任はぼくだけにあるんじゃない。あなたがぼくについて噂を流そうものなら、ぼくもあなたについて黙っちゃいませんよ。ぼくの話には伯爵未亡人が大いに関心を示すことでしょう」

エクスムアは眉間《みけん》にしわをよせた。「きみはこのぼくを脅迫するつもりか？」

「脅迫じゃありません。忠告です」

「つまり、引き分けってことか。いずれにしても、我々の利害は一致してるんだ。ところで、きみのその計画ってのはどういうものなのか？」

男はかぶりを振った。「それは、あとでのお楽しみに取っておきましょう。この方法なら、あなたも楽に潔白なふりができますよ。では、おやすみなさい、伯爵」

男はあずまやから出ていった。その後ろ姿を見ながら、エクスムアは考えた。あの男は自分にとって危険な存在になり得る。ミセス・コターウッドの始末がついたら、あの共犯者も二度と口がきけないようにしてやらなければ。

12

翌朝マリアンヌが食堂におりていくと、ふさいだ顔のバックミンスター卿《きょう》と上機嫌なソフローニア・メリデイルがいた。家に残されたのは自分だけだと思っていたソフローニアは聞き手を見つけて、前の日に地元の村へ買い物に出かけた話を嬉々《きき》としてしゃべっていた。マリアンヌを見るなりバッキーはほっとして立ちあがり、朝の挨拶《あいさつ》をした。

ここでもマリアンヌは心を鬼にして、バッキーに助け船を出そうとはしなかった。むしろ逆に村での買い物の効能についてソフローニアに調子を合わせてひとくさり演説し、バッキーをいっそう落胆させた。おまけにそのあとも、ドレスを買ったときの自慢話や好みにぴったりの帽子を見つけるまで駆けずり回った苦労談をいやというほどバッキーに話して聞かせた。

朝食後にバッキーが庭園の散歩に誘ったのも暑いからと言って断り、ソフローニアと三人で客間にすわった。そこでマリアンヌは午前中いっぱい、退屈なおしゃべりをして過ごした。まるで、自分とソフローニアのどちらがより退屈な話ができるかという競争をしているようなものだった。聞かされるバッキーはたまったものではない。そんなことにはおかまいなく、マリアンヌは何かというと自分に話題を持っていってしまう——私が着るもの、私を賛美してくれる人たち、私の家、私は馬が嫌いで運動もいや。ざっとこんな具合だ。話の陳腐さときたら、ソフローニアですらかなわないくらいだった。自己陶酔の度合いにおいても、ソフローニアをはるかにしのいでいた。

バッキーは何度も居眠りしかけていた。狩りに行った人たちが帰ってきたときのバッキーの安堵《あんど》の表情といったら。マリアンヌは噴きだしそうになった。バッキーは椅子からぱっと立って婦人たちに形ばかりのおじぎをし、急いで出ていった。マリアンヌが戸口までついていってのぞくと、バッキーが真っ先に顔を合わせたのはペネロピだった。二人の会話がはずんでいるのを見とどけてマリアンヌはほほえみ、そっと戸口を離れた。

「あなたのお芝居は最高の出来ばえだったみたい。お食事のあいだ中、バッキーは一度もあなたを見ようとしなかったわ」昼食後、廊下に出たマリアンヌに追いついてニコラが耳打ちした。

「またしても私がドレスのひだ飾りやレースの話をえんえんとしゃべりだすんじゃないかと、バックミンスター卿は恐怖におののいてらしたのよ」

ニコラはくすくす笑った。「あらまあ、そんな話までして困らせたの？　かわいそうに」

「そう。でも、人がうんざりするほど退屈な人物に扮《ふん》するのって、なかなか面白いのよ。趣味にしようかしら」

「メリデイル夫人も一緒だったんですって？」

「そうなのよ。バッキーがほとんど口をはさめないくらい二人でおしゃべり競争をしたの。私は自分のことばかり話すことにしてたけど、メリデイル夫人が席を外したすきに彼女について意地悪な噂《うわさ》話も一言二言したりしてね。もちろん、面と向かったときは歯の浮くようなお世辞もちゃんと言って」

「舞台に出ても恥ずかしくないほどの演技だったようね」

「このぶんでいけば、お芝居もそろそろ終わりにしてもよさそう。バッキーは私を疫病神みたいに避けるようになるんじゃないかと思うの」

「バッキーはお食事のあいだずうっとペネロピと話してたわ。見てらした？」

「ええ、一、二度ちらと。隣のミスター・ウェスタートンは金曜日の舞踏会についてあれこれ話しかけるし、もう一方ではサー・ウィリアムが狐《きつね》狩りの話を微に入り細にうがって説明するしで、ほかに目を向ける暇がほとんどなくて」実際には、テーブルの端の席でセシリア・ウィンボーンと話したり笑いあったりしていたジャスティンばかり気になってならなかったのだが。「でも、バックミンスター卿とペネロピが二人で食堂を出ていったのは気がつかなかったの」

「きっと温室に行ったのよ」

「だったら、私たちは客間にまいりましょうか？」

「そうね、そうしましょう」

客間には、サーズトン夫人とミントン夫人、レジナルド・フュークェイがいた。三人はニコラとマリアンヌを笑顔で迎えた。一同は、バックミンスター邸の庭園の美しさについてひとしきり感想を述べあった。

「私は特に薔薇《ばら》園が好きです。あそこですわっていると、とても気持よくて」

「本当にそう」サーズトン夫人がマリアンヌに相づちを打った。「あずまやにはいらっしゃいました？　景色がすばらしいのよ」

マリアンヌはひざにおいた両手をにぎりしめる。顔が赤らむのを気づかれなければいいが。「あずまや？」

フュークェイが説明した。「湖の向こうにすてきなあずまやがあるんですよ」

「ああ、あそこの。ええ、存じております。でも、私は……まだ行ったことはありませんの」昨日あずまやから帰ってくるところを誰にも見られていなければいいが。まさか〝ランベス卿と一緒に行きました〟とは言えない。それを口にしようものなら、何があったのか表情から察しをつけられてしまうだろう。

「一度はいらっしゃるべきよ」サーズトン夫人が言った。「ニコラ、どなたか殿方にエスコートをお頼みして、ミセス・コタ―ウッドをあずまやに連れていってさしあげたら?」

「ぼくでよろしかったら、喜んでご一緒します」フュークェイが控えめにエスコート役を申しでた。

「ご親切に、ありがとうございます。お願いするかもしれません」ニコラはあまり乗り気ではなさそうだった。

そこへソフローニア・メリデイルがあらわれたので、マリアンヌは内心うめいた。この人のおしゃべりに我慢するのはもう限界だという気がする。おまけにソフローニアのあとからセシリア・ウィンボーンまで入ってきた。

セシリア・ウィンボーンと会話をするのだけは避けたかった。とはいえ、ソフローニアたちが加わったとたんに席を立つというわけにもいかない。仕方なくマリアンヌは二人にほほえみかけながらも、できるだけ早く逃げだせるように、もっともらしい口実を考えつかなくてはと焦った。

まずいことに、セシリアがさっそく話しかけてくる。「ミセス・コタ―ウッド、あなたともっとお近づきになりたいとずっと思っておりましたのよ」セシリアは薄い唇に作り笑いを浮かべた。

「そうでしたか」返事のしようがないではないか。まさか、あなたのおっしゃることは信用できませんとも言えないし。

「ええ、そうなの。私のお友達は皆さんあなたのことをほめていらっしゃるし、うちの兄などは、かわいそうに、すっかりあなたに夢中になっておりますわよ」おどけたしぐさのつもりか、セシリアはわざとらしくマリアンヌに指を突きだして振ってみせる。

「お兄さまが?」マリアンヌは呆《あき》れて、口をぽかんとあけそうになった。ときおりファンショー・ウィンボーンの視線を意識しないでもなかったが、話しかけられたことは一度もない。あるときなどは、ファンショーがすぐ近くにつったってマリアンヌを見おろしたまま、一言もしゃべろうとしなかった。気味が悪かった。あれはどちらかといえば、恋慕というよりも軽蔑《けいべつ》というほうがあたっているような目つきだった。

「以前にお目にかかったことはございませんわね?」セシリアは話を続けた。

「ないと思います。私は社交界にはご無沙汰《ぶさた》しておりましたので。この数年はバースに住んでおりました」

「バース? でしたら、ハーウッド夫人をご存じでしょう?」

「お目にかかったことはあります、もちろん。でも、私のことなど憶《おぼ》えていらっしゃらないと思います」ハーウッド夫人といえば、バースでは知らない人間がいないほどの社交界の名物女性だ。その人物をセシリアが引きあいに出してくれたので、マリアンヌはほっとした。

「夫人のお話し相手の――なんといいましたかしら? あのおめでたいご婦人の名前は。

フィフィでした？」

「それは、ハーウッド夫人の犬の名前だと思いますけど」マリアンヌは冷ややかに応じた。

セシリアは私の揚げ足を取ろうとしている。私のことをうさんくさいとにらんで、人前で恥をかかせるつもりなのではないか。「お話し相手のご婦人はミス・カミングズです。でも私の知る限りでは、ミス・カミングズはおめでたいというよりも、物静かでまじめな方ですわ」

「それなら、ほかの方と間違えてるのかもしれません。ミセス・ダルビーかしら？」

「ミセス・ダルビーは存じあげていません。バースにお住まいの方ですか？」

「ええ、そうですわ」

ニコラが割って入った。「あら、それは勘違いではありませんこと？　ミセス・ジェイムズ・ダルビーでしたら、たしかブライトンに住んでいらっしゃるはずじゃなかったかしら」

「ええ、そう。そうでしたね」セシリアはニコラに冷たい笑みを返す。

マリアンヌは攻勢に出ることにした。「私、バースにいらっしゃるお友達の方々すべてを存じあげておりますかどうか。と申しますのも、三年ほど前に主人が亡くなりましてから家に閉じこもる暮らしをしておりましたので。その前は主人がしばらく患っておりましたものですから」

「なるほど。ところであなたはどちらのご出身ですの？」

「ヨークシャーです」このパーティに来る前に、マリアンヌがあらかじめ考えておいた出身地だ。遠くの土地といえばヨークシャーしか思いつかなかった。

「そうですか。ヨークシャーは私にはあまりなじみのないところですけど」

「でしたら、ミス・ウィンボーン、あなたはどちらのご出身ですの？」

セシリアは眉を少しつりあげた。ウィンボーン邸の所在地も知らないのか。そんな顔つきだった。「あら、うちの屋敷はサセックスにありますのよ。言うまでもなく」

「言うまでもなく」このやりとりに目を丸くしているニコラが目にとまり、マリアンヌは口をぎゅっと結んで笑いをこらえた。

ニコラがうきうきした声で話に加わった。「どうやら出身地のお話のようね。私はバッキンガムシャーの生まれですが、奥さまはどちら？」ソフローニアにたずねる。

「え？　ああ、どこの出かということ？　私たちが住んでいるのはノーフォークで、主人の先祖代々の屋敷がありますのよ。生まれたのはニューカッスルです」

訊《き》かれもしないのにソフローニアは、自分の父祖伝来の家や木造部分の大半が腐敗して修理を要しているメリデイル邸などについて、こと細かくしゃべりだした。ソフローニアを軽くからかったつもりのニコラが後悔しているのは、顔を見れば明らかだった。眠気がさしてきたマリアンヌは、夫人が一息つくのをしおに抜けだそうとすきをうかがっていた。

　ところがようやくソフローニアの長話が途切れたとたんに、すかさずセシリア・ウィンボーンが口をはさんだ。「ヨークシャーのどちらにお住まいでしたの、ミセス・コターウッド？」

　セシリアが話を蒸し返したことにマリアンヌは驚いた。けれども身元について質問されるのは予想していたので、難なく返事をした。「ヨークからそれほど離れていない、カーカムという小さな村です」

「亡くなったご主人さまもそこのお生まれでしたのね？」

「いいえ、主人はノートン生まれです」マリアンヌは言葉少なに答える。セシリアのさしでがましさを暗にほのめかす口調だった。

「ああ、なるほど。ということは、カーカムはあなたのご実家があるところですね？」

「ええ。両親は他界しましたので、カーカムにはおりません」

「お気の毒に。ですけれど、ご兄弟はいらっしゃるんでしょう？　あなたの旧姓はなんとおっしゃいますの？」

　マリアンヌはそっけなく答えた。「モーリーです、ミス・ウィンボーン。それから、兄弟もおりません」

「ねえ、セシリア」ニコラが言った。「あなた、まるで宗教裁判所の異端審問官みたいよ」

　セシリアはニコラをじろりとにらみ、切り口上でマリアンヌに謝った。「失礼いたしました、ミセス・コターウッド。私は別に詮索《せんさく》したつもりではございません。何か共通の話題があれば、お近づきになれるかと思っただけです。どうぞお許しください」

「ええ、もちろん。ただ、私はもう失礼しなくてはなりません。金曜日の舞踏会の準備をお手伝いすると、バックミンスター夫人にお約束いたしましたので」マリアンヌは立ちあがり、一座の人々にほほえみかけた。

ニコラもぱっと立った。「私もご一緒するわ。手伝いは多いほうがアデレード叔母さまも助かるでしょう。では、皆さん、失礼します」

あわてて逃げだしたように見えなければいいがと思いながら、マリアンヌは客間をあとにした。ニコラがついてくる。二人は顔を見合わせた。口もとを笑みがよぎりはしたものの、客間に声が聞こえないところに来るまでニコラは黙って廊下を歩きつづけた。

「あそこに私だけ残されてたまるものですか！　セシリアやソフローニア・メリデイルとあれ以上つきあっていたら、人殺しか自殺のどっちを先にやらかしてしまうかわかりはしないわ！」

マリアンヌは笑いだした。「ミス・ウィンボーンは私がお嫌いのようだけど、どうしてあんなにしつこくお訊きになるのかしらね」

「セシリアは鬼ばばなの。何を言われても気になさらないこと。あなたがいかにランベス卿にはふさわしくない人かを示す材料を見つけたい一心で、ああやって根ほり葉ほり探りだそうとしてるのよ。ランベス卿があなたを見るときの目つき、彼女はちゃんと気がついてるから」

「何おっしゃるの。あの方は私のことなど見つめたりはなさらないわよ」口とはうらはらに顔が赤くなるのを、マリアンヌは抑えようがなかった。

「そりゃ、のぼせあがった若者みたいにあなたにつきまとってうっとり見とれたりはしないわ。ジャスティンは大人の男ですもの。でも、あなたを見るときのあのまなざしは何かとっても違うの。私の目にとまったんだから確かよ」

「あなたの思い違いに決まってるわ」

「マリアンヌ・コタードウッド、私に対してそんなに気取らなくていいの。ジャスティンがあなたに関心があるのは、あなた自身わかってるくせに。さもなければ、セシリアがあれほどやっきになってあなたをいじめたりはしないでしょう」

「でも、将来あの二人が結婚するのは、商売の契約みたいなものだというのでしょう？　もしもそうなら、ミス・ウィンボーンが私にやきもちを焼くのはおかしいじゃありませんか」

ニコラは解説してくれた。「セシリアの根性の悪さときたら、並外れているの。あなたがこだわってるのは、愛情の問題でしょう？　その点についていえば、彼女はジャスティンを愛してなんかいないわ。自分のものになるはずの爵位や財産を愛しているだけ。ただ、もしもジャスティンが恋に落ちたら、計算どおりにいかなくなるのをセシリアはよく承知しているのよ」

「恋に落ちる恐れはまずないでしょう」いやに感情的な言い方をしてしまったと気づき、マリアンヌはニコラの表情をうかがった。「つまり、その……私と恋に落ちているのではないかと思ってらっしゃるのだったら、間違いだという意味なの。男の人って、未亡人に関心をそそられたりするものでしょう。ランベス卿の場合も、そのたぐいだと思うの。そういうのは結婚にはいたらないわ」

「マリアンヌ！　あなたって、皮肉屋さんなのね」

マリアンヌは肩をすくめる。「世間とはそういうものだとわかっているだけよ。将来のストーブリッジ公爵ともなれば、ヨークシャーの片田舎出身のしがないミセス・コターウッドを妻にするはずがないでしょう」

「それはランベス卿に対して不当な見方だと思うわ。彼は世間にどう思われようと、自分の望みどおりに行動する人よ」

「もちろん、そうでしょう。だけど、ランベス卿は同じ程度の身分の妻をめとる一方で、愛人と楽しむことを望んでいるのよ」

ニコラは目を丸くして、くつくつ笑った。「マリアンヌったら、すごいこと言うのね」

「だって、ホワイト・レディ滝に馬で行く途中、ご本人がそんなようなことをおっしゃってたわ」マリアンヌは階段の手前で足を止める。「あの方たちからうまく逃げだせたけれど、これからどこに行きましょうか？」

「ペネロピを捜して、私たちの計画がうまく進んでいるかどうか確かめてみない？」

「それがいいわ」

二人は廊下伝いに温室へ行った。温室には緑と陽光があふれていた。いちばん奥に柳細工の椅子や長椅子を並べたくつろぎの空間がある。ペネロピとバッキーはそこにすわって、頭をよせあうように話をしていた。それを見たマリアンヌとニコラは意味ありげな視線を交わす。ニコラはマリアンヌの腕を引っぱって、丈の高い椰子《やし》の木の陰に隠れた。

「なんだかうまくいってるみたいね」ニコラが耳打ちした。

マリアンヌはうなずく。「ええ。もしかして、もう一回〝いやな未亡人〟を演じたほうが効果があがるかもしれないわ」

「そうね、違いがいっそうはっきりして」

マリアンヌは片目をつぶってみせ、前に進みでた。ニコラは椰子の陰に身を隠したまま、これから目の前に繰り広げられる場面を楽しむことにした。

「ぼくも隠れていいかな？」耳もとで男の声がした。ニコラは振り向く。ジャスティンが横にいた。

「ジャスティン。びっくりするじゃない」ニコラはジャスティンの腕に手をかけ、木の陰に引きよせた。「面白いから、見て」

「バックミンスター卿！」マリアンヌのかん高い声が温室内に鳴りひびいた。「やっと見つけたわ！　どこにいらしたのかと思っていたら、こんなところにミス・カースルレイとすわってらっしゃるなんて――けっこうですこと」

ペネロピとバッキーは驚いて顔をあげ、困ったような表情を浮かべた。マリアンヌはにっと笑いかける。「ペネロピ、ごきげんいかが？　バックミンスター卿はいいお話し相手でした？」

「あ、ええ、もちろん……私のお相手をしてくださるだけでとても嬉《うれ》しいわ」ペネロピはバッキーと一緒にいるのがあまりに楽しくて、例の計画のことなどすっかり忘れていた。正直言って、それを思いださせられるのが迷惑なくらいだった。

「バックミンスター卿ったら、意地悪ね。おいてきぼりにされて私がとっても寂しがってたのに」マリアンヌは長椅子にすわったとたんに、バッキーに注文やら文句やらを矢継ぎ早に並べたてた。足のせ台を持ってきて。長椅子のすわり心地がよくないからクッションを取って。言われたとおりにすると、やれこのクッションは柔らかすぎるだの、固すぎるだの、ごろごろしてるだの、多すぎるだの、足りないだのと、きりがない。

椰子の木陰で、ニコラは笑い声がもれないように手で口を押さえていた。ジャスティンはといえば、ただあっけに取られて目を丸くしている。

ようやっとクッションに落ちついたマリアンヌが、今度はため息とともに訴えた。「ねえ、バッキー、私、すごくのどが渇いてるの」

「え？　ああ、わかりました。いや、待てよ。申し訳ないが、温室には呼び鈴を鳴らす紐《ひも》がないんですよ」当惑顔のバッキーは立ちあがろうとした。「それじゃ、ぼくが廊下に出て召使いを呼びましょう」

マリアンヌは、バッキーの腕に手をかけて押しとどめた。「まさか、あなたはそんなことしてくださらなくてもいいの。ペネロピが行ってくださると思うわ」

唖然《あぜん》とした面持ちでバッキーが訊き返した。「ペネロピにお水を持ってこさせるつもりなんですか？」

「ええ、そう。ペネロピは気になさらないと思うわ。ねえ、ペン、かまわないわよね？」

「え、ええ、もちろん」わがまま女を演じるマリアンヌのお芝居があまりに上手で、ペネロピは笑いをこらえるのに必死だった。逃げだすのにいい機会だとばかり、ぱっと立って温室を出ていった。

バッキーは呆れはてたように言った。「ミセス・コターウッド、いくらなんでも少々ひどすぎやしませんか？　召使いか何かみたいにペネロピに飲み物を取りに行かせるとは」

無邪気を装ってマリアンヌは目を丸くする。「どうして？　ペネロピは気を悪くしてないのに。とっても優しい人ですもの」

「だからなおさら、そこにつけこんだらかわいそうだと思うんです」

「だけどそうでもしなければ、あなたと二人きりになれないじゃありませんか。午後いっぱいペネロピがあなたを独り占めにしてるんですもの。どうなってるのか、私にはわかってるのよ！　あなたはわかってないかもしれないけれど」

「それ、どういう意味ですか？」

「しらばっくれないで。あなたとペネロピが何をしてたのか見えすいてるのに。私の目は節穴じゃないわ。お見通しなのよ」

「あなたは……ぼくが……ぼくとペネロピが……」バッキーは口ごもる。

「バッキー、私がだまされると思ったら大間違いよ。あなたがペネロピに惹《ひ》かれてるのはまぎれもない事実。あなたもペネロピも私を避けてるじゃありませんか。ペネロピにキスしたの？」

「ミセス・コターウッド！　まさかそんなこと！　ペネロピは決して――」

「なるほど。ペネロピは決してそんなことしないとおっしゃるのね。だけど、あなたはそうとは限らないんでしょう！」マリアンヌはいきなり立ちあがった。バッキーは口をぱくぱくさせてマリアンヌを見つめている。「結局、私はもてあそばれたということなんだわ」

マリアンヌは身をひるがえして、庭に通じる戸口に向かった。あわててバッキーが声をかける。「待って……マリアンヌ！　いや、ミセス・コターウッド、誤解です！」

「誤解?」マリアンヌは振り向き、冷ややかな視線をバッキーにあてた。「私は誤解だとは思いません。バックミンスター卿、ご自分の良心にお訊きになったらいかが? 正直なところ、ミス・カースルレイに気持がないとはおっしゃれないでしょう?」

マリアンヌはとどめを刺すように言い、ふたたび向きを変えて温室を出た。その後ろ姿を呆然《ぼうぜん》と見送っていたバッキーは、ソファにぐったり腰を沈め、床に目を落としている。

ニコラがささやいた。「お見事! マリアンヌ、でかしたわ! 本当に!」ジャスティンの手を取り、背後の戸口に目くばせしてそっと歩きだす。ジャスティンも忍び足で続いた。

廊下に出て声の聞こえないところまで来るなり、ジャスティンは訊いた。「いったいどういうことなのか? マリアンヌは何を考えているんだろう? あれじゃ、バッキーの気を引くことなんかできないじゃないか」

ニコラはけげんな目を向ける。「バッキーの気を引くですって? そのためにマリアンヌがあんなことをしてると思ってらっしゃるの?」

「ああ、もちろん」

「いやだわ、ジャスティン……男の人ってどうしてそんなに鈍いのかしらね」

「だって、ほかに考えようがないじゃないか。マリアンヌは、このところずっとバッキーにしなだれかかって――」

「今朝は狐狩りにも行かせなかったくせに、ほかの男の人たちにも平気でいちゃいちゃしたりして。それに、しょっちゅう文句ばっかり言ってバッキーを困らせるし。ほかに何かあったかしら？　そうそう、話題といえば、自分のことだの着るものだの大勢の殿方に求愛されてるだのと、退屈なおしゃべりでバッキーをうんざりさせていたわよね。それからペネロピについて無礼な言い方をするわ、彼女に気があるにちがいないと暗示をかけるわ――」

「しかし、どうして？」ジャスティンは、表情を探るようにニコラを見すえた。

「それは言うまでもなく、バッキーの熱を冷ますためよ。あこがれの君にも欠点があると気がついたほうがずっと効果的だし、バッキーの心も傷つかずにすむでしょう？　おまけに、バッキーの気持がペネロピのほうにかたむくいい機会にもなるじゃない。私たちはね、マリアンヌのわがままにバッキーが振り回されるときに、折よくペネロピが聞き役や慰め役になるようにうまく仕向けたの。今日の午後も、バッキーはマリアンヌをお荷物だと感じはじめていたでしょう。だからペネロピと一緒に逃げだすのにちょうどよかったわけ。私もちょっと後押しはしたけど」ニコラは満足げにほほえんだ。

ジャスティンはまじまじとニコラを見つめる。「つまり、あなた方三人のたくらみということか」

「ええ、まあ、そういうこと。でも、思いついたのはマリアンヌなの」

「いつ？」

「ここに来る途中の馬車の中で。バッキーがマリアンヌに夢中になってることについて、ペネロピはああいう人だから半ばあきらめていたのよ。だけど、マリアンヌが私たちにこの計画を提案してくれたの」

「あのおてんば娘」

「え？」

「いや、なんでもない。独り言さ」ジャスティンは足を止め、ニコラのほうに向きを変えた。「で、マリアンヌはどこに行ったの？」

ジャスティンの表情を観察したあげくに、ニコラは答えた。「さあ、たぶん薔薇園だと思うわ。あそこにすわるのが好きだと、マリアンヌは言ってたから」

「ありがとう、ニコラ。じゃあ、ぼくはこれで失礼させてもらう」

マリアンヌは木のベンチに腰をおろして、薔薇が咲きみだれる頭上の格子棚を見あげ、ほっとため息をもらした。棚の下の日陰はひんやりと涼しく、薔薇の芳香があたりに満ちている。マリアンヌは目をつぶり、満足感をもって先ほどの一幕を思い返していた。これでバッキーの問題はなんとか解決できそうだ。

砂利を踏む靴の音が聞こえ、棚の陰からジャスティンがあらわれた。立ちどまったジャスティンの顔は逆光でよく見えない。まるで操り人形のように、マリアンヌは無意識に立ちあがっていた。ジャスティンは近づき、マリアンヌの腕に手をかける。抱きよせられた瞬間に、ジャスティンの目と目が合った。何やら深い感情のこもったまなざしだった。ジャスティンの顔で視界がふさがれ、マリアンヌは目を閉じる。唇が重なった。

むさぼるような激しい口づけだった。湖の向こう岸のあずまやで接吻《せっぷん》されたときの巧みさはまったく感じられなかった。にもかかわらず、さらにいっそう刺激的だった。思わずマリアンヌはジャスティンの腰に腕を回し、ひしと抱きついた。

ようやくジャスティンは顔をあげ、マリアンヌのうっとりした目をのぞきこんだ。「どうして話してくれなかったんだ？　なぜぼくの誤解を解こうともしてくれずに……」

話の途中でふたたび、もどかしげにジャスティンは唇を求める。なんの話なのか、マリアンヌにはのみこめない。というよりも、息づかいも頭も乱れて心の平静を失っていた。はがねのように強力な腕に締めつけられているのに、なおもぴったりジャスティンに密着したかった。ジャスティンはしがみつくマリアンヌの背中に手をあて、ぎゅっと自分の体に押しつける。

ジャスティンの口づけは唇を離れ、顔からのどへと移った。きれぎれにささやきながら、柔らかい肌にキスの雨を降らせる。その甘美さにマリアンヌはおののいた。ジャスティンはベンチにすわってマリアンヌをひざにのせ、接吻のかたわら手を胸や腹部にはわせる。

ふれられるところすべてが熱くうずき、マリアンヌは背を弓なりにしてあえいだ。

ジャスティンは胸のふくらみに手をかぶせ、服の上からなでさすった。マリアンヌの乳首が硬くなって布地が引っぱられているのがわかった。ジャスティンは襟もとに顔をうずめ、深く息を吸いこんだ。

「こんなことを続けていたら、今すぐこの場であなたを自分のものにしてしまいそうだ」

それでもかまわないと、マリアンヌは思った。けれどもそれを言葉にするには、頭がもうろうとしすぎている。ジャスティンの腕の中で胸に頭を預けたまま、しばらくじっとしていた。ただならぬ速さだった鼓動がしだいにゆるやかになっていく。

「どうして話してくれなかったの？」ジャスティンは少し身を引いてマリアンヌの顔をのぞき、もう一度たずねた。

「話すって、何を？」マリアンヌはぼんやりと訊き返す。

「バッキーについての計略。それよりひどいのは、あなたがバッキーを引っかけようとしてるとぼくに思いこませたこと」

「ああ、そのこと。どうしてわかったの？」

「ニコラが教えてくれた。しかしなぜあなたは自分のことを卑劣で心ないあばずれ女だと、ぼくに信じさせたかったのか。それがわからない」

「あなたがそう思ってらしただけじゃありませんか」やっと頭がはっきりしてきたマリア

ンヌは、ジャスティンのひざから飛びおりた。「信じこませるまでもないわ。あなた自身がそのように私を非難なさったでしょう。お忘れになったかもしれないけれど、バッキーに近づくなと私に言ったじゃない。私はバックミンスター卿をおとしいれるつもりなどまったくなかったのよ。それなのにあなたは、私が節操も何もなく……平気で自分の身を売るような女だと……」積もりに積もった憤りがこみあげてきて、マリアンヌは続けられなくなった。

「それであなたは、ぼくがますます思い違いするように仕向けた」

「怒っていたから」

「しかしなぜ本当のことを言ってくれなかったんだ？　誤解を正そうという気にはならなかった？」

マリアンヌは片方の眉をつりあげた。「でもあなたは、私の話を信じてくださったと思う？　先入観にとらわれて、私が何を言っても考えを変えなかったのではないかしら？　だから私としても、ちょっとばかりあなたの鼻を明かせば面白いだろうと思ったの」

「面白いだと！」ジャスティンは唖然とした面持ちで立ちあがった。「よく面白いなんて言えるな。ぼくが苦しい思いを――」途中まで言いかけて口をつぐむ。

「苦しい思いって、なんのこと？」

「なんでもない。どうでもいいことなんだ」実は、嫉妬《しっと》で苦しんだと口まで出かかったのだった。これには我ながら驚いた。これまでジャスティンは女のことで嫉妬した経験はない。それというのも、とりたててやきもちを焼く原因がなかったからだ。いつも女性に追いかけられていて、関係を終わらせるのは自分のほうだった。そういうことよりも、嫉妬にさいなまれるほど感情を揺り動かされた女に会ったことがないのが大きい。関心のある女がほかの男性を好きになったら、男としての誇りが傷つけられはしただろう。けれどもそれだけのことで、また別の娘とつきあえば忘れてしまう程度のものだった。だが、この数日間の気持の乱れはそれとは違う。

ジャスティンは顔をそむけた。恋にのぼせた若者ならいざ知らず、自分のように成熟した大人の男がやきもちを焼いたりするとは思っていなかった。

「ジャスティン？」マリアンヌは不安げに呼びかけた。また腹を立てたのだろうか？　ジャスティンに疑われているのは不愉快だと言わずにはいられなかったが、かといって嫌われるのもいやだった。「どうかなさったの？」

「いや、なんでもない」ジャスティンはマリアンヌのほうに向き直った。「ぼくはただ……びっくりしただけなんだ。あまりに話が入り組んでるものだから。何かたくらんでいるとは思っていたけれど、こんなに複雑だとは知らなかった。つまり、あなたはバッキーをねらっているとぼくに思わせておいて、実はバッキーの気持があなたから離れるように工作していたとは」

マリアンヌはいたずらっぽく笑った。「あなたもバッキーも男性なので、だましやすかったというわけ。ニコラとペネロピには事実を話したことからもわかるでしょう」

「それは、彼女たちの協力が必要だったからだろう。それにしても、女性たちにいいように操られて、かわいそうなのはバッキーだ。三人ともなんの良心の呵責《かしゃく》を感じなかったの？」

「バッキーがかわいそうですって！　不平を言う理由があるとお思い？　バックミンスター卿を熱愛している女性を見直すきっかけをつくってあげたのに」

「しかしその代わり、美貌《びぼう》と才気でほかの誰よりも抜きんでている女性から無理やり遠ざけられたんだよ」ジャスティンの肉感的な唇を微笑がよぎった。

マリアンヌはどきんとする。「ずいぶんお世辞がお上手ですこと」

「お世辞じゃない。あなたみたいな女性に会ったのは初めてだ」

「世を捨てた暮らしでもなさっていたみたいな言い方」

「実際にそうかもしれない」声が低く、かすれている。体温を感じるほど、ジャスティンは近づいていた。「あなたに対して、ぼくはどじばかり踏んでいる。こんなにも自分が不器用で間抜けだと感じたことはめったにないよ」

「私のせいじゃないでしょう」マリアンヌの息づかいは速くなった。

「いや、あなたのせいなんだ。失敗してもどうでもいいならば気が楽だけれど、自分にとって結果が重要な場合はつらいものだ」

口がきけずに、マリアンヌはただジャスティンを見あげていた。

「このところ、あなたから離れようと努めてきた。だが、これが途方もなく難しかった。あなたは悪い女だから近づかないほうがいいと、自分に言い聞かせもした。それなのに実際は、いつもあなたのことばかり考えている。あなたを求める気持を抑えようがない」ジャスティンはマリアンヌの手を取って、唇に持っていった。全部の指の先にゆっくりキスをする。「これまでぼくが言ったことを許してくれないか？　あなたについて思っていたことも」

「だったら、私が泥棒じゃないと思うことになさったってわけ？」羽毛のようなキスで快感が走るのを抑えつつ、マリアンヌは軽口を装った。

ジャスティンはくっくっと笑う。「あなたはバッキーをおとしいれるような人ではないと気がついたんだ。実は心の優しい女性だということも。色仕掛けで男をだます人だと思いこんでいたのは間違いだった。だけど、泥棒については……だんだんどうでもいいと思うようになった」マリアンヌのあごを指で持ちあげ、真剣なまなざしで目をのぞきこむ。

「もう一度やり直させてほしい。まだぼくを見限っていないと言ってくれないか？」

マリアンヌは素直に答えた。「まだ見限っていないわ。私も……簡単にあなたを忘れられそうにないんですもの」

ジャスティンはにっこりする。「嬉しいお言葉です、ミセス・コターウッド」かがんでマリアンヌの唇に軽く口づけした。

「でも、私……あなたと同じように私も正直にお話ししなければならないわ。私の仕事についてのあなたの推測はあたっています。ピアズやハリスンについてもそう。この十年間、それが私の生計の手段だったんです。悪いことではあるけれど、後悔はしていないわ。盗《と》られても痛くもかゆくもない人たちにしか泥棒をはたらいていないの。ロザリンドとどうにかまともに生活していくには、それしか方法がなかったんです。娘にひもじい思いをさせたくない。その一心だったわ。体を売るのだけはいやだったから、ほかに生きる道がなかったの。ハリスンとデラは私の恩人よ。私たち母子《おやこ》を救ってくれたのは、あの二人なんです。恩返しをするためには、できることはなんでもしたかったの」

「ぼくは聖人でもなんでもないから、そんなに弁明しなくてもいいよ」ジャスティンは一息おいて言った。「それにしても危ない仕事であるのは間違いない。あなたが捕まったら、ロザリンドはどうする？」

「わかってるわ。だから……この仕事を続けられるかどうか自信がなくなってきたの。ここに泊まっていて、すっかり考えが変わったんです。たとえば……バックミンスター夫人のような方を傷つけるようなことはしたくないという気持になったの。奥さまにはとっても親切にしていただいているでしょう。私が乗馬が下手だというのに」マリアンヌは笑顔を見せた。

「夫人はあなたに乗馬を仕込むつもりですよ、きっと」ジャスティンはマリアンヌの手をにぎった。「これまでのぼくの誤りを見逃してもらえるだろうか？　もう一度初めからやり直してもいい？」

「やり直すって……どういう意味？　私に何を求めていらっしゃるのかわからないわ」ジャスティンはまた私に愛人になれというのかしら？　それは前にはっきり断ったはずだ。かこわれて暮らすのは自分もいやだし、ロザリンドのためにもよくない。といって、公爵を継ぐ身分のジャスティンとの結婚はあり得ないし。マリアンヌは思いあぐねた。

ジャスティンはにっと笑った。「機会をくださいと言ってるだけ。今の望みは、金曜日のバックミンスター夫人主催の舞踏会で、ワルツの相手をしていただきたいということなんだ」

「それならお安いご用ですけど、そのあとは？」

「あとのことは成りゆきしだいにするとして、今はワルツをぼくと踊ってくれると約束してほしい」ジャスティンは眉をつりあげてうながした。「どう？　あなたのお返事は？」

「わかりました。ワルツはあなたと踊ると約束するわ」とんでもない間違いをしているのではないかと危ぶみつつ、マリアンヌは承諾した。

13

　その夜、マリアンヌはよく眠れなかった。ジャスティンのことで頭がいっぱいだった。薔薇《ばら》園で話しあったあと、ジャスティンはキスしようとはしなかった。けれども午後から夜にかけて控えめながら親しげにふるまい、ほとんどそばを離れなかった。それとなく口説かれているのは、マリアンヌにもわかっていた。だがその求愛のいきつく先は、自分が決して望まない生活であることも承知していた。

　眠れぬまま、薔薇園であったことを繰り返し思いおこす。言葉の一つ一つや、その隠れた意味、しぐさにいたるまで。もしかして今夜、ジャスティンはやってくるだろうか？　今にもそっと扉をたたく音が聞こえはしないか？　マリアンヌは神経を張りつめ、じっと待っていた。

　本心はジャスティンに来てほしくないのだと、自分に言い聞かせる。一夜を共にしたところで、苦痛が残るだけだ。それがわかっていながら、もしも彼がこの部屋に来たら……と思わずにはいられなかった。さかんに寝返りを打ったあげくにやっと眠りに落ちたと思うと、何やら熱っぽい夢を見ては、汗びっしょりになって二度も三度も目が覚めるのだった。

翌朝目が覚めたときは、睡眠不足で頭がぼうっとしていた。マリアンヌは伸びをして、ベッドからおりた。ジャスティンが来なかったことが胸に引っかかっていた。閉まった扉のすぐ内側に白い角封筒があるのが目にとまる。胸がどきどきしだした。急いで拾いあげ、自分の名前が記されている封筒をあける。

大切なマリアンヌへ
このあいだ滝へ遠乗りしたときに通りすぎた、ホイール・セアラという廃坑を憶《おぼ》えているでしょう？　今日の午前十一時、あの廃坑の入り口であなたを待っています。このことは誰にも話さないでください。

ジャスティン

まさか、男との密会の約束を人に話すはずがないじゃない。マリアンヌはおかしくなる。とはいえ、あれほど世慣れた人でもこの種のことになると少し臆病《おくびょう》になるのかと、むしろほほえましくさえ感じた。滝へ行く道すがら廃坑を見かけ、説明を聞いたのをよく憶えていた。特別な場所として、ジャスティンの記憶にも残っているのだろう。ゆうべ来なかったのは、気がのらなかったのではなく、配慮のあげくのことにちがいない。

廃坑に行くべきではないと思う。あんなひとけのない場所で会いたいという理由は一つしか考えられない。ジャスティンと関係を持つことの危険性もよく承知している。にもかかわらずマリアンヌは、衣装だんすから乗馬服を取りだしていた。あとで苦しむのは自分であることがわかっていながら、それでもかまわないと今この瞬間は思った。

召使いの手も借りずに、手早く乗馬服を着た。まとめた髪をピンでとめ、帽子をかぶればいちおう格好がつくだろう。それで十分だった。瞬く間に身支度を終え、寝室をあとにした。

誰にも会わずにすむよう使用人の階段を駆けおりた。時刻が早いので、朝食の席にはバックミンスター夫人とミントン夫人しかいなかった。「あら、馬でお出かけ？　いいことだわ。でも、必ず馬丁を連れていらっしゃいね」バックミンスター夫人が言った。

「ええ、そうします」マリアンヌは嘘《うそ》をつき、朝食に取りかかった。

両夫人は会話を続けた。ミントン夫人が買うつもりでいる馬の血統の話らしい。バックミンスター夫人は損な買い物だと言っている。二人の話の三分の一くらいしかマリアンヌには理解できなかった。けれども会話に加わる気がないので、それでもかまわなかった。

トーストと紅茶でとりあえずおなかを満たしたところで、マリアンヌは夫人たちへの挨《あい》拶《さつ》もそこそこに部屋を出て厩舎《きゅうしゃ》に向かった。廃坑の入り口まではかなりの距離があるので、少なくとも一時間以上かかるだろう。遅刻したくなかった。

馬丁に鞍《くら》をつけさせ、ホワイト・レディ滝への遠乗りのときよりも速い駆け足で出発した。マリアンヌは深く息を吸いこみ、馬上からあたりの景色を感嘆のまなざしで眺めた。今日の荒野は美しい。霧が立ちこめてもいず、空は真っ青だった。ごつごつした花崗岩《かこう》の岩山すら、きりっとした魅力を添えているように見える。

道を憶えていないのではないかと心配だったが、馬を進めているうちに案じるほどのことはないとわかった。バックミンスター邸からの道筋ははっきりしていて、十字路にぶつかったときも、どちらに曲がればいいかと迷うこともなかった。やがてのぼり坂にさしかかり、かなたに廃坑の入り口が見えてきた。坑道は斜面に掘られている。入り口のわきに、大きな岩がごろごろころがっていた。マリアンヌは岩の山のほうへ馬の向きを変えた。これが容易ではない。踏みならされた道から馬が離れたがらないからだ。それでもどうにか廃坑の入り口へ向かう。

人がいる気配はなかった。早く着きすぎたようだ。マリアンヌはため息をついた。いやに早く来たとは思われたくない。といって、約束の時間までぶらぶらする場所も身を隠す木もなかった。やむなく馬をおりて手綱をにぎり、暗くて四角い廃坑の入り口へ歩いた。丘の中腹にある粗末な入り口は、両側と天井を大きな木材でかこってある。おっかなびっくりマリアンヌは入り口に近づき、中の暗闇《くらやみ》をのぞいた。入り口の丈が低いので、頭を低くしなければならなかった。

まぶしい日光を浴びていた目には、内部は真っ暗で何も見えなかった。そばの木材につかまってのぞきこみ、闇に目が慣れるのを待った。しばらくそうしていても見えてこない。仕方なく身を引こうとしたとき、腰の後ろに何かが強くあたった。マリアンヌは前へつんのめり、いやというほど地面にたたきつけられた。一瞬ののちには後頭部を強打され、気を失った。

ひげをそり終わったジャスティンはあごから石鹸《せっけん》の泡をぬぐい、口笛を吹きながら窓ぎわへ行って中庭を見おろした。ジャスティンの寝室の窓からは厩舎がよく見える。今日はマリアンヌを誘って馬で出かけようか。そう思っただけで、口もとがほころぶ。

すると当のマリアンヌが中庭を横切って厩舎に向かっているではないか。目をぱちくりさせて、本当にマリアンヌかどうか確かめた。こんなに早く出かけるのも珍しいし、乗馬が得意ではないのにマリアンヌが一人で厩舎に行くのもなんだか変だ。とはいえ、絶好の機会かもしれない。追いかけていけば、心づもりにしていた二人きりの乗馬を楽しめるかもしれない。引き出しからクラヴァットを取りだし、急いで首に巻きつけた。側仕《そばづか》えが見たら真っ青になるような結び方だったが、かまってはいられない。上着を引っかけて寝室をあとにし、小走りに階段をおりて厩舎に向かった。

遅すぎた。姿のよい馬上の女性は、すでに湖のほとりの小道にさしかかっている。ジャスティンは急ぎ足で厩舎に入り、馬丁に鞍をつけるよう命じた。最初は追いつくつもりでいた。だが、マリアンヌがどうしてこんな時間に一人で出かけたのかといぶかる気持が強くなっていった。

「ミセス・コターウッドはどこに行くと言っていた？」鞍をつけ終わった馬丁に、ジャスティンは訊《き》いた。

「ミス・ウィンボーンに会いに行くとおっしゃってました」

ジャスティンは驚いて、言葉もなく馬丁を見すえていた。マリアンヌがセシリアと一緒に馬を走らせる？　考えられない。眉をひそめて考えた。もし本当ならば、セシリアが何かたくらんでいるのかもしれない。いや、それにしても……セシリアの言うことを真に受けるほどマリアンヌはだまされやすくはないと思う。彼女は馬丁に嘘をついたのではないか。ひょっとして、仲間に会うためにこっそり出ていったのではないか？

ジャスティンの顔から笑みが消えた。あのピアズという若者がこの村に来て、旅籠《はたご》にでも泊まっているのかもしれない。盗みをはたらくうえで役に立つ情報をマリアンヌが伝えに行ったということも考えられる。とにかくマリアンヌがやっていることは危険きわまりない。もっと注意を払わなければ、非常に厄介な事態になる。それに、ピアズみたいなちんぴらに会いに行くことじたいが気に入らない。

馬にまたがるや、ジャスティンはマリアンヌのあとを追った。行く先や誰に会うのかを突きとめたいので、追いつかないように気をつけながらマリアンヌの馬のひづめの跡にしたがっていく。道がのぼりになっているところのてっぺんに来ると、前方にマリアンヌが見えるときもあった。けれども荒野の斜面をマリアンヌの馬がのぼりだしたときは、速度をぐっとゆるめなくてはならなかった。樹木も生えていない地域では、追跡しているのを悟られてしまうかもしれない。マリアンヌの馬が視界から消えるまで木立の陰で待ち、ふたたび走りはじめたところで遠くから大きな音が聞こえた。雷鳴に似ているが、もっと短い。音に驚いた馬が耳をそばだて、立ちすくんだ。得体の知れない不安に駆られ、ジャスティンは馬をなだめて速度をあげた。

マリアンヌの姿が見えないのが不安をつのらせる。マリアンヌの馬のほうがずっと遅いはずだから、これだけ速く走ればもう見えてもよさそうなものだが。どこかで方向を変えたのだろうか？　そのとき、馬のひづめの跡が道からそれ、鉱山のほうに向かって藪《やぶ》を抜けているのに気がついた。ジャスティンの胸に疑念がこみあげた。あの廃坑は密会にはうってつけの場所だ。そちらに馬を進めていく。やがて目の前にあらわれた光景に、ジャスティンは愕然《がくぜん》とした。

なんと廃坑の入り口がなくなっている！　黒い口をあけていたところは、木材や岩、ちりあくたでふさがれていた。入り口が崩壊してしまったのだ。

ジャスティンは全速力で瓦礫《がれき》の山に近づいた。手綱を放して馬から飛びおり、崩れ落ちた入り口に走りよって叫んだ。「マリアンヌ！　マリアンヌ！　聞こえるか？」

大急ぎでジャスティンは、落ちた材木の上の岩石や土を掘りおこして穴をあけた。奥に二本の丸太がぶっちがいに交差していて、その上にすきまがある。ジャスティンは瓦礫の山をよじのぼった。石ころや土砂が足もとからすべり落ちる。足を崩れ落ちた材木にのせて確かめながら、慎重に交差した丸太に乗り移った。不気味にきしむ音がしたが、何も起こらなかった。

ジャスティンはどうにかすきまをくぐり抜ける。頭上の材木はたわんではいたものの、背をかがめずに立つことができた。あたりに目をやってみた。丸太の向こうの穴からさしこむ光で、一メートル四方くらいは見える。その先は闇につつまれていた。

けれどもほんの数十センチ離れたところに、マリアンヌが倒れているのがはっきり見えた。小さな叫び声をあげ、ジャスティンはかたわらにひざまずく。マリアンヌは両腕を頭のほうに伸ばしてうつ伏せになり、ぴくりともしない。

「マリアンヌ？」動悸《どうき》が速くなって呼吸がつまりそうになりながら、ジャスティンはマリアンヌの顔のそばにかがみこんだ。鼻孔に手を近づけてみる。指に温かい息吹を感じて、ようやくほっとした。「よかった！　気絶してるだけだ」

突然ふるえがきた。中腰ではいられず、すわってひざをしっかり抱える。頭をひざにつけて、深く息を吸いこんだ。これほどの恐怖に駆られたことがあっただろうか。一瞬、マリアンヌは死んでしまったと思った。

汚れた手をズボンでふき、ふうっと息を吐きだしてマリアンヌの体を調べにかかった。今は感情に溺《おぼ》れている場合ではない。頭上の材木がきしんでいるところからすると、迅速に行動しなければならないと思う。まず腕から始め、首、背中、脚、そして足先へと手指で探っていった。どこも骨折はしていないようだ。首も変にねじれてはいない。見つけることができた怪我《けが》は後頭部のこぶだけだった。このぶんでは動かしてもよさそうだ。

ジャスティンはマリアンヌをあおむけにした。顔が汚れてはいるものの、血は出ていない。乗馬服にも血痕《けっこん》はなかった。肩に手を回して上半身を起こし、自分の胸にもたれかけさせる。「マリアンヌ、ぼくの声が聞こえる？　目を覚ますんだ」

入り口の瓦礫にあけた穴を見やり、マリアンヌのぐったりした体をあそこから押しだすのはとうてい無理だと思った。意識を取りもどせば、なんとか脱出できるだろう。ジャスティンはマリアンヌの手首をこすりつつ、何度も名前を呼んだ。顔にかける水を持っていればよかった。ふたたび頭の上で不気味な音がする。はっとする間もなく、すぐそばに土埃《ぼこり》が雨のように降ってきた。

「マリアンヌ！　起きて！　早くここから出なくては」

マリアンヌを抱えあげて立つことができないので、わきの下に腕をからめて入り口のほうに引っぱった。空中に立ちこめた埃がのどを刺激して、ジャスティンは咳《せ》きこんでしまう。

それでももう一度、耳もとで呼びかけた。するとマリアンヌのまぶたがぴくぴくし、ようやく目があいた。あたりをさまよっていた視線がジャスティンの顔にとまる。

「ジャスティン？　ああ、よかった！」マリアンヌはジャスティンに抱きつき、顔を胸にうずめた。「わからなかったの……あなたが見えなくて。この中にいらしたの？　私を押したのは誰？」

「なんだって？」マリアンヌは頭が混乱しているようだ。「いや、ぼくはこの中にいたわけじゃないよ。今来たばかりだ。瓦礫に穴をあけて、やっと入ってきたんだ。入り口が崩れ落ちているのを見て、あなたが中にいるんじゃないかと心配してね。それから、誰かが押したというのはどういうこと？」

考えをまとめようと懸命に努めているのか、マリアンヌは目をぱちぱちさせてジャスティンを見つめ返している。

ジャスティンは急いで言った。「いいから、気にしないで。それよりも、ここから出るのが先決だ。さっきから変な音がしている。危ないしるしだ」

ばりばりっという大きな音がした。マリアンヌはびくっとして、ジャスティンの胸に顔をもどした。「あれは何？」

「残っている材木の音だ。天井が落ちてくるんじゃないかと思う。とにかく一刻も早く抜けださなきゃならない。ぼくが手助けするから、あの穴からはいだすんだ」

ジャスティンはマリアンヌを立たせて腰を支え、入り口をふさいでいる岩石や材木の山に向かった。マリアンヌが穴に近づくために材木に足をかけたとき、また大きな音がして不意に土埃が二人に降りかかった。

言葉にならない叫びをあげ、ジャスティンはマリアンヌの体を抱えるようにして地面に伏せた。頭上の材木がぼきっと折れて落ちてきた。続いて、あたり一面に岩石や土砂が飛び散った。

耳をつんざく轟音《ごうおん》が鳴りひびいた。マリアンヌをかばって覆いかぶさったジャスティンの体に、なおも岩石や土埃が雨あられと襲ってくる。片方の脚には何かがあたってはね飛んだ。頬を打った石で怪我したらしく、血がにじみでるのを感じた。

やがて轟音や岩石の落下はやみ、小さな砂埃がさらさらと降ってくるだけになった。周囲にはちりが充満し、真っ暗闇になっている。マリアンヌが小さな声とともに、ジャスティンの下でもがいた。

ジャスティンは起きようとしたが、起きあがれない。材木が体にのしかかっているようだ。両脚を少し動かしてみる。すると下敷きになったわけではなく、材木がすぐ上に倒れているので、体を起こす動作を妨げているだけなのがわかった。

「前にはいだしていこう」ジャスティンはマリアンヌに指示して、前方にはっていった。

二人で身をよじりながら材木の下からはいだし、岩石や石ころ、土くれのあいだを縫うようにして、どうにか四つんばいになれる場所までたどりついた。落ちてきた材木のないところで立とうとしたが、かがんだ姿勢になるのがやっとだった。

闇一色というわけではなかった。暗い壁のそこここに小さなすきまがあって、かすかな光がさしこんでいる。暗さに慣れた目には互いの顔が見える程度の薄闇で、空中の埃もすでに地面にたまっていた。

「だいじょうぶ?」無意識にたずねてから、ジャスティンは自嘲《じちょう》的な笑みを浮かべる。「あ、ごめん。ばかなことを訊いて。どこか怪我をしてない?」

マリアンヌは咳《せき》をしながら答えた。「怪我はしてないと思うわ。肩が痛いだけ。ぺちゃんこに押しつぶされたから」

暗がりでマリアンヌの歯が白く光るのが見えた。「たいへん失礼しました。この次はもっとうまくやるよ」

「なんてこと。またこんな目に遭うのはまっぴらよ」

二人は出口の近くまではっていき、周囲の壁や天井に注意深く目を配りながら、こわごわ瓦礫をどけはじめた。ジャスティンが大きな岩をわきへころがし、息をひそめてあたりの様子をうかがった。異変は起きなかったものの、出口をふさいでいる材木や石は重すぎてとうてい動かせそうにないのがわかった。二度目の落盤で二人は廃坑内に閉じこめられてしまったのだ。

　どんなにがんばっても自力での脱出は難しいことがはっきりしてからも、二人はしばらくのあいだ瓦礫をどける作業を続けた。けれどもついに、ジャスティンがため息とともに腰をおろして痛む背中をそらした。かたわらにマリアンヌもすわりこむ。

「何をしても無駄でしょう？」マリアンヌは小声で訊いた。

「そんなことはない。確かにここを掘って抜けだすのは無理かもしれないが、我々がもどらなければ捜しに来てくれるにちがいないよ。誰かに行く先を言い残してきた？」

　マリアンヌは不審げにジャスティンを見た。「いいえ、誰にも。あなたが言うなと書いたんじゃない」

　今度はジャスティンがけげんな顔をする。「え、どういう意味？　ぼくが〝書いた〟とは」

　ジャスティンは落盤で脳震盪《のうしんとう》を起こしたのだろうか？　意識を失ったふうには見えなかったけれど。「あなたのお手紙によ」マリアンヌはジャスティンの表情を探った。「誰にも話さないでくださいって」

　ジャスティンは黙ってマリアンヌの顔を見つめたあげくに、口をひらいた。「手紙？」

「そう、手紙。ジャスティン、どうしたの？　頭でも打った？　あなたがくれたお手紙。

忘れたの？」

「ぼくはあなたに手紙など書いてない」

「何を言ってるの？　お手紙をくれたじゃない」マリアンヌはじれったそうに言い返した。

「その手紙、どこにある？　なんて書いてあった？」

「持ってないわ。出かける前に燃やしてきたの。ここの入り口で私を待っていると書いてあったのよ。私が思ったのは――」

「何？」

「いいえ、いいの。大したことじゃないから。とにかく、あなたは私に手紙は書いてないということ？」

ジャスティンはかぶりを振った。

「だったら、どうしてここに来たの？　あなたは中にいるのではないかと思ってたら、私は押されて――」はっとしてマリアンヌは口をつぐむ。おびえた声で繰り返した。「押されたんだわ」

「ええっ？」押されたとマリアンヌが言うのは、これで二度目だ。本当だとしたら、いったい何者の仕業か？

「あなたがいるのではないかと思って中をのぞいたけど、暗くて何も見えなかった。気味が悪くて入りたくないとためらっていたら、何かに強く押されて中の床に倒れてしまったんです。それから、頭が猛烈に痛かったところまでしか憶えていないの。あなたに名前を呼ばれるまで気を失っていたのね」

「何かに押された？〝何者かに〟ということか？」

マリアンヌは力なくうなずく。口に出すのが怖かった。

「馬が鼻づらで背中を押したんじゃないよね？」

「ううん」声は低かったが、きっぱりしていた。「馬の鼻づらにしては固かったわ。それに、もっと小さかったし……そうね、両手で乱暴に突き飛ばされたという感じ」

「頭が猛烈に痛んだというのは……地面に倒れたときに打ったということ？」

マリアンヌはしばし考えていた。「いいえ。私は両手を前に伸ばして、うつ伏せに倒れたみたい。胸からおなかを打って息がつまりそうだったけど、頭はぶつけていないわ。後頭部に鋭い痛みを感じたのは一瞬あとだったの」頭の後ろを手でさわって顔をしかめる。

「そう、こぶができてる。となると、何者かに後ろから突き飛ばされ、後頭部をなぐられたというわけだね」

「奇妙な話」

「うん。それだけじゃなく、ぼくが書いてもいない手紙をあなたが受けとったというのも実に奇妙だ」

マリアンヌはみぞおちに手をあてた。「気持が悪くなってきたわ」

すぐさまジャスティンがマリアンヌの肩に腕を回す。マリアンヌはぐったりよりかかった。誰かが私を殺そうとした！　どうして？　にわかにはのみこめない事実だった。

「ちょっと待って……落盤のことだけど……どうやって落盤が起きたのかしら？　手紙をくださらなかったのなら、なぜあなたはここに来たの？」ほの暗い光を頼りに、マリアンヌはジャスティンの顔をのぞきこんだ。

「今朝たまたま、厩舎に歩いていくあなたを見かけたんだ。それであとを追ってきた。ぼくは……」ジャスティンは間が悪そうな顔をする。「てっきりあなたは仲間に会いに行くんじゃないかと思って、つけてみることにしたんだ」

「だったら、私が襲われる現場を目撃したのね！」

「いや、見てはいない。つけているのを悟られないように、一定の距離をおいていたんだよ。あなたの姿が見えなくなってから前に進むようにしていた。あなたが乗ってきた馬のひづめの跡が道からそれていたので、そっちの方角へ行った。すると、廃坑の入り口が崩れ落ちているのが見えた。あなたの馬は消え失《う》せていた。落盤の音に驚いて逃げたにちがいない」

「じゃなかったら、誰かに連れ去られたんだわ」

「ああ」ジャスティンは一息おいて続ける。「ともかく瓦礫に穴を掘って中に入ると、あなたが倒れていた。それでなんとかあなたを助けだそうとした。だが気を失っていて無理だった。そのうちあなたが意識を取りもどし、あとは知ってのとおり。そのとき二度目の落盤が起きて、前よりもずっと分厚く入り口をふさがれてしまった」

二人とも暗然とした面持ちで黙っていた。やがてジャスティンが口をひらく。

「音が聞こえた――雷鳴みたいな。なんの音かわからなかったけれど、廃坑の入り口が崩れ落ちた音だろうと思っていた。しかし今になって考えると、あれは爆薬にちがいない。あなたを襲った犯人が仕掛けたものだろう」

「でも、どうして？」マリアンヌの目に涙がにじんでいた。「なぜ私を殺そうとしたの？」

ジャスティンは腕に力をこめて、マリアンヌを抱きよせた。「それはわからない。誰かによほど恨まれているのか、おびえさせたのか」

「おびえさせた？　まさか。私を怖がる人なんかいるはずがないわ。そんな力もないし、誰にとっても脅威になるような女じゃないのに」

「もしかしたら、あなたが――あなたのかもになった人物かもしれない」

「え、なんのこと？　ああ、盗難に遭った人のこと？」

「そう」

「だけど、その人たちは私のことを知らないはずよ。私が下見に出かけたパーティでは、何もなくなってはいないんですもの」

「しかし、ぼくはからくりを見抜いた。ほかにも見当をつけた人はいるんじゃないかな。

ぼくのように、あなたの行動を見ていたとか。だけど、それもおかしいね。あなたがぐるだとわかったら、追及したり警察に突きだしたりするだろうに」

「でも、証拠がないでしょう。あなたも証拠はつかめなかったし」

「それもそうだ。法的には証拠不十分ということかもしれない。それにしても……盗難に遭ったから殺すというのは、ちょっと極端すぎるね。たとえどんなに貴重な品物であっても」マリアンヌの髪に頬をよせながら、ジャスティンはしばし考えた。「だとしたら、ほかに何があるだろうか？　あるいは、嫉妬《しっと》？　あなたの不実を恐れているような恋人はいる？」

「恋人なんかいないわ！　今も、これまでも。嫉妬がからんでいるとしたら、あなたの婚約者しかいないでしょう」

ジャスティンは急に体を離した。「ぼくには婚約者はいない」

「本当に？　私が聞いたところでは、婚約者がいらっしゃるということだったけれど。あなたご自身も、将来はそうなるようなことを認めてらしたわ」

「そうだった？　だけど、彼女はぼくと婚約しているわけではない」ジャスティンはおかしそうに口もとをほころばせる。「それに、セシリアがやきもちを焼くなんて想像できないよ。そんな激情は持ちあわせていない女なんだ」

「でも、積もりに積もったなんらかの感情が私に対する敵意になって噴きでてきたのかもしれないわ。激情を感じない方だとは、私には思えない」

「しかし、人殺しをするほどではないだろう。セシリアには意地の悪いところがあって、彼女の毒舌の被害者になったこともある。だが、暴力をふるうとは考えられないよ」

間をおいて、ジャスティンがたずねた。「その犯人はほかにも何かした？」

ためらいがちにマリアンヌは答えた。「このあいだ、足をすべらせてライド川に落っこちそうになったでしょう」

ジャスティンは眉をつりあげる。「本当は足をすべらせたんじゃないと言いたいの？」

「私は……誰かに押されたという感じがしたのだけど」

「なぜそのことを黙っていた？」

「だって、あり得ないことみたいだったし。あのときは、気のせいだろうと思ったの。私自身がそう思ったくらいだから、押されたと言ったところで誰も信じないでしょう」

「うむ、そうかもしれない」ジャスティンは立てたひざにひじをのせて考えこんだ。

「今でも、あれは故意だったのかどうかは確信がないの。たまたま誰かのひじが私の背中にあたっただけかも……」

「だとすると、ほかに何かあった？」

「何かって？　襲われたこと？　それはないわ」マリアンヌは首を横に振ってから、はっとしたふうに口ごもる。「あ、でも……いいえ、ありそうもないわ」

「何？」

「ここに来る前のことだけど、ロンドンの私の家のすぐ近くで、ある晩、若い娘さんが襲われた事件があったわ。犯人の男は物陰から飛びだして、背後から彼女の首を絞めようとしたの。助けに駆けつけた人がいたので逃げていったけれど、ああいう高級といえる住宅地ではめったにない事件だったので驚いたわ」

「そんなことがあったのか。とはいっても、必ずしも関連があるとは限らない」

「ええ。関係ないかもしれないわ。ただ……その娘さんはうちのピアズと会っていて、裏口から帰っていったばかりだったらしいの。髪が赤みがかった金髪で」

「髪が赤い？」ジャスティンはマリアンヌの髪に目をあてる。「あなたみたいな？」

「いえ、こんなに赤くはないけれど。夜目には濃い赤に見えるかもしれない。で、もしも私が赤毛だということだけはわかっていても、私のことを知らないとして……」

「なるほど。その娘さんを襲った男がロンドンからあなたを追ってきた？」

「かもしれない」マリアンヌは肩をすくめた。「でも、やっぱりありそうもないわ。だって、ロンドンから来た男がこの廃坑を知ってるわけがないじゃない。それに、私とあなたのことも——つまり、あなたの手紙で私をおびきだせるとは知りようがないと思うし。それより何より、バックミンスター邸に忍びこんで誰にも見つからずに、私の部屋の扉の下から手紙をすべりこませるなどという芸当はできるはずがないでしょう？」

「あなたの指摘はいちいちもっともだと思う。となると考えられるのは、その殺人未遂の犯人はバッキーの招待客の一人じゃないかということだ。我々の身近にいる男にちがいない」

14

マリアンヌとジャスティンは顔を見合わせる。二人とも、それは信じたくないという気持だった。

「まさか、そんなこと」マリアンヌがつぶやく。

「そういう可能性があるということだよ──大いにあり得るんじゃないかな」

「わかったわ」マリアンヌは思いきって言った。「実は、ほかにも変なことがあるのよ。これと関係があるかどうかはわからないけれど、なんだかとっても薄気味悪いの。最近、私のことを訊《き》いて回っている男がいるんです」

「訊いて回っているとは？」

「その男はね、私が以前に暮らしていたところまで訪ねていったというの。それで今どこに住んでいるかを突きとめようとしたけれど、私の住所を知っている人はほとんどいないし、誰も教えなかった。そう私は思っていたの。ところが、つい何日か前に、近所にその男があらわれて、うちの召使いにいろいろ質問したんですって。赤毛の女が住んでいるのではないかとか。まずいことにロザリンドが、ママは赤毛だと答えてしまったのよ。その男があとで私の家を見張っているのがわかったの」

「それは、近くの若い娘さんが襲われた事件の前なの？」

「ええ」

「あなたの言うとおり、ますます薄気味悪くなっていくね。あなたが過去に知っていた人間がつきまとっているんだろうか？」

「私が過去に知っていた人ではないのよ。だって、その男は私の顔かたちさえ知らないんですもの。どうやら名前と赤毛だということだけを頼りに捜しているらしいわ」

「誰かに名前と髪の色を教わったんだろうね」

「たぶん、そう」

「一連の出来事をまとめてみよう。まず、名前と髪の色だけを知っている男があなたを追っている。しかしあなたは、その男が何者かも、理由はなんなのかも見当がつかない。次に、あなたと似ている髪の色をした娘さんがお宅の近所で襲われた。これについても、犯人の正体や目的はわかっていない。こっちに来てからも、推測だが、何者かにライド川に突き落とされそうになった。そして今日、ぼくの名前をかたったやつがあなたをこの廃坑におびきだした。で、後ろから突き飛ばしたうえで頭をなぐり、気絶させた。入り口をふさいであなたが出られないようにしたのも、たぶんそいつの仕業だろう」

「奇妙でしょう？」

「それと、どうもやり口が下手だという気がする。たとえば、赤い髪の娘さんの首を絞めるにしても、あなただと確認もしないでやっているし、目的を達することもなく逃げている。あなたをライド川に突き落とそうとした一件にしても、流れが速いとはいえあまり深くもない川だから、せいぜい溺《おぼ》れかけるくらいだろう。しかし、同行の人がいっぱいいるあんなところでやるとは間が抜けてるじゃないか。たとえ川に落ちても、溺れないうちに誰かに助けられるだろうに。今度もそうだ。気絶はさせても、命をうばうところまではやっていない。入り口を壊して中に閉じこめはしたものの、救助される余地は残している」

「落盤で私を圧死させるつもりだったのかもしれないわ。爆薬を仕掛ければ、入り口だけではなく、全体の落盤を引きおこすと踏んでいたとも考えられるわ。実際、二度目の落盤で材木に直撃されていたら、私たちは死んでいたでしょう。もしも救助隊が来なければ、水も食べ物もないここではどっちみち餓死してしまうわ」

「それはどうかな。ぼくは瓦礫《がれき》の山に穴をあけて入ってきたんだよ。あなたも意識を取りもどせば、こっち側から同じことをやるだろう。ぼくが二度目の落盤を引きおこして、閉じこめられてしまったんだ。それに、誰かが助けに来ることだって考えられるだろう？」

「あなたが私のあとを追ってくるとは、犯人も気がつかなかったんでしょう」

「うん。それにしても、あなたの馬が屋敷にもどれば、何か異変があったとみんな思うだろう。馬の姿が見えないところからして、おそらくバッキーの家に帰ったにちがいない」

「お屋敷に帰さないために、犯人が馬を連れていったのかもしれないわ」

「だとしても、あなたの行方がわからないことは、いずれ気がつくよ。何時頃《ごろ》馬で出かけたと馬丁が証言すれば、救助隊を繰りだすに決まってる。そのうちの誰かがここを通って、廃坑の入り口がふさがれているのを発見する。外には馬のひづめの跡が残っている。餓死する前に、必ず助けだされるよ」

マリアンヌはジャスティンの顔を見た。「私たちもそうなると期待していらっしゃるのね？」

ジャスティンはほほえんだ。「きっとそうなるよ。あなたもそう思うでしょう？」

「私はそこまで楽観的になれないんだけど」

「まあ確かに、あなた一人が行方不明になった場合よりは、捜しに来るのに時間がかかるかもしれない。二人で一緒に出かけたとなれば、女性が同伴者もなしに外出したときほどは心配しないだろうね。物議をかもしはしても、命に関《かか》わる問題だという危機感は持たれないと思う。だが暗くなっても帰ってこないということになって、初めて心配しだすんじゃないか。そのときはすでに夜になっていて、救助活動が難しくなる。となると、明日の朝いちばんで捜索を開始するだろう」三度目の落盤が起きて生き埋めになるという、最悪の事態になる恐れもある。けれどもジャスティンは、それは口に出さなかった。

マリアンヌは身ぶるいする。「ここで一夜を明かすなんていやね」

ジャスティンはマリアンヌの肩を抱いた腕に力をこめ、ひたいにキスをした。「ぼくもいやだけど、命に関わりはしないだろう。必ず見つけてくれるよ。まずはぼくの馬に気がつくだろう。あいつはよく調教されているから、ぼくがおりた場所にそのまま立ってる」

「そんなに長い時間でも？」

ジャスティンは肩をすくめた。「長時間の実験をしてみたわけじゃないが。だけどたぶん、遠くへは行かないだろう。あなたが乗ってきた馬と違ってバッキーの家の厩舎《きゅうしゃ》は自分の家じゃないから、あそこにはもどらずにここからほとんど離れないと思う」

マリアンヌはジャスティンの胸に頭をもたせかけた。こうして抱かれていると、なんともいえない安心感にひたれる。

「あなたの推理だと、その男は私を殺すつもりはないということかしら？」

「断定はできないが、あなたを脅かすというか怖がらせようとしているんじゃないかと思うんだ。しかしそうだとしても、ずいぶん回りくどいやり方だね。あなたについて訊いて回ったり、ほかの女性を襲ったり。川に突き落とそうとしたのも同じだ。たまたま誰かがつまずいてあなたにぶつかっただけだと思うかもしれないじゃないか」

「なんとかして事故に見せかけようとしているという気もするけど。最初の事件は別として。川の件と今度の入り口が崩れ落ちたのとは、仮にもくろみがうまくいったとしても、殺人ではなく事故だと考えられる可能性は大いにあるでしょう。ナイフで背中を刺せばもっと確実であるにしても、それでは故意の殺人だとわかってしまう。何がなんでも事故を装わなくてはならないのは、やはり犯人は招待客の中の一人だからかもしれないわ」

「もしもあなたが殺されたら、真っ先に疑われるのはバッキーの屋敷にいる人間だからね」

「それだけじゃなく、エクスムア卿《きょう》のお屋敷にいる人も疑われるわ」

ジャスティンは片方の眉をつりあげて、マリアンヌを見た。「あなたはまだセシリアが犯人じゃないかと思ってるのか？　マリアンヌ、それは思い違いだよ。ぼくはセシリアが怒ったのをなんべんも見たことがある。底意地が悪く執念深くて、確かに見苦しい。しかしセシリアがやるとしたら、社交上の仕返しなんだ。たとえば、あなたを社交界から締めだすとか。だけど殺すなんてことは考えられない。セシリアの兄貴のファンショーにしても、あなたを殺すくらいなら口説こうとするだろう。むしろエクスムア伯爵ならば、人殺しでもしかねないという感じがする。だが、動機は？　あなたはあの男を知りもしないだろう？」

「ええ。あの方とはほとんど言葉を交わしたこともないわ。でもそれを言うなら、ほかの人たちだって知らないも同然なのよ。ペネロピとニコラ、バックミンスター卿、あなた以外の方たちとはここに来て初めてお話ししたんですもの。それにしても、いったい誰が殺人などできるとお思いになる？　ミスター・サーズトン？　ミスター・ウェスタートン？　それとも、サー・ウィリアム・ヴァースト？」

「うん、それもそうだ。とうてい人殺しには見えない」

「でしょう？」

「結論はこういうことか。一連の出来事は、偶然の一致にしては符丁が合いすぎている。どうやら犯人はここに来ている客の一人で、あなたの過去に関係がある。といっても、その男か女はここに来るまではあなたに会ったことがないらしい」

「しかも、その男が私について持っている情報は十年くらい前のものなのよ。その頃に私がいたところに探りに行ってるの」

ジャスティンは眉をひそめた。「わけがわからないね」

頭上の材木がかすかにきしむような音をたて、また二人の右わきに埃《ほこり》やちりが少し降ってきた。マリアンヌは不安げにそれを見やり、ジャスティンの顔に視線をもどす。身ぶるいを抑えるように胸をかきいだいた。

「もしも……また天井が落ちてきたらどうする？　落盤が終わったわけじゃないとしたら？」マリアンヌは声をひそめて訊いた。坑内のすっかり脆《もろ》くなった構造が岩や土砂の重みに耐えかね、頑丈な丸太がたわんでいるさまが手に取るように想像できる。

「そういうことは考えないほうがいいよ」ジャスティンはふたたびマリアンヌを抱きよせ

た。「思いわずらっても仕方ない。とにかくここから脱出することだけに集中しよう」

「どうすることもできないって、本当に苦痛ね！」

「ああ」これほど無力感に打ちのめされた状況は、ジャスティンも経験したことがなかった。横向きに抱いたマリアンヌに腕をしっかり巻きつける。片脚のひざを立ててマリアンヌの背中を支え、もう一方のももにスカートをはいた腰から脚がのるようにした。マリアンヌの臀部《でんぶ》が両脚のあいだに来る格好になった。

たくましくて温かいジャスティンの体にくるまれ、マリアンヌのふるえもしだいにおさまっていった。ジャスティンの胸によりかかっていると、生き埋めになったりする前に救助隊がやってくるにちがいないという気になるのだった。

マリアンヌは小さなため息をもらし、さらに身をよせて腕をジャスティンの胸にすべらせた。その胸に柔らかい乳房の横が密着する。ジャスティンの欲望のしるしが腰の丸みにあたっている。なんとも扇情的な姿勢だった。闇《やみ》と静寂につつまれ、しばし二人はじっとしていた。視覚や聴覚を刺激するものがほとんどないので、かえってほかの感覚が鋭敏になる。マリアンヌの体からにおいたつラベンダーの香りがジャスティンの鼻孔をくすぐり、絹のような髪の毛の感触を頬が感じとっていた。接している部分はすべて熱く火照り、下腹が脈打ちだした。

腰にジャスティンの脈動がどくどくと伝わってくる。まったく異なる種類のふるえがマリアンヌをおののかせた。互いの体が接触しているところに全神経が集中する。突然、乳首がふくれあがった。欲情が不安に取ってかわる。ジャスティンが欲しい。手や口でふれてほしい。自分も、ジャスティンの広い胸や筋肉質の腰、肩にさわりたい。

ひとりでに息づかいが荒くなる。自らの反応が恥ずかしくて、マリアンヌは暗がりで赤くなった。こんなときに、こんな場所で、いったいどういうこと？　廃坑に閉じこめられ、いつなんどき命を落とすかもしれないというのに……みだらなことばかり考えているなんて！　良家の婦人ならば、今頃神にお祈りをしているでしょうに。

けれども、どうせ死ぬならその前に、ジャスティンに抱かれたい。そういう気持が強かった。いずれにしても、私は良家の女ではない。死の危険に直面して、ためらいや抑制は無意味のように思われた。マリアンヌは愛の交わりを知らない。経験したのは、ロザリンドの父親の乱暴であわただしい無理強いだった。うばわれただけであって、捧《ささ》げてはいない。本物の性愛も知らぬまま、この世を去る？　つねづね軽蔑《けいべつ》している社交界の決まりにしばられて、本当に欲しいものをあきらめるつもりか？

「ジャスティン」マリアンヌはささやき、薄闇をすかしてジャスティンの表情を探る。

ジャスティンは短く息を吸いこみ、マリアンヌに視線を返した。暗がりのせいか、ジャスティンの頬がこけて見える。だが、口もとやまなざしには欲情があらわになっていた。

片方のてのひらをマリアンヌの頬にあてる。

心持ちざらっとした感触に、マリアンヌはぞくぞくする快感をおぼえた。きゃしゃな首から固い鎖骨へと、ジャスティンの指がたどっていく。肌が打ちふるえ、のどのくぼみのあたりがどくどくと脈を打つ。ジャスティンはかがんで唇を重ね、そのままゆっくり動かした。

いつしか不安がかき消え、マリアンヌは喜悦に身をゆだねていた。今この瞬間こそが生そのもの。体の奥底から渇望が突きあげ、五感のすべてが歓《よろこ》びにおののく。

マリアンヌは指をジャスティンの髪にさし入れ、しごくように動かして感触を楽しんだ。そのあいだにも唇と舌はからみあい、なまめかしくうごめいている。鼻孔をくすぐるジャスティンのにおいにいやがうえにもそそられ、口づけの激しさが増していった。心ゆくまで互いを堪能《たんのう》したい。そんな思いに二人とも駆りたてられていた。ジャスティンの手は胸から腹部、脚へとすべる。じかにさわってほしい。もどかしさのあまり、マリアンヌは服をはぎとってしまいたかった。胸のふくらみが痛いほど盛りあがっていた。

両手でジャスティンのシャツのボタンを外し、布地の下の筋肉質の胸板をまさぐる。指先で軽くなでてから、胸や腹にてのひらをあててすべらせた。ジャスティンはぴくっとふるえ、唇をいっそう激しくむさぼる。マリアンヌの背中に手を回してすばやくボタンを外し、乗馬服をずりさげた。へだてるものは、胸もとをリボンでしばったシュミーズだけ。もどかしげにリボンをほどき、ふくらみきった乳房をすくいあげるようにシュミーズからはみださせた。

しっとりした乳白色のふくらみの真ん中に、濃い桃色の乳首がつんとあおむいている。ジャスティンは両手をかぶせ、燃えるまなざしでしばし見入っていた。「なんて美しい人だろう」かすれ声でつぶやく。

「お願い」マリアンヌはささやいた。

言われるまでもない。さっそくジャスティンはすでに硬く突きだしている乳首に親指をあて、柔らかい調子をつけてまわりをさすった。下腹に快い戦慄《せんりつ》が走り、ジャスティンのもものあいだにすわっていたマリアンヌは思わず正面に向きを変える。両脚をジャスティンの腰に巻きつけ、シュミーズを引きさげて上半身をあらわにした。ジャスティンはのどの奥でうめき、両手をマリアンヌの腰に回してしっかり自分の体に密着させ、胸のふくらみに顔をうずめた。

口に乳首を含み、まずはそっと吸った。それから舌でなめたり、軽くたたいたり、円を描いたり、緩急自在にもてあそぶ。マリアンヌはあえぎ、小さくうめいた。もものあいだが濡《ぬ》れそぼつのがたまらず、マリアンヌは下腹をぐいぐいジャスティンに押しつける。息づかいが荒くなりながらも、ジャスティンは口の動きを止めずにもう一方の乳首に移った。

マリアンヌはジャスティンの肩に爪を食いこませ、ひとりでに腰を回していた。

ジャスティンはスカートのすそから手をもぐりこませて太ももをさかのぼり、熱く湿ったつけねにたどりつく。下ばきが邪魔だった。じれったそうにもう一方の手を持っていき、綿の薄い布を引き裂いた。唇は乳房から離さずに、火照ってふくらんだ合わせ目に指をじかにあてがう。柔らかでぬめやかなひだをかきわけ、かするようにそっとなでたり強くなぶったり、愛撫《あいぶ》を始めた。

マリアンヌはしゃがれ声でジャスティンの名を繰り返しては、切なげに身もだえする。こんな感覚は生まれて初めて。あたりがぐるぐる回り、今にも体全体が燃えつきそうだった。ジャスティンのズボンごしに硬い隆起が腹部に突きあたる。マリアンヌはふるえる指先でボタンを外した。手をさし入れ、てのひらで受けとめる。ジャスティンはぶるっとおののき、けものじみたうなり声をもらした。

狂ったようにジャスティンはシャツをはぎとった。あまりの勢いに、ボタンが二、三個はじけ飛んだ。シャツを地面に敷き、その上にマリアンヌをあおむけに寝かせる。もはや自らを抑えることはできなかった。マリアンヌの脚のあいだに分け入り、少しずつ中へ入っていく。熱いひだにじっとりときつくつつみこまれ、うめかずにはいられなかった。初めはゆっくり突いたり引いたり、しだいに強く速く反復させる。呼吸がどんどん荒くなっていく。マリアンヌはむせび泣いた。強烈すぎて痛いほどの官能の歓びだった。このうえもない快感の波動が全身をつらぬく。ジャスティンの背中に爪を立て、マリアンヌは声をあげた。きわみに達したジャスティンはマリアンヌの口をキスでふさぎ、二人はともに底知れぬ歓喜の海に身を躍らせていった。

満ちたりた二人は抱きあったまま、けだるい余韻や快い脱力感にひたっていた。マリアンヌがこれほど親密な気持になれたのは生まれて初めてだった。これから何があろうとも、ジャスティンとのきずなは壊れない。なぜならば、本当の意味で私を知っているのはこの人しかいないから。もはやジャスティンにだけは隠しごとはいっさいしたくなかった。なんのへだてもなく、魂を丸ごと捧げたい。

「私はずっと泥棒だったわけじゃないのよ」

「そう？」ジャスティンはマリアンヌの巻き毛を指に巻きつけた。「前は何をしてたの？」

マリアンヌの体がこわばった。実のところ、盗みを認めるよりもきつかった。良家に生まれたところで没落という不運な目に遭うことはあるし、生活のために泥棒稼業をせざるを得ない場合もあるだろう。けれども、使用人風情と公爵の子息とではあまりにも身分が違いすぎる。別世界の住人のようなものだ。

「私は二階の係の召使いだったんです。クォーターメインというお屋敷ではたらいていました。十四歳のときにそのお宅に奉公に行ったの。私は孤児で、聖アンセルムという孤児院で育ったんです。自分の本名もわからないの」

「そうだったのか。かわいそうに」ジャスティンはマリアンヌの体に回した腕に力をこめ、髪に口づけする。「ご両親のことは憶《おぼ》えていない？」

「ええ、何も。ごく小さいときに孤児院に連れていかれたのだけれど、怖かったとうっすら憶えているだけで、ほかにはなんの記憶もないの。あるとき、事務所に忍びこんで私についての書類を見てみたら、両親の欄には不明と書いてあった。孤児院の院長が勝手に名前をつけたんだと思うわ。だから、マリアンヌ・コターウッドというのも私が自分で考えて決めた名前なんです」

ジャスティンはマリアンヌの髪をなでた。「じゃあ、ご主人のことは？　ミスター・コターウッドというご主人はいたの？」

「夫はいませんでした。ロザリンドは――」涙がこみあげ、マリアンヌは口ごもった。

「愛人とのあいだの私生児？」

「いいえ、愛などいっさい関係ないの」マリアンヌは顔をそむけ、横向きに姿勢を変える。声がかぼそすぎて、ジャスティンは耳を澄まさなければ聞きとれなかった。「あの子の父親はクォーターメイン家の長男です」

「その男は養育費も出さないのか？」

「認知もしなかったんですもの。あの人に……愛されていると私は思っていたの。最初は、いろいろ甘い言葉を口にしていたから。私のほうも彼を愛しているような気になっていた――愚かだったわ。あの人が私と駆け落ちするつもりでいると信じていたなんて、本当にばかだったの。それでも体は許さなかったら、だんだん横暴な態度になって……私がじらしていると言って怒りだしたの。私はそんな女じゃないと反論したわ。すると、おまえなんかほかになんの能もない女じゃないかとののしって、実に卑しい笑い方をしたの。私は泣きだして、愛しているんじゃなかったの、結婚したいと思っているんじゃないのと訴えた。そんな私をあの男はただ嘲笑《あざわら》っていただけ。胸がつぶれそうで、私は逃げようとしたの。だけど、手首をつかまれて引きもどされた。もういやとは言わせないって、無理やり私の服をはぎとったの」

「ああ、マリアンヌ、なんてこと……」ジャスティンはマリアンヌを抱きよせ、横顔に唇を押しあてる。「そいつは力ずくでうばったんだね？　かわいそうなマリアンヌ」

マリアンヌはこっくりした。涙でのどがつまって、口がきけない。あのときの苦痛と屈辱感がまざまざとよみがえり、声を忍ばせて泣いた。ジャスティンはマリアンヌを抱きかかえ、髪にそっと口づけして涙がおさまるのを待った。

「ごめんなさい、泣いたりして。ずうっと前のことなので、もう胸が痛まないと思っていたんだけれど」

「そいつは実に卑劣な野郎だ」ジャスティンは憤りのあまり声をふるわせている。「むち打ちの刑に処すべきだ。名前はなんという？」

マリアンヌは泣き笑いのような声を出した。「どうして？　十年もたってから私の汚名をそそいでくださるというの？」

「そういうやつは痛い目に遭わせてやらなければならない。そんなことがあったんなら、あなたが男性不信になるのも当然だ。紳士と称する資格なんかないよ」

「おなかが目立つようになったので、私はお屋敷を首になったの。家政婦にいきさつを打ち明けたんだけど、抗議しても仕方ないと言われたわ。それでも私は悔しくてたまらず、母親である奥さまにあの男がしたことをぶちまけてやったの。そうしたら、私が誘惑したにちがいないと言い返されたわ。顔も髪も派手だから、誰が見ても私の身持ちがよくないことがわかるとまで言われたの。暴力で犯されたのに、原因は私の髪の色にあるような言い方だったわ」

「どうせ愚鈍で思いあがった女だろう」ジャスティンはマリアンヌを抱きしめた。「あなたが痛々しくてたまらない。ぼくに何かできるといいんだけど。そんなつらい経験を消し去って、埋めあわせになるようなことができさえすれば」

マリアンヌはほほえみ、ジャスティンの胸によりそった。「いいの、何もしてくださらなくても。あなたがそう思ってくれただけでありがたいわ。そういうたぐいのお屋敷から盗みをはたらいても、なぜ私があまり良心の呵責《かしゃく》をおぼえないか、少しはわかってくれるかしら」

「うん、わかるとも。で、そこのうちには何をしてやった？　銀の皿でも盗《と》って逃げたの？」

マリアンヌは笑った。「そんな才覚もなくて、ただ飛びだしただけ。持ち物といっても、わずかな衣類、はたらいていた五年間にどうにか貯《た》めたはした金しかなかった――それと、召使い仲間で私の親友のウィニーが自分の貯金をはたいて持たせてくれたわ。何か働き口があるだろうと思って、まずロンドンに出てきたの。でも、妊娠した女を雇ってくれるところがあるはずはない。皿洗いの仕事にすらありつけなかったわ。同僚に悪い影響をあたえると思われたのでしょう。食べるものにも事欠き、住むところはなしで、不安でたまらなかった。そんなときに、ハリスンとデラに会ったの。あの夫婦に私と……ロザリンドは救われたんです」空腹のあまり生まれて初めて果物を盗もうとしたところを二人に助けられ、引きとられたいきさつをマリアンヌは説明した。「食べるものも着るものも面倒みてもらい、話し方から立ち居ふるまいまで教わったの。恩返しのしようがないくらいデラたちにはお世話になったわ。私にとっては、あの二人が親代わりなの」

「親よりもっといいんじゃないかな。ぼくも自分で家族を選べればよかった」ジャスティンは苦笑まじりに言った。

マリアンヌは低く笑った。「十一世紀のノルマン人の征服までさかのぼれるような古い家柄のお生まれだから、そんなことを言えるのよ！」

「それ以前までさかのぼれるよ！」ジャスティンはわざとむっとしてみせる。「ぼくの祖母に訊いてごらん。喜んで話してくれるよ」

「お祖母《ばあ》さまって、どんな方？　あなたのご家族みんなについて聞かせて」

ジャスティンは肩をすくめた。「みんな退屈な人間ばかりさ。公爵と結婚したときが、祖母の人生の決定的な瞬間だったんだ。公爵夫人になるべき運命の星のもとに生まれ、結婚後は歩き方から話し方、食べ方にいたるまで公爵夫人そのものだった。大きな声で笑ったり怒ってどなったりせず、急ぎ足で歩いたりもしない。なぜなら、公爵夫人の威厳にそぐわないから。祖母の実家も古い家柄だが、代々公爵を継いできた祖父の家をより誇らしく思っているようだ。父も含めて家中の全員が祖母を恐れている。毎週、家族は祖母の屋敷に表敬訪問に行かなければならない。ぼくの両親が一年の半分をロンドンで暮らしている主な理由は、祖母がロンドンにはほとんど来ないからだと思う」

「まあ、そうなの」

「ぼくも両親にめったに会わない。両親は社交シーズンと冬の大半はロンドンにいる。とりわけ母が田舎嫌いなんだ。だけど、子どもたちはいつも田舎の屋敷にいる。母は美人だから公爵を捕まえられたんだと、世間では言われている。母の実家の家柄も悪くはないけれど、金持ちではない。子どもの頃、夕食前の化粧をしている母のところに乳母がよく連れていってくれたものだ。母のことを天使のようにきれいだとは思ったが、乳母のほうが好きだった。怪我《けが》をしたときに抱きしめてくれるのも、怖い夢にうなされた夜にろうそくを灯《とも》してくれるのも乳母だったから」

マリアンヌはほほえんだ。「孤児院にも、そんなふうに優しくしてくれる女の人がいたわ。うなされたときはやってきて、声をかけてくれた。でもいつも慰めてくれるのは、ウィニーだったけど」

「よく怖い夢を見たの？」

「ええ、小さいときは。どんな夢か、もう憶えていないわ。初めて聖アンセルム孤児院に連れてこられたときの夢だと思うけど」

二人はしばらく黙っていた。考えこんでいた様子のジャスティンが先に口をひらいた。

「あなたを追いかけている男のことだが……孤児院に入れられる前のあなたについて、その男は知っているんじゃないかな？」

「ええ、たぶん知っていると思うわ。聖アンセルムに行って訊けば、私が孤児院を出てからクォーターメイン家に奉公していたこともわかるでしょう。そのあとのことについては、孤児院の人は知らないはずだけど。それにしても、なんのために私を殺さなければならないのかしら？　バックミンスター卿のお屋敷に招かれるような上流社会の人が、なぜ？」

「あなたも招かれたんだから、家柄のいい男とは限らないじゃないか。それに、あなたと関係がある人間はすべて上流ではないと、どうして決めつけてしまうの？」

「だって、良家の子どもは孤児院などに放《ほう》りこまれないでしょう。財産があるはずだから、面倒をみてくれる親戚《しんせき》もいると思うわ」

「しかし良家であっても、正妻の子どもじゃないとしたらどうだろう」

　マリアンヌは目をみはった。「それは考えたこともなかったわ」

「私生児の母親である女性が亡くなり、男は責任をとろうとしなかったとする。自分の子だと認めもしないかもしれない。そういう無責任な男はいるからね」

「ええ、そのとおりだわ」

「あるいは、良家の若い女性が不義の子を産んだ場合も考えられる。親族は家名に傷がつくと言って、世間に知られないようにその子を始末しようとする。その女性の父親や兄弟だけでなく、私生児の父親も関わっているかもしれない。そのほかにも、家族に反対された相手と結婚したために勘当された男か女だとしたらどうだろう？　で、その夫婦が亡くなったあとも、傲慢《ごうまん》で頑固な親戚は残された子どもを認知しようとしない。この場合も、兄弟だの父親だのいとこだの、いわゆる紳士が関わっている可能性は大いにあるだろう」

「それは考えられるわね」マリアンヌは起きあがった。身分の高い両親がなんらかの事情で自分を孤児院に入れたのではないか。子どもの頃には、よくそんな空想にふけったものだった。けれどもジャスティンの話を聞いていると、まんざらたわけた空想とばかりもいえないような気になってくる。「でも、なぜ大人になったその子を殺さなくてはならないの？　孤児院に入れられてから、もう二十年以上もたっているのよ」

「その男にとって、あなたの存在が脅威だということではないかな。あなたに正体を見破られて告発されることを恐れているとか」

「だけど私は、聖アンセルム孤児院に来る前のことをまったく憶えていないのよ」

「いつあなたの記憶がよみがえるかもしれないと、不安に思っているのかもしれない」

「それに、うぶな娘を誘惑して私生児を産ませたことが世間に知られたとしても、それだけで人殺しまでするかしら？　そんな道楽は、紳士と称する男の人たちのあいだでは珍しくないでしょう。大したスキャンダルにはならないと思うけれど」マリアンヌは侮蔑をこめて言った。

「私生児を産ませたからといって、社交界から追放されたりはしない。しかし、不名誉な行いをしたことは立派なスキャンダルになるんだよ。たとえば、議員に立候補する男にとっては致命的になり得るんじゃないか」

マリアンヌは目を丸くした。「ミスター・サーズトン！」

「じゃなかったら、大金持ちの奥さんを敵に回すことになるとか」

「サー・ジョージ・メリデイルのこと？　でも、ジャスティン……」

「わかってるよ。サー・ジョージが人を殺せるくらいなら、とっくの昔にソフローニアをやっているだろう」

思わずマリアンヌは笑った。「そうそう」

ジャスティンの顔を見ようとして、マリアンヌは気がついた。いつのまにか夜の闇が迫っている。出口をふさいだ瓦礫のすきまからさしこんでいた光もほとんど消えかかっていた。

「とうとう夜になってしまったわ」おびえた声音でマリアンヌがつぶやいた。

ジャスティンは急いでマリアンヌを抱きよせた。「二人一緒だから、そんなに怖くないよ。それに、材木がきしむ音もしなくなった。このぶんなら、もう崩れはしないと思う。明日になれば、必ず救いだしに来てくれる」

ジャスティンの言葉を信じたい。それに、こうして抱かれていると安心できる。マリアンヌは、どんどん暗くなっていく坑内を見ないように目をつぶった。間もなく真っ暗闇になるだろう。でも、ジャスティンがいるからだいじょうぶ。

そう自分に言い聞かせながらも、不安や恐怖が完全に消えたわけではなかった。マリアンヌの胸のうちを察したジャスティンは、バッキーと一緒に馬を見に行ったときの話を面白おかしくしゃべりだした。ジャスティンによれば、おおかたの人が一年間に経験するよりもずっとたくさんの失敗や不運な出来事だらけの道中だったそうな。大げさに話をふくらませているのではないかと思いつつも、滑稽《こっけい》な情景が目に浮かんできてマリアンヌは声をたてて笑った。

しだいに話の種もつき、二人はふたたび黙りこんだ。マリアンヌを抱えたまま、ジャスティンは横になった。

　夜が明けるまで眠ってしまえたらどんなにいいだろう。そう思って目を閉じても、マリアンヌはなかなか眠りにつけなかった。地面は固いし、体のあちこちに石ころや土くれが食いこんで痛い。それより何より、空腹とのどの渇きがこたえた。加えて、口には出せない生理的要求もある。どうしたらいいのか、途方に暮れていた。

　そのとき突然、こするような音が外から聞こえてきた。マリアンヌは、がばとはねおきた。「あれは何？」

「なんだろう」ジャスティンも身を起こし、耳を澄ました。

　二人はあわてて服を着はじめた。また音がして、次に馬の低いいななきが聞こえた。

「なんだ」ジャスティンはがっかりした声を出す。「ぼくの馬が鳴いただけだ。だけど少なくとも、あいつが動かずにいるのだけはわかった」

　また二人が横になろうとしたとき、瓦礫にはばまれてくぐもった声が外から聞こえてきた。「おーい！　中に誰かいますか？」

　ジャスティンとマリアンヌは顔を見合わせる。期待と不安が同時にこみあげた。救助隊がやってきたのか？　それとも、マリアンヌが死んだかどうか確かめるために、犯人がもどってきたのではないか？

15

男の声が繰り返した。「おーい、誰かいますか？　聞こえますか？　聞こえますか？」

聞き覚えのない声だと、マリアンヌは思った。だが瓦礫《がれき》にさえぎられてよく聞こえないので確かではない。ジャスティンが口に手をあてて答えた。「聞こえました。中に二人いるんです！」マリアンヌのほうを向いて耳打ちする。「殺し屋かもしれないが、ここに閉じこめられているよりはむしろ対決しようと思う」

マリアンヌはこっくりした。

「もう一度言ってください！　よく聞こえないんです。坑内にいるんですか？」声は前よりもよく聞こえる。ふさがれた入り口のすぐ外にいるようだ。

「そうです！　天井が落ちてきて出られないんです！」

「そりゃ、たいへんだ！」男の声とともに、岩や木ぎれをどける音が聞こえてくる。

ジャスティンは叫んだ。「気をつけてください！　さっきも脱出するために穴をあけようとしたら、二度目の落盤が起きたんです」

「了解。気をつけます」快活な声音だった。「ちょっと後ろへさがっていてもらったほうがいいかもしれない」

ジャスティンはマリアンヌを引っぱってさがり、息をこらして男が瓦礫を掘る音を聞いていた。ばりばりっという大きな音がした。二人はあわてて後ろへ飛びのき、あたりを不安げにうかがう。土砂が地面に落ちるかすかな音が聞こえはするものの、真っ暗闇《くらやみ》の中では何も見えない。マリアンヌはぐっとつばをのみこみ、ジャスティンの手をさらに強くにぎりしめた。

どしんという音のあとで、ちくしょうとののしるのが聞こえた。「失礼！ 岩のやつが足にぶつかりやがったものだから」男が明るい口調で説明する。

なおも入り口を掘りつづける音が続き、やがて三十センチほどの長さのうっすら白っぽい形が見えてきた。ようやくあいた穴に、人の顔があらわれる。顔といっても、暗闇で目と鼻らしいとどうにか判別できただけだ。いったんそれが引っこみ、次にカンテラがさしだされた。その明かりのかたわらに男の顔が見える。

「ようし、うまくいったぞ！」男は白い歯を見せて笑った。ジャスティンもマリアンヌも知らない男だった。陽気でいたずらっぽい黒い目。表情豊かな大きい口。美男子のようだ。

「ご婦人と一緒ですか？」

「ええ。助けてくださって、本当に嬉《うれ》しいです」ジャスティンは前に進みでた。「そこの材木をどけようとしたんですが、重すぎて動かないんです。ぼくがこっちから押しますので、あなたは引っぱってみてくださいませんか……」

「もちろん」

救い主である男はカンテラをわきにおき、ジャスティンとともに細心の注意を払いながら重い材木を動かしはじめた。少しずつ穴が大きくなっていく。それでもまだ脱出するには、数本の材木が邪魔をしていた。どの材木をどければ、入り口の崩落を引きおこさずにすむか。話しあったあげくに、そのうちの一本の丸太に決めた。ただし、二人の男が動かすには重すぎるし、あまりにきつく食いこんでいる。見知らぬ男はその場を離れ、間もなくロープを手にもどってきた。丸太にロープを巻いて、馬に引かせることにする。馬がゆっくり丸太を引っぱるあいだ、ジャスティンはほかの材木が崩れ落ちないように支えていた。丸太が急に動いたためにほかの材木が位置を変えたとき、ばりっと不気味な音がした。二、三の岩石や土埃《つちぼこり》が降ってはきたものの、何も崩れ落ちてはこなかった。

ジャスティンはほっと安堵《あんど》のため息をつき、興奮を抑えきれぬ面持ちでマリアンヌのほうを向いた。「やっと出られる。さあ、行こう」

手をさしのべられ、マリアンヌは駆けよった。マリアンヌはジャスティンの肩につかまってよじのぼり、瓦礫にあけた穴から上半身をのりだした。男が外からマリアンヌを引っぱりあげ、地面におろした。続いて、ジャスティンを助けあげようとする。マリアンヌは地べたにへなへなとすわりこんだ。ひざから力が抜けて立っていられなかった。ジャスティンの頭と肩が穴から出てくるのが見える。体重や肩幅の広さゆえ、狭い開口部を通り抜けるのがマリアンヌほど容易ではない。体にはすかいにあたっている材木がきいっと音をたてて十数センチもずれ、石ころや埃が飛び散った。けれども次の瞬間には、ジャスティンは穴から抜けだすことができた。全身の重みを引き受けることになった男はぐらりと後ろによろめいた。

二人の男はあえぎあえぎ、マリアンヌのそばに倒れた。汗が光っているのがカンテラの明かりで見える。ジャスティンはあおむけに寝て、夜空を見あげた。地平線近くに満月が浮かび、満天の星がきらめいている。

「何もかもがこんなにもきれいに見えるのは初めてだ」ジャスティンはマリアンヌの手を取って、ぎゅっとにぎった。

救い主の男はにっと笑った。「まさにそのとおり」

筋肉質の脚は長く、肩幅もジャスティンと同じくらい広い長身の男だった。髪の色も目と同じで黒く、あごや頬骨のあたりが引きしまった彫りの深い顔だちだ。黒っぽいシャツとズボンにブーツという地味な身なりだった。

ジャスティンは男に握手を求めた。「なんとお礼してよいやらわからないくらい感謝しております。ジャスティンと申します。ランベス卿《きょう》です。こちらはミセス・コタートウッドです」

「ぼくはジャックです」男はジャスティンの手をにぎった。「お礼にはおよびません。たまたまぼくが通りかかってよかった。あなたの馬が手綱を引きずったまま立っているのを見つけたので、調べてみることにしたんです」

「おかげで本当に助かりました。このへんを通りかかる人は少ないでしょうし、まして夜ですから」ジャスティンは、ジャックと名のった男をじっと見た。

「いったいどうしたんですか？　廃坑の探検でもしていて閉じこめられたとしても、原因はなんだったのか？」

「よくわからないんですが」ジャスティンは即答を避けた。「ミセス・コタ－ウッドが中に入って……入り口からちょっと入ったところで、部分的に崩れ落ちたんです。ぼくが助けに入ると、入り口が全部ふさがれてしまったというわけです」

「そんなに脆《もろ》くなっているとは知らなかった」ジャックは軽く受け流しながらも、瓦礫の山を観察している。

「わざと脆くされたんだと思います」ジャスティンが難しい顔つきで言った。

ジャックは驚いてジャスティンを見る。「なんだと？　あ、汚い言葉を使って失礼しました、ミセス・コタ－ウッド」黒い髪をかきあげ、ジャスティンにたずねた。「どうしてそう思うんですか？」

「馬で走っているときに、大きな音が聞こえたんです。それが何かはわからなかったんですが、入り口が崩れ落ちているのを見て、爆破の音だったのではないかと思いました」

ジャックはジャスティンからマリアンヌへと目を移し、ふたたび視線をもどした。「どうして爆薬なんか仕掛けたんですか？」

「わかりません。不注意による事故でないとすれば、ミセス・コターウッドに危害を加えるためということになるが」

「なぜこのご婦人がねらわれたんです？」

「さあ。あなたはどう思われますか？」

ジャックは眉をつりあげて、大げさに驚いてみせる。「ぼくがどう思うかですって？　そう訊《き》かれても答えようがない。ご婦人を存じあげていないですし」

「もしかしたらあなたはこの廃坑に詳しいのではないかと思ったものですから。ここを馬で通りかかったことからして」

ジャックは満面に笑みを浮かべた。「うちに帰る途中だったんです。この廃坑については、採掘をやめてから何年にもなることぐらいしか知りませんよ」

「廃坑というのは便利なものですね」ジャスティンが唐突に言った。

マリアンヌはけげんそうにジャスティンの顔を見た。どうやら何かほのめかしているらしい。面白そうなジャックの目つきからすると、ジャスティンがにおわせていることの意味を察しているようだ。

「便利といえば便利でしょうが、ぼくにはよくわからない。しかしそれがご婦人を危険な目に遭わせるとは、とうてい思えないんですがね」

「まあ、落盤の原因は簡単にはわからないでしょう。それを突きとめるために掘り返したところで仕方ないと思いますよ」

「そうそう」ジャックの黒い目がいたずらっぽく光る。「たとえそうしても、何も出てはこないんじゃないかな」

ジャスティンは微笑した。「でしょうね」ジャスティンに続いてジャックも立ちあがり、握手を返した。「このご恩は決して忘れません。そのまま通りすぎてしまわずに、わざわざ骨折って救出してくださったのですから。ぼくは今、親友のバックミンスター卿の家に泊まっています。もしもぼくやバックミンスター卿の助けが必要になるようなことがありましたら、ぜひあなたのお役に立ちたいと思います」

ジャックは軽くうなずいた。「ありがとう。憶《おぼ》えておきます」

「では、我々はバックミンスター邸に帰ります。あなたもご用がおありでしょう」

マリアンヌは男たちの会話に含みがあるのには気づいていたが、裏の意味まではわからなかった。ジャックはマリアンヌに挨拶《あいさつ》した。「ミセス・コターウッド、お目にかかれて光栄でした。なぜあなたのような方が危害を加えられなければならないのか、ぼくは想像もできません」

マリアンヌは手をさしだし、にっこりほほえみかける。「本当に感謝しております。お礼の申しあげようもございません」

「その美しい笑顔を拝見できただけで、ぼくには十分ですよ」大胆にもジャックは、マリアンヌにウィンクを送った。

ジャックはカンテラの明かりを消して鞍袋《くら》に引っかけ、馬にまたがった。二人に黙礼して馬のわき腹を蹴《け》り、去っていった。

ジャスティンは自分の馬のそばへ行って手綱をにぎり、首を軽くたたいてねぎらった。ジャックが去ったあとをしばらく見送っていたマリアンヌも、ジャスティンの馬のほうに歩いてきた。

「あれはどういうことだったの？」

「あれって？」

「あなたが言っていた、わけのわからないこと。あなたとあの男の人のやりとりには、私に通じない言外の意味があったようね」

「あの男はなんとなく怪しげなんだ。こんな暗くなってから、偶然この廃坑を通りかかるなんてことがあるだろうか？ それに、カンテラを持っていた理由はなんだろう？ 満月で道は十分明るいし、馬に乗る前にカンテラを消していたよね」

マリアンヌは眉をひそめた。「でも、行く先で必要なのかもしれないわ」

「そのとおり。で、その行く先とはどこなのか?」

「この廃坑だとおっしゃりたいのね? だけど、どうして? まさか私を突き飛ばした犯人があの人だと思ってるんじゃないでしょう? 私のことを訊いて回ったり、殺そうとした男だと?」

ジャスティンは肩をすくめる。「あり得ないとは思うけど、その可能性も否定はできないじゃないか?」

「あの人が私を川に突き落としたとは思えないわ。それに、もし私の頭をなぐったうえ落盤を引きおこしたとしたら、なぜ助けてくれたの?」

「そのへんがよくわからない。おそらく同一人物ではないだろうね。ただ考えられるのは、あなたがたまたま彼の秘密を見つけたとする。そこであの男は動転のあまり、あなたをなぐって気絶させた。だが、すぐ思い直す。ばかなことをしてしまった。もしあなたが死ねば、いっそう厄介なことになる。それで引き返してきて、もしもまだ生きているようだったら、救出することにした。そうすれば、自分が疑われることはないだろうと考えた。こういう筋書きはどう?」

「でも、なぜ私があの男の人を疑うの? 会ったこともない人なのに。それに私は、何も見つけてなんかいないわ。どういうこと?」

「このあいだ、バックミンスター夫人たちが噂《うわさ》していた追いはぎ団のことを憶えてる？　さっきの男はその一味じゃないかと思うんだ」

「え、誰の話？　あ！　ホワイト・レディ滝に遠乗りしたときに聞いた、このあたりを旅する人たちをねらう追いはぎ団のことね」

「そう。首領は〝紳士〟と呼ばれているという話だった。話し方や態度からして、さっきの男も紳士階級に属するように見えた。我々と同じような生まれ育ちなんじゃないか。ぼくはバッキーの家に何度も来たので、このへんの紳士連のほとんどは知っている。しかし、あの男に会うのはまったく初めてだ」

ジャスティンの話を聞いていたマリアンヌも疑問を口にした。「名字を言わなかったのが変だったわね。黒ずくめの服装も、暗闇で目につかないからかしら」

「彼の馬を見ただろう？　いい馬だ。きっと足が速いよ。だけど見かけは、これといった特徴がない。斑点《はんてん》も何もない黒だ」

「それも、夜の闇では目立たないように……見分けがつきにくいように？」

「そのとおり」

「それにしても……私が何か見つけたので、襲ったのかもしれないというところが解せないけれど」

「推測にすぎないが、追いはぎ団は廃坑を略奪品の倉庫代わりに使っていたんじゃないかな？　坑道が使われなくなってから何年にもなるから人の出入りもないし、隠し場所として安全だろう。あなたがのぞいているのを見て、隠し場所をかぎつけられたと思いこみ、とっさにあなたの頭をなぐった。ま、そういうことはないと思うが」

「そうね。入り口を爆破できる爆薬でも持っていたのではない限り」

ジャスティンはにっと笑った。「いい線いってるじゃないか。彼は隠してある品物を確認しに来たか、追加するものがあったのかもしれない。坑内がよく見えるように、カンテラを持ってきた。ところがここに着いてみると、入り口が崩れ落ちていた。外に馬がいるからには、坑内に誰か閉じこめられていると思った」

「でも、私たちが略奪品を見つけて警察にとどける恐れがあるのに、穴を掘って助けてくれたとは立派ね」

「ぼくもそう思う。だから、また坑内に入って調べたりするつもりはないと言ったんだ。我々は秘密をばらさないと彼に知ってもらうために」

「それであのジャックという人は、誰かが調べに入っても何も見つからないように、事前に証拠を持ちだすと、あなたにそれとなく伝えたというわけね」

「そう」

「何かあったらお役に立ちたいという意味のことをあなたが言ったのは、警察に捕まったりした場合――」

「ぼくにできることはなんでもするつもりだ。ぼくの名を出してもいいし、このへんではバッキーのほうが名前を知られているから、バックミンスター卿のほうが役に立つかもしれないという意味で話したんだ」

「あなたって、親切な方」

「恩人だからね」ジャスティンはあっさり言った。「それに、彼は根はいい人間だと思う。ぼくだって、人を犯罪に走らせる世の中の不正や不公平にまったく無関心なわけではないんだ。それに、貴族だというだけでほかの階級の人々をちりあくたのように扱おうとは思ってもいない」

マリアンヌはジャスティンの首に手を巻きつけた。「わかっているわ。だから私は……」不意に口をつぐむ。〝あなたを愛しているの〟と言いそうになったのだった。ジャスティンにどう受けとられるかわからない。代わりに、つま先立ってキスをした。

しばらくのあいだ、二人はしっかり抱きあっていた。嬉しさやら安堵やらが入りまじって、軽いめまいをおぼえる。埃だらけで、のどが渇き、おなかは空《す》くし、疲れきっているにもかかわらず、何もかもが薔薇《ばら》色に見えた。

二人はようやく抱擁をほどき、ジャスティンの馬に乗った。マリアンヌを横向きにすわらせ、ジャスティンは後ろから手を回して馬を操った。満ちたりた沈黙が続いたあげくに、ジャスティンがつぶやいた。「何があったのかと、みんなに訊かれるにちがいない」

「そうね。まさか皆さんのうちの誰かに殺されかけましたとも言えないし」

「それはちょっとまずい。ねえ、マリアンヌ、何者かに押されたり頭をなぐられたりしたというのは、まさか勘違いではないだろうね？　つまずいて岩か何かに頭をぶつけたなんてことは考えられない？」

マリアンヌはため息をついた。「あるいはそうかもしれないと、言えるといいんだけれど。でも、背中を押されたのははっきり憶えているの。頭を打たれたのも。それに、あなたがあそこで私を待っていると書かれた偽の手紙もあるじゃない。とうてい事故だとは考えられないわ」

「あなたの言うとおりだ。だけど、あなたがそう思っていることを犯人には悟らせないほうがいいと思うんだ。あなたが犯人を突きとめようとしていることがわかったら、それこそ必死であなたを消そうとするんじゃないか。しかしあなたに気づかれていないと思えば、計画の実行をもっと先に延ばすかもしれない」

「どうやったら何も知らないふりができるかしら？」

「こういう話にしたらどうだろう？　まずあなたは馬に乗って出かけることにした。格別の理由もなく、単なる思いつきで。途中であの廃坑を見かけ、中をのぞいてみることにした。だが、馬をおりて入り口のほうに歩いていったところまでしか憶えていない。頭を打ったときにはよくあることだから、別におかしくはないよね。意識を取りもどすと、そばにぼくがいた。そこに二度目の落盤が起きた。一方ぼくはたまたま馬で通りかかったら、入り口が崩れ落ちているのを見つけた。どういうわけかと近づいてみると、靴の跡が残っているのに気がついた。中に誰かいるのかもしれないと思った。靴の大きさからして、女性ではないか。で、入ってみると、あなただったのでびっくりした」

「なぜそんな話にするの?」

「犯人はあなたが一人だったのを知ってるんだから、二人で一緒にいたと言えばわざと嘘《うそ》をついていると思うにちがいない。偶然あなたを見かけて追っていったとぼくが言うと、こそこそあとをつけたばかな男だと思うばかりじゃなくて、自分もぼくに見られたのではないかと怪しむだろう。自分の正体がばれたと思えば、あなたやぼくがますます邪魔になる」

「なるほど。でも、あなたが犯人を見ていないということは信じるかしら?」

「たぶんね。周囲に気を配ったにちがいないし、おそらくぼくの姿は見ていないだろう。自分が立ち去ってからぼくが来たのは本当だと思うんじゃないか」

「犯人があなたのもくろみどおりに信じたとして、そのあとはどうなるの?」

「そうやって犯人を油断させておいて、客たちのうちの誰かを突きとめることにしよう」

「どんな方法で? みんなに訊いて回るわけにはいかないでしょう。それに、なぜ私がねらわれるのかもわかっていないのよ。どうやって探るか、見当もつかないわ」

「バッキーには本当のことを打ち明けよう。彼に協力してもらわなくてはならない。バッキーが犯人だということはあり得ないから」

マリアンヌは笑った。「そんなこと絶対にないわ」

「まずバッキーとぼくが馬丁たちを尋問する。犯人がバッキーの客であるからには、厩《きゅう》舎《しゃ》から馬を出して、またもどってきたにちがいない。今日、馬で出かけたのは誰と誰かもわかるだろう。犯人はあなたより先に出発して、廃坑の近くに隠れて待っていたんだと思う。あなたより前に馬で出かけたのが誰かわかれば、疑わしい人間の数もしぼられる」

「そうね。で、ほかには?」

「客の一人一人について、できるだけ調べてみよう。いちおう犯人は男だと考えてもいいんじゃないか?」

「そうとも限らないでしょう。私はいまだに、ミス・ウィンボーンが怪しいと思っているの。ただ、私のことを訊いて回ったのと、近所の娘さんを襲ったのだけは、男だとわかっているけれど」

「じゃあ、男性客についてなるべくたくさん情報を集めてみよう。ソフローニアがいちばんよく知っているかもしれない」

「メリデイル夫人は自分のことを話すのが大好きだから、それ以外のおしゃべりもするようにうまく仕向けられればだけど。私はペネロピとニコラに探りを入れてみるわ」

「あくまでも慎重にね」

「もちろん。未亡人が独身の男性に関心を持つのは珍しくもないでしょうから」

ジャスティンは不平がましく言った。「関心を持ちすぎないように」

マリアンヌはくすくす笑う。「でもあなたは、男の人たちについてよくご存じなんじゃありません？　皆さん、バックミンスター卿のお友達なんですもの」

「うん、若い連中はよく知っている。ヴァーストなどは物心つく頃《ころ》からの友達だ。ぼくの母方の遠縁でもあるし。とにかく彼は、昔から馬と猟犬、狐《きつね》にしか関心がない男なんだ。どう考えても、ヴァーストには他人に危害を加えようとする動機なんかないよ。ただのけんかすらしたことがないと思う」

「ミスター・ウェスタートンは？」

「ウェスタートンとチェスフィールド卿は、イートン校にいた頃から切っても切れない仲らしい。追いかける女の子まで同じだという。チェスフィールドのほうが馬が得意でね――もっともウェスタートンに比べれば、誰でも乗馬の腕前は上だろうが。二人とも、まずまずの財産家だ。二、三年前にチェスフィールドの父親が落馬して首の骨を折り、彼が爵位を継いだ。ウェスタートンもいずれ跡を継ぐだろう。彼の父親は気前のよいたちだ。この二人に多額のばくちの借金があるとは思えない。彼らの身内に孤児院に入れられた女の子がいるとしたら、考えられる理由は私生児だからだろう。しかし、二人の家族関係からしてそういうことはほとんどないと思う。いずれにしても、犯人は若い男ではないんじゃないか？　だって、あなたが孤児院に入れられた頃は彼らもほんの子どもだったはずだ。関《かか》わりようがないんじゃないかな。それよりも、年配の男のほうがあなたの父親や母親の兄弟である可能性が高い」

「それもそう。だけど年配の人は過去のいきさつを知っているわけだから、もしも私が邪魔ならば何年も前に排除できたでしょう。一方、若い人は何があったかをごく最近になってから知ったのかもしれない。私を亡き者にしようとする理由がなんであるにしろ」

「いやはや、まったく！　これじゃ、どうしようもない。なんの手がかりもつかんでいないんだからね」

「もしかしたら、みんなの過去を探るより前に、まず注意深く観察すべきじゃないかしら。ただおしゃべりをしているときはだいたいそうだけど、私は今まで誰にも特に注意を払ったことはなかったの。でもその気になってじっと観察すれば、私に対する敵意を含んだ目つきや態度が見えてくるかもしれない」

「犯意が顔にあらわれる？」

「犯意まではわからないけれど、嫌悪感とか蔑《さげす》みとか――とにかく何かただならぬ気配よ。人を殺そうとしたからには、激しい感情を胸に隠していると思うの」

「かもしれない。だけど、もしそれほど強い敵意を持っているとしたら、隠しきれるものじゃないと思う。少しは気がついてもよさそうなものだが」

「そうね。でも、ほかに気が散ることがあったし」マリアンヌは上目づかいでジャスティンを見あげる。

ジャスティンは含み笑いした。「了解」

「年配の方たちについては、何かご存じなの？」

「ほとんど知らないんだ。バッキーの友人ではないからね。ミントン夫妻はバッキーのお母さんの知りあいで、やはり馬好きだということくらいしか知らない。地元の上流だが、飛び抜けた家柄ではないらしい。まあ、血筋のいい馬を買えるくらいの財力はあるようだ。サー・ジョージとソフローニアがなぜ招かれたのか、よくわからない。おそらくソフローニアが際限なくしゃべりまくって、根負けしたバックミンスター夫人が招待したってところじゃないかな。サー・ジョージには、クラブやスポーツの行事でときどき顔を合わせる程度だ。奥さんが金持ちだということもわかっている。北部の出で、名家のようだ。アラン・サーズトンもバッキーの友達というわけではないが、バッキーは選挙に関心があるらしい。ニコラのパーティにも呼ばれていたね。今回のパーティは、バッキーがあなたを呼びたいがためにとっさに思いついたものだから、体裁を取りつくろおうとしてサーズトンにも声をかけたのかもしれない。本当に来てほしいのは、マリアンヌ、あなただけで、あとは添え物さ」

「では、ミスター・サーズトンについてもあまりご存じない。だったら、あの秘書の方は？」

「ああ、フュークェイか？　感じのいい男のようだね。あまり言葉を交わしたことがないが。サーズトンは若い頃に少々ご乱行に走ったという噂を聞いた。飲む打つ買う、といったところか」

「そういう人なら、未婚の娘を妊娠させたかもしれないわね」

「あるいは。その噂を誰から聞いたのか、思いだせないんだ。もっとも、若い頃に羽目を外す男はたくさんいるが。かといって、みんな人殺しになるとは限らない」

二人は、なおもあれこれ憶測をめぐらせながら馬を進めた。規則的な馬の足どりに眠気を誘われ、マリアンヌはやがてジャスティンによりかかってまどろみはじめた。ジャスティンは静かにほほえむ。

バックミンスター邸に着いたのは深夜だった。家中の明かりがこうこうと灯《とも》り、数人の馬丁が走りよってきた。馬丁たちは口々に、二人の無事を祝う言葉を述べる。騒ぎで目を覚ましたマリアンヌにジャスティンが手を添え、下で待ち受ける馬丁に託した。馬からおりたジャスティンはマリアンヌの手を取り、家へ向かって歩きだす。玄関の扉がぱっとひらいて、バックミンスター卿が飛びだしてきた。バッキーの憂い顔にみるみる笑みが広がった。

「ジャスティン！　いやあ、よかった！　ミセス・コターウッド！」バッキーはジャスティンに駆けよって手をにぎり、大きく上下に振った。「ペネロピ！　お母さん！　早く早く！」

大声で呼ぶまでもなかった。ペネロピもバックミンスター夫人も、バッキーのすぐあとから出てきた。客たちもぞろぞろ玄関先に集まってくる。少なからぬ人数の視線が自分たちのつないだ手に注がれているのを、マリアンヌは見てとった。実はそのときまで、ジャスティンに手をにぎられているのさえ気がつかなかった。あわてて手を離す。顔が真っ赤になっていた。自分たち二人は単に身体の危険にさらされただけではなかったことを、マリアンヌは初めて実感した。今や世間の評判という難事も迫っている。マリアンヌとジャスティンは二人きりで長時間過ごした。とりわけ暗くなってからの数時間も含まれているため、ゆゆしき問題になるだろう。

「それはそれは心配したのよ！」バックミンスター夫人はマリアンヌの手を取った。「たいへんだったわね！　いったい何があったの？」

ペネロピがマリアンヌの肩に手を回して、頭をもたせかけた。「かわいそうに、マリアンヌ！　心配でたまらなかったわ！」

ジャスティンが、帰り道に二人で打ちあわせた説明を始めた。偶然ジャスティンが同じ道を通りかかったくだりは、少々うさんくさく聞こえた。けれども、今さら話を変えることはできなかった。

ミスター・ミントンが声をあげた。「へえ、驚いた！　ホイール・セアラで落盤が起きたとは！　あんなに頑丈に見えたのに」

「スキャンダルになるわ！」ソフローニア・メリデイルが芝居がかったしぐさで胸に手をあてた。

愕然《がくぜん》とした表情が、なぜかうっとりしているように見える。

バッキーがむっとして言い返した。「何がスキャンダルですか！　二人は危うく死ぬところだったんですよ！」

有頂天のソフローニアはバッキーの抗議など意にも介さない。身をのりだして金切り声をあげた。「あなた方は何時間も何時間も二人きりでいなくなっていたのよ！　しかも、夜間に。もうどうしようもないわ。あなた方は結婚するしかないのよ」

16

一同は黙りこんだ。「でも、私たちは……」仰天したマリアンヌは、何も悪いことはしていないとソフローニア・メリデイルに言いかける。けれどもすぐに坑内であったことを思いだし、首から顔にかけて赤くなるのを抑えようがなかった。「何もなかったんです」弁解めいた言い方しかできなかった。顔色で見破られてしまうのではないか。

「ばかなことを言うな！」ジャスティンが怒声を発した。

その剣幕に、さすがのソフローニアも言い返せない。「ランベス卿《きょう》！」

サー・ジョージが執りなそうとする。「まあまあ、ランベス、何もそんなに――」

「悪いのはあなたよ！」セシリア・ウィンボーンがサー・ジョージをさえぎり、つかつかとやってきた。「ジャスティンを捕まえるために、わざとそんな〝事故〟とやらをたくらんだんでしょう」

「無礼なことをおっしゃらないでください！」マリアンヌはこぶしをにぎりしめ、セシリアのほうに進みでようとした。

「セシリア、黙りなさい」ジャスティンが冷ややかな声で言い放ち、マリアンヌの手首をにぎって引きとめた。そのままセシリアをにらみすえたあげく、ソフローニアに視線を移した。「みんな神経が立っているようだ。これから私が話すことを疑う人はいないと思いますが、いかがですか?」

ジャスティンはにこりともせずに、一同を見渡した。誰も口をひらかない。

「けっこうです。どなたも異論はないようですね。スキャンダルになるようなことは何もありません。根も葉もない悪意の噂《うわさ》が立つはずはないでしょう。しかし万が一そういうことになったら、出所がどのへんかは見当がつきます」ことさらにサー・ジョージ・メリデイル夫妻に視線を投げる。サー・ジョージはあわてて、自分たちは絶対に口外しないと言った。

「では、皆さん落ちつかれたようですから」ニコラがマリアンヌに近づいて腕を取った。「ミセス・コターウッドは何かお口に入れてから、ゆっくり休まれたほうがいいと思います」

「そうそう、それがいいわ」ペネロピも口を添え、ニコラと二人でマリアンヌを家の中に連れていった。

ニコラが耳打ちした。「セシリアの言うことなんか気にする必要はないわよ。彼女は誰にも相手にされないからだいじょうぶ。ジャスティンに釘《くぎ》を刺された以上、ソフローニアも噂を言いふらしたりはしないわ。ジャスティンのお父さまが公爵だから怖がっているし、ご主人のほうにもジャスティンの意図は十分に伝わったはずよ」

マリアンヌはびっくりした。「意図って、もしかしたら決闘のこと？」

「もちろん。わからなかった、ジャスティンがほのめかしていたことが？　サー・ジョージが気がついていたのは、一目瞭然《りょうぜん》よ」

「でも、私、決闘なんかしないでほしいわ！」

「心配なさらないで。サー・ジョージにそんな勇気はないから。今度に限って、サー・ジョージも奥さまのおしゃべり癖に歯止めをかけるでしょうよ」ニコラは笑った。

部屋に着くなりペネロピが召使いを呼び、急いで入浴と軽食の支度をするように言いつけた。ニコラはマリアンヌの服をぬがせて部屋着をまとわせ、髪をおろしてブラシをかけはじめた。

マリアンヌはため息をもらした。こわばっていた筋肉がゆるみ、我ながら驚いたことに涙が頬にこぼれ落ちていた。「ごめんなさい」はなをすすりあげて、涙をふく。「さっきまでは気を張っていたのだけど。こんなに優しくしていただくものだから、つい……」

「謝ったりなさらないで。たいへんな目に遭ったんですもの。当然よ」ペネロピがマリアンヌの手をぎゅっとにぎった。

マリアンヌはこっくりした。この二人には事件の真相を話したかった。けれども、やっとの思いで我慢する。ニコラとペネロピのことを信頼はしている。だが怪しい男に命をねらわれていると説明しても、自分の過去について打ち明けない限り、納得はしてもらえないだろう。といって、素性を告白すれば二人と友達ではいられなくなる。あまりこだわらずに受け入れてくれたジャスティンとは、そこが違う。貴族社会の男性が身分の低い女を愛人にするのは珍しいことではないからだ。ニコラがいくら進歩的な思想の持ち主であっても、貴婦人は普通召使いと友達づきあいはしない。

そういうわけでマリアンヌはただほほえみ、二人の親切に感謝の言葉を述べた。やがてニコラとペネロピが部屋を出ていくと手早く入浴をすませ、ベッドにもぐりこんだ。極度の疲労にその日の出来事を思い返す余力もないまま、間もなく眠りに落ちていった。

「いったいどういうことだったんだ?」バッキーはかなりの量のブランデーを二個のグラスにどくどくと注《つ》ぎ、片方をジャスティンに手渡した。マリアンヌが二階にあがってからバッキーはジャスティンを自分の書斎に連れていって扉を閉め、質問攻めにされるのを防いだ。「さあ、これを飲めば落ちつくよ」

ジャスティンはグラスを受けとってぐっとあおり、ほっと息を吐いて革の安楽椅子に腰をおろした。「どういうことなのか、説明できればいいんだが。とにかくさっき話したように落盤が起きた。しかし、問題はなぜそうなったのかということだ」

バッキーは眉をつりあげた。「事故じゃないというわけか？」

「うん。何者かがマリアンヌをあそこにおびきだしたんだ」

バッキーはまじまじとジャスティンを見すえる。「おびきだした！　じゃあ、初めから二人であそこに行ったんじゃないと……あ、ごめんよ。ぼくは、てっきりきみがミセス・コタ－ウッドをかばってああ言っただけだと思っていた」

「ああ、みんなそう思っているにちがいない。だけど、マリアンヌは一人であそこに行ったんだ。何者かがぼくの名前をかたって、あの廃坑で待っているという短い手紙をマリアンヌの部屋にとどけた。で、その男はマリアンヌを後ろから坑内に突き飛ばしたあげくに、入り口を爆破して出られなくしてしまったんだ」

「ええっ、まさか！」バッキーの目の玉が飛びでそうに見えた。

「爆発音が聞こえたんだ。もちろん、ぼくはたまたま通りかかったわけではない。ぼくの部屋の窓からマリアンヌが馬で出かけるのが見えたものだから、一定の距離をおいてあとを追った。ところが距離をおきすぎたために、マリアンヌを襲った男を見てないんだ。そのあとのことは、さっき話したとおりだ。マリアンヌを助けだそうとしたのがきっかけになって、落盤を引きおこしてしまった」

「しかし、誰が……なんのために……」

「そう、そこなんだよ。犯人が誰か、動機は何か、まったくわからない。マリアンヌも心当たりがないと言っている。ただどうやら犯人は、この家にいる人間の一人にちがいないんだ」

　バッキーは口をぱくぱくさせている。やがてやっと声をしぼりだした。「まさか、冗談だろう！」

「廃坑に生き埋めになりそうだったんだよ。冗談なんか言ってる場合じゃない」

「だって、いくらなんでも……我々のうちの誰かがミセス・コターウッドを殺そうとするとは。信じられないじゃないか。どうしてそんなことをしなきゃならないんだ？」

　ジャスティンはため息をつき、大儀そうに頭を椅子の背にもたせかける。「ここにこうしてすわっていると、信じがたいことのように思われるかもしれない。だが、現実に起きたことなんだ」

　首を振り振り、バッキーも腰をおろした。

「とにかくできるだけ早く犯人を見つけだして、人殺しの計画をやめさせなければならない」

　バッキーは言った。「しかし、そう簡単にはいかないだろう。あなたがやったんですかと、みんなに訊《き》いたりもできないし」

「うん、そりゃまずい」

　しばらく考えた末に、バッキーが口をひらく。「こういう事件はやっぱり地方判事に任せたほうがいいんじゃないかな。ホールジー判事は知りあいだ。金曜日の舞踏会には判事も来るから、この事件について打ち明けたらどうだろう」

「ほかに手段がなければ別だが、ぼくは法とは関《かか》わりあいたくないんだ」ジャスティンは皮肉っぽく口の端を曲げた。「それとも何かい？　きみは、判事のほうがぼくよりも事件を解決する能力があると信じているのか？」

「いや、きみのほうがずっと有能だと信じている。それよりも、ジャスティン、きみにとって重要なのはそんなことじゃないんじゃないか？」

ジャスティンはかすかに笑った。「それはどういうことかな？」

バッキーは落ちつきなく身動きする。「じゃあ訊くけど、きみ、まさかミセス・コターウッドに惚《ほ》れちゃったんじゃないだろうね？」

「昨日今日のつきあいじゃあるまいし、訊くまでもないだろうに。ぼくが誰かに惚れたことなんかあったかい？」

「それはないけど……ミセス・コターウッドとなると話は別だから」

「それは、そうだ」

バッキーは咳払《せきばら》いした。「なあ、ランベス……」

「うん？」ジャスティンはけげんそうに目を向ける。「なんだよ、バッキー、言ってごらん。試験でずるをした生徒みたいにもじもじしておかしいぞ」

「誤解しないでほしいんだが。要するに……そりゃ、ぼくもミセス・コタ―ウッドをたいへん敬愛はしている。美人だし」

「同感」

「だけど、あの人とあまり深入りはしないほうがいいんじゃないかと思う。つまり、そのう、ミセス・コタ―ウッドは……わかるよね？」

「いや、わからない。ミセス・コタ―ウッドは、なんだと言いたいのか？」

「ときどき、えーと……」バッキーは言いよどんだ。ひたいに汗をかいている。「要するに、彼女はあんまりいい人じゃないんだ！」

ジャスティンはくつくつ笑った。「ねえ、バッキー、ぼくは女性に必ずしも〝いい人〟であることを求めはしないんだよ」

「とにかくぼくは、彼女に神経をずたずたにされた。ひどい女だとしか思えない」

「そんなことはないだろう」ジャスティンは笑いをこらえるのに苦労した。

「いや、そうなんだ。それぱかりじゃない。あんなに気だてのよい友達であるはずのペネロピの悪口まで言うんだ。昨日なんか、彼女のわがままのせいでぼくは狩りにも行けなかった！」バッキーは思いだすだに悔しいという顔をしている。

「気の毒に。きみが心配してくれるのはありがたい。それに、女らしい優しさという点ではミセス・コタ―ウッドはペネロピにはかなわないということもよくわかっている。しかし、正直言って、ぼくはどっちかというと刺激のある人生が好きなんだ。彼女をうまく操縦する自信はあるつもりだよ」

「そこまできみが言うなら……」

「ああ、だいじょうぶ」ジャスティンはブランデーを飲み干し、グラスをテーブルにおいた。「で、犯人を捜しあてる方法を考えついたら……」

「なんでも言いつけてくれ。全面的に応援する。だいたいが、ぼくの家に滞在しながらそんなことをやっておいて逃げおおせられると思ったら大間違いだ！」

「きみこそ真の友人だ」ジャスティンは立って扉のほうへ歩きかけ、足を止めて振り向いた。「ところで、例の追いはぎ団の〝紳士〟と呼ばれている首領が捕まったら、なんとか力を貸してほしい。彼は我々の命の恩人なんだ」

「それ、本当か？　いやあ、ランベス、奇遇としか言いようがないな」

ジャスティンはにやりと笑い返し、書斎をあとにした。階段の下にさしかかったとき、不意に呼びとめられた。

「ジャスティン！」

振り返ると、驚いたことに、セシリア・ウィンボーンが廊下の奥の部屋から出てきた。

「セシリア！　こんな夜更けにバックミンスターの家にいるとは、どういうことなんですかね？　あなたはエクスムア邸のお客だと思っていたが」

「あなたが行方不明だというのに、私が平気でエクスムア邸に帰れるとでも思ってらっしゃるの？」セシリアは目を丸くしている。

「そういうことはまったく考えもしなかった」

「とっても心配したのよ。あなたの身の上に何があったのか、誰に訊いてもわからないんですもの。あの女も行方がわからないということ以外には」セシリアは口もとをゆがめ、マリアンヌに対する敵意をあらわにしている。「バックミンスター夫人がここに泊まるように勧めてくださったので、私はもちろんご厚意に甘えることにしたのよ」

「それはご親切なことで。とにかく我々は無事にもどってきたので、あなたも安心してくれたでしょう。じゃ、ぼくはこれで失礼する。ごらんのとおり埃《ほこり》まみれで、まずは風呂に入って――」

「待って。あなたにお話があるんです。バッキーとのお話がすむのを、私は待っていたのよ」

「明日の朝まで延ばすわけにはいかないのだろうか？　ぼくはひどく疲れているんだが」

ジャスティンは憂鬱《ゆううつ》になった。何が言いたいのか知らないが、おそらく口論になるだろう。今は我慢する気分にはなれなかった。

セシリアの灰色の目が光った。「いいえ、延ばすわけにはいかないんです。急ぎの話なの」

は？」

「そう」ジャスティンは腕を組み、ひじを階段の手すりにのせてうながした。「で、話とは？」

「あなたにはあの女になんの責任もないのよ」セシリアは息巻いた。

「なんだって？　あの女とは誰のことだ？」

「ミセス・コタ―ウッドに決まってるじゃありませんか」吐き捨てるようにセシリアは言った。「あの女にはめられてのっぴきならない立場になったからといって、あなたは何も無理に――」

セシリアの非難の奔流を押しとどめようとするかのように、ジャスティンは片手をあげて激しくかぶりを振った。「そんな言い方はよしなさい、セシリア。ぼくが無理に何かするはずはない。あなたを始めとして、みんな承知していることじゃないか。この件についてぼくはあなたの助言を求めてはいないし、必要ともしていない。では、おやすみ」

「あなたがあの女と結婚しないのはわかってるわ」セシリアは手を伸ばして、ジャスティンの袖《そで》をつかんだ。「そのへんの野次馬がいくら名誉だのスキャンダルだのと騒ぎたてても、あんな素性も知れない女と結婚なんかできないですものね」

ジャスティンは、セシリアの指がはさんでいる袖の部分に冷たい目を向けた。無表情のまま、セシリアの手をもぎ離す。「話はこれで打ち切りにしよう。さもないと、あなたかぼくかがあとで後悔するようなことを口にしてしまうだろうから」

「いやです！　私は話を打ち切りたくありません！　あなたの言いなりになるようなどこぞのおとなしい箱入り娘と違って、ちゃんと意見は言わせてもらいます。ジャスティン、私はばかじゃないのよ。私たちが夫婦になってからは、不貞は絶対にだめなどとうるさいことは言わないわ。あなたも私も、なんのために私たちが結婚するのかわかっているんですもの。だから私は、殿方が誰しもするようなたぐいの浮気には文句は言いません。相手がオペラの踊り手や女優、たまたま気を引かれたお忍びか何かのご婦人である限り。だけど、私の目の前でこれみよがしに別の女と関係を持つのは許せないわ！　あなたは私たちが出入りする社交界を泳ぎ回っている未亡人と仲良くしても、私が黙認するとでも思ってらっしゃるんですか？　そうだとしたら、大間違い。ミセス・コタ－ウッドは許せない。そんなこと私はできない――」

ジャスティンがいきなり前に踏みだしたので、セシリアはびくっとして後ろへさがった。

「どんなことができないって？　ミス・ウィンボーン、あなたができないことを教えてあげよう。あなたはぼくとは結婚できないんです」

衝撃のあまりセシリアは口もきけずに、ただジャスティンを見すえていた。

「あなたはぼくが結婚の申しこみをしたという妄想に取りつかれているようだが、これまでも今後もそういうことはあり得ないとはっきり言っておきます。あなたのようなじゃじゃ馬と結婚するくらいなら、狂人を妻にめとったほうがいい」

「でも……でも……」言葉が出てこない。「ずっとそういうことになっていたのに――」

「あなたはそう思っていたかもしれない。それと、あなたのご両親は。たぶんうちの親もでしょう。しかし、これはあなた方が決めることではない。決断するのはぼくだ。ぼくは、あなたとの相性が悪いから結婚しないことに決めたんです」ジャスティンはくるっと向きを変えて、階段をのぼりだした。

セシリアは金切り声をあげた。「まさか、そんな！　だめよ、そんなこと！　みんな知っているのに――」

「ぼくがあなたと結婚するとみんな知っているとしたら、あなたがその噂をばらまいたからでしょう。自業自得としか言いようがない。我々がただの一度も結婚について話しあったことがないのは、ぼくだけじゃなくあなたも承知しているはずだ」

「わざわざ話しあう必要がなかったからよ！」

「双方とも結婚するつもりだったら、そういう話が出るのは当然じゃないか。そりゃあ、とりわけ気分が落ちこんだときなどに、ほかにいい当てがなければ結局あなたと結婚することになるのかなと思うことはあった。だがこのところのあなたを見ていて、痛感したんだ。今夜は特に。たとえ独身のまま年をとろうと、跡継ぎもなしに死んでいこうと、あなたと夫婦になるよりはましだと」

呆然《ぼうぜん》としているセシリアに背を向けて、ジャスティンは大またで階段をのぼった。

正直なところ、ジャスティンはまっすぐマリアンヌの部屋へ行って様子を確かめたかった。そればかりでなく、マリアンヌのかたわらに横になり、一晩中腕に抱いて眠りたかった。もちろん、そんなことはできない。悪意に満ちたセシリアの視線に見張られているところでは。

それに、マリアンヌの部屋に忍び入ったりしたら、セシリアのみならず、ほかの誰かに見られてしまう恐れもある。大勢の人の目があるうえに、あんな事件のあとだからペネロピがマリアンヌと一緒に寝ているかもしれないのだ。

ジャスティンはすっかり不機嫌になって寝室に入った。ブーツをぬぐ手助けをさせただけで、すぐさま側仕《そばづか》えをさがらせた。「もうそんなにかまわないでくれ。着替えくらい自分でできるから。それに、この服の汚れようじゃ床に寝たっていいくらいだ」

それを聞いて側仕えは青くなった。けれども、乱暴に首からクラヴァットの結び目をほどく主人には決して目を向けようとせずに部屋を出ていった。ジャスティンは汚れた衣類を床にぬぎ捨て、側仕えが支度した風呂に入った。湯気の立った浴槽につかりながらも、なかなかゆったりした気分にはなれなかった。いまいましいセシリアのやつ！　腹が立ってたまらない。よくもマリアンヌについてあんな言い方をしたものだ。あの悪女の肩をわしづかみにして、歯ががたがたいうほど揺さぶってやりたかった。マリアンヌとの関係についてのセシリアの憶測は間違っていないにもかかわらず、怒りはおさまらなかった。

誰にしろ、マリアンヌのことをあんなふうに言うのは許せない！　ジャスティンが否定してひとまずその場はおさまったものの、おそらくみんな疑っているにちがいない。バッキーですら、ジャスティンとマリアンヌが密会していたところにたまたま落盤が起きたと思っていたのだ。落盤を引きおこした男について伏せておこうとした判断は間違っていたのだろうか。こちらが探りを入れていることを敵に感づかれたくなかったからそうしたのだが――仮に犯人がこちらの動静を怪しんだとしても、客の中の一人だと見当をつけていることまでは知りようがないだろう。その一方でジャスティンは、マリアンヌが身持ちの悪い女だと見なされて蔑《さげす》まれると思うと悔しくてたまらなかった。

マリアンヌを愛人としてかこったりしようものなら、それこそ世間はそういう目でしか見なくなる。セシリアみたいな女に鬼の首でも取ったようにマリアンヌを中傷されるのは我慢ならなかった。

もちろん、愛人になったあとはマリアンヌが社交界に出入りすることもなくなるから、人々にじろじろ見られたり陰口をささやかれたりする目に遭わずにすむ。夜会や舞踏会に行かなければ、婦人たちに鼻であしらわれる機会もないわけだ。

とはいえジャスティンは、マリアンヌがそういう場から締めだされるのを自分は望んではいないことに気づくと心が重くなった。舞踏会でマリアンヌと踊りたいし、四輪馬車にマリアンヌを乗せてハイドパークを走ったり、午後の訪問やオペラに付き添ってもいきたい。それよりもまず、マリアンヌ自身がそんな状況をみじめだと感じるのではないか。社交的なつきあいから切り離されて、ペネロピやニコラにも会えなくなることを寂しがるだろう。

自分は愛人をかこっても社交界から追放されないのに、当のマリアンヌは出入りできなくなるというのはあまりにも不公平だ。そこに思いいたったのは初めてだった。となると、残された手段は一つしかない。マリアンヌは今までどおりの生活を続けながら、人に知られないように密会を重ねること。

ジャスティンは浴槽の中で体をずらして髪を濡《ぬ》らし、石鹸《せっけん》を泡だてて皮膚が赤くなるほどごしごしこすりだした。それにしても、人目を盗んでマリアンヌと会わなければならないというのは気が進まない。実は、マリアンヌのためにこぢんまりした家を買って母娘を住まわせたいと思っている。マリアンヌには、犯罪者の危険な暮らしから足を洗って安楽な人生を送ってほしかった。世間の因習にしばられることなく、好きなときにマリアンヌに会いたい。要するに、マリアンヌを自分のものにしたかった。

それより何より、どうやって正体不明の敵からマリアンヌを守ったらいいのだろう？　現在の立場では、表面に出して行動することはできない。そんなことをしたらマリアンヌがますます噂の餌食《えじき》にされるのは、社交界のしきたりに通じているジャスティンにはよくわかっていた。庇護《ひご》者としてふるまったら、マリアンヌと結婚するつもりであると世間に知らせるようなものだ。それで結婚しなければ、マリアンヌが恥をかくことになる。

ほんの一瞬、マリアンヌを妻にしようかと思った。けれどもすぐさまそんな考えを払いのけて浴槽からあがり、タオルで勢いよく体をふいた。なんと愚かな。いくらマリアンヌが欲しいと思っても、ゆくゆくはストーブリッジ公爵になるランベス侯爵ともあろうものがそれだけで結婚するわけにはいかない。結婚とは、一族のために果たすべき義務なのだ。跡継ぎをつくって、名門の伝統をたやさないようにしなければならない。家柄や財産がふさわしい家から花嫁をめとることが重要であって、愛や熱情はここでは問題にならない。ジャスティンは自分自身に腹が立ち、首を横に振った。のぼせた若者じゃあるまいし、これではバッキーより始末が悪いではないか。未来のストーブリッジ公爵夫人が泥棒をなりわいとしてきた女性では困る。両親がどこの誰かもわからないマリアンヌを妻にすることはできないのだ。

顔をしかめてジャスティンはベッドにどさりと身を横たえ、上掛けにくるまった。ばかなことを考えるのはやめにして、当面の問題に専念しよう。マリアンヌと二人で殺されかかったのだ。何はさておき、その犯人を突きとめなくてはならない。

翌日の朝、ベーコン・エッグの皿が空になっているのに、ジャスティンは食堂に残っていた。マリアンヌが入ってくると、ぱっと立ちあがった。ジャスティンと視線が合ったとたんに頬が赤らむのを感じて、マリアンヌはすぐさま目を伏せた。二人のあいだで昨日あったことを思いださずにはいられない。それればかりではなく、またああなりたいとすら願っていた。こんなことを考えているのを、召使いに悟られなければいいが。取り澄ました表情を装って椅子に腰をおろし、ナプキンをきちんとひざにおいた。赤面がおさまるまでゆっくりとナプキンのしわを伸ばしたり、位置を直したりした。

「気分はどう？　どこか具合の悪いところはない？」ジャスティンは低い声でたずねた。

マリアンヌはにこやかにほほえみを返す。喜びを隠すことができなかった。「いいえ、どこも」

ジャスティンのまなざしが熱をおびる。身をのりだしてマリアンヌに話しかけようとしたところへ、サーズトン夫妻が食堂に入ってきた。ジャスティンはすわり直し、夫妻と話しだした。ほどなくマリアンヌは気がついた。ジャスティンはどうやら、アラン・サーズトンの過去についてそれとなく探りを入れているようだ。マリアンヌもはしたない物思いを頭から追いだし、サーズトンの表情をじっと観察することにした。何か手がかりになるような微妙な変化が読みとれはしないだろうか。

朝食の席を始めとしてジャスティンとマリアンヌはその日、できるだけ全員の客と話をするように努めた。二人一緒のときもあったが、別々のほうが多かった。マリアンヌはしばしば、部屋のどこからか自分に注がれるジャスティンの視線に気づいた。ジャスティンは、マリアンヌの姿が見える範囲からほとんど離れようとしない。たまに離れたとしても、それはマリアンヌがバッキーと一緒にいるときに限られていた。ジャスティンは私のことを見守ってくれている。マリアンヌは胸が温かくなるのを感じた。

苦痛ではあったけれど、マリアンヌは日中の大半をソフローニア・メリデイルとともに過ごした。退屈な話し相手とはいえ、なんといってもソフローニアは噂の宝庫だ。最初のうちソフローニアはマリアンヌに対していくぶんよそよそしかった。ジャスティンと二人きりで長時間を過ごした恥ずべき行動のゆえか、あるいは、ジャスティンにやりこめられたせいかはわからない。とはいえ、進んで耳をかたむけてくれる人の存在は貴重だ。ほどなくソフローニアはいつもの調子でぺらぺらしゃべりだした。ともすれば自慢話に走りがちなのをもとにもどすには、多少の技術やねばり強さが必要になる。それでもマリアンヌはなんとか話題を自分の望む方向に持っていき、おかげで滞在客のほぼ全員についてたくさんの情報を聞きだすことに成功した。

けれどもしだいに、それらの情報が役に立つかどうかは疑わしいと感じだした。ソフローニアによれば、自分の夫は別として男性たちのほとんどは若い頃《ころ》さんざん放蕩《ほうとう》したという。さらに探りを入れると、数人の男性に姉妹がいる。だが、そのうちの誰についても不祥事らしきものはいっさいないようだった。ソフローニアと話をすればするほど、成果がなかったと思わずにはいられなかった。男性たちの誰かか、その姉妹の道ならぬ行為の産物が自分ではないかという考えは単なる憶測にすぎない。仮にその推測が正しかったにしても、スキャンダルとして世間に知れ渡っていたわけではなさそうだ。さもなければ、今になってマリアンヌが執拗《しつよう》に襲われることもないだろう。となると、昔のスキャンダルが明るみに出るのを防ぐ目的でもないようだった。

午後いっぱいソフローニア・メリデイルの無用なおしゃべりを聞かされて疲れきったマリアンヌは、晩餐《ばんさん》のための着替えをしに二階の寝室へ行った。扉をあけて一歩入るなり、ぎょっとして悲鳴をあげそうになった。男が椅子にすわっているではないか。

「ジャスティン！」小声で叫び、あわてて扉の錠をかける。「どういうこと？　びっくりするじゃありませんか！」

「ごめんごめん」ジャスティンは立ちあがって近づき、マリアンヌを抱きよせた。「だってほんの数分でもいいからあなたと二人きりになりたくて、頭がどうかなりそうだったんだ」

たちまちマリアンヌは胸をときめかせ、ジャスティンによりかかって顔をあおむける。二人は心ゆくまで口づけを交わした。

「あなたとは一日中お話しする暇もなかったので、どう思ってらっしゃるのかよくわからなかったの」

ジャスティンは唇をマリアンヌの首筋にあて、かすれ声でささやいた。「あなたのそばにいると自分が何をしでかすか心配だった。みんなの前でこんなことをしたらたいへんなことになるだろう」同時に、背中から腰にかけてゆっくり手をすべらせる。

さらにジャスティンは口づけをもう一度繰り返し、マリアンヌの骨盤を自分の腹部に押しつけた。ジャスティンの体が急に火照りだしたのをマリアンヌは感じる。何やらささやきながら、ジャスティンは唇をずらしてマリアンヌの耳たぶをかんだ。快い戦慄《せんりつ》がマリアンヌの全身をつらぬき、ももの内側が燃えあがった。

マリアンヌは小さくうめいて、ジャスティンにもたれかかった。ジャスティンの唇が耳たぶを離れ、首筋をへて盛りあがった胸の突端に止まる。ジャスティンはマリアンヌの臀《でん》部《ぶ》に腕を回して体を持ちあげ、ベッドに運んだ。二人は抱きあったまま無我夢中でベッドに倒れこんだ。ジャスティンはマリアンヌのドレスの背中のボタンに手をかける。

「あなたを見たい」マリアンヌの胸のふくらみにキスの雨を降らせながら、ジャスティンは耳もとでささやいた。「暗闇《くらやみ》の中じゃなくて」顔をあげ、熱をおびたまなざしでマリアンヌの目をのぞきこむ。「あなたが我を忘れたときの顔が見たいんだ」

それを聞いてマリアンヌは、下腹がとろけそうに熱くなっているのを感じた。ジャスティンはいち早くマリアンヌの反応を見てとり、低いうめき声をもらして唇を求める。

そのとき、扉を軽くノックする音が聞こえた。二人ともびくっとする。ジャスティンはかすかに舌打ちした。マリアンヌは答えようとしたが、声が出てこない。咳払いして、やっと口がきけるようになる。「はい。どなた？」

「私。ペネロピよ。お食事に行くところだけど、あなたもご一緒にいらっしゃりたいんじゃないかと思ってよってみたの」

「あ、ええ、ぜひ。でも、まだ着替えがすんでいないの」マリアンヌは返事をしつつ、上体を起こした。

「そう。だったら、待ってるわ。ニコラもまだ支度がすんでないの。私は自分の部屋にいるから、お声をかけてね」

「ありがとう。すぐ行くわ」マリアンヌはジャスティンの表情を見やって、噴きだしそうになった。身をのりだすようにして、ジャスティンの口にそっとキスする。「ペネロピのお部屋に行かなくては変に思われるわ。私たち、ほとんど毎晩お夕食に一緒におりていくの。ペネロピはみんながそろっているところに一人で入っていくのがいやなのよ」

「ペネロピの付き添い役にあなたが選ばれたとは、けっこうなことだ」ジャスティンは悔しそうに皮肉った。

マリアンヌはくすくす笑って、ベッドからすべりおりた。「ちょっとあとにすればいいだけですもの。そんなに怒らなくてもいいじゃない」中断せざるを得なかったのが内心では不満であるものの、ジャスティンがそんなにも自分を求めていると思うとやはり嬉《うれ》しかった。

ジャスティンは不承不承立ちあがった。「あなたがペネロピと一緒に食堂に行くまで、ぼくはここで待つほかないようだ」

「せっかくここにいらっしゃるなら、私の小間使いの役をやってくださらない？」マリアンヌはくるりと背を向け、ずらりと並んだ小さなボタンの列をジャスティンに見せた。

「ぼくを生殺しにする気か？」口ではそう言いながらも、ジャスティンはボタンを外しはじめた。

ジャスティンの指が背中をかすめるのを感じるのはなんとも刺激的だった。無意識にマリアンヌは胸から腹にかけてなでおろしていた。

ジャスティンは手を休めずに、あらわになったマリアンヌのうなじに口づけする。「今夜ここに来ていい？」耳もとでささやいた。

マリアンヌは黙ってうなずく。口をきくのが怖かった。ボタンを外し終わったジャスティンは襟ぐりに手をかけてドレスをゆっくり押しさげ、床に落ちるがままにする。マリアンヌはうっとり目を閉じて、ジャスティンによりかかった。マリアンヌの胸や腹部をまさぐりつつ、ジャスティンは首から肩にかけて柔肌を唇でたどっていく。マリアンヌはぴくっとおののき、ジャスティンに請われれば今すぐにでも床に横たわり、進んで抱かれてしまうだろうと思った。

だがやがてジャスティンは後ろへさがって、衣装だんすから晩餐用のドレスを取ってきた。マリアンヌの頭からドレスを注意深くかぶせて着せ、たくさんのボタンをはめはじめる。いちばん上のボタンをはめる前に、かがんで素肌に唇をあてた。鏡をのぞいたジャスティンの目とマリアンヌの目がぴたりと合う。まなざしにも口もとにも欲情があらわに出ていた。

「食事のあいだいっときも、あなたから目を離せないと思う」

「ジャスティン……」マリアンヌは振り向き、両手をジャスティンの肩にかけた。

「いや、よそう。我慢できなくなるから」ジャスティンは無理に笑顔をつくり、一歩さがった。「あなたを見て……今夜のことを想像するのが楽しみだ。さあ、もう行きなさい」

食事中、マリアンヌはジャスティンの視線ばかり意識していた。同席の人々の会話はほとんど耳に入らず、上の空でただうなずいたり、機械的にワインをすすったり皿の料理を口に運んだりしていた。ほかの女性たちとともに客間に移動してからは、すわっていることじたいが苦痛でたまらなかった。頭の中はジャスティンでいっぱいだった。なんとか早く適当な口実を見つけて、変に思われることなく部屋に引きさがれないものか。それと、どのくらい待てばジャスティンが寝室に来てくれるかしら？　客の全員がそれぞれの部屋で床につくまで、ジャスティンは待たなくてはならないだろう。とはいえ、さっきは大胆にも夕食前の時間帯に私の部屋にやってきたではないか。廊下で召使いやほかの客に見られる恐れが十分あるというのに。だからたぶんジャスティンは思いきって早く来るかもしれない。

身心の高ぶりを抑えて、マリアンヌはじっとすわっていた。胸のうちが顔に出てしまいそうなので、ジャスティンと目を合わせるのも我慢した。ミントン夫人が席を立ったのをしおに、マリアンヌも疲れを理由にしてすかさず立ちあがった。ミントン夫人とともに階段をのぼり、自室へ入って着替えのために召使いを呼んだ。召使いがなかなか来ないので、自分で髪をほどき、ブラシをかけはじめた。

しばらくしてあらわれた召使いの手助けでドレスをぬぎ、寝間着に着替えた。持ってきた寝間着の中では、いちばん薄地できれいなものだった。けれども鏡の中の自分を眺めて、もう少し華やかな寝間着を持ってくればよかったと後悔する。リボンでしばる深い襟ぐりの白い綿の寝間着は、どう見てもなまめかしいとはいえない。

マリアンヌはベッドの枕《まくら》もとにおいてある水差しからコップに水を注ぎ、二口三口飲んだ。落ちつきなく室内をいったりきたりしたあげくに、ベッドに腰をおろす。あくびをした。それからほんのわずかな時間しかたっていないようなのに、ぱっと目を覚ましてあたりをきょろきょろ見回した。まさか眠ってしまったのではあるまい！　こんなにそわそわしていながら眠れるはずがない。けれどもなぜか、どうしても目をあけていられなかった。ぴくぴくしていたまぶたがついに閉じ、マリアンヌは眠りに落ちていった。

マリアンヌは暗闇につつまれていた。子どもにもどっていて、父に寝かしつけられるところだった。父のたばこやウールの上着のにおいが鼻をかすめる。ほほえみを浮かべ、マリアンヌは父にしがみついた。大好きなパパ！　子ども部屋の白い揺り椅子におろされ、ゆっくりと揺すられる。ぱたん、ぱたん、床にあたる規則的な音がする。目をあけたかった。が、あけることができなかった。

そして不意に、落ちた。ひどく寒い。

顔に冷たい水があたり、マリアンヌはぱっと目をあけた。闇の底に沈んでいく。息ができない。頭のてっぺんまで水面下にもぐってしまった。

17

沈みながらもマリアンヌは、本能的にもがいていた。頭がもうろうとしたまま足で水を蹴《け》り、両腕を動かして水面に顔を出した。手足をばたばたさせ、必死で空気を吸いこむ。ゆっくり向きを変えてまばたきし、目から水滴をはね飛ばした。小型のボートが見える。人の黒い輪郭が背中を丸め、大急ぎで漕《こ》ぎ去っていく。待ってと叫ぼうとしたが、すんでのところで思いとどまり、声を押し殺した。

これはいったい、どういうことなんだろう？　ここがどこかさえわからなかった。頭がなかなか言うことを聞かない。体のほうはひとりでに浮くための動作を続けている。このやり方は前から知っているようだった。孤児院には泳げる子どもは少ししかいなかったが、マリアンヌはそのうちの一人だった。いつ、どうやって水泳を覚えたのかは記憶にない。夏にはこっそり抜けだして、小川で泳ぐのが楽しみだった。泳いだあとはいつも気分がよかったのを憶《おぼ》えている。あれから長い年月がたっているのに、泳ぎ方を思いだそうと努めなくても自動的に手足が動いてくれる。

いったんはボートのあとを追って泳ぎだそうとしたものの、動物的な勘がはたらいて思い直した。深く息を吸いこんで顔を水面に伏せ、手足を伸ばして浮かんだ。息が続く限りその姿勢でじっと浮かび、こらえきれなくなると横を向いて空気をいっぱいに吸いこむ。それを三回繰り返したあとで水を蹴って顔を出し、ボートが去った方向を見た。青白い月光が水面を照らし、かなたの小さな桟橋のわきに小型ボートが浮かんでいるのがぼんやり見えた。人の姿はどこにもない。

マリアンヌはあおむけになり、満月に近い形の月や星々を呆然《ぼうぜん》と見あげた。依然として頭がもうろうとしている。だが少なくとも、自分がどこにいるのかはわかった。バックミンスター邸の大きな湖の真ん中に浮かんでいるのだった。反対側には、ジャスティンに連れられていった白いあずまやが見えるはずだ。あずまやと桟橋までの距離はほぼ同じで、かなり長いこと泳がなくてはたどりつけない。ひどく疲れていて、ただ眠りたかった。水を含んだ寝間着が重く、体が沈みそうだった。

水面にうつ伏せになり、マリアンヌは桟橋に向かって泳ぎだした。思うように進まず、ともすれば眠りそうになる。水中に沈むたびにはっと目を覚まし、あわてて水をかきわけて浮かびあがった。寝間着が重りの役割をしている。骨折ってやっと寝間着をぬいだ。体が軽くなったところでまた泳ぎだした。いくらか頭がはっきりしてきたので、手足の動きの調子も合ってくる。だが刺すような水の冷たさのせいで、歯ががたがたいいだした。暖かいところで眠りたい。腕や脚が痛くなる。これでは岸まで着けないのではないか？

ロザリンドのことが脳裏に浮かんだ。もしも私がいなくなったら、あの子はどうなるだろう？　マリアンヌは気力を取りもどし、睡魔と闘いながら必死で泳ぎつづけた。しだいに岸が近づいてくる。手足の動きが遅くなり、まぶたがさがってきた。するとそのとき、すねに泥がかすめるのを感じた。いつのまにか浅瀬になっている。マリアンヌはよろよろ立ちあがり、残りの一、二メートルの斜面をはうようにしてのぼった。水から出て二、三歩はなんとか進んだものの、がくっとひざをつき、芝生に倒れこむ。夜の冷気に裸身をおののかせ、うつ伏せになって気を失った。


「マリアンヌ！　マリアンヌ！」

ジャスティンの声で、マリアンヌは昏睡《こんすい》状態から引きもどされた。目をあけて、ジャスティンを見あげる。「ジャスティン」

ジャスティンはかたわらにひざまずき、マリアンヌを抱きおこした。マリアンヌはぐったりジャスティンの胸によりかかり、弱々しい声で泣きだした。

「しっかりして」ジャスティンは、いったんマリアンヌを芝生にそっと寝かせた。自分の厚地のガウンをぬいでマリアンヌの体をくるみ、しっかり胸に抱きかかえた。マリアンヌの耳もとで、ジャスティンの心臓がどきどき音をたてている。

暖かいガウンとジャスティンの腕につつまれて、マリアンヌは少し生き返ったような気がした。

「よかった」ジャスティンは何度もつぶやき、マリアンヌの髪や顔にキスの雨を降らせる。

「死んでしまったかと思った。あの置き手紙を見たとき、息が止まりそうになった……あんなに怖かったのは生まれて初めてだった」

「あのう、私は……」マリアンヌは懸命に考えをまとめようと努める。「あ、だめ、頭がぼうっとしてしまって……ごめんなさい」

「だいじょうぶ。心配しなくていいんだよ。ぼくがついてるから、もう安心して」

ジャスティンはマリアンヌを抱きあげて芝生を横切り、庭園を通り抜けて厨房《ちゅうぼう》の入り口から家に入った。召使いが使う階段をのぼってマリアンヌの寝室に行き、戸に鍵《かぎ》をかけた。ガウンをぬがせてすばやく毛布を巻きつけ、マリアンヌをベッドに寝かせる。自分もかたわらに横になり、マリアンヌを抱いて上掛けにくるまった。

「どうして……私……こんなに寒いの？」

「ショックのせいだと思う。それに、夏だとはいっても、夜には水温がさがるから。でも、だいじょうぶ。そのうち温かくなるよ」

ジャスティンの言うとおりだった。しだいに体が温かくなり、頭もいくらかはっきりしてきた。「何があったの？　どうして私は湖に落ちたりなんかしたのかしら」

「何者かに落とされたんだ。犯人が誰か必ず突きとめてやる。二度とこんなことをさせるものか」

「でも、どうやって……どうして……」

「そのことは今は心配しないで。明日、話そう」ジャスティンはマリアンヌの髪をなでる。

「やっぱりペネロピかニコラに頼んで、この部屋で一緒に寝てもらうべきだったんだ。それなのにぼくのわがままのせいで、あなたをこんな危険な目に遭わせてしまった。ぼくが入ってこられるように鍵をかけないでおいたがために、こういうことになってしまった」

ジャスティンは悔やんでも悔やみきれないように舌打ちした。

「いいのよ」マリアンヌは眠たげな声で慰めた。目をあけていようと努力しても、ひとりでにまぶたが閉じてしまう。「愛してるわ」つぶやいたと思うと寝返りを打ち、たちまち眠りに落ちていった。マリアンヌの言葉に驚いたジャスティンは、闇《やみ》に向かって目を見ひらいていた。


夜が明けきらないうちに、ジャスティンはマリアンヌを揺りおこした。「ぼくはもう行かなきゃならない。召使いたちが起きてくる時間だ。この部屋を出るところを誰かに見られたらまずい。ぼくが出たら、扉の錠をおろしてくれる?」

マリアンヌはうなずいてベッドをはいだし、ジャスティンが出ていったあとすぐに鍵をかけた。それからベッドにもどり、枕《まくら》に頭をつけるやいなや眠ってしまった。

　太陽が高くのぼりカーテンのすきまから日光がさしこむ時刻になっても、まだマリアンヌは眠っていた。ようやく目が覚めて起きあがったときには、体中が痛むのに気づいた。はれた目に光が刺すようにまぶしい。頭がずきずきして、全身の筋肉がこっていた。痛みをこらえて頭を垂れ、何があったのか懸命に思いだそうとする。どうやっても無理だった。うめき声をもらしてマリアンヌは、ふたたび枕に頭をつける。

　やがて紅茶を持ってきた召使いの助けを借り、一時間もかけてやっと身支度を整えた。昨夜の出来事を解明すべく、部屋を出て階下におりた。はっきりしているのは、バックミンスター邸の湖で溺《おぼ》れそうになったことだけだった。

　まずジャスティンを捜さなくては。階段をおりきらないうちに、当のジャスティンが廊下の向こうから大またでやってくるのが見えた。マリアンヌはびっくりして眉をつりあげる。

「まあ、ちょうどよかったわ。あなたを捜しに行こうとしてたところなの」

「召使いにチップをやって頼んでおいたんだ。あなたが部屋を出たらすぐ知らせてくれと。ぼくがあなたの部屋のそばでうろうろしていたら、たちまち噂《うわさ》になるからね。といって、あなたが一人で邸内を歩き回ったりしたら何が起きるかわからない」

「ゆうべ何があったのか、どうしても思いだせないの。ベッドに横になってから湖で溺れかけるまでの記憶がないのよ」

「散歩に行かないか。ここで話すのはまずい。誰に立ち聞きされないとも限らないから」

マリアンヌは帽子を取りに行って、ジャスティンと一緒に外に出た。二人は長い車回しをぶらぶら歩きだす。一定の間隔で高い樹木が植わっている並木道なので、何者かがひそんで盗み聞きされる恐れはほとんどない。

「あなたは眠り薬をのまされたんだよ」家を出るなり、ジャスティンは言った。「それしか考えようがない。さもなければ、あなたが目も覚まさずに湖にほっぽりだされるはずがない」

「きっとそうね。眠り薬をのまされてたから、あんなにふらふらで泳ぎにくかったんだわ。あまりに水が冷たくて、目が覚めたんだと思うの」

「あなたが水泳が得意で本当によかった。それとたぶん、薬を全部はのんでなかったのかもしれない」

「でも、どうやって私に薬をのませたのかしら?」

「そんなに難しいことじゃないだろう。夕食の席であなたの料理や飲み物にそっと入れたかもしれない。隣に誰がすわった?」

「ええと、ミスター・ウェスタートンが片方にすわっていて、もう一方はミスター・フュークェイだったわ」マリアンヌは思いだそうと努める。「私の向かいにはミスター・ミントンがいて、隣に夫人がすわり……ああ、反対側にはミスター・サーズトンがいらしたはず。そのうちの一人だとお思いになる？」

「いや、必ずしもそうとは限らない。食事のちょっと前に来て、あなたのグラスに何か入れたとも考えられる。グラスの底に二、三滴の液体を垂らしたり、わずかな粉末を落としたりしても、召使いはおそらく気がつかないだろう。座席札を見れば、あなたがどこにすわるかは簡単にわかる。仮にほかの人のグラスに間違えて入れたとしても、その人間がぐっすり眠ってしまうだけでさしたる害はおよぼさない。あるいは、別のものに薬を入れた可能性もある。食事のあとであなたは何か飲んだり食べたりした？」

「いいえ。あ、待って。そういえば、ベッドに横になる前にお水を飲んだわ」

「あなたの寝室で？」

マリアンヌはうなずく。「あそこにあった水差しから」

「そうか。あなたの部屋に忍びこんで、水差しに薬を入れるのなんかたやすいことだ。寝る前に召使いが新しい水差しを部屋に運んでくるならわしになっているから、いつ薬を入れられるか犯人にはだいたい見当がつくわけだ。夕食の席からそっと抜けだして、あなたの寝室に行ったとしても、ほんの数分しかかからないだろう」

マリアンヌは訊《き》いた。「あなたはどうやって私を捜しに来てくださったの？　私がまた殺されかけているのが、どうしてわかったの？」

「運がよかったとしか言いようがない。遅くなるまで待つべきだったんだが、待ちきれずにあなたの部屋に行った。そうしたら、あなたはいなくて、ベッドに置き手紙があった」

「置き手紙ですって！　この前もその手口だったわね」

「うん。普通の場合は、あなたが書いたものとして通用するかもしれない。女文字のようにも見えるし、偽物だと断定できるほどあなたの筆跡を知らないわけだから。しかしぼくには、あなたが書いたものではないことがわかっていた。だって、ぼくとあいびきの約束をしながら部屋を抜けだして自殺するはずはない」

「自殺！　なるほど。犯人は自分に疑いをかけられることなく、私を亡き者にしようとしたわけね。でも、なぜ？」

「手紙にはまず、バックミンスター夫人にご面倒をかけて申し訳ないと書いてあった。だが、ランベス卿《きょう》と二人きりで廃坑に閉じこめられていたために傷ある身となってしまったからには、もう生きてはいられない。ランベス卿に結婚を断られたので、私は自らの人生に終止符を打ちます、と。これを読んでぼくはオフィーリアを連想した。そうだ、犯人はあなたを溺死《できし》させようとしてるにちがいない。それでぼくは湖に走っていったというわけ」

「私はどうすればいいかしら？　ロンドンに帰るべきじゃない？」マリアンヌは不安に駆られて訊いた。

「いや」ジャスティンはきっぱり首を横に振る。そして、マリアンヌがどきんとするような笑みを口もとに浮かべた。「ぼくが反対するのは、あなたを先に帰らせたくないからという理由だけじゃないんだ。ロンドンにもどると、もっと危険だと思う。まあ、今週はそんなことはないだろうが。あなたがロンドンに帰ったあとで、急にその男がここを発《た》つと言いだしたら怪しまれるからね。だけど、来週は別だ。ここよりもロンドンのほうがもっとあなたを襲う機会が多くなるはずだ。外出するたびに、犯人にねらわれる恐れがある。といって、家から一歩も出ないというわけにもいかないし。だがここならば、あなたの身の安全を守るようにぼくが万全の注意を払うことができる。夜はペネロピがあなたの部屋に寝ることにして、必ず鍵をかける。ゆうべはぼくのせいで、あなたを危険にさらしてしまった。ぼくのために錠をあけたままにしてさえおかなかったら……」

「ご自分を責めないで」

「責めずにはいられないよ。しかし、もう二度とそんなことはしない。日中は一瞬たりともあなたを一人にしないように気をつけるつもりだ。ぼくでなくても、ニコラかペネロピがいつも一緒にいるようにしよう。犯人は事故に見せかけようとしているから、ほかの人間がいるところでは手出しできないだろう。あなたが一人になるのを待つか、おびきだそうとするにちがいない。その手には乗らないように、あなたも気をつけてくれよ」ジャスティンの表情は厳しい。

「もちろん、私も気をつけるわ」

「よろしい。犯人を捕まえるのも、ここのほうがやりやすいだろうと思う」

「でも、どうやって捕まえるの？　犯人が誰なのか、まったくわかってないのに。昨日も役に立たない噂話はいっぱい聞かされたけれど、なんの収穫もなかったのよ。それに、みんなを観察すればするほど、私がどう思われているのかわからなくなってくるの」

「ぼくも収穫はなかった。馬丁たちに訊いたところ、あの日に最初に馬の支度をしてあげたのはあなただと、誰もが言うんだ。ということは、その男は馬丁の手を借りずに自分で鞍《くら》をつけて出かけたことになる。日中、数人の男が馬で出たり入ったりしたらしい。数人といえば、男の客のほとんどだ。彼らの前歴を探る件については、それこそ雲をつかむような話だった。であっても、今度こそは絶対にあなたを危ない目に遭わせない。ぼくに考えがあるんだ」

「どんな考え？」マリアンヌはジャスティンを見あげた。

「今度はこっちが相手に一杯食わせてやろうと思う。誰が犯人か突きとめようとしなくてもいいんだ。そいつをおびきよせるおとりを仕掛けておいて、うまく引っかかったら捕まえるという方法を考えた」

「わざと私を襲いやすいように見せかけて、おびきよせるということなの？」

「そう、そのとおり。ただし、言うまでもなく、あなたがおとりになる必要はない。あなたにそんな危険なことをさせるつもりはないんだ。ぼくがあなたになりすますつもりだ」

マリアンヌは笑いだした。むっとしてジャスティンはマリアンヌをにらむ。その顔がおかしくて、マリアンヌの笑いは止まらない。「ごめんなさい。だけど……いくらなんでも、ジャスティン、どうやってあなたのことを私だと思いこませようとするつもり？　あなたは私よりも十センチ以上も背が高くて、肩幅だってずっと広いじゃない。それに、私のドレスを無理やり着ようとしたら縫い目から破けちゃうに決まってるわ。そんなのだめ」

ジャスティンはにこりともしない。「ばかにしないでほしい。あなたのドレスを着るつもりなんかないよ。バックミンスター夫人から何か借りようと思う――あなたより大柄だからね。背はぼくより低いが、かまうものか。つんつるてんでも、ぼくの脚は相手に見えないようにする。いいかげんに笑うのはよしてくれないか！」とうとうこらえきれずに、ジャスティンも噴きだした。「とにかくバッキーがあなたに扮《ふん》するよりは、ぼくのほうがましだろう」

身長に比べて胸が分厚い体型のバッキーが女装してなよなよするさまを想像すると、またしてもおかしくてたまらなくなる。マリアンヌはひとしきり笑いころげたあげくに涙をぬぐった。

「いいか」ジャスティンは厳しい顔をつくって言った。「ぼくが説明し終わるまでは、そんなふうにはしたなくふざけるのはやめていただけませんかね」

いまだに目がいたずらっぽくきらめいていたが、マリアンヌは神妙にうなずく。「はい、わかりました。やめます」

「よし。バッキーと相談してすっかり作戦を立ててある。今夜の舞踏会で実行することにした。パーティの余興として、バッキーは真夜中に湖で花火を打ちあげることにしている。花火を見るために客の全員が同時にテラスに出てくるだろう。その中には犯人もいて、あなたのことをひそかに見張っていると思う。今まで何度も失敗しているから、そうとう焦っているにちがいない。ロンドンに帰ってからではややこしくなるので、ここであなたを片づけてしまいたくてうずうずしているだろう。今夜もまた、事故か何かに見せかけてあなたを消す機会をねらっていると思う」

「私もそう思うわ」

「だから日中はずっとぼくとバッキーが必ずあなたのそばにいて、犯人にすきを与えないようにする。夜の舞踏会のためにあなたが部屋で身支度するときも、ペネロピかニコラに一緒にいてもらう。だがみんなが花火を眺めているあいだにあなたはそこから抜けだして、犯人が気づくように一人で少しぶらぶらする。そして、テラスから庭におりていく。バッキーは客のために庭園の通路ぞいにたいまつを燃やすように手配しているが、それだけでは何もかも明るくはっきり見えるわけではない。ここが重要なところだが、あなたには華やかなショールをはおって、人目につくような宝石か花の髪飾りをつけてもらいたいんだ。

その格好で薔薇《ば》《ら》園に向かって通路を歩きだす。昼間のあいだにニコラとペネロピが、あなたは薔薇園でくつろぐのが大好きだということを、みんなの耳に入れておくんだよ」

「だったら、ニコラとペネロピには何もかも打ち明けるの？」

「あの二人が犯人のはずはないから、もう話してもいいじゃないか」

「そうね」

「あなたが歩く通路は、前もって日中に下見をしておく。恋結びの形に植えた花のところで……」通路のどの部分を指しているのか、マリアンヌは知っているだろうか？　確認するために、ジャスティンは言葉を切ってマリアンヌの表情を見た。

「どこのことだか、わかってるわ。小さな輪のようになっている道の分かれ目でしょう？　しゃくやくの花が恋結びの形に植わっているところ」

「そうそう。あそこを過ぎたら左に曲がると、二、三メートルは高い生け垣にさえぎられてあなたの姿は見えなくなる」

ジャスティンの説明を聞きながら、マリアンヌはうなずく。

「ぼくはあそこで待っている――あなたのドレスと似た色のドレスを着て、遠目には同じような色合いに見える赤毛のかつらをかぶって。仮装遊びなんかに使うものが屋根裏部屋にいろいろあって、バッキーが虫の食った古い赤毛のかつらを探しだしたんだ。あなたがつける予定の髪飾りと同じようなのを、ぼくもそのかつらにつけておく。生け垣の陰でシヨールを渡してもらったら、ぼくはそれをすぐ肩にはおって薔薇園に向かう。バッキーもそこで待っていて、あなたを急いで違う道に連れていく。ぼくは薔薇園に腰をおろしている。敵が角を曲がって薔薇園の裏手に近づくと、あなたと同じショールをかけて同じ髪飾りをつけている女の後ろ姿が目に入るという段どりだ。月光とたいまつの明かりしかない薄暗がりでは、あなただと思いこむにちがいない」

「そこであなたは背後から襲われるわけね。でも、殺される恐れがあるのよ」

「このぼくが黙って殺されると思うか？」

「そうは思ってないけど、もしもいきなり背中をピストルで撃たれたらどうする？」

「それはないだろう。そんなことしたら、自殺でも事故でもないことがはっきりしてしまう。それに、腕力の弱い女だと信じているから、なぐるか首を絞めるかするだろう。そうなったら勝つ自信があるよ。いずれにしても、バッキーが来てくれるからだいじょうぶ」

「薔薇園には、私がすわっているべきだわ。あなたとバッキーは近くに隠れていて、いざというときに助けてくだされば」

「あなたが命の危険にさらされているというのに、物陰に隠れていられると思う？」

「ねらわれているのは私よ。あなたが命をかける理由はないわ」

「理由は大ありだ」

マリアンヌは眉根をよせた。「私のためにあなたが怪我《けが》をしたりするのはいや」

ジャスティンはにっこりして、人目もはばからずにマリアンヌを抱きよせた。「ぼくの身を案じてくれてありがとう。だけど、怪我なんかしないから心配する必要はないよ」

「でも、怪しいと感づかれるかもしれないわ。いくら薄暗くても、あなたを女だとは思わないんじゃないかしら」

「とにかく、あなたを危険にさらすことは絶対にしない」ジャスティンはきっぱり言った。

「その点については議論の余地なしだ。あなたはこの計画に協力してくれるかどうかだけを決めればいい」

「もちろん協力するわ。いやだなどと言うはずはないでしょう。ただし、万一あなたが怪我したりしたら……」

「こっぴどく叱《しか》ってくれればいいよ」ジャスティンはマリアンヌの手を取って、唇へ持っていった。

その日の午後、ジャスティン、マリアンヌ、バッキーは段どりどおりに計画を進めた。三人で庭園の通路を歩きながら、ジャスティンとマリアンヌが入れ替わる地点も確認しておいた。ニコラとペネロピにも秘密を打ち明け、ニコラにはマリアンヌの薔薇園好きが知れ渡るように協力してもらった。昼間はバッキーかジャスティンがいつもマリアンヌのそばにいて、舞踏会のための身支度にはペネロピとニコラも加わった。

支度をしながらペネロピは、バッキーの細やかな愛情の示し方について頬を赤らめつつ話しだした。散歩の途中で手をにぎられたという。マリアンヌはほほえみを返し、身を入れて聞こうと努めた。けれども、内心は上の空だった。今夜のことを思うと、緊張と不安でみぞおちが締めつけられた。

マリアンヌは濃いエメラルド色のドレスを着ることにした。胸高のウエストから短いすそが垂れている、手持ちの衣装の中でいちばん優美なドレスだ。髪をアップに結いあげ、ニコラが貸してくれた銀とラインストーンを小枝のようにまとめた目立つ髪飾りを後頭部につけた。ニコラは似たような形の髪飾りを持っていて、そちらは模造の紫水晶でできている。だが遠目には同じに見えるだろうということで、皆の意見が一致した。屋根裏部屋で見つけた古いかつらをマリアンヌの髪型と似せた形につくり、紫水晶の髪飾りをしっかりとめた。三人は後ろへさがって、かつらの出来具合を眺めた。もとは赤毛だったのが年月をへて色があせ、派手なだいだい色に変わっている。照明のもとで近くから見れば、マリアンヌのあざやかな赤毛はもとより、人間の髪だと見間違う者は一人もいないだろう。

「だけど暗がりなら、あるいは……」ニコラが自信なげにつぶやく。

「だいじょうぶよ」ペネロピが力をこめて言った。「暗がりなら、赤毛と見分けがつかないわ。まず目につくのは、きらきらした髪飾りですもの」

ペネロピはスカーフでかつらを注意深くつつみ、廊下を通ってバッキーが待っているところへ持っていった。バッキーは母親の古い緑色のドレスを入れた袋にかつらをおさめ、あとで庭の生け垣の陰におきに行った。そこでジャスティンがドレスとかつらを身につける手はずになっている。

マリアンヌは長い白の手袋をはめ、ニコラとペネロピの三人で舞踏室へ向かった。広々とした舞踏室は緑の葉や薔薇の花で飾られ、大きなシャンデリアの明かりがきらめいていた。丈が床まである観音開きのガラス戸からは夜の空気が流れこんでいる。黒と白の夜会服という上品ないでたちのジャスティンが待っていた。物腰からは何もうかがえなかったが、目の光でマリアンヌはジャスティンの気持の高ぶりを察した。最初のダンスとのちのワルツではジャスティンと踊りはしたものの、社交界の慣例にしたがってほかの男性の相手もしなければならなかった。

客たちと会話を交わすのも礼儀の一つであるので、マリアンヌは平静を装って談笑に加わった。その実、私を殺そうとしているのはこの人、あるいはあの人かと考えをめぐらせていた。セシリア・ウィンボーンが険しい目つきでマリアンヌをにらんでいる。

ニコラが小声でささやいた。「私はセシリアが怪しいと思うの。いかにも人殺ししそうな顔つきじゃない。この二日ほどセシリアは怒り狂っていたと、デボラから聞いたわ」

ニコラは、エクスムア伯爵夫人である妹のデボラを滞在中に二回訪ねている。今宵《こよい》の舞踏会にはデボラも出席していて、ニコラや年配の婦人と静かに話をしていた。ほっそりした体型は変わっていないが、ニコラによれば妊娠の初期らしい。これで三度目だ。過去二回はいずれも流産している。見るからに体調がすぐれない様子で、顔面蒼白《そうはく》だった。

ニコラは妹を見やりながら、厳しい口調で言った。「リチャードが無理に来させたのよ。うちで寝てなければならないくらい具合が悪いのに。あの体では、もう子どもをつくるべきじゃないの。なのにリチャードが跡継ぎを産むように強制してるに決まってるわ」

「でも、今度こそはうまくいくかもしれないじゃない」マリアンヌは慰めるように、ニコラの手をそっとにぎった。

「ありがとう。そうだといいけれど」ニコラのまなざしには苦悩がにじんでいた。「お産のときには泊まりに来てと、妹に頼まれたの。とっても不安がってるのよ」

それとなくマリアンヌはエクスムア伯爵夫人に視線を走らせた。デボラは血色が悪くてニコラほど美貌《びぼう》ではないが、よく似ている。とうてい順調には見えなかった。けれども、それは口には出さなかった。「あなたがそばについていてさしあげれば安心なさるわ」

ニコラはきっと口もとを引きしめる。「ええ、行くしかないと思う。あの家の敷居は二度とまたがないと誓ったんだけど……私がいることによってデボラの気持が少しでも楽になるなら」

「あなたがエクスムア卿のことを嫌っていらっしゃるのはわかっているけれど」

「嫌いなんてものじゃないわ」ニコラは吐き捨てるように言った。急に表情がかげり、年齢よりも老けて見えるのに、マリアンヌはびっくりした。「あの男は私が愛していた人を殺したの。どんなことがあっても、絶対に許さない」

マリアンヌの驚きようといったらなかった。「ニコラ！　殺したって、本当？」

ニコラは肩をすくめる。「わからない。二人は争っていて、リチャードは激怒していた。事故だというんだけど。本当に事故だったのかはわからないの」

「それで妹さんのお宅を訪ねようとしなかったの？」

ニコラはうなずいた。

「あなたがかわいそう」マリアンヌはふたたびニコラの手をにぎった。「妹さんがあの人と結婚なさったのは、どんなにかいやだったでしょうね」

ニコラはマリアンヌの手をにぎり返した。「ありがとう。実はね、このことは誰にも――ペンにさえも話してないの。あなたには話しやすくて、なんでも打ち明けてしまいそう」

「なんでも話して聞かせて。ただ、少しでもあなたの助けになることができればいいんだけど」

「私の気持を口に出せただけで助かるわ」ニコラはマリアンヌの手を放し、いくぶん悲しげに笑ってみせる。「ねえ、あそこを見て。ペンは有頂天みたいよ」

マリアンヌはニコラの視線の先に目をやった。ペネロピとバッキーがダンスフロアのまわりをゆっくりと歩いている。二人は話に夢中で、ペネロピの表情は幸せそうに輝いていた。マリアンヌたちの近くに来ると、バッキーはペネロピの手にキスしてから、しぶしぶという感じで去っていった。ペネロピが目をきらきらさせて近づいてくる。

「どう、私は未来のバックミンスター卿夫人に見える？」ペネロピがささやいた。

「えっ！」

「ペン、それ本当？　バッキーに結婚を申しこまれたの？」

周囲の人々に聞こえないように、三人は声をひそめて話した。ニコラがペネロピの手を取って、人のいない奥まったところに連れていった。「さあ、聞かせて」

「二人でお庭を散歩しているときに、結婚してくださいと言われたの。私を愛しているとおっしゃって」

「もちろん、バッキーはあなたを愛してるのよ。前からわかってたわ」

「まず父に申しこまなくてはならないけれど、父は断ったりしないと思うの」

「でも、レディ・アーシュラはバッキーのことをあまり好いてないわね」ニコラが言った。

「ええ。でも、私がオールドミスになるよりはましだと思うでしょう。ランベス卿に結婚を申しこまれればいいと熱望はしていても、母は現実的な考え方の人だから、そんなのはあり得ないことぐらいはわかっているはずよ。だから反対はしないと思うわ」

マリアンヌはペネロピを抱擁した。「本当によかったわね。お幸せになって」

「ええ、ありがとう。私のためにあなたがしてくださったことには、なんと感謝してよいやらわからないくらい」

「そんなこと気になさらないで。いずれにしてもバッキーは、心の奥であなたを愛していたことにいつか気がついたでしょう。私たちはちょっと背中を押してあげただけ」

夜は更けていき、真夜中が近づいた。バックミンスター夫人が楽団の演奏をやめさせ、一同にテラスに出るようにうながした。外に出たときに自分の望む場所を確保するために、マリアンヌは戸口のそばで待機していた。テラスへ出るなり庭園に通じる階段のてっぺんに陣どり、柱によりかかった。冷たい夜気にそなえたかのように、あらかじめクリーム色のレースのショールを肩にまとっていた。テラスにはバッキーとジャスティンの姿が見あたらない。二人ともすでに予定の場所にいるのだろう。マリアンヌは扇子をにぎりしめた。あたりの人々を見渡したいのを我慢する。敵に怪しまれるような挙動をしてはならない。人々がテラスに集まってくる気配に聞き耳を立てながら、その中に犯人がいてこちらをうかがっているのを期待するしかなかった。

盛大な音がして一発目の花火があがり、湖の水面に光の雨を降らせた。テラスの客から歓声が巻きおこる。次なる二発の打ちあげ花火を見てから、マリアンヌは階段をおりて通路のわきの芝生に立った。ここならば、テラスから自分の姿がはっきり見えるのではないか。そして、この動きがもくろみどおり敵の目を引いているといいが。さらに二回、色彩と光の破裂が空に散るのを辛抱強く待った。

そしてようやく、マリアンヌは歩きだす。急ぎもせず、ゆっくりでもなく、テラスから見えなくなるまで庭園の小道をたどった。少し速度を速めはしたものの、急ぎすぎないように注意した。あくまでも花火の美しさや薔薇の芳香に誘われて、一人そぞろ歩く女の風情をかもしださなければならない。どんな小さな物音も聞きもらさないように耳をそばだてていたが、何も聞こえなかった。砂利を踏む音も靴のきしむ気配もしない。うなじがちくちくして、心臓は早鐘を打つような音をたてている。無防備で、ひどく心細かった。

やっと前方に、ジャスティンが待っているはずの生け垣の角が見えてきた。もしもジャスティンがいなかったらという懸念は脳裏に浮かべないことにする。足どりを変えずに生け垣に近づき、角を曲がった。薔薇園に近い生け垣の端にジャスティンが待っていたので、心底ほっとした。なんとも珍妙なジャスティンの格好だった。肩幅の広い長身に女のイブニングドレスを着こみ、頭にちょこんとかつらをのっけている。ドレスの丈がひざから数センチのところまでしかなく、その下からズボンとぴかぴかの黒い靴をはいた脚がにゅっと出ていた。

追っ手が迫っているかもしれないので、マリアンヌは大急ぎでジャスティンに走りよった。レースのショールをジャスティンに渡し、バッキーに手を引っぱられて生け垣の端から別の垣根の陰に駆けこんだ。低い灌木《かんぼく》に身を隠すようにかがんだまま、二つほど角を曲がった。そこはまた高い生け垣になっていたので、背中をまっすぐにして歩くことができた。バッキーが忍び足で生け垣の端まで行き、そこからそっとのぞいた。それからいったんさがって、マリアンヌに来るように合図する。マリアンヌも近づいて、生け垣の端からのぞいてみた。

薔薇園の小さなベンチにジャスティンが通路に背を向けて腰をおろしているのが見えた。暗いし、はすかいになっているので、表情はよくわからない。だが、ひざにおいた手でピストルをかまえているのは見てとれた。

すると、通路に男があらわれ、急ぎ足で薔薇園に近づいていった。途中で足を止めてジャスティンの背中に目をあて、また進みはじめた。ジャスティンが男の存在に気がつけばいいのに。マリアンヌは両手をにぎりしめ、かたずをのんで見守った。後ろからマリアンヌの頭ごしにのぞいていたバッキーの息づかいが速くなる。

ジャスティンも砂利を踏む足音に気がついていた。薔薇園に入る前に男が疑いを持つといけないので、通路とは反対の方角に顔をそむけた。

「ミセス・コターウッド」男は薔薇園の入り口に足を踏み入れながら声をかけてきた。ジャスティンは振り向きざまピストルを突きだして、男の胸にねらいを定めた。

ぎくりとして男は立ちすくみ、息をのんでジャスティンを見すえた。驚きから恐怖へと表情が変わる。

「これはなんと！　ウィンボーンか！　きみだったのか！」ジャスティンは声をあげた。

「ウィンボーン！」マリアンヌとバッキーは声をそろえて繰り返し、垣根の陰から飛びだして薔薇園に向かった。

ジャスティンはぱっと立って、ファンショー・ウィンボーンの腕をつかもうとした。だがウィンボーンはすばやく身をひるがえし、脱兎《だっと》のごとく逃げだした。ピストルを片手にジャスティンは追いかけた。つまずかないように一方の手でスカートを持ちあげて走る。バッキーもジャスティンに続いて駆けだした。マリアンヌがいちばんあとになる。四人とも庭園を駆け抜け、垣根のまわりを回り、花壇の花を踏みにじって走った。ジャスティンとバッキーはウィンボーンに止まれとどなり、ウィンボーンも何やら叫んでいる。助けを求めているようにマリアンヌには聞こえた。

テラスの客たちは、大詰めにきた打ちあげ花火から視線を奇妙な追跡劇に移している。ウィンボーンは屋敷の横手を回って、正面の車回しに向かった。見物人も同じ方角に向かってテラスを移動している。

ジャスティンはウィンボーンに追いついた。もはやドレスのすそにはかまわずピストルも投げ捨て、ウィンボーンに飛びかかって地面に押し倒した。体に馬乗りになって拳固《げんこ》でウィンボーンを打ちのめしているジャスティンを、バッキーが後ろから引き離した。それから、倒れているウィンボーンの体を引っぱりおこす。

夜のしじまに、テラスにいるチェスフィールド卿の声がひびき渡った。「おやおや、なんでランベスはファンショーをなぐっているのかね？」

「それよりぼくが知りたいのは、なんでまた女の服を着てるんだろう？」ウェスタートンが返した。

マリアンヌは男たちよりも遅れて現場に着いた。息を切らしながら庭園のへりで立ちどまり、テラスの人々と同様にその光景を眺めていた。前に進もうとしたちょうどそのとき、不意に背後から腰に腕が巻きついた。そのまま体を持ちあげられ、男の手で口をふさがれる。

「ミス・チルトン、あんたにはずいぶん手間をかけさせられたものだな」男はうなるような声で耳もとでつぶやき、マリアンヌを庭園の奥へ引きもどした。

18

人違いだった！　犯人はウィンボーンじゃなかった。マリアンヌは足をばたばたさせ、懸命にもがいて抵抗した。ジャスティンとバッキーがセシリアの兄と言い争っているうちに、私は真犯人に捕まって消されてしまう！

マリアンヌのかかとが男の向こうずねにあたった。男は舌打ちして、反射的にマリアンヌの口をふさいだ手に力をこめる。唇が歯に押しつけられて痛い。けれども逆にマリアンヌは、男の親指の下のふくらんだ肉にかみついた。男はうなり声をもらし、思わず手を離した。すかさずマリアンヌは悲鳴をあげる。

ジャスティンが振り向き、一目で事態を悟った。すぐさまファンショー・ウィンボーンのシャツの前身頃《まえみごろ》から手を離し、声をあげた。「フュークェイ！」

マリアンヌのほうへジャスティンが駆けよろうとすると、レジナルド・フュークェイは小型ピストルをぱっと出してマリアンヌのこめかみにあてた。ジャスティンはぴたりと足を止めた。

「フュークェイ、いったいどういうつもりなんだ？　そんなことをしたらますます身のためにならんぞ。ピストルをおろしなさい」

マリアンヌも言った。「もうみんなにあなただということがわかってしまったのだから、こんな真似《まね》はやめてください」

フュークェイはジャスティンに言った。「馬が欲しい。バックミンスター卿《きょう》の厩舎《きゅうしゃ》にいる馬の中でいちばんいいのと彼女を交換しよう」

バッキーが答えた。「承知した。なんでも言うとおりにしよう。ぼくが乗っている馬を提供する」

その頃には騒ぎに気づいた召使いや従僕たちが厨房《ちゅうぼう》の戸口から出てきて、目の前の光景を呆然《ぼうぜん》と見つめていた。そのうちの一人に、バッキーは大きな声で指示した。間をおかず従僕が厩舎に走っていった。ジャスティンはマリアンヌに二歩近づく。

「止まれ！　この女が死んでもいいのか！」

なだめるようにジャスティンは両手をあげた。「もちろん、よくはないさ。おまえを痛い目に遭わせようというんじゃなくて、話をしたいだけだ。フュークェイ、馬でどこに行くつもりなんだね？　監獄に行かずに逃亡者になるというのか？　しかしまだ実際に死傷者が出たわけではないから、なんとか抜け道を見つけることができるかもしれない。我々としてもスキャンダルになるのは避けたいし。とにかく話しあおうじゃないか。まずそのピストルをおきたまえ。なぜミセス・コターウッドをたびたび襲ったのか、わけを聞かせてもらおう」

「ああ、もうだめだ！」フュークェイは涙声でわめいた。

「いやいや、まだだめじゃない」ジャスティンが説得を続ける。「ピストルをおきさえすれば、話しあいができる。だがマリアンヌを傷つけたりしたら、必ずおまえを絞首台に送ってやる。両親や家族が汚辱にまみれてもいいのか？」

フュークェイは意味不明のうめき声をもらした。マリアンヌは、自分をつかんでいる腕の力がゆるむのを感じた。手からピストルが落ちる。

そのとき、テラスからぱーんという鋭い音がして火花が散った。フュークェイが叫び声をあげてマリアンヌから手を離し、地面に倒れた。

マリアンヌは悲鳴をあげ、ジャスティンのほうに駆けだした。ただちにジャスティンも走りより、マリアンヌを抱きとめた。二人はしっかり抱きあい、それからフュークェイのほうを振り返った。倒れたフュークェイの顔が血まみれだった。

「なんてこと」マリアンヌは胃のむかつきをおぼえ、手で口を覆った。

「ここで待っていて」ジャスティンはフュークェイのそばへ行って片ひざをつき、脈を取った。

マリアンヌも近寄った。「もしかして……？」

「うん、死んでる」ジャスティンは立って、テラスのほうを向いた。

ピストルを手にエクスムア伯爵が歩いてくる。ジャスティンの顔は怒りで紅潮している。両のこぶしをにぎりしめ、ジャスティンは伯爵に近づいた。

「なぜ撃ったりしたんだ？　マリアンヌにあたっていたらどうする気だ！」

「冗談じゃない。ぼくの腕前は確かだからね。ミセス・コターウッドにあたったりするものか。そのためにわざわざこの男の頭をねらったんだ。たった今、気の毒に」

「気の毒？　たったそれだけ？　呆《あき》れたもんだ。たった今、この男を殺したというのに」

「無防備なご婦人を撃とうとした男だよ」

「撃とうとなんかしていませんでした」マリアンヌがさえぎった。「私を放そうとしてたのに。力を抜くのを感じたんです。ジャスティンの説得で私を自由にしようとしてたんだわ」

「この男がなぜマリアンヌを襲ったのか。よけいなことをしてくれたがために、真相を知ることもできなくなってしまったじゃないか」苦々しげにジャスティンが言った。

「ああ、その点については悪かったな」エクスムアはフュークェイの死体を無表情に見おろした。「もっと明るければ、ミセス・コターウッドにはあたらないようにして、フュークェイに怪我《けが》をさせることもできたかもしれない。しかし、たいまつの明かりだけだし、このピストルは使い慣れてないものだから——書斎の壁にかけてあったのをとっさに取ってきたんだ。それにしても、フュークェイがあなたを襲うとはおかしいな。色好みを抑えられない男もいるということか。フュークェイも若い頃はかなりの放蕩《ほうとう》者だったが、このところ落ちついたように見えたが」

「色好みなんかじゃない」ジャスティンはまだ憤りがおさまらず、切って捨てるように言った。「この男は前にもミセス・コターウッドを殺そうとした。その動機がさっぱりわからない」

「殺そうとした！」エクスムアは目を丸くしている。「それはまた奇妙なこともあったもんだ。しかしそういうことなら、フュークェイが目的を達する前に射殺したのはよかったというわけだ」そして、マリアンヌに探るような視線を向けた。「で、あなたにはなんの心当たりもないんですか？」

「ええ、ありません」

「フュークェイと親しかったのではなかったんですか？」

「今度ここに来るまでは、会ったこともないんです」

「変ですね」

「まあまあ、たいへんなことになってしまったわねえ」バックミンスター夫人が小走りにやってきた。ペネロピとニコラもついてくる。夫人は豊かな胸にマリアンヌを抱きよせた。「あなた、さぞかし怖かったでしょう。もう家にもどって休んでちょうだい。トムは判事だから、この始末をつけてもらいます」

バックミンスター夫人が抱擁を解くと、ペネロピはマリアンヌの腰に手を回した。ニコラが反対側からマリアンヌの腕を取る。

三人は客間へ行った。男性たちのほとんどは外に残っていた。地主夫人が卒倒して居間に運びこまれて寝かされ、牧師がかたわらに付き添った。ほかの婦人たちは客間にやってきた。人数が多すぎて少々手狭だったが、華やかに飾られた舞踏室に集まろうという気分にはなれないようだった。

思いもかけない出来事に衝撃を受け、みんな口をひらこうとしなかった。ようやくサーズトン夫人が涙ながらに話しはじめた。「私にはわけがわかりませんの。だって、ミスター・フュークェイはとてもいい方だったんですもの。大きな声を出したこともないんですのよ。なのにどうしてこんな事態になってしまったのかしら？」

マリアンヌは、一同の視線が自分に集中しているような気がした。「さあ、私にもわかりません。理由を聞くこともなく撃たれてしまいましたし。それに、あの方のことを私はまったく知らないんです！　お食事の席でちょっとお話しするくらいで」

「気が狂っているんですよ。さもなければ、あんなきてれつなふるまいをしないでしょうに」ソフローニア・メリデイルが知ったふうに言った。

サーズトン夫人は異議をとなえる。「いいえ、気が狂ってなんかいませんわよ。分別があって、実に勤勉な方です。主人はあの方を昔から存じあげておりますの」

「最近、何か問題でも抱えておられる様子でしたか？」ペネロピがたずねた。

「いいえ。私は気がつきませんでした。そう……ときどき黙ってしまうことがあったけれど、もともと無口な方ですから。考えにふけるたちなんですのよ。そういえばこの何週間かは、その傾向がいくらかつのったかしらという気はいたしますけれど」

セシリア・ウィンボーンが立ちあがり、マリアンヌに目をすえて憎々しげに言い放った。

「ミセス・コターウッドは理由をご存じに決まってますよ。隠していらっしゃるだけよ」

「セシリア！」バックミンスター夫人が思わず声をあげる。「なんてことおっしゃるんです！」

「でも、本当ですもの！　何か隠しごとがあるのよ。この人をよく見てごらんなさい！」

セシリアは人さし指をマリアンヌに向けて突きだした。

驚きのあまり、マリアンヌは口がきけなかった。

「あなた、失礼じゃありませんか」バックミンスター夫人がセシリアをたしなめた。

「事実を言ってるだけですわ。この人はぺてん師なんです！」

マリアンヌは吐き気をおぼえた。顔色が青ざめたにちがいない。やましさが顔に出ていると思われただろうか？

「なんの話をしていらっしゃるのかわかりません」内心の動揺にもかかわらず、声が平静だったのでマリアンヌはほっとした。

「今日、ミセス・ホールジーからうかがったんです。あの奥さまは、ミセス・コターウッドが生まれ育ったと称しているヨークシャーのご出身なんですよ。都合よく亡くなってくれたミセス・コターウッドのご主人もヨークシャー生まれでしたよね。ですけどミセス・ホールジーは、モーリーにしろコターウッドにしろ、そんな名前の一族は地元で聞いたことがないとおっしゃってました。だから、この人は上流階級の出のふりをしているだけなんです。まさにどこの馬の骨かわかりゃしませんよ！　ミスター・フュークェイと本当はどんな関係だったのか、なぜ殺されそうになったのか。どうせ怪しい話にちがいないわ」

誰しもが肝をつぶして、セシリアを見つめている。マリアンヌは言葉を失い、ただすくんでいた。これで全員に自分の素性がばれてしまったのか。みんなに嫌悪と蔑《さげす》みの目で見られるにちがいない。気持が通いあったニコラとペネロピですら同じだろう。面目を失ってこのお屋敷を去るしかない。

ニコラの冷ややかな声が聞こえた。「ねえ、セシリア、なんでそんなに鬼の首でも取ったような顔なさるの？　あんな居丈高な取り調べみたいなことされたら、誰だってまともに答えられなくなるでしょう。あなた、ご自分を裁判官だとでも思ってらっしゃるの？　やれどこで生まれたかだの、両親は何者かだの、夫はどこに住んでいたかだの。あんなふうに尋問されたら、私だっていいかげんな返事しかしないと思うわ」

「でも……でも……」セシリアは言葉につまって口ごもる。「それとこれとは別じゃない。あなたのことは知ってるんですもの」

「でも、私はマリアンヌについて知ってるのよ。マリアンヌのご実家とイースト・アングリアにいる私の伯母とは親しいんです」ニコラは立ちあがった。

「そんなのでたらめだわ！」セシリアはすごい剣幕で食ってかかる。「なぜあなたがこの人のことをかばうのかは知らないけど、ここに来るまで彼女のことなんか知らなかったくせに。この人はいんちきよ！」

「あなたは私を嘘《うそ》つき呼ばわりするの？」ニコラは眉をつりあげた。

セシリア・ウィンボーンの顔がゆがんだ。マリアンヌに指を突きつけて叫ぶ。「嘘つきはこの人！　あなたやみんなをだましているんです」

そのとき、男の声が室内の空気を切り裂くように戸口からひびいた。「セシリア、ぼくがきみならば、言葉に気をつけるだろうよ。前言を取り消さなければならないのは体裁の悪いものだからね」

全員いっせいに戸口を見た。ジャスティンが扉の柱にゆったりよりかかっている。人々の視線を浴びて体を起こし、悠然と室内に入ってきた。

「そういう中傷をぼくの未来の妻が浴びるとなれば、見過ごすわけにはいかないな」

もともと沈黙がちだった室内がしーんと静まり返った。マリアンヌを含めて、女性たちが一人残らず仰天してジャスティンを見つめる。

「まさか……あなた、それ本気じゃないでしょう！」セシリアがしゃがれ声を出した。

「このあいだの晩、あなたには警告しておいたはずだ」ジャスティンはセシリアに言い返し、マリアンヌの椅子のそばに来てたずねた。「マリアンヌ、だいじょうぶか？」

　マリアンヌはこっくりする。

「判事が話を聞きたいと言っている。その元気はある？」

「ええ。もちろん」

「よし。では、皆さん、我々は失礼します」ジャスティンはあたりを見回してほほえみ、マリアンヌに腕をさしだした。

　ジャスティンとマリアンヌが客間を出て間もなく、女性たちは待ってましたとばかりにしゃべりだした。

　ジャスティンは微苦笑した。「ぼくのせいでなんだか大騒ぎになってしまったようだね」

「ジャスティン！　なぜあんなことをおっしゃったの？」

　ジャスティンはマリアンヌに目を向けた。我ながら自分の行動にいささか驚いている。客間の入り口でセシリアの悪罵《あくば》を耳にするまで、マリアンヌとの結婚は考えていなかったからだ。かつてないほどの激しい怒りがこみあげ、セシリアをやりこめるにはこれしかないという言葉をぶつけたのだった。だがこうしてマリアンヌを見て、初めて気がついた。

自分が心の奥で本当に望んでいたのは、マリアンヌを妻にすることだったのだ。

「私たちは結婚なんてしないのに、どうやってみんなに説明なさるおつもり？」

「結婚しないと誰が言った？」

マリアンヌは足を止め、まじまじとジャスティンを見つめた。「ご冗談でしょう！」

「こういう事柄について冗談なんか言わないよ」

「でも、そんなことあり得ないじゃない！」

ジャスティンは片方の眉をつりあげた。「ぼくとは結婚したくないという意味？」

「いいえ。もちろんそんな意味じゃないわ」マリアンヌは正直に答えた。ジャスティンを愛している。廃坑に閉じこめられた日に、それをはっきり自覚した。先ほどジャスティンがセシリアにマリアンヌは自分の婚約者だと言ったときの嬉《うれ》しさといったらなかった。ジャスティンと結婚できるとしたら、このうえもない喜びだ。いつも一緒にいて、人生を共にし、ジャスティンの子どもを産む。それ以上の幸せはないと思う。

「だったら、決まりじゃないか」ジャスティンはにっこりして、玄関の扉をあけようとした。

「決まってなんかいないわ」マリアンヌはジャスティンの腕を押さえた。ジャスティンのプロポーズを受けるのは低劣な行いだと思う。

あたりを見回したあげく、人のいない音楽室にジャスティンを引っぱりこんだ。

「あなたは私と結婚できないわ！」

「そう？　しかしぼくは自由だし、未成年でもないから問題ないと思っていたが」

「そんなふうに貴族っぽく冷ややかな目つきをなさってもだめ。私にはきかないわよ。あなたが本当は自由じゃないのは、私もあなたもわかっているじゃありませんか。未来のストーブリッジ公爵は私みたいなしがない女とは結婚できないのよ。しがないどころか、泥棒ですもの！」

「確かにあなたの現在の職業については、黙っていたほうがいいだろうね。それと、あなたの〝ご家族〟には、もう少し合法的な収入の手段を見つけてあげるべきかもしれない」

「それだけではとうてい無理よ。あなたもそれはわかってらっしゃるでしょう。いずれ発覚するわ。誰か――おそらくセシリアが私の前歴を調べて、以前に召使いだったことを突きとめると思うの。そうなったらあなたはたいへんな打撃を受けることになるわ」

「そんなことはない」

「あなたのご親族の名前に傷がつくわ。ご両親だって――」

ジャスティンはきっぱり言った。「ぼくは自分のしたいようにする。自分のことを両親に決めてもらう必要はまったくない」

「でも、どうして？」マリアンヌは途方に暮れた。「あなたは無理にそうしなくても――」

「それはわかっている。だがセシリアの言いぐさを聞いて、あなたがあんなふうに非難されるのは許せないと思った。ぼくの愛人じゃないかとか、世間であなたが心ない陰口をたたかれるのは我慢できないんだ」

「まあ、ジャスティン！」マリアンヌは涙ぐみ、ジャスティンの首に腕を回した。「優しい方」

ジャスティンはほほえみ、マリアンヌの髪に口づけする。「それには異論がある人間がいるんじゃないかな」

「その人たちがわかっていないだけ」マリアンヌは背伸びをしてジャスティンに唇を押しあてた。「愛してるわ」

ジャスティンは口の中で何やらつぶやき、熱いキスを返した。

しばらくしてからジャスティンはようやくマリアンヌから体を離し、後ろへさがった。

「このへんでやめないと、判事のところにあなたを連れていけなくなる。判事は待っているんだ」

マリアンヌはうなずく。自分のためにジャスティンに結婚という犠牲を払わせるわけにはいかない。けれども、今はまず当面の問題を片づけなくてはならないのはわかっていた。ジャスティンとのことはあとでよく考えよう。

白髪のホールジー判事にはパーティですでに紹介されていた。バックミンスター夫人の馬好きを面白がっている、人のいい地元の名士らしい。判事がこのあたりでこの種の殺傷事件を扱うことはめったにないのではないかと、マリアンヌは思った。ホールジー判事は見るからに困惑した様子で、質問のあいだもマリアンヌのそばを離れようとしないジャスティンにいくぶん畏敬《いけい》の念をいだいているように見受けられた。

判事に何を訊《き》かれても答えようがなかった。〝いいえ、私はフュークェイという人をほとんど知らないんです〟〝なぜ私に危害を加えようとしたかも、まったく心当たりがありません〟といった具合で、質問はすぐ終わった。

「お役に立たなくて、申し訳ありません」

マリアンヌが謝ると、ホールジー判事は穏和な笑みを返した。「いやいや、お気になさるな。この男は頭がおかしいんですよ。精神異常者のやることはわけがわからないものです」

「なぜこんなことをしたのか知りたかった――」ジャスティンは言いかけて、口をつぐんだ。「といって、必ずしもエクスムアを責められもしないが。あのときピストルを持っていたら、ぼくも同じことをしていたかもしれません」

判事との話が終わると、マリアンヌはその場にジャスティンを残して自分の部屋に行くことにした。考えなければならないことが山ほどある。知らず知らずとはいえ、この人たちにはたいへん迷惑をかけてしまった。フュークェイがなぜ自分を殺そうとしたのかはわからない。けれどもパーティの最中にフュークェイがエクスムアに射殺された事件は、バックミンスター夫人とバッキーにとってはスキャンダルになるだろう。もしもセシリアか誰かが孤児院出身で召使いだった私の経歴を知ったら、そんな女をかばったニコラは社交界の人々からはよくてばか扱い、悪くすると裏切り者と見なされるかもしれない。そして、ジャスティンは私などと結婚すれば最悪の状況におちいるのではないか！

誇り高いジャスティンのことだから、妻が卑しい生まれの女だと知れ渡ったらさぞかし自尊心を傷つけられるだろう。世間の物笑いにされたり、蔑みの的になったりするにちがいない。ぬぐい去ることのできない汚名を着せられて、家族は激怒するだろう。

ジャスティンの妻になれるなら、ほかには何も望まない。マリアンヌがこんな気持になるのは生まれて初めてだった。口さがない人々の噂《うわさ》の餌食《えじき》にされないように、私を守りたいというジャスティンの思いやりはとても嬉しい。けれども、ジャスティンは愛という言葉は口にしたことがなかった。愛ゆえではなく、私の名誉を守るためにジャスティンの人生を犠牲にしてほしくはない。どう考えても、ジャスティンとは結婚できない。

道は一つしかないと思う。できるだけ早くここを去ることだ。ジャスティンから離れてしまえば、セシリアもわざわざ私の過去を探ったりはしないだろう。ニコラが私のために嘘をついたことも詮索《せんさく》されまい。身分の低い妻のことでジャスティンが肩身の狭い思いをする必要もなくなる。

うちに帰ろう。娘のそばにもどることを思うと、胸が温かくなる。ロザリンドの存在が心の傷をいやしてくれるだろう。家のみんなには、これ以上仕事は続けられないと言おう。ロザリンドを連れて、どこかほかの町に移ればいい。マンチェスターやリーズなどの発展しつつある都会ならば、急に金持ちになった商人たちの子女に言葉や作法を教える勤め口が見つかるだろう。娘との二人暮らしの生計は立てられると思う。たとえようもなく寂しいと感じるかもしれないが、少なくともジャスティンとの大切な思い出だけは胸に刻まれている。

私がいなくなったことを、ジャスティンは怒るにちがいない。追いかけてきて、考え直してほしいと説得するかもしれない。だがうまくいけば、ジャスティンに捕まらずにすむだろう。そしてやがては、ジャスティンが私と結婚しなくてよかったと思うときが来る。性的に私を求めているのは本心だと思うが、愛していると言ったことは一度もない。かといって、名誉を重んじるジャスティンは私を愛人にすることはできない。情の人ではないから、いずれ欲求が薄れれば理性が勝ってこういう結果になったことに安堵《あんど》するだろう。

あれこれ考えているうちに涙がこみあげてきた。マリアンヌは涙をぬぐい、さっそく計画の実行に取りかかった。まず、バックミンスター夫人の部屋を訪ねた。まだ起きていた夫人に、あらかじめ考えておいた口上を言った。今夜の事件に衝撃を受けたので、明日の朝起き抜けに家に帰りたい。ついてはお宅の馬車で村の旅籠《はたご》まで行くことを許していただけたら、たいへんありがたい。村からはロンドン行きの始発の乗合馬車に乗っていくつもりですと。

　バックミンスター夫人はすっかり同情して、男性の一人を付き添いにして自分の馬車でロンドンまで帰るように説得しようとした。マリアンヌが固く辞退すると、しまいにようやく聞き入れた。だが夫人はさらに、乗合馬車は時間がかかりすぎて退屈だから、せめて小型馬車を雇うことを強く勧めた。夫人はあからさまには言わなかったけれど、貴婦人が一人で乗合馬車で旅をしてはいけないという意味のようだった。旅籠に着いてから乗合馬車にしても夫人にはわからないわけだから、マリアンヌはその場では小型馬車を雇いますと返事した。

　このことは誰にも話さないでほしいとバックミンスター夫人に口止めしてから、マリアンヌは自分の部屋にもどった。トランクとスーツケースに荷物をつめ終え、腰をおろして最大の難関にいどんだ。ジャスティンに説明の手紙を書くことだ。まずは、バックミンスター夫人とニコラ、ペネロピに礼状を書いた。それからようやく、ジャスティンあての手紙をしたためた。何度も涙をこぼしながらも、覚悟を決めて書き終えた。

　四通の手紙の封をしたところに、軽いノックの音が聞こえた。あわてて手紙を引き出しにしまい、立っていって扉をあけた。ジャスティンだった。

　マリアンヌは驚いて目を丸くしたが、ジャスティンが部屋に入れるように急いで後ろにさがった。

「みんなもう寝たようだ。ぼくは眠れなくて……」ジャスティンは手を伸ばして、マリアンヌの巻き毛を指にからめた。まなざしが熱っぽく、声はかすれている。「今夜はここに来るのは危ないからやめるつもりでいた。結婚式まで待てると思っていたんだが、それが思い違いだとすぐに気がついた」

ジャスティンはかがんで、そうっと唇を重ねる。いっとき、マリアンヌは拒もうとした。けれども、たちまち自制を解く。せめてこの一夜くらいはジャスティンと共にしてもいいではないか。生涯の伴侶《はんりょ》として生きることをあきらめたのだから。大切な思い出をいつくしむために、今夜をジャスティンと分かちあっても許されるだろう。

「どうした？　泣いていたの？」ジャスティンは頭をあげて、マリアンヌの顔をのぞきこんだ。

マリアンヌはうなずく。目が赤いので察したのにちがいない。どう説明したらいいだろう？　頭の中でもっともらしい言い訳を考える。

だが、ジャスティンは勝手に決めこんでしまった。「そうだよね、あんな目に遭ったら当然だ。かわいそうに。そばについているべきだった。事件のことはバッキーに任せてもよかったんだ」

マリアンヌはひそかにほっとして、ジャスティンの胸によりかかった。

「さあ、ぼくがやってあげる」ジャスティンはマリアンヌの髪をほどいた。

肩に垂れかかった柔らかく豊かな髪を、ジャスティンはブラシでゆっくり丹念にすきはじめる。マリアンヌは目をつぶり、なんとも官能的な心地よさにひたった。ブラシの動きにつれて、下腹の奥がしだいに熱くなっていく。ブラシをかけ終わると、ジャスティンはマリアンヌのドレスのボタンを外しだした。ドレスの後ろの身頃が半分ほど割れたところで手を止め、すべすべした背中にキスをする。そしてふたたびボタンに指をかけ、ドレスとペティコートをぬがせた。

シュミーズと下ばき姿のマリアンヌをベッドにすわらせ、その前にひざまずいてダンス用の靴の紐《ひも》をほどく。靴を両方ともぬがせたあとで、マリアンヌのこった足をもんだ。それからジャスティンはももに手をすべらせてガーターを外し、ストッキングをくるくる巻きおろした。ゆっくりした動作がかえって刺激的で、マリアンヌはぶるっと身をおののかせる。ジャスティンがもう一方の脚のガーターとストッキングも同様にぬがせ終わったときには、マリアンヌはあえいでいた。

「抱いて」マリアンヌはささやき、両手をジャスティンの体に回した。

ジャスティンはほほえみ、口づけした。「もちろん。だけど、まず……」シュミーズの襟もとのリボン結びをほどいて手をさし入れ、ふくよかに盛りあがった胸にかぶせてなでさする。下ばきの紐もほどいて、同じようにゆっくりと優しくぬがせた。

焦らずに時間をかけ、口と手の両方を使って胸のふくらみや腹部を愛撫《あいぶ》した。キスの位置を少しずつ下にずらしていって、欲情のみなもとにたどりつく。舌で巧みになぶられると、マリアンヌはこらえきれずにうめき声をもらし、身もだえして両手の指をベッドに食いこませた。

ようやくジャスティンは立ちあがり、衣服をぬぎ捨ててマリアンヌの太ももを割った。臀部《でんぶ》を持ちあげ、奥までいっぱいに入っていく。マリアンヌは両脚をジャスティンの腰にからめる。突いたり引いたりを繰り返すうちに、マリアンヌの歓《よろこ》びは頂点に達した。同時にきわめたジャスティンは、マリアンヌの首に口を押しつけてしゃがれた叫び声を殺す。閉じた目の端から涙をにじませつつ、マリアンヌはジャスティンにひしとしがみついた。

翌日の早朝、ジャスティンは部屋を出ていった。かちりという扉が閉まる音がするやいなや、マリアンヌは起きあがった。夜通し眠れたわけではない。しばしば目が覚めては、ジャスティンの寝息や規則正しい心臓の鼓動に耳をかたむけていた。ジャスティンとの最後の夜を一瞬たりとも粗末にしたくなかった。この夜を一生の支えにしたかった。

起きて顔を洗い、静かに服を着て、髪を一まとめにして後ろにきっちり巻いた。黒っぽい色の丈夫な生地で仕立てた旅行用の服に、道路の埃《ほこり》をよけるための薄い上着をはおった。帽子も地味なものをかぶったいでたちは家庭教師みたいだと、鏡を見て思った。できるだけ目立たない格好をしなければならない。もしもジャスティンがあとを追ってきた場合に、マリアンヌが通ったのを憶《おぼ》えている人がいると困るからだ。

小間使いを呼んで訊くと、バックミンスター夫人の指示ですでに馬車の用意ができているという話だった。紅茶とトーストの軽い朝食を小間使いが持ってきた。しばらくすると、従僕がやってきてトランクとスーツケースを馬車に運んだ。マリアンヌは小間使いに四通の手紙を預け、のちほどそれぞれのあて名の人たちに渡すように頼んだ。ジャスティンが起きるのが遅くて、自分がいないことに午後まで気がつかないといいが。

太陽がのぼりかけた頃、マリアンヌは玄関を出て馬車に乗りこんだ。馬車が走りだすにつれ、涙があふれてきた。屋敷から目をそらし、泣くまいとこらえる。

村までほぼ三十分かかり、その頃には嗚咽《おえつ》しそうになるのもおさまっていた。御者がトランクを旅籠まで運んだ。マリアンヌは中に入って、乗合馬車の時刻をたずねた。馬車が来るまで三十分近く待たなければならないことがわかった。仕方なく、ぶらぶら外に出てみる。

贅沢《ぜいたく》な造りの大型馬車が旅籠の前を通りすぎ、そのすぐあとに馬に乗った男がついてきた。馬上の男は旅籠の前庭に入ってくる。ずんぐりした男は見るからに乗馬が下手で、ほっとしたように鞍《くら》からすべっておりると、大声で馬丁を呼んだ。

「見ろ、こいつは蹄鉄《ていてつ》を捨てちまったんだ」男はさっそく文句を言った。「とにかく、今すぐ蹄鉄をつけてくれ」

「隣の鍛冶屋《かじ》は前の注文から順番に片づけているので、急にそうおっしゃられても……」

馬丁が答えた。二人は二、三分押し問答をしている。男が帽子をぬいでひたいの汗をふいているのを見て、マリアンヌは息をのんだ。

なんと、ロンドンの我が家を通りで見張っていた例の怪しい男ではないか！　公園でロザリンドと召使いにあれこれ訊いた男だ。

マリアンヌは急いで旅籠の中に入り、男には見えない位置にさがって窓から様子をうかがった。あの男は何者？　私がここにいるのを知って、ロンドンからつけてきたのだろうか？

バックミンスター邸まで数キロしか離れていないこの村に、あの男があらわれるとは。偶然にしては奇妙すぎる。私がここに来ているのを、ロザリンドかほかの誰かから言葉巧みに聞きだしたのだろうか？　バックミンスター邸に行く途中なのかもしれない。あそこにいなくてよかった。男の目的が何かはわからないが、どうせよくないことに決まっている。フュークェイとなんらかの関係があるのかもしれない。共犯者か、雇われた殺し屋か？　フュークェイが死んだからには、もう安心してもいいと思っていた。だが、もしもこの男がやりかけの仕事を仕上げるためにやってきたとしたら？

鍛冶屋との交渉が成立したら、あの男は旅籠に入ってくるにちがいない。乗合馬車が到着するまで、どうやったら男に見つからずにすむだろうか。馬を引いた男と馬丁が鍛冶屋に歩いていくのを見ながら、マリアンヌは考えをめぐらせる。玄関からそっと抜けだし、小走りに庭を横切って門の外をのぞいてみた。

馬丁と男は隣の鍛冶屋に入っていった。マリアンヌはほっと息をつき、前の通りを反対の方角へ歩きだした。二十歩行くか行かないかというところで、大声で呼びかけられた。

「待ってください！」

マリアンヌはぱっと振り返った。男が鍛冶屋の戸口に立って、こっちを見ている。急ぎ足で歩きつづけるマリアンヌに、男は名前を叫んだ。「ミセス・コターウッド！止まってください！」

背後に駆けてくる男の足音が迫っている。マリアンヌはスカートのすそを持ちあげて走りだした。通りを必死で走り、わき道に飛びこんだ。そこを駆け抜けて、向こう側の通りに出よう。ところがわき道に入ったとたんに、地面にころがっている厚い板切れが目についた。マリアンヌは板切れを拾い、男の足音に耳をそばだててわき道の入り口で待ちかまえる。男の速度がゆるみ、わき道に曲がろうとした。マリアンヌは全力で板切れを男の腹に打ちつけた。

男は体を折り曲げ、あえぎつつ後ろ向きによろめいた。マリアンヌは板切れをかかげ、ふたたび振りおろした。頭めがけて強打するつもりだったが思い直し、後ろへさがって男の背中に板切れをぶつけた。男は地面に腹ばいに倒れる。マリアンヌが顔をあげると、二、三メートル先に停《と》まった馬車に乗っている男と目が合った。馬車の男はマリアンヌをじっと見たあげく、眉をつりあげて言った。

「ミセス・コターウッド！」

「エクスムア卿！」もともとマリアンヌはエクスムアを嫌っていたにもかかわらず、この瞬間は彼が神の使いのようにすら思われた。自分が倒した男をまたぎ、馬車に走りよった。「助けてください」

「ミセス・コターウッド、あなたにお会いするときは、決まって誰かに襲われておられる。なんという波瀾《はらん》万丈な人生か」

「いつもはこんなふうじゃないんです」マリアンヌは息を切らして手をさしだす。「手を貸していただけませんか？」

「もちろん」エクスムアはマリアンヌの手を取って、隣の座席に助けあげた。「どうやらあの男から逃げたいようですね。バックミンスター邸にお連れしましょうか？」

「いいえ！」マリアンヌが目をやると、ずんぐりした男はよろよろ立ちあがってこちらにやってくる。「困ったわ。私は乗合馬車でロンドンに帰るつもりだったんです。でも、あの人に追いかけられているのでは、それもできなくなってしまいました」

「それは確かにお困りでしょう。でしたら、こうなさったらいかがですか？　私がエクセターまであなたをお送りしましょう。あそこならロンドン行きの乗合馬車を捕まえるのにもっと便利ですから」

「お願いできますか？」何時間もエクスムアと二人きりになるのは気が進まない。かといって、あの追っ手からは逃れなくてはならない。ましてジャスティンがいるバックミンスター邸には絶対にもどれない。やむなくマリアンヌは頼むしかなかった。

「ええ、もちろん。難儀におちいっているご婦人を助けるのは私の喜びです」エクスムアは冷ややかな微笑を浮かべ、手綱を打ち振った。ただちに二頭の馬が出発した。

馬車は路上の男のほうへまっすぐ向かった。エクスムアがふたたび手綱を打ち振ると、馬は駆け足になった。男は両方の腕を高くかかげて、止まれと叫ぶ。ぎりぎりのところでわきへ飛びのいた男をかすめるように馬車は通りすぎた。

マリアンヌは体をよじって、後ろを見た。男はこぶしを振り振り、何やらわめきながら馬車のあとを追った。もとよりそんなことをしても徒労でしかなかった。馬車と男との距離はみるみるひらいていく。マリアンヌは前に向き直った。エクスムアの馬車は村を通り抜けて、エクセターへ向かう道に出た。

19

　二人とも黙ったまま数分ほど馬車が進んだところで、エクスムア伯爵は馬の速度をゆるめた。横からマリアンヌを見やって伯爵はたずねた。

「あの男は何者ですか？」

「わかりません。知らない人です」

「じゃあ、なぜあなたを追っていたんですか？」

「それもわかりません」マリアンヌはため息をついた。「私の生活は……最近になって、ずいぶん変なことばかり起きるようになったんです」

「そのようですね。二日のうちに二度も謎《なぞ》めいた襲撃を受けるとは、ただごとではない」

「ええ。でも正直言って、二回ともなんのために私に危害を加えようとしたのか、さっぱりわからないんです。関連があるとは思うんですが、どんなつながりがあるのかは見当もつきません。なぜ私を殺そうとするのかも、まったくわかりません。私の言うことを信じてくださいますか？」マリアンヌは伯爵に視線を向けた。

エクスムアは肩をすくめる。「ええ。どうして私が信じないと思われるんですか?」

「さあ。ゆうべ感じたことですが、私が何か知っていて隠していると皆さん思っていらっしゃるようなので」

「もしかしたら、あなたは何か知ってはいるが、まだ気がついていないということはありませんか?」

「あるいは、私が知らないのに知っていると思われているのかもしれません。なんとなくですけれど、私の子どもの頃《ころ》に関係があるのではないかという気がします」

手綱をにぎるエクスムアの手に緊張が走った。「ほう? どうしてそう思うんです?」

「なぜかというと、これまでの人生で私が何も知らないのは子どもの頃のことだからです。それに、さっきの男は昔にさかのぼって私のことを調べていたようだし」

「調べた?」

マリアンヌはうなずいた。「ええ。子どもの頃に住んでいたところに訪ねていったそうなんです。だから私の子ども時代に関係があるらしいと思いました。六つか七つより前のことはほとんど憶《おぼ》えていないんです」

「よくよく考えて、思いだそうとしてみましたか? その頃のことでうっすらとでも何か憶えているのではないかと、記憶を掘りおこそうと努めたことは?」

「それはもちろん、何度もあります。変な出来事が起きる前から。小さい頃のことを思いだせればどんなにいいかと、長いあいだ願っていました。でも、何もかもぼうっと霞《かすみ》がかかったようで」

「なるほど」間をおいて、エクスムアはたずねた。「ミスター・フュークェイは子どもの頃に知っていた人ですか？」

マリアンヌはかぶりを振る。「知っていたとしても、憶えておりません。親しかった人だとはとうてい思えないんです。なんだかすべてが謎につつまれていて、いつになっても解けないのではないかと思います」

「そうでもないでしょうが」またしても間をおいて、伯爵はたずねた。「あなたがロンドンに逃げて帰るのは、さっきの男が原因ですか？」

「逃げているわけじゃありませんわ」マリアンヌは反射的に否定はしたものの、エクスムアが黙って片方の眉をつりあげるのを見てため息をもらした。「ええ、まあそう、逃げ帰るようなものですけれど。ただ、あの男の人が原因じゃありません。だって乗合馬車に乗るためにあの旅籠《はたご》に行くまでは、あの人には会わなかったんですもの。私は……これ以上滞在していないほうがいいと思っただけです」

「昨日のミスター・フュークェイの一件があったから？」

マリアンヌはうなずいた。それならば、誰でもが納得できる説明だと思う。本当の理由を明かすつもりはなかった。

「ロンドンにもどってから、どうなさるんですか？」

「まだ決めてはいませんけれど、引っ越そうかと思っています」

「ほう？　なぜ引っ越しを？」

「私には娘がおります」ロザリンドを思うと、ひとりでに口もとがほころぶ。「ロンドン以外のところで育ったほうが娘にはいいのではないかと、ときどき思うんです。どこかロンドンほど大きくない町で。社交界にもそんなに魅力を感じなくなってきましたし」

「ご実家にもどられたらいかがですか」

マリアンヌは首を横に振った。「両親はもう他界しました」

「それはお気の毒に」

会話がとだえ、沈黙が続いた。泣いたり眠りが足りなかったりしたせいか、頭が痛い。マリアンヌはみじめでたまらなかった。ロザリンドに会えると思っても、元気になれなかった。

馬車が停《と》まった。マリアンヌはぱっと顔をあげた。いつのまにか、うとうとしていたらしい。目をぱちぱちさせて、あたりを見回した。「どうして停まったんです？」

エクスムアがマリアンヌをちらと見た。「あの道に曲がろうかと思ったんです」マリアンヌは指さされたほうを見る。本道から分かれた細い道が目に入った。「エクセターまでの近道なんですよ」

のどかなたたずまいの小道の両側には生け垣が茂り、高い木々の下には伸び広がる枝をすかして木漏れ日があたっている。人里離れた牧歌的な道ではあるものの、都会はおろかどこにも通じているようには見えない。

「あの道がですか？」マリアンヌはけげんそうに訊《き》き返した。

エクスムアはくつくつ笑った。「ええ。ありふれた田舎道のように見えるけれど、大きな街道と交差しているんですよ」

なんとはなしにマリアンヌは胸騒ぎをおぼえた。エクスムアの目つきがおかしい。マリアンヌは背筋を伸ばした。

「実のところ、エクセターまでずっと乗せていっていただかなくてもけっこうなんです。とんだご面倒をおかけしてしまいました。近くの村まで行けば、乗合馬車を捕まえられると思いますわ」

返事をしかけたところで、背後から馬のひづめの音が聞こえてきた。エクスムアは後ろを振り向く。マリアンヌも腰をひねって振り返った。馬上の人が近づいてくる。馬車を見つけるなり、乗り手は馬を蹴《け》って疾走してきた。マリアンヌはどきっとした。全速力で走ってくる馬上の人はジャスティンだった。

馬車の横にジャスティンは馬を止めた。険悪な表情で、帽子も上着も身につけていない。ベルトにピストルがはさんであるのに、マリアンヌは気がついた。

「エクスムア、いったいどういうつもりだ?」ジャスティンは声を荒らげた。「ありとあらゆる権謀術数のうえに、若い婦人の誘拐までやらかすというわけか?」

「やあ、ランベス、そりゃひどい言い方じゃないか。実際はミセス・コターウッドを助けているところだというのに」

「助けているだと!」

マリアンヌが口を添えた。「本当にそうなの。男に追いかけられた私をエクスムア卿《きょう》が助けてくださったのよ」

「なんてことなんだ、マリアンヌ! ぼくがちょっと目を離していると、あなたはたちまち逃げだして追いかけられたり、廃坑やら何やらとんでもないところに放《ほう》りこまれたりしてしまう」ジャスティンは馬からおりたって、マリアンヌのそばに回ってきた。「マリアンヌ、おりなさい。ぼくが連れて帰るから」

「帰りたくないの。いくらあなたでも、無理強いはできないわ」

ジャスティンは眉間《みけん》にしわをよせる。「どういう了見なんだ? ぼくはそんなに恐ろしい男か? 真夜中にこっそり逃げださなくてはならないとは。そんなにぼくと結婚するのがいやなら、断ってくれればいいだけだ。それこそ無理強いはしないから」

「そういうことじゃないのはご承知でしょう!」マリアンヌは憤然として言い返した。

「どういうことか、ぼくは知らない。わかっているのはこれだけ。階下で何やら騒いでいる音で目を覚まし、バックミンスター夫人に訊くと、あなたは夜明け前に出ていったという。これはいったいなんなんだ？」

「あなたあてのお手紙をあとで渡してくれるよう、召使いに頼んできたけど」

「あなたからじかに説明を聞いたほうが手っとり早い。どうしてもロンドンにもどりたいというなら、引きとめはしないよ。しかしその前に、なぜぼくをはねつけるのか理由を話してほしい」ジャスティンはマリアンヌの隣にすわっている伯爵をにらみつけた。「エクスムア、あんたにいてもらう必要はないんだ」

「実を言うと、邪魔じゃないかと感じていたところだ。しかし、ミセス・コターウッドを残していくわけにもいかないし」

　マリアンヌは言った。「どうぞ、もういらして。ジャスティンの言うとおり、私には説明する義務がありますもの。あなたまで巻きこんではいけません。助けてくださって、ありがとうございました。お手間を取らせて、本当に申し訳ないことをいたしました」

「難儀におちいっているご婦人を救うのは喜びだと申しましたでしょう」エクスムアはマリアンヌと握手する。「しかし同時に、あなたの個人的な問題にさしでがましい口をはさむことはしたくありません。あなたがお望みならば、私はここで失礼します」返事をうながすように、眉をつりあげてみせた。

「はい、そうなさってくださいませ。いろいろありがとうございました」

挨拶《あいさつ》のしるしに、エクスムアは帽子のへりに手をかける。マリアンヌは馬車からおりた。なかなか巧みな手さばきでエクスムアは馬車の向きを変え、両側の溝に車輪をはめることもなくもと来た道を引き返していった。マリアンヌはジャスティンのほうに向き直る。

「さあ、話してもらおう。なぜぼくから逃げたのか」

「あなたから逃げたわけじゃないわ。私がいなくなったほうが、万事うまくおさまると思ったからなの。そうすればセシリアも私の過去をほじくりだして、あなたを世間の物笑いにする必要もなくなるでしょう。あなたは私と結婚しなくてもよくなる――」

ジャスティンは語気鋭くさえぎった。「結婚しなきゃならないと思って、するわけじゃない。ぼくの妻として、あなたを選んだんだ。といっても、あなたがぼくと結婚したいかどうかを確かめるのを忘れていたが」

「したいか、したくないかの問題じゃないの。もちろん、あなたと結婚したいわよ」

「本当かな。あなたの行動からは婚約者としての熱意が感じられないけれど」

「言い争いはしたくなかったの。どうして私たちが結婚できないか、ゆうべ話そうとしたでしょう。でも、あなたは聞く耳を持たなかったじゃない。理由は、あなたの将来が台なしになってしまうからです！　ご家族もあなたも誇り高い方たちだと皆さんから聞かされているわ。八代もさかのぼれるような由緒ある家柄の生まれでもないどころか、両親がどこの誰かわかりもしない女を妻にするとなれば、一族の方は激怒されるにちがいないわ」

「うちの親が何を言おうが、気にするぼくだとでも思っているのか？　ぼくは両親を喜ばせるためではなくて、自分がそうしたいからあなたに結婚を申しこんだんだ。あなたの親御さんがどこの誰だとしても、いっこうにかまわない。まして、八代もさかのぼれる家柄などどうでもいいんだ」

「でも、以前はそうおっしゃらなかったわ。結婚は商取引みたいなものだから、いずれセシリアのような家柄のよい女性と結婚して跡継ぎをつくるのが自分の義務だと話してらしたでしょう」

「揚げ足を取るのはよしてくれ！」ジャスティンはマリアンヌの腕をつかんだ。「自分がばかなことを言ったのは忘れちゃいないよ。だけど、そのときは人を愛したことがなかったんだ。愛なしに生きるとはどういうことか、何もわかっていなかった。だが、今は違う。家族や世間を満足させるために、愛する女と離ればなれになってたまるかという気持だ」

マリアンヌは青ざめて、ジャスティンの顔をまじまじと見つめた。突然、めまいをおぼえる。「愛する女とおっしゃった？」

「そうだよ、もちろん。さもなければ、結婚したいと言うはずがないだろう？」

「私が悪い評判を立てられないようにじゃなかったの？　セシリアが私を非難しているのを聞いて、変な噂《うわさ》の種にされるのは我慢できないからとおっしゃってたし――」

ジャスティンはじれったそうに言った。「もちろん、愛人だのなんだのと変な噂の種にされるのはいやだ。愛しているから、そんなことには耐えられない。こっそり何時間かを一緒に過ごすのではなくて、あなたと暮らしたいんだ。かたときも離れず、舞踏会ではあなたとだけ踊りたい。毎朝目覚めて、あなたの顔が見たい。あなたとそっくりのぼくの子どもたちが欲しい。あなたのおなかが大きくなるのをこの目で確かめたい。これは冗談でもいたずらでもないんだ。心の底からあなたと結婚したいと思っている」

マリアンヌは足もとがふらつくのを感じた。「あなたは……私を愛しているとは今までいっぺんもおっしゃらなかった」

「おやおや、気絶しないでくれ」ジャスティンはマリアンヌの背中に腕を回して支えた。「それじゃ、ぼくは鬼みたいなやつじゃないか」

ジャスティンはマリアンヌを抱えあげ、道の反対側の低い石垣にすわらせた。その前に片ひざをついてマリアンヌの手を取り、青い目をのぞきこんだ。

「もちろん、あなたを愛しているよ、おばかさん。誇りだの家族だのなんだののためにあなたを失ったら、一生苦しまなければならなくなる。そんなことはごめんだ。ぼくから逃げるたった一つの方法は、愛していないと言うことだよ」

マリアンヌの目にみるみる涙があふれる。「それはできないの。だって、この世の何よりもあなたを愛しているんですもの」泣き笑いのような声で言った。

「ようし。だったら、ぼくと結婚してくれる？　それから、もう二度と逃げないと約束してくれないか？」

「はい」マリアンヌの顔に晴れ晴れした笑みが広がった。「あなたと結婚します。二度と逃げたりはしません！」

マリアンヌはジャスティンの首にかじりついた。ジャスティンは優しい口づけでこたえる。二人は抱きあったまま、しばらく石垣から離れなかった。荷馬車の音が聞こえてきて、ようやく我に返った。

「ともかくバッキーの家にもどったほうがいいと思う。今度のてんまつをどんなふうに説明したらいいかはわからないが」ジャスティンは気が進まないふうに言った。

マリアンヌはくすくす笑う。「ゆうべの事件で私がおびえたからと言えばいいんじゃない？」

「おびえたから、婚約者にも告げずに一人で家を出たと？」

「じゃあ、動転していて頭がぼうっとしたというのは？」

「うむ」ジャスティンは考えこんでいる。「もうちょっとましな言い訳を思いつかないとだめだと思う」

ジャスティンはマリアンヌを助けあげて馬に乗せ、自分はその後ろにまたがった。手綱を取って言う。「こんなふうに馬を走らせるのに慣れてきたから、あなたの馬は買わなくてもよさそうだ。これからはいつも一緒に乗ればいい」

二人はゆっくり進んだ。男女が一頭の馬に同乗しているのは別に珍しくもなんともないというように、荷馬車の御者にはジャスティンが悠然と挨拶を返した。二人は今朝のマリアンヌの逃走劇の口実をあれこれでっちあげては、笑いあった。

しばらくすると、こちらに向かって馬を走らせてくる人の姿が見えてきた。近づくにつれ、太りぎみの男がみすぼらしい馬に乗っているのがわかった。「あの男だ。あなたがどっちの方向に行ったのか、教えてくれたのは」ジャスティンが言った。

「え?」ジャスティンの胸によりかかっていたマリアンヌが身を起こした。「誰?」目を細くして前方を見ている。「あら、あの人じゃない！　私を追ってきた人！」

「なんだって？　それ、どういうこと？　あの男に追いかけられたのか?」

「ええ。それで、エクスムア卿が私を馬車に乗せてくださったの。確かにあの男よ」旅籠で見かけた男がロンドンで家を見張っていた男と同一人物であることや、追いかけてきた男を板切れでやっつけたところでエクスムアにたまたま会ったいきさつを、マリアンヌはジャスティンに話して聞かせた。

ジャスティンは笑いだした。

「笑いごとじゃないわ」マリアンヌはジャスティンをにらむ。

「そう？　でも、おかしいんだ」ジャスティンは苦労して真顔になった。「ぼくがいたら、あの男くらいさっさと片づけてしまっただろう。もっとも、あなた一人でそうしてしまったようだが」男が近づくにつれ、ジャスティンの表情は厳しくなった。「頑固そうなやつだな。とにかくあの男と話をしなくては。何かわかるかもしれない」

ジャスティンはベルトからピストルを引き抜いた。馬を止めて地面におり、ピストルを男に向ける。男はあわてて両手をかかげた。

「いやはや、そんなもの勘弁してくださいよ！　あなた方に危害を加える気なんかないんですから」

ジャスティンは表情をゆるめずに指示した。「馬からおりなさい。訊きたいことがある」

「はいはい、おりますとも」男は笑顔で指示にしたがう。ジャスティンのように馬からひらりと優雅におりるというわけにはいかず、なんともぶざまな身のこなしだった。「知ってることはなんでもお話しします。さっきも言ったとおり、なんの悪意もないんです」恨めしげにマリアンヌをちらと見る。「お嬢さんは何も私を板っ切れでひっぱたかなくてもよかったのに。お話ししたかっただけなんです」

ジャスティンはにこりともせずに言った。「ならば今、存分に話をしよう。あんたは何者か？　フュークエイとはどんな関係があるのか？　答えてください」

「フュークエイ？」

「念のために言っておくが、これほどの至近距離では弾が命中しないはずがない。あんたの体のどこにでも望みどおりにあてることができる。たとえばひざをぶち抜かれてもいいなら——」

「めっそうもない！　やめてくださいよ、だんな！　私の知ってることはなんでも話しますって。ただ、そのフュークエイとやらはまったく知らんのです。私はロブ・ガーナーといいます。ロンドンの警察裁判所所属の警吏です」

「警察裁判所の警吏だと？　ふん、そんなこと信じると思ってるのか？　警吏が獲物に忍びよる漁師みたいにミセス・コターウッドをしつこく追い回したりするかね？」

「だんな、誓います！　私は本物の警吏です。追い回していたんじゃなくて、ミセス・コターウッドを見つけるよう依頼されたんです」

マリアンヌも馬からおりて、男に近づいた。「誰に依頼されたんですか？　ミスター・フュークエイではないとしたら、あなたに頼んだのは誰？」

「エクスムア伯爵夫人です。夫人に頼まれて、あなたを捜していました」

「エクスムア伯爵夫人だと！」驚きのあまりジャスティンは、ピストルをかまえた手をおろした。

「ニコラの妹さんが！」マリアンヌも声をあげる。「あの方にはほとんどお目にかかったこともないのに、どうして私を襲わせたりなさるの？」

「いや、私が話しているのは、伯爵未亡人のことでして。それに、お嬢さん、奥さまはあなたを襲わせたんじゃないんです。私もただお話がしたかっただけで。だけど、お嬢さんになかなか近づけなかったってわけです。私の顔を見ると逃げだすし、お宅の使用人たちはめっぽう口が堅いし」

「なんだ、そういうことだったのか！」ジャスティンの表情に納得のきざしが見えだした。「それで突然、伯爵夫人がバックミンスター邸に来られたのか？」ジャスティンはマリアンヌに目を向ける。「今朝の騒ぎというのはそれだったんだよ。ぼくは夫人にはまだご挨拶していない。夫人はたぶんペネロピを迎えに来たんだと思っていた」

「どういうことかしら？」マリアンヌはガーナーからジャスティンへと視線をいったりきたりさせる。「エクスムア伯爵未亡人って、どなたなの？」

ジャスティンが説明した。「ペネロピのお祖母《ばあ》さんだ。しかしガーナー、ペネロピのことじゃないんだね？　ひょっとして未亡人のご子息の子どもたちに関連しているのか？」

「そのとおりです。だんなは察しがいい方だ」ロブ・ガーナーはにっこりする。そして、マリアンヌに話しかけた。「ミセス・コターウッドにおたずねしたいことがあります。あなたはメアリー・チルトンですね？」

マリアンヌは息をのんだ。孤児院に自分のことを調べに行った男と関係があるのではないかと、かねがね思ってはいた。が、こうしてずばりと訊かれると、やはりどきんとする。それでも、昂然《こうぜん》と答えた。「ええ。もとの私の名前はメアリー・チルトンです」

「こりゃあ、びっくりした」ジャスティンがつぶやく。

マリアンヌはジャスティンを見た。「どういう意味？　何かご存じなの？」

「で、あなたは聖アンセルム孤児院にいらしたんですね？」ロブ・ガーナーがたたみかけるように訊いた。

「はい、そうです」ガーナーに返事をするあいだも、マリアンヌの不安げな視線はジャスティンから離れない。

「孤児院より前のことについては、何か憶えておられませんか？」

「いいえ、憶えておりません。メアリー・チルトンという名前が自分の本名なのか、それとも院長がつけてくれた名前なのかもわからないんです。それにしても、どうしてこういうことをお訊きになるんですか？　なんのためでしょうか？」

「なんとしてでもあなたを捜しだして連れてきてほしいと、伯爵夫人に頼まれたんです。あなたが夫人のご親族である可能性がありまして」

「えっ、なんですって！」マリアンヌはびっくりして、ジャスティンに向き直った。「ジャスティン、これはどういうことなの？　どうして私が伯爵夫人の親族であり得るの？　何か知っていたら、教えて」

「噂を聞いて知っている。マリアンヌ、あなたはエクスムア伯爵未亡人の孫娘かもしれないんだ」

「まさか、あり得ないわ」

ふたたびマリアンヌはジャスティンの馬に乗り、前よりも速度をあげてバックミンスター邸に向かっていた。ジャスティンの馬はとっくにミスター・ガーナーを追い越していた。ガーナーは、自分は遅れてもかまわない、それより一刻も早くマリアンヌを伯爵夫人のもとに連れていってほしいと、ジャスティンに頼んだ。

「私が伯爵夫人の孫だなんて」マリアンヌは話を続ける。「貴族の子どもが孤児院にいたはずがないじゃありませんか。どうしてそんなばかげたことを考えるのかしら」

「さあ、どうかな。確かに、伯爵夫人の孫が孤児院に入れられていたとすれば、何かの間違いかもしれない。ぼくは詳しいことはあまり知らないんだ。だけどチルトンという名字には意味がある。先代のエクスムア伯爵がご存命だった頃、ご子息はチルトン卿と呼ばれていた。伯爵未亡人のご長男だ」

「エクスムア伯爵って？　ミスター・フュークェイを撃ったあの人じゃないでしょう？」

「違う。あの男は、またいとこだか、はとこだか、親類らしい。先代の伯爵、つまり未亡人のだんなさんが亡くなり、先代の伯爵のご子息のチルトン卿と夫人、子どもたちもパリで起きたフランス革命の暴動で殺された。チルトン卿夫人はフランス人だったというが、不運だったね。結局、跡を継いだのは、あなたが知っている当代のエクスムア伯爵、リチャード・モントフォードというわけだ。これは二十二年前のことだ。ところが最近になって――ほんの二、三カ月前だったかな――アメリカ人の女性がロンドンにやってきた。すごい美人なんだ。アレクサンドラ・ウォードという名前の女性だ。いろいろあったらしいが、そのアレクサンドラは自分の孫であると伯爵夫人が確認されたという。殺されたはずのチルトン卿の末娘が、実は、アメリカの婦人に助けられて養女として育てられたことがわかった」

「へえ、にわかには信じられないようなお話ね」

「だろう？　事実は小説よりも奇なりと言うが、まさにそのたぐいだ。しかしぼくは、ほかの子どもたちも生きてるかもしれないと伯爵夫人が考えておられるとは知らなかった」

「子どもは何人いたの？」

「三人だと思う。アレクサンドラの上に、男の子ともう一人女の子がいるはずだ。さもなければ、伯爵夫人が孫娘を捜したりはしないだろう」

「でも、その子はフランスで殺されたと言われてるんでしょう」

「そうなんだ。だからあなたの言うとおり、その子がイギリスの孤児院にいたなんてあり得ないようにも思う。伯爵夫人にしてみれば、藁《わら》をもつかみたい心境なのかもしれない。死んだはずの孫の一人が生きていたからには、ほかの孫たちも捜しだしたいと夫人が思うのももっともだ」

マリアンヌは首をかしげた。「どうして私は何も思いだせないのかしら？　貴族の家で育てられたのなら、なぜ私はそういう言葉づかいを忘れてしまったんでしょう？」

「あなたの言葉づかいは完璧《かんぺき》だよ」

「それは、デラに上流階級の話し方を教わったからよ。デラに出会う前はそんな口のきき方はしてなかったの」とはいえ、マリアンヌがいともたやすく上品な話し方を習得してしまったことに、ハリスンとデラが驚いていた。今では、先生役のデラより上達している。それに、貴族として生まれ育った人間の話し方には、発音や文法を超えた何か独特の口調があるものだ。それればかりはデラもついに会得できなかったのにひきかえ、マリアンヌは身につけている。

「だけど普通、人は自分の幼い頃のことをそんなに憶えているものだろうか。ぼくは八つかそこらより前のことはあまり思いだせないよ」

「そうね。でも、戦争みたいな大事件は忘れられないいんじゃないかしら。特に、暴動で殺されそうになるなんていう恐ろしい経験は」

「うん、でも苦痛のあまり無意識に記憶から消してしまうのかもしれない。あるいは、大人たちが凄惨《せいさん》な現実を子どもには見せないようにしたとも考えられるが」

マリアンヌの手がひとりでに襟もとへいっていた。そこにはいつもドレスの下につけている金のロケットがある。ロケットの中の小さな肖像画に描《か》かれている雅《みやび》やかな男女は両親だと、子どもの頃には信じていた。それは本当だったのだろうか？　ロケットを伯爵夫人に見せれば、この男女が誰かわかるかしら？　それとも、少女の日の夢は無残に打ちくだかれてしまうだろうか？

「ふしぎなものね。孤児院にいた頃、いつもこんなことを夢見ていたのよ。私は小さいときに富裕で美しい貴族の両親のもとからさらわれたのだと、自分に言い聞かせていたの。両親はきっとあちこち捜し回って、私を連れもどしに来てくれると」マリアンヌは悲しげにほほえんだ。「それがどうでしょう。二十何年もたった今になって、その夢とそっくりのことが起きるなんて。でも、嬉《うれ》しいというよりも、なんだか怖いわ。もしも私が伯爵夫人の孫だとしても、私を一目見てがっかりなさったらどうしましょう。じゃなかったら、孫でもなんでもなく、そのへんのしがない女にすぎないと言われたりしたら……」

ジャスティンはマリアンヌのひたいにキスした。「心配しないで。たとえ孫ではなくても、伯爵夫人はそんなことを言う方ではないよ。あなたは絶対にしがない女なんかじゃない。ぼくが保証する。それに、あなたが伯爵夫人の孫であってもなくても、あるいは単に名前が似ているだけの孤児院育ちの女性だとしても、このぼくがついてるじゃないか」

マリアンヌはジャスティンを見あげて、ほほえみかける。このうえもなく幸せだった。ジャスティンが言うとおりだわ。たとえ何が起きようと、大切なことは一つしかない。ジャスティンに愛されていて、いつも一緒にいられること。

バックミンスター邸に到着した二人を真っ先に迎えたのはペネロピだった。ペネロピは客間から飛びだしてきて、マリアンヌの手を取った。

「こんなすばらしいことってある？　信じられないくらい！　ずうっと捜しつづけてきたあなたがここにいらしたなんて」頬を薔薇《ばら》色に染めたペネロピは可憐《かれん》な美しさを感じさせる。「あなたが私のいとこだとわかって、とっても嬉しかった！　アレクサンドラがすごくあなたに会いたがってたわ。アレクサンドラとセバスティアンがイギリスに帰ってきたのよ。二人はお祖母さまと一緒にここに来たの。今お庭に出てるけれど、じきにもどってくるわ。車回しにあなたたちの姿が見えたので、すぐお祖母さまにお知らせしたのよ」

何もかも突然のことで、マリアンヌはぼうっとして言った。「でも、もし人違いだったら？　だって、あり得ないことのような気がして……」

「いいえ、そんなことはないわ。やっぱりそうだったのかと、私は納得したの。だって、最初からあなたが好きになったし、いつもは引っ込み思案の私があなたにはたちまち打ち解けることができたんですもの。私、人とすぐには親しくなれないたちなの。でもきっと、血がつながっているのが直感でわかったのかもしれないわ。そう思わない？」

そのとき、客間の扉がさっとあいた。マリアンヌはどきどきしながらそちらに目を向けた。あの婦人が私の祖母？　顔を見たら、ただちに思いだすだろうか？　気品のある年配の婦人が杖《つえ》を突いて歩いてくる。若い頃はさぞかし美しかったにちがいない。白い肌にしわはよっているものの、顔だちが端麗で、青い目がきらきらしていた。豊かな銀髪を結いあげ、ダイアモンドの髪飾りをとめている。流行の先端をいく仕立ての灰色の絹のドレスを身にまとっていた。まなざしの陽気なきらめきがなかったら、その威厳ある物腰にマリアンヌは圧倒されていただろう。

伯爵夫人は立ちどまり、マリアンヌをじっと見た。やがて、悠然と口をひらく。「あなたがメアリー・チルトンなのですね」

「はい、奥さま。でも人違いなさっているのではないかと、わたくしは思います」マリアンヌは小さなため息をついた。「お姿を拝見したらとたんに思いだすのではないかと期待しておりましたが、だめでした」

夫人は微笑する。「あなたはたいへん正直な方ね。ぶっきらぼうなくらい率直でいらっしゃる。アレクサンドラと共通しているところよ。私もあなたと同様に確信は持てないけれど、正直に申しましょう」伯爵夫人は近寄って、マリアンヌの顔を見つめた。「うちの家系はみんな長身なの。あなたも背が高いわ。マリー・アンも赤毛だったけれど、あなたよりも色合いがもっと明るかったの。でも大人になるにつれ髪の色が濃くなることは珍しくありません。あなたのお顔には息子に似ているところがあって……」伯爵夫人はマリアンヌの顔だちをしげしげ見ながら言った。「あら、ごめんなさい。ご無礼なことをしてしまいました。どうぞおすわりになって」

マリアンヌは赤いベルベットの椅子に腰をうずめた。その向かいに伯爵夫人がすわる。

このご婦人が本当に自分の祖母だったらどんなに嬉しいことか。マリアンヌは痛切に願った。

「メアリー・チルトンというあなたのお名前を知って、私は大いに希望を持ったんですよ。ミスター・ガーナーからお聞きになったでしょうけれど、私の息子の通称がチルトンでしたの。メアリーとマリーはとても似ているし。それと、あなたの今のお名前はマリアンヌなんですってね。私の上の孫娘の名前はマリー・アンでした」

マリアンヌは、背筋をかすかな戦慄《せんりつ》が走るのを感じた。物心ついて以来の名はメアリーだったのに、どうしてマリアンヌと名のることにしたのだろうか？　長いあいだ埋もれていた記憶が無意識によみがえったのだろうか？　それとも、幼き日の夢をかなえたいがために、希望的に関連づけているだけなのか？

「孤児院に預けられたときのあなたの年齢も、私の孫の年と一致しているのよ。マリー・アンは当時五歳でした。孤児院ではたらいていた女の人によると、あなたは紳士に連れてこられたと院長さんから聞いたそうです。院長さんは、あなたが身分の高い男性の私生児ではないかと思われたようなの」

マリアンヌは頬を赤らめた。「そういうことだったのかもしれません。孤児院に入れられる前のことについては、ほとんど何も憶えていないんです。思いだそうとしてさんざん考えましたけれど……はっきりした記憶といえるのは、怖かったことだけです」

伯爵夫人にロケットを見せたほうがいいことはわかっていた。たぶんそれによって、夫人の望みがかなうのか、それとも期待外れだったのかが明らかになるだろう。けれども、試してみる勇気がなかなか出なかった。長年夢見た家族にやっとめぐりあえたのかと思ったとたんに、あえなく希望が消えてしまうかもしれない。

「でも、五つといえばまだごく幼い年頃ですもの。それより以前のことをよく憶えている人など、あまりいないんじゃないかしら。おまけに以前の生活から完全に切り離されたとしたら、通常の場合より記憶が薄れる度合いが激しいかもしれません。それまでなじんだ場所や家族が目の前から消えてしまったわけですもの」

マリアンヌは訊かずにはいられなかった。「でも、奥さま、どうしてあなたのお孫さんが孤児院などに入れられたのでしょうか？　しかも、あなたはそのことをまったくご存じなかったとは。なぜなのですか？」

「身寄りの者にだまされたんです」夫人は表情をくもらせる。「末の孫であるアレクサンドラを育ててくれたミセス・ウォードは上の二人――マリー・アンとジョン――を私の家まで連れてきてくれたのです。その頃、私は長男一家を失った悲しみのあまり伏せっていて、どなたにも会いませんでした。それでミセス・ウォードは、子どもたち二人を私ではなく同居していた遠縁の者に渡したそうです。ところが彼女はそのことをいっさい私に言わずに、二人を伯爵に渡してしまったんですよ」伯爵夫人は憤りで唇をふるわせながら話を続ける。「伯爵はマリー・アンを孤児院に入れ、ジョンは病死したと、彼女が死ぬ直前に告白しました」

黙って聞いていたジャスティンがたずねた。「リチャードがですか？　リチャードがお孫さんたちを勝手に捨てたんですか？」

「そうだと確信してますの。ただ、今のところ証明するすべがないんですが」

「これは驚いた！　すると、フュークェイの事件と全部つながっていたんだ。だからエクスムアはあの男を撃ったのか」

「撃ったって、誰を？」伯爵夫人はジャスティンからペネロピに視線を移した。「誰かが撃たれたなんていう話は、あなたから聞いてないわね？」

「ごめんなさい。お祖母さまがいらして思いがけないお話を聞いたので、つい忘れてしまったの。昨日、リチャードがレジナルド・フュークェイという人を撃ったんです。ミスター・フュークェイがマリアンヌの頭にピストルをあてて脅迫したので、リチャードが撃って——」

「あら！　レジナルド・フュークェイですって？」伯爵夫人は声をあげた。「レジナルドは昔、リチャードのお友達だったんですよ！」

「ええっ？」みんな驚いて夫人を見つめた。

「まるで知らない人同士のようにふるまっていたけれど」ペネロピが言った。

「知らないどころか、とても親しかったのよ。リチャードのまわりにはいつも悪いお仲間がいて、ほとんどは若い人でした。若者たちを堕落させて喜んでいたようなの。レジナルド・フュークェイのおうちはよい家柄なんですよ。かなりの資産を相続したのに、放蕩三昧《ほうとうざんまい》ですっからかんになってしまったんです。なんでも阿片《あへん》中毒だったそうよ。フュークェイはリチャードの言いなりでした。一文なしになったあと、リチャードから借金していたのでしょう」夫人は口をつぐみ、一同を意味ありげに見渡した。「リチャードがミスター・フュークェイを使って何かさせていたことは十分に考えられるわ。自分では手をくだしたくないたぐいのこととかを」

「子どもたちの一人を殺して、もう一人は孤児院にぶちこむ。そういったことですか？」

「そのとおりよ。フュークェイがリチャードと別れたのはちょうどその頃だったの。なんでもけんか別れだったそうだけど、実際に何があったのかは誰も知らないんです。二人ともそのことについては口をつぐんでいるのよ。それ以来友達づきあいをやめて、ミスター・フュークェイは泥沼みたいな生活から足を洗って立ち直ろうとしはじめたという話。もちろん失った財産は取りもどしようがないから、ミスター・サーズトンの秘書としてはたらかなくてはならなかったの。でも良家の出としての面目は取りもどせたんです」

「ええ、見たところ、若い頃にそれほどすさんだ生活をしていたとは思いもしませんでした」ジャスティンがフュークェイの印象を述べた。

「年をとるにつれ、まっとうな生活をするようになるのは、世間にはよくあることでしょう。でも、それにしても……」

「そうなのよ、お祖母さま」ペネロピは珍しく興奮して言った。「私もすごく怪しいと思うの。ミスター・フュークェイがなぜマリアンヌを殺そうとしたのか。もしかしたら、その理由を白状しようとしていたのかもしれないわ。それをリチャードも知っていて、そんなことをされたら自分の身の破滅だと撃ち殺してしまったんじゃないかしら」

ジャスティンも大きくうなずく。「口封じの有効な手段だ」

マリアンヌの心は千々に乱れていた。今こそ、ロケットについて話さなければならない。どんな結論になろうとも、ロケットの中の小さな肖像画を見せて伯爵夫人に真実を知らせるべきだ。

マリアンヌは咳払《せきばら》いして話しだした。「実は、奥さま、もしかして役に立つかもしれないものを私は持って――」言いかけたとき、大理石の床を踏む足音が廊下から聞こえてきた。マリアンヌを始め全員が戸口に目を向けた。

一組の男女が入ってきた。長身の男性の髪は黒っぽく、顔だちは角ばっていて彫りが深い。男性の腕に手を預けた女性は目が覚めるような美人だった。苺《いちご》クリームのような色の肌で、大きな目は濃い茶色だった。豊かな黒髪を頭のてっぺんで束ね、いく房もの巻き毛がほつれて顔のまわりを舞っている。

　女性を見るなり、マリアンヌは思わず立ちあがっていた。顔から血の気が引いている。

「まあ！」あえぐような声に、一同の視線がマリアンヌに集中した。

「マリアンヌ！」ジャスティンもぱっと立って、マリアンヌの腰に手を回した。「どうした？　だいじょうぶ？」

　伯爵夫人も立ちあがり、マリアンヌの顔を凝視した。「あなた、どうかしたの？」

　活人画のように、マリアンヌとアレクサンドラは見つめあったまま立ちつくしている。

「あ……ごめんなさい」ひざがふるえて立っていられなくなり、マリアンヌは腰をおろした。「ただ……あなたがあまりにも肖像画の婦人に似ていらっしゃるものですから」

「肖像画？」伯爵夫人とアレクサンドラが同時に訊き返した。

　アレクサンドラはマリアンヌのほうへ歩いてきた。

「なんの肖像画なの？」伯爵夫人がうながした。

「あの……私のロケットの中の肖像画です」マリアンヌは目の前に立ったアレクサンドラを見あげた。「そのことをさっきお話ししようとしたところでした。男女の肖像画が入っているロケットなんです」ドレスの襟もとからロケットを取りだして、蓋《ふた》をあけてみせる。

「これをごらんください。小さいときから持っているんです。この人たちは私の両親ではないかと、ずっと思っていました。これをお見せして誰の肖像画かおわかりかどうかおたずねしようとしたとき、この方が入ってらして――」

マリアンヌは伯爵夫人からアレクサンドラに目を移して口ごもる。

アレクサンドラはマリアンヌの前にひざまずき、ロケットを手に取った。「私のロケットとそっくりだわ！」その目にみるみる涙が浮かんだ。

「それはあなた方が子どものときに私があげたのよ」伯爵夫人も涙ぐんでいた。「あなたのは蓋にMと彫ってあるでしょう」マリアンヌはうなずく。「アレクサンドラのにはAと彫ってあるの」

「ミミ」突然、口から出てきた言葉に、マリアンヌ自身がびっくりしている。「ごめんなさい……どうしてこんなこと言ったのか、自分でもわかりません。ひとりでに口から飛びでたもので。ロケットについて説明してくださったときに、〝ミミ〟という言葉がふっと頭に浮かんだんです」

伯爵夫人は泣き崩れた。口がきけるようになるまでしばらくかかった。「ジョンとマリー・アンが私のことを〝ミミ〟と呼んでいたのよ」

「私とあなたは姉妹なのよ！」アレクサンドラは泣きながら笑って、腕を大きく広げた。

「マリー・アン、お姉さま」

マリアンヌの目も涙でいっぱいだった。姉妹はしっかり抱きあった。

たそがれどきの薔薇園にすわってマリアンヌは物思いにふけっていた。劇的な一日が暮れかかっている。ほかの滞在客たちももらい泣きしたり笑ったりしながら一部始終を聞き、伯爵夫人と孫姉妹の再会を心から喜んだ。マリアンヌの立派な身元を知ったときの、セシリア・ウィンボーンのなんともいえない顔といったら。正直言って、マリアンヌはいい気味だと思った。

午後のうちにマリアンヌは、長いあいだ家族として一緒に暮らしてきた人たちの今後についてジャスティンと話しあった。あの人たちがもうお金やニューゲート監獄行きを心配することなく過ごすにはどうしたらよいか。デラとハリスン夫妻には〝稼業〟をやめてもらい、両親と四人で住める家をジャスティンが買う。ピアズには何か適当な仕事を探そう。ウィニーに、こぢんまりした住まいと生活していけるぐらいの手当をあげれば喜んでくれるにちがいない。

めまぐるしい一日だった。やっとこのお気に入りの場所に落ちつき、来し方を振り返る。マリアンヌはずっと家族にあこがれつづけてきた。デラたちのことを家族として愛してはいたものの、胸の奥はいつもがらんどうで、本当の家族から引き離された寂しさがよどんでいた。自分はなぜ親に捨てられたのだろうと、思わずにはいられなかった。身の一部がもがれたような空虚さを感じないわけにはいかなかった。それが今、こんなにすばらしい家族に再会できた！　妹は温かくて、面白い人。伯爵夫人ほど理想的な祖母は、どこを探しても見つからないだろう。いとこのペネロピとは仲良しだ。ロザリンドをみんなに紹介しよう。

　それより何より、愛し愛されるすてきな男性がいる。友達も愛する人も失わざるを得ず、自分の人生はなんと荒涼としていることか。そう思った今朝から、まだ短い時間しかたっていない。ところがこうして、望み得る限りのすべてを手にすることができた。フュークェイに襲われた謎も解けた。この幸せな結末に不満があるとすれば二つしかない。一つは、兄とは再会を果たせなかったこと。二つ目は、これだけ新しい展開があったにもかかわらず、エクスムアが罰せられることもなくのうのうと生きていること。マリアンヌが亡き者にされかけた一連の襲撃の黒幕がエクスムアであるのは、ほぼ確実だ。襲撃のいずれもが中途半端であったことも説明がつく。エクスムアに強制されてフュークェイは犯行におよんだのだろうが、本意ではなかったのではないか。エクスムアはマリアンヌを助けるかのように見せかけて、真相を知っている唯一の人間を口封じのために殺したにちがいない。

　マリアンヌは眉間にしわをよせて考えた。エクスムアの悪事をあばく手段はないのだろうか？　今朝、もしもジャスティンが追いかけてきてくれなかったらどうなっていただろう。エクスムアは内心しめしめとほくそえんでいたのではないか。あのひとけのない田舎道に私の死体を埋めるつもりだったのかもしれない。エクセターへの近道だとかエクスムアが話すのを聞いて、なんとなく胸騒ぎがしたのをおぼえている。あのときエクスムアは、ここでこの女を始末してしまおうかと考えていたにちがいない。

「ここにいるんじゃないかと思った」マリアンヌは顔をあげた。ジャスティンが近づいてくる。

「私のことをよくご存じね」

ジャスティンは薔薇園に入ってきて、マリアンヌに軽く口づけした。「いや、もっともっとあなたを知りたいんだ。なのに伯爵夫人のおかげで、これからぼくはいく晩も長くて侘《わ》びしい独り寝に耐えなければならない。夫人は結婚式の計画を立てようと張りきっているから、あなたをぼくからかっさらってお屋敷に閉じこめてしまうつもりなんだよ」

ジャスティンのしょげた顔を見て、マリアンヌはくすくす笑った。「でも、二人の孫娘が同時に結婚式をあげるなんてめったにないことだから」

「バッキーも同じ目に遭わされるのがちょっとした救いだが。それと、あなたとの結婚をよく釣りあった縁組だと世間に思われるのは少し悔しい。せっかく至上の愛をつらぬいたヒーローになるつもりでいたのに、機会がなくなってしまった」

「そんなことないわ」マリアンヌはジャスティンの手を取る。「あなたが貴族社会やご家族の反対を押しきってでも、無名無一文の私と結婚しようとなさったことを、私は決して忘れません。人がどう思おうと、私たちは至上の愛をつらぬくために結婚するのよ」

「そのとおりだ」ジャスティンはほほえみ、マリアンヌを抱きよせた。

訳者あとがき

フランス革命が起きた一七八九年、動乱のパリから逃れたモントフォード家の遺児たちは、それぞれ異なる運命をたどりました。昨年十二月に刊行された三部作の第一巻『黒い瞳のエトランゼ』に続くこの第二巻は、三人兄妹《きょうだい》のうちの長女マリー・アンの物語です。世が世ならば貴族のお姫さまとして大切にされていたはずのマリー・アンは、孤児院暮らし九年、女中奉公五年、泥棒稼業七年という人生の裏街道を歩むことになりました。そのような境遇からマリー・アンは、偽善的で傲慢《ごうまん》な特権階級の人々を敵と見なすようになり、美貌《びぼう》と才気を武器に社交界に食いこんで、〝金持ちの過重な持ち分を少し軽くする〟仕事に当初はさしたる良心の呵責《かしやく》も感じなかったのです。

一八〇〇年頃《ごろ》のロンドンは百万の人口を抱え、貧富の差が極端にひらいていて、殺人、強盗を始めとした無法行為が横行する犯罪都市の一面を持っていました。当時のロンドンの貧困層がいかに悲惨な生活を送っていたかを物語る、次のようなおぞましくも痛ましい事件もありました。

その頃ロンドンの貧民たちのあいだでは、苛酷《かこく》な現実から逃避するために安いジンを過度に飲む風潮がありました。ある若い娘はたった二歳の自分の子どもを救貧院から連れだして絞め殺し、死体をベスナル・グリーンの溝に捨て、子どもの服を一シリング四ペンスで売って、その金でジンを買ったとか。なんともやりきれない話ですね。
これに比べれば、富裕な貴族や地主の屋敷で催される舞踏会に優雅な装いで乗りこみ、大胆かつ機敏に行動して家の見取り図や貴重品のありか、侵入方法、逃走経路などをあらかじめ調べるという、マリアンヌことマリー・アンのやり口は痛快です。
ぞっとするような事件の一方で、こんな滑稽《こっけい》な子どものひったくりもありました。

シティ（ロンドンの旧市街）で古い盗みの手口が一人の男の子によって再現された。男が頭にのせたパン籠《かご》に隠れたその子が、露見するまでに数人の紳士の頭から帽子をひったくったのである。帽子を盗《と》られた三人目の紳士に帽子のありかを教えた人は、窓から一部始終を目撃して、笑いを抑えられなかった。帽子どころか、鬘《かつら》が盗まれることもあった。鬘は高価だったのだ。

『18世紀ロンドンの私生活』ライザ・ピカード著・田代泰子訳・東京書籍刊

このような犯罪を取り締まるための初めての本格的な機関は、一八二〇年代末にピール内相によって設立された首都警察隊でした。この物語の舞台になっているそれ以前のロンドンには実質的な警察組織はなく、〝老いぼれた男の夜警が雀《すずめ》の涙ほどの給料で、武器といえば杖《つえ》しかなく、広い区域を巡回しなければならなかったから、パブで同僚と落ちあっては一晩中飲んだくれているほうが多かった〟ということです。

そこで登場したのが、この物語にも出てくるロンドンの警察裁判所所属の警吏たちです。『トム・ジョーンズ』などの作品で知られる小説家ヘンリー・フィールディングが一七四八年に治安判事に任命され、ボウ・ストリートにひらいた事務所で八名からなる犯罪取り締まり団を養成し、前述の首都警察隊が設立されるまで刑事のような仕事に従事しました。ボウ・ストリートは、ロイヤル・オペラ・ハウスがあるコヴェント・ガーデンに近い通りです。一七五四年にヘンリーが亡くなったあとは、異母弟のジョン・フィールディングが仕事を引き継ぎました。ジョンは生まれながらの盲目でしたが、〝信じがたい数の泥棒たちを、声を聞いただけで特定できるという評判だった〟そうです。それにしても、作中の警吏ロブ・ガーナー氏は、マリアンヌに板切れでぶちのめされたりしてずいぶん間抜けな警吏ですこと。とはいえ、彼の地道な活動のおかげもあって、マリー・アンはようやく家族のもとに帰ることができました。

持って生まれた純な心優しい性格に、つらい体験や、愛する喜びと切なさを知ったことからくる奥行きが加わり、貴婦人にもどってからもこのヒロインはきっと底辺の人々に対する思いやりを忘れないでしょう。

二〇〇四年十二月

細郷妙子

なお、前記の著書のほかにも、『ロンドン庶民生活史』(みすず書房刊)、『ロンドン事典』(大修館書店刊)も参考にさせていただきました。

訳者　細郷妙子

東京外国語大学英米科卒。外資系企業勤務ののち、ロンドンで宝石デザインを学ぶ。創刊当初よりハーレクイン社のシリーズロマンスを翻訳。主な訳書に、C・キャンプ『偽りのエンゲージ』『ときめきの宝石箱』『黒い瞳のエトランゼ』、P・ジョーダン『パワー・プレイ』、J・A・クレンツ『運命のいたずら』（以上、MIRA文庫）がある。

運命のモントフォード家 II

盗まれたエピローグ

2005年4月15日発行　第1刷

著　　者／キャンディス・キャンプ

訳　　者／細郷妙子（さいごう　たえこ）

発 行 人／スティーブン・マイルズ

発 行 所／株式会社ハーレクイン

東京都千代田区内神田 1-14-6

電話／03-3292-8091（営業）

03-3292-8457（読者サービス係）

印刷・製本／凸版印刷株式会社

装 幀 者／松岡尚武、坂本知恵子

ISBN4-596-91133-9

MIRA文庫

キャンディス・キャンプ
細郷妙子 訳

運命のモントフォード家 I
黒い瞳のエトランゼ

フランス革命に引き裂かれた幼き三兄妹の絆。時を経て一人のアメリカ女性がイギリスに渡った、愛と運命に導かれて…。魅惑の三部作、華麗にスタート。

キャンディス・キャンプ
細郷妙子 訳

ときめきの宝石箱

19世紀イギリス、古い地図を手がかりに財宝を手に入れようと思い立ったお嬢様。仇敵と力をあわせて探すうちに…。スリル満点の恋物語！

キャンディス・キャンプ
細郷妙子 訳

偽りのエンゲージ

19世紀初頭のイギリスで、おてんば令嬢カミラは謎の男と偽装婚約。殺人事件、密輸団との出会い…。大冒険の中、愛は謎とともに深まる!?

キャンディス・キャンプ
細郷妙子 訳

初恋のラビリンス

引き裂かれた令嬢の初恋。13年後、再会した彼の瞳は憎しみの光を放っていた…。C・キャンプが19世紀を舞台に描く、残酷な愛の迷路。

キャンディス・キャンプ
細郷妙子 訳

令嬢とスキャンダル

ヴィクトリア時代のイギリス。令嬢プリシラの家に記憶を失った若い男が助けを求めてきた。その日から、彼女の恋と冒険の日々が始まった。

キャンディス・キャンプ
細郷妙子 訳

裸足の伯爵夫人

おてんばレディ、チャリティの婚約者は、妻殺しと噂されるデュア伯爵だった。19世紀のロンドンを舞台にしたロマンティック・サスペンス。